漫游在雨中池塘

A Swim in a Pond in the Rain

George Saunders
【美】乔治·桑德斯 著
张琳琳 译

浙江文艺出版社
Zhejiang Literature & Art Publishing House

A SWIM IN A POND IN THE RAIN: In Which Four Russians Give a Master Class on Writing, Reading, and Life by George Saunders
Copyright © 2021 by George Saunders
All rights reserved.
Published in the United States by Random House, an imprint and division of Penguin Random House LLC, New York
本书中文简体字版版权，浙江文艺出版社独家所有。
版权合同登记号：图字：11-2021-131 号

图书在版编目（CIP）数据

漫游在雨中池塘 /（美）乔治·桑德斯著；张琳琳译 . — 杭州：浙江文艺出版社，2024.10（2025.1 重印）
ISBN 978-7-5339-7657-6

Ⅰ.①漫… Ⅱ.①乔… ②张… Ⅲ.①文学评论－美国－当代 Ⅳ.① I712.65

中国国家版本馆 CIP 数据核字（2024）第 9NA106 号

策划统筹	曹元勇
责任编辑	张苇杭
营销编辑	耿德加　胡凤凡
责任印刷	吴春娟
装帧设计	倪小易
数字编辑	姜梦冉　诸婧琦

漫游在雨中池塘
［美］乔治·桑德斯　著
张琳琳　译

出版发行	浙江文艺出版社
地　　址	杭州市环城北路 177 号
邮　　编	310003
电　　话	0571-85176953（总编办）
	0571-85152727（市场部）
印　　刷	上海盛通时代印刷有限公司
开　　本	850 毫米 ×1168 毫米　1/32
字　　数	350 千字
印　　张	15.75
插　　页	4
版　　次	2024 年 10 月第 1 版
印　　次	2025 年 1 月第 3 次印刷
书　　号	ISBN 978-7-5339-7657-6
定　　价	79.00 元

版权所有　侵权必究

致我在雪城大学过去、现在、未来的学生们

以及 深切纪念苏珊·卡米尔

伊万·伊万内奇走出浴棚，扑通一声跳入水中，溅起了水花，他张开双臂在雨中漫游，用手搅起波浪，使白色百合在浪中摇曳。游到河中央时，他潜入水中，一分钟后又从另一处钻出来，继续游着，不断钻入深处，试图摸到河底。"上帝啊！"他畅快地反复念道，"上帝啊！"等游到磨坊处，和那里的农民闲聊了几句后，他又折回来，到河中央仰天浮躺着，让脸迎接雨水。布尔金和阿廖欣这时已经穿好衣服准备离开，而他仍在玩水。"上帝啊！"他不停地呼喊，"主啊，怜悯怜悯我吧。"

"你已经游得够久了！"布尔金对他大喊。

——安东·契诃夫《醋栗》

目录
(i.e. оглавление)

宝贝

事后反思（三） 196

引发的思考：故事的模式化 163

《宝贝》安东·契诃夫 147

歌手

事后反思（二） 136

引发的思考：故事的内核 102

《歌手》伊万·屠格涅夫 079

在马车上

事后反思（一） 075

引发的思考：一次一页 011

《在马车上》安东·契诃夫 009

我们出发了 001

主与仆

- 事后反思（四） …… 292
- 引发的思考：但是他们仍要前进 …… 257
- 《主与仆》列夫·托尔斯泰 …… 201

鼻子

- 事后反思（五） …… 365
- 引发的思考：通向真实的大门可能是荒诞 …… 327
- 《鼻子》尼古拉·果戈理 …… 297

醋栗

- 事后反思（六） …… 412
- 引发的思考：漫游在雨中池塘 …… 387
- 《醋栗》安东·契诃夫 …… 373

破罐子阿廖沙

- 事后反思（七） …… 458
- 引发的思考："遗漏"的智慧 …… 428
- 《破罐子阿廖沙》列夫·托尔斯泰 …… 419

我们结束了 …… 462

附录

致谢 488
附录C：翻译练习 484
附录B：升级练习 480
附录A：删除练习 473

附录 471

我们出发了

过去二十年来，我一直在雪城大学教授十九世纪俄罗斯短篇小说（英译本）的课程，学生都是从全美选拔出来的年轻新秀作家（我们每年会从六百到七百名的申请者中选出六名新生）。他们能来到这里就已经很出色了。在接下来的三年里，我们要做的就是帮助他们创造出"独一无二的空间"——在这个空间里，充分利用自己的优缺点、嗜好、特质等等，写出只有他们自己才能创造出来的故事。我们存在的意义是教会他们使用一些写作方法，从而更加勇敢和快乐地表达自我。

为了理解小说的架构形式（理解这些写作方法是如何起作用的），我们的文学课会以少数伟大俄罗斯作家的故事为切入点，来探究他们如何构思故事。我有时会开玩笑说（其实也不算玩笑），我们之所以阅读，是为了看看能"偷到"什么。

几年前的一个课间（粉笔灰盘旋在秋日的空气中，老式散热器在角落里叮当作响，远处的军乐队正在练习，就这么描述吧），我突然有种感觉：我生命中最美好的时刻、实现自我价值的时刻，都在我讲授俄罗斯文学之时（我希望我讲的故事能够打动、影响到别人，正如这些俄罗斯故事打动和影响了我一样）。多年来，这些文本就如同我的老朋友一样一直伴随着我，并成为我衡量自己的标杆。每次讲课的时候，我都会把它们一一介绍给那些才华横溢的年轻新秀作家。

我之所以决定写这本书，就是为了把我和学生多年来共同研究的成果写下来，形成一个简易版的教程。

授课过程中，我们会在每节课读两到三篇故事，一个学期大概会读三十篇故事。但考虑到这本书的受众，我只选择了七篇故事（只有契诃夫、屠格涅夫、托尔斯泰和果戈理的故事入选了）。尽管他们四人的故事代表不了俄罗斯多数作家的创作特色，这七篇故事也不是他们最顶尖的作品，却是我特别喜欢的故事。经过这么长时间的授课，我发现它们具有极高的可读性，换言之，假如我的目标是让一个不爱阅读的人爱上读短篇故事，那么，我会推荐她读这些故事。在我看来，它们都是很优秀的故事，虽然在文学史上的地位不尽相同，但写作手法都极其高明。有些故事尽管有缺陷，但仍瑕不掩瑜，另外一些故事则因缺陷而格外出色。当然，其中有些故事可能需要我做一些解读（我很乐意尝试）。这些故事简单、清晰，正符合我想介绍的短篇故事的特色。

对于年轻作家来说，阅读这一时期的俄罗斯故事就如同刚入门的作曲家研究巴赫。这些故事简单而动人，短篇小说的所有基本原则都在其中得到了体现。作为作家的我们，关心的是故事中发生了什么，而之所以创作它们，是用来表达挑战、对抗和愤怒的情绪，还是以一种复杂难解的方式抚慰人心？

你只要读过这些故事，就会很快发现，它们中的大多数都是恬静的、日常的、无关政治的。这种说法可能会让你很诧异，因为这些故事的题材大多关于抗争。那个年代的审查制度很严苛，进步改革家会被镇压，作家随时会因政治被流放、监禁或处决。然而，故事中的反抗却是静默无声的，自有它们的侧重点，其写作动机也许正源自一个最激进的观点：人人值得被关注，我们可以通过观察个体，甚至是最卑微的小人物的思想转折，来探索宇宙中每一种善恶能量的起源。

我是在科罗拉多矿业学院学工程的时候接触故事的，相比其他人，我接触的时间较晚，却对故事有着异于常人的灵敏度。那年夏天，我在当时被戏称为"骗子油田"的地方工作。晚上，我在阿马里洛的一辆旧房车上读了《愤怒的葡萄》①，这本书让我印象很深。我当时的同事是名越战老兵，他不时地在草原的中央大声播放刺耳的电台广播声："这里是WVOR，阿马里洛无线电台！"另一名同事则是个刚出狱的前科犯，每天早上在去牧场工作的路上，他都会告诉我，昨晚他和他的"女人"又尝试了哪些新鲜又变态的性爱动作。可悲的是，从那以后，这些画面就一直在我的脑海里挥之不去。

某天，在结束了一天的工作之后，当我再次读史坦贝克的《愤怒的葡萄》时，突然觉得故事生动起来了。我觉得自己仿佛一直活在一个虚构的世界中。几十年后，美国依旧是那个美国，我累了，汤姆·乔德也累了。我觉得自己被某种强有力的力量裹挟了，凯西牧师也是。资本主义这个庞然大物，曾在20世纪30年代压垮了驶过狭长地带前往加州的俄克拉荷马州人，正如它现在压垮我和我的这些新伙伴一样。我们也是畸形的资本主义碎片，也会被作为谋利的必要"材料"。换言之，史坦贝克所写的生活正是我现

---

① 《愤怒的葡萄》是由美国作家约翰·史坦贝克于1939年出版的长篇小说，以美国的经济大萧条为背景，描写农民乔德一家因干旱、经济危机、金融和农业变革所遭受的不公与窘迫。——本书注释除标明"作者注"与"译者注"的内容，均为编者注。

在经历的生活，他面临的问题，我也同样遇到了，他认为这些问题很紧迫，我也这么认为。

几年后，我无意中发现，俄罗斯人看待这些问题的方式也在影响着我。他们似乎没有把故事当成装饰品来看待，反而把它作为重要的道德伦理范式。当你阅读这些故事并沉浸其中时，你能感到自己所肩负的道德责任，你能感到自己正在扮演某个故事的主人公，亲自体验着他们的生活。由此，你的人生世界也变得不同。

众所周知，我们生活在一个降智的时代，浅薄的、带有导向性的信息疯狂地轰炸着我们。正如（20世纪）伟大的俄罗斯短篇小说大师伊萨克·巴别尔①所说，"没有一根铁钉能像一个恰到好处的句号那样，冷冷地刺穿一个人的心脏"，因此我们将花一些时间来搭建模型。不要小瞧这七个按比例精心设计的模型，它们各有作用，或许这个时代的我们并不完全认同这些作家的观点，但他们却偷偷把它们藏在书里，借机提出一些引人深思的问题，比如：我们该如何生活？我们在这里是要做些什么？我们该重视什么？到底什么是真理，我们应该如何识得它的本质？当一些人拥有一切，而另一些人一无所有时，我们如何保持心境平和？这个世界希望我们去爱人，最后却又粗暴地将我们与所爱之人分开，在这样的境况下，我们又该如何快乐地生活？（显而易见，这都是些鼓舞人心的、俄式的"大问题"。）

对于书中的这些故事，我们的首要任务是读完它，因此它必

---

① 伊萨克·巴别尔（Isaac Babel，1894—1940），苏联籍犹太作家，代表作是短篇小说集《骑兵军》。

须吸引我们,并且能让我们一直读下去。另外,这本书还有"诊断"的作用——如果故事能吸引我们继续读下去,并能让我们感到被尊重,那它究竟是怎么做到的?坦白说,我不是评论家、文学史家、俄罗斯文学专家或任何其他方面的专家。我一生都在努力写出能打动人心的故事,让读者有读下去的欲望。和学者们相比,我倒觉得自己更像杂技演员。我的教学方法学术性较弱(我不会说"复活在某种语境里是政治革命的隐喻,是俄国时代思潮中的持续关注点");我更关注故事中的写作方法(如在《主与仆》中,我会提出类似"为什么瓦西里与尼基塔还要再次返回村庄"这样的问题)。

针对这种问题的解答,我来提一些建议:先去读故事,然后回想你刚刚读过的内容里有没有某个点让你特别感动,或者让你抗拒甚至困惑?或许你会发现自己早已泪流满面,或许你开始有烦恼了,或许你重新思考某个问题。不管你的回答是什么,只要让你有了新的感悟,这个问题就是有价值的,没必要用优美的文辞修饰你的答案,也没必要用"主题""情节""人物塑造"之类的术语来表达自己的想法。如果它使你困惑,那也值得思考。如果你感到无聊或者愤怒,那更意味着这个故事有宝可挖。

当然,这些故事的原版都是俄语,而我所提供的则是对我自身影响较大的英译本,或者说是我一直在教学中使用的英译本。遗憾的是,我既不会读也不会说俄语,所以我不能保证它们对原著的忠实性。我想,不如就把这些故事作为用英语写成的故事来处理,因为我们深知英译本已经失去了俄语的韵律,也无法体现出它们相较俄语读者来说的细微差别。但即使是读英译本,忽略俄语的韵律,这些故事仍能教会我们很多东西。

我想让大家一起思考的核心问题是：我们从这些故事中感受到了什么，是在哪里感受到的？（这一连串思考都将来源于你对故事内容最真实的情感反应。）

同时，在你读完了每篇故事后，我将在文章里提供我的想法，并引导你理解我对故事有着什么样的情感反应，还会就上面提到的核心问题提供一些理据和技巧层面的解释。

在这里，我必须说明一下，如果你没有读故事，就直接读完相应的文章分析，这样通常是没有意义的。对我而言，把这些文章"投"给那些刚刚读完故事并且有了深刻印象的读者，才构成一种比平时更有效的新式写作方法。我当然希望这些评论文章很有趣，能吸引读者的注意力，但是当我写作的时候，脑海中却一直浮现着"练习手册"四个字，我想那不如就让这本书为我们所用吧。这场练习有时会很艰辛，但是别怕，我们将共同完成。我们的目的是更深入地了解这些故事的内核，而不是像第一次阅读那样收获平平。

静下心想一想，当我们与故事紧密相连时，它们对我们的个人创作将更有益处。这种强烈的、甚至可以说是被迫的相识，将会让我们了解到写作中的"急转向"以及直觉是如何产生的，而这些正是写作每时每刻的真实写照。

因此，这是一本写给作家的书，但我同时也希望它是一本写给读者的书。

过去十年间，我有幸在世界各地举办读书会和讲座，并结识了成千上万的忠实读者。他们对文学的热情（我从他们的提问、在签名会上的谈话、与书友的交谈中感受到的）让我相信这世上还有一张隐蔽的地下网络在发挥作用——一张把阅读放在生活中心的人际网络。这些读者从自身的阅读体验中明白，阅读使他们变得更加豁达、宽容，也使他们的生活变得更有趣。

写这本书的时候，我的脑海中再次浮现了这些人的脸庞。他们对我的故事表现出的宽容，对文学的好奇，以及对文学的信仰，更使我放开思想去写这本书，更加专业、深入地探究创作过程的真实运作方式。

不得不说，我们阅读的方式就是自身思维的工作方式：我们会凭理智评估故事内容的真实性，也会跨越时空（与作者）进行心灵对话。最要紧的，还是要观察自己的阅读方式（试图重建我们刚才阅读时的感受）。我们为什么要这么做？因为阅读故事的思维同时也是我们阅读这个世界的一部分，它具有多样性：既能给我们提供虚假的信息，也能给我们提供正确的信息。它可能会陷入自我颓废的状态，使我们更易受到懒惰、暴力和物质主义力量的影响；也可能会化腐朽为神奇，使我们对生活充满更多的求知欲与好奇。

在整个练习过程中，我将提供一些思考模式。它们可能不是完全"正确"或充分的，但我们可以把它们想象成修辞学上的气球试验[①]。（"我们这样去思考一个故事怎么样？会有用吗？"）如果这个模型吸引到你了，那就使用它；如果没有，就丢弃。据说，佛教的教义如同"以手指月"：月亮（启示）是本质，而手指是指引我们找到本质的工具，最重要的是不要把手指和月亮相混淆。对于作家们来说，他们都梦想着某天可以写出大家交口称赞的故事，

---

① 原文为"trial balloons"，在美国原指测风速用的气球，后延伸为"试探公众反应的行为"。在此处意指创作时随时设想不同故事构思会带来的不同阅读感受。

这再真实不过了。但请记得,在实现这个目标("月亮")的路径上,那些研讨会、故事理论、格言警句、鼓励创作的口号都不过是那根指向月亮的手指,而核心则是:我们要借助手指来探索事物的本质。同理,我们接受或拒绝某根手指的标准就是:"它对探索事物的本质有帮助吗?"

本着"以手指月"的精神,我写了这本书。

《在马车上》
安东·契诃夫
1897

《在马车上》引发的思考：
一次一页

几年前，我和《纽约客》当时的小说编辑比尔·布福德打过一次电话。在经受了一系列的痛苦打击后，我有些沮丧，希望能听到一点点恭维话。"那你觉得这个故事怎么样？"我幽幽地问道。电话那头停顿了很长一段时间。后来比尔说："嗯。我读完了一行。对这一行的喜欢……足以支撑我读下一行。"

对了，就是这个感觉：他对于整个短篇故事的审美或者说整本杂志的审美都集中在这一点。不得不说，这确实是个极好的评鉴方法。当故事按照线性时序来设计，无形中，它接下来的每一行内容都应吸引（或者吸引不了）读者的注意力。为了知道故事接下来发生了什么，我们不得不被故事"拽"着读下去。

多年以来，这个想法宽慰了我许多。我写故事并不需要一个宏大理论，甚至不用担心任何事情，只需关心：当理性的读者读到文章的第四行时，是否还有足够的动力读到第五行？

我们为什么会一直想要读故事？

答案很简单：我们想读。

那为什么想读呢？这是一个非常有价值的问题：是什么让读者产生继续阅读的动力？

在故事中是否也有一些具象定律可以遵循？故事要怎么写才能更吸引人？是什么建立了读者和作者之间的联系？又是什么打

破了这种联系?

想一想,怎样才能更好地回答这些问题呢?

没错,解决的方法就是看我们的阅读好奇心,是不是愿意从这一行转到下一行。

一个故事(任何故事,每个故事)都会通过它在每一段情节架构上设置的小冲击迅速让人体会到阅读的意义所在。当我们读了一小段后,就对它之后的内容产生了一系列的期待。

"一个人站在70层的楼顶上。"

你是不是已经有点期待他跳下去,掉下去或者被人推下去?

如果故事满足了你的期待,那么你会很高兴。但如果故事表现得过于直白,你就不会感到高兴了。

因此,我们可以将故事简单地理解为一系列这样的期待,或者疑问解开的时刻。

我们要讲的第一篇故事是安东·契诃夫的《在马车上》。我打算用我刚刚在引言里的谈到的"一次一页"进行练习,并建议大家采用我在雪城大学使用的教学方法走进故事。

实践方法如下所示:

我们一次只读一页。读完故事的这一页后,我们再来重新审视自身阅读状态发生了哪些变化。如:这一页对我们产生了怎样的影响?读完这一页之后,我们又知道了哪些新的内容?我们对故事的理解改变了吗?对故事接下来的发展有什么期待?一句话,我们到底为什么会想要一直读故事呢?

在开始进入故事之前,请注意,你的大脑对《在马车上》的情节显然一片空白。

在马车上

早上八点半,他们坐着马车出了城。

路面是干的,四月里暖阳和煦,但是沟渠和树林里仍有积雪。凛冽而黑暗的漫长寒冬刚刚结束。春日忽至,但是,无论是被春日气息氤氲着的明亮疏懒的树林,还是从湖泊般大的水塘上方飞进田野里的黑色鸟群,抑或是那片使人沉醉的美妙而深邃的天空,对于正坐在马车里的玛丽亚·瓦西里耶夫娜来说,都没有任何新奇与趣味。她已经在学校教书十三年了。这些年,她到城里领过无数次的薪水。不管是现在这样的春天,还是秋天的雨夜,抑或是漫长的冬天,对她来说都毫无二致。她只有一个想法:尽快到达目的地。

她觉得自己已经在这个地方生活了很久很久,似乎有一百年了。她熟悉从镇里到学校路上的每一块石头、每一棵树。这里是她的过去,也是她的现在,她已经想象不出别的未来,因为她生活的全部就是学校、进城的道路,然后又是学校,从城里到学校返程的重复循环……

...

好了，到现在为止，你的大脑已经不是一片空白了。那么，你的想法发生了哪些变化？

假如我们现在一起坐在教室里，我会希望当面听到你的答案。但现在相反，我会先让你安静地坐一会儿，然后比较你在阅读之前与之后的状态有什么不同。

接下来，我们将花些时间回答下面这些问题：

一，先把视线从这一页移开，并概括一下目前你所知道的事情。试着用一到两句话来总结。

二，你对故事中的什么内容感到好奇？

三，你认为故事的发展走向是什么？

不管你的答案是什么，这就是契诃夫现在想要的效果。他已经通过第一页的内容成功地引起了你的期待和疑问。你觉得故事的剩余内容将会很有意义，并与上述内容紧密地联系着，是因为它们在不断地回应这些疑问（把"这些疑问纳入考虑"或者"利用这些疑问"）。

在故事的第一击中，作者如同一个杂技演员，他先把保龄球扔向空中，而剩下的故事就负责接住这些球。如果我们用心阅读的话，会发现这些球"悬挂"在故事的每一处，我们可以感受到它们。实际上，我们在阅读时最好能近距离地感受到它们，不然就很难"触摸"到故事的意义。

我们可能会说，这一页所发生的最大变化就是故事的范围变窄了。在你阅读这篇故事之前，它的可能性是无限的（因为它可能关于任何内容），但它现在已经不经意地变得"关于"某些内容了。

关于什么呢？我们不妨再细化一下，这到底是一个"关于"什么内容的故事呢？不得不说，对这个问题产生的好奇心将驱使我们不断回到故事中去寻找答案，这难道不是一种被故事吸引的极佳表现吗？

到目前为止，这个故事最吸引你的内容是什么？

对，是玛丽亚。

回想一下：这种"吸引"是怎么发生的？你是如何以及在哪里开始被她吸引的？

在第一行，我们了解到一些身份不明的"他们"在清晨坐着马车离开某个城镇："路面是干的，四月里暖阳和煦，**但是**沟渠和树林里仍有积雪。凛冽而黑暗的漫长寒冬刚刚结束。春日忽至，**但是**，无论是被春日气息氤氲着的明亮疏懒的树林，还是从湖泊般大的水塘上方飞进田野里的黑色鸟群……"

我把上面出现了两次的"但是"一词加粗了（是的，我这样措辞是为了避免说成"我把上面的两个'借口'加粗了"）①，目的是强调我们看到的是同一个词汇排列顺序的反复。比如："快乐的条件是存在的，**但是**快乐并不存在。"天气很暖和，**但是**地上仍有积雪。冬天已经结束了，**但是**这并没有带来什么新奇和趣味……此时，我们迫切地想知道，是谁在这个漫长的俄罗斯的冬天结束的时候，

---

① 原文为"two buts"，buts 有借口的意思，与作者的原本意图不符。

没有得到任何慰藉。

在故事里的人物出现之前,两种叙述声音之间甚至就已经存在着一种隐含的张力:一种声音告诉我们事物是美好的(天空是"美妙"和"深邃的"),另一种声音则与整体的美好相对立。(试想一下,如果故事的开头是这样的话,感觉就完全不同了:"路面是干的,四月里暖阳和煦,尽管沟渠和树林里仍有积雪,但都不碍事,因为凛冽而黑暗的漫长寒冬终于结束了。")

在第二段的中间,我们发现叙述声音中的对立因素来自玛丽亚·瓦西里耶夫娜,她没有被美好的春光所打动,当我们听到她的名字时,她就在马车里。

契诃夫本可以把世界上的很多人放进这辆马车里,但他偏偏选择了一个抗拒春天魅力的、不快乐的女人。这本可以是一个关于快乐女人的故事(她刚刚订婚,或者刚刚收到体检健康报告,或者她就是一个天生快乐的女人),但契诃夫却选择了让玛丽亚不快乐。

然后,他让她出于特殊的原因以一种特殊的方式不快乐:她已经在学校教书十三年了,厌倦了去城里"无数次"地领薪水;她觉得自己在"这些地方"已经生活了一百年;她熟悉路上的每一块石头,每一棵树。而最可怕的是,她已经无法想象自己还有别的未来。

这本有可能是关于一个不快乐的人的故事,她有可能在爱情中受到了羞辱,或者刚刚收到身患绝症的诊断书,或者从她出生的那一刻起,她就不快乐了。但契诃夫选择让玛丽亚成为一个不快乐的人的原因是:她的生活乏味无趣。

此时,《在马车上》走出了每篇故事都会有的前期迷雾,一个特别的女人开始出现了。

我们可能会觉得，刚刚阅读的这三段是为进一步详细说明人物形象服务的。没错，所谓的人物形象，正来自这种不断增加的详细描述。作者会问："这个女人到底特别在什么地方？"然后用一系列的事实论据来回答这个问题，其目的是缩窄故事范围，排除某些可能性，鼓励其他可能性。

当特定的人物被创造出来时，所谓的"情节"潜力就增加了。（不过，我不太喜欢"情节"这个词，不如让我们用"有意义的行动"来代替它吧。）

当特定的人物被创造出来时，就更有可能采取有意义的行动。

假设一个故事是以"从前有个男孩特别怕水"来开头，那我们将会期待着水塘、河流、海洋、瀑布、浴缸或者海啸快快出现。如果一个人物说"我这辈子从来没有害怕过"，那么这时走来一只狮子，我们可能也觉得合理。如果一个人物永远生活在对窘迫的恐惧中，我们可能会设想他身上将要发生的事情。同样的道理也适用于那些只爱钱的人，承认他从未真正相信过友谊的人，声称她对生活是如此厌倦以至于无法想象另一种生活的人。

当你的大脑对故事一片空白时（在你开始阅读之前），相应地，你对即将要发生的事也不会有任何期待。

但是，现在不一样了，因为玛丽亚在这里——她不快乐，这一点让这个故事变得扣人心弦了。关于她的故事是这样讲述的："她不快乐，甚至都无法想象自己还有什么别的未来。"我们感到故事本身也蓄势待发："来吧，让我们瞧瞧接下来会发生什么。"

在这里，让我们稍做停顿，我希望你能注意到这个特殊的地方，我们现在正停在第一篇故事第一页的末尾处，而它停顿的时间长得有些莫名其妙，这很有趣[1]。虽然故事仍在进行中，但它从第一页起就缩小了故事的关注点，这意味着故事接下来的内容必须解决（利用、拓展）这些重点，而不是处理其他与此无关的内容。

如果你是作家，接下来你会怎么设计？

作为读者，你还想知道什么呢？

---

[1] "一次一页"练习的特点之一，则是：故事越精彩，读者就越好奇，越想知道接下来会发生什么，从而就越扣人心弦。——作者注

她已经不再去回忆她做教师之前的往事，似乎忘得一干二净。她也有过父母。那时他们住在莫斯科红门①附近的一间大房子里，可如今她对那段生活的记忆只剩下一些梦境般的缥缈念想。她十岁那年，父亲过世了，不久后母亲也死了。她还有个做军官的哥哥。起初他们还经常通信，后来哥哥也不再回信，他没了兴致。她所拥有的旧日物件只余一张母亲的照片，可那张照片又在学校里受了潮，除母亲的头发和眉毛外，什么也看不见了。

他们走了几俄里②后，车夫老谢苗回过头说："他们在镇上抓了一个当官的，已经把他押走了。听人说，这个当官的伙同一些德国人在莫斯科杀死了市长阿列克谢耶夫。"

"这是谁告诉你的？"

"在伊万·约诺夫的小酒馆③里，他们从报纸上读到的。"

他们又沉默了许久。玛丽亚·瓦西里耶夫娜想起了她的学校，还有不久就要举行的考试，她还得送一个女生和四个男生应考。就在她想着考试时，地主哈诺夫坐着一辆四驾马车从后面赶上来了。这个人去年在她们学校当过主考官。当他的马车与她并排时，他认出了她，并鞠了一躬。"早上好，"他说，"你这是要回家去吗，小姐？"

---

① 莫斯科的一座凯旋门，于1928年被拆除，其名因莫斯科地铁的红门站得到保留。
② 昔日的俄制长度单位，一俄里约等于1.0668公里。
③ 俄语原版所用的词为"трактир"，英文版本用的是"house"，译者按俄语原版翻译成小酒馆。

· · ·

来吧,让我在这部分结束时问一问,你们还想知道些什么呢?

我想知道的是,玛丽亚是怎么来到这个地方的?她又是怎样在这种庸俗的生活中过活的?

契诃夫在这一页的第一段给了答案:她来这里,是因为她不得不。她在莫斯科长大,和家人一起住在大房子里。但后来父母去世了,她又与唯一的兄长断了联系,现在她孤零零地活在这世上。

一个人"来到这里",有可能是因为她从一出生就在乡下,也可能因为她与那个既守旧又浑身都市气息的未婚夫解了婚约,逃到了农村,因为她是个致力于改善农村生活、理想主义型的现代女性。但玛丽亚来到这里是因为她的父母过世了,是窘迫的经济状况迫使她来到这里。

而她家人留给她仅有的那张可以存放思念的照片,受潮后也只能依稀看到母亲的头发和眉毛了。

所以玛丽亚的生活不仅单调,还特别孤独。

当我们讨论故事时,更倾向于用"主题""情节""人物发展""结构"这样的术语来表达。从作家的角度来说,我从不认为它们有特别大的助益。(坦白说,"你的主题不好"这句话,并没有给我提供任何有用的信息去进行修改。同理,"你可以让你的故事情节变得更好"也是如此。)这些术语如同占位符,如果它们像往常那般让人觉得害怕,又阻碍我们行动的话,不如就先把它们放到一边,找一种更有效的方法来思考这些占位符的意义。

在这里,契诃夫给了我们一个机会来重新思考"结构"这个可怕的术语。我们可以把结构简单地理解为一种组织方案,它使故事能够回答它本身引导读者提出的问题。如我在第一页的结尾就思忖道:"可怜的玛丽亚啊!我现在已经开始关心她了。她是怎么到这里来的?"

故事在第二页的第一段回答说:"唉,她时运不佳。"就此,我们可以把故事的结构想象成"呼唤—回应"的形式。问题自然而然地从故事中产生,故事又非常认真地回答了问题。如果我们想创造出好的故事结构,就必须意识到我们想让读者提什么问题,然后回答这个问题。

(看,
结构很简单吧。
哈哈哈。)

从故事的第一行("早上八点半,**他们**坐着马车出了城")起,我们就知道,还有一个人和玛丽亚一起坐在马车上。读到一半时,我们了解到这个人是"老谢苗",并等着看谢苗有哪些特点。("你是谁?你在这个故事里起什么作用?")如果他的答案是"我是这里赶车的车夫",这就很糟糕,因为数百万农民都可以赶车。我们期待了解的是,契诃夫为什么选择这个特定的农民来做这件事?

到目前为止,这篇故事大概是这样的:一个女人对自己的乏味生活不满意,而且过这种生活实属迫不得已。谢苗突然出现在故事中,不管他在意与否,他都成了这篇故事的一个元素。因此,他不能只是边赶车边看着沿途的景色,他必须为这个特定的故事做些事,因为这个故事里有(无聊的、不快乐的)玛丽亚。

那么,我们对谢苗了解多少呢?

不多,甚至几乎不了解。他上了年纪,正在赶车(我们意识到玛丽亚正坐在他后面),他告诉她一些消息:莫斯科市长被暗杀了,而玛丽亚的反应("这是谁告诉你的"),让人觉得她多少有些责备和不耐烦(她质疑他说的内容)。谢苗在小酒馆里听到有人在大声读报纸上的内容(这其实暗示了他不识字)。尽管玛丽亚持怀疑态度,但实际上谢苗是正确的:1893年,莫斯科市长尼古拉·阿列克谢耶夫在办公室被一个精神错乱的人枪杀了。

而玛丽亚的反应呢?她回想起她的学校。尽管还不知道该如何厘清这一切,但我们的大脑悄悄地把它归档在"与谢苗有关的事"和"与玛丽亚有关的事"下面。鉴于上面给出的归档分类极其简单,当故事往后发展时,我们期望这些内容会被证明是有意义的。

在这一页的倒数第二段,玛丽亚对她的学生和考试即将来临的思考被打断了,因为这时她的马车被"地主哈诺夫从后面赶上来了,这个人去年曾在她们学校里当过主考官"。

我们在这里停一会儿。你是怎么在脑海中将哈诺夫"连接"到故事里的?我想起了老电影里的一句台词:"你把我当成什么人了?"

那么,你把哈诺夫当成什么人了?你认为他来这个故事里做什么？

我觉得，故事在这一刻应该为其命名，因为一个场景被建立起来了，一个新的角色出来了。我们自然期待这个新元素的到来能够改变、深化或复杂化当前的情况。举个例子：一个男人站在电梯里，小声嘀咕着他有多讨厌自己的工作。这时，电梯门开了，有人进来了。难道我们没有想当然地认为这个新来的人似乎会改变、加深或者复杂化这个男人对工作的厌烦情绪吗？（不然，他来这里干吗？甩掉这个人，给我们找个能将当前情况改变、深化或者复杂化的人行不行？毕竟，这是篇故事，而不是摄像机。）

我们已经把玛丽亚理解为"对自己的单调生活不满意的人"。所以，我们已经在等待某种改变出现了。

这时，哈诺夫来了。这可是这一页的大事件。请注意：当玛丽亚出现在第一页后，故事并没有静止太久（没有第二页来解释她单调生活的原因）。这应该能让我们明白故事节奏与现实生活节奏的区别：故事节奏更快、更紧凑、更夸张——在这里，总是会发生一些新的事情，且它们与已经发生的事情相关联。

雪城大学讲授故事写作的主要方式（以及大多数艺术硕士项目的内容）是研讨会。六名学生每周聚在一起阅读他们中间两个人的故事。然后，大家从写作技巧的角度来讨论这些故事。我们每个人至少把这些故事读了两遍，并对它们进行了逐行编辑，还提供了几页评论。

有趣的事情开始了。

在课堂评论之前，我有时会要求研讨会想出一个我称之为"好莱坞版本"的故事概括。在我看来，刚开始就对故事提出建议是无益的,当我们就故事的意图达成一致时,建议才会更高效。(假设你的院子里有台性能复杂的机器,一般是在你对它的预期功能有所了解之后,才会开始改变或者"改进"它。)同理,我们设置"好莱坞版本"的故事概括,是为了进一步了解"这个故事看起来想成为一个什么样的故事"。对我而言,或者说在我的想象中,这种感觉就如同火炮射击,即先射击,然后再进行一系列的精细调整。下面是我们对《在马车上》所给出的故事概括:

> 一个不快乐的女人坐着马车要去某个地方。
>
> 教师玛丽亚·瓦西里耶夫娜,因为教书时间太久不快乐,她正在出城回家的路上。
>
> 教师玛丽亚·瓦西里耶夫娜正在出城回家的路上。她因为教书太久不快乐。她厌倦了单调的生活、孤零零地活在这个世界上、迫于生存才去教书。
>
> 单调、孤独的教师玛丽亚偶遇一个叫哈诺夫的男人。

实际上,她遇到了一个叫哈诺夫的富人(要知道,他毕竟是"庄园主",还有一辆四驾马车)。

请注意,尽管我们是阅读量丰富的老手,但是在深入阅读契诃夫的杰作时,依然会觉得在看到哈诺夫时,就如同与潜在的19世纪俄罗斯人来了一次浪漫邂逅。

孤独的教师遇到了富有的地主,我们觉得他有可能会改变她沮丧的生活。

说得更粗俗一点:孤独的女人遇到了可能会擦出火花的恋人。

故事会从这里走向何方?动动你的大脑,列一个清单。你觉得自己的哪些想法过于直白了？也就是说，如果契诃夫真把它们实现了，哪一个想法会因过于盲目地回应你的期望而令你失望？（哈诺夫在下一页单膝跪地求婚？）这些想法太过于随意，根本不会符合你的期望吧？（一艘宇宙飞船降落并绑架了谢苗。）

契诃夫特别擅长利用他在故事中创造的悬念，但他创作的故事的发展过程又往往出乎读者的意料。

他写得毫无压力。

这位哈诺夫，四十岁左右，面容憔悴，神情倦怠，已经开始明显地变老了，但相貌仍旧英俊，很招女人喜欢。他一个人住在大庄园里，从不工作。据说他在家里什么也不做，只是吹着口哨，从房子这头转到那头，或者和他的老仆人下下棋。还有人说他酗酒。确实，前年考试时，他带过来的试卷就有一股香水味和酒味。那次，他穿一身崭新的衣服，玛丽亚·瓦西里耶夫娜觉得他非常有魅力，和他并排坐时，都觉得自己很窘迫。在学校里，她见惯了冷漠无情的主考官，可这个人虽说记不住任何祷告词，也不知道问什么问题，但他却礼貌、体贴地给学生都打了最高分。

"我正要到巴克维斯特那儿去，"他对玛丽亚·瓦西里耶夫娜说，"但不知道他是否在家。"

他们驶离大路，转到一条乡间土路，哈诺夫在前面引路，谢苗跟在后面。四匹马沿着土路一步一步地前进，缓慢地拖着沉重的马车穿越泥泞。谢苗不断变换路线，绕开土路，一会儿从小丘穿过去，一会儿又绕过草地。他常常从车上跳下来，帮马拉车。玛丽亚·瓦西里耶夫娜一直想着学校的事，不知道这次的考试题目是难是易。想到地方自治局，她更痛苦了，因为昨天她在那儿一个人也没看到。真是玩忽职守！过去两年，她一直要求把那个什么也不干的看门人解雇，这人待她粗暴，还动手掌掴她的学生，但没人理会她。

· · ·

我们可能会有点负罪感,因为我们刚刚还在期待这是个爱情故事,阅读这一页的第一段时,我们看到玛丽亚的想法与此相同。哈诺夫(据她观察)面容憔悴,神情倦怠,已经开始明显地变老了,但依旧"很招女人喜欢"。他一个人生活,打发时间(他什么也不做,除了下棋和喝酒)。去年,当他来到她的学校时,他的试卷散发着酒味。你以为玛丽亚一定会对此感到恼怒和恐惧,其实不然,他那带有"香水味和酒味"的试卷,反而让玛丽亚觉得他"非常有魅力",和他并排坐时,她感到很"窘迫",我们解读为"因为坐在他身边而感到窘迫"。

让我们来看看第一段的最后一句话,揣摩一下契诃夫如何塑造人物。我们了解到玛丽亚"在学校里见惯了冷漠无情的主考官",这让我们期待哈诺夫会是与此相反的人物,比如他是个温暖、善良的人。把这种温暖、善良的假设带入下一段文字去看,会看到一个肯定的回复(说他"礼貌、体贴"),但也复杂难解。如果说哈诺夫是个温暖、心善的人,那么他同时也是一个愚蠢、条理不清的人,缺乏成年人的辨识能力(他不记得"任何祷告词",只打最高分)。

一个宽泛的人物形象(一个英俊的有钱人)被交错登记上了矛盾的信息(是,他是英俊且富有,但他也是个混日子的人,我们认为酗酒就是他在混日子的证明之一,他在逃避生活,也没什么自制力）。出现的这个人是复杂的、立体的。我们对他充满好奇，不想把他整齐平整地装在口袋里。我们也不确定，我们是否希望玛丽亚喜欢上他。

在哈诺夫宣布了此行目的后，他就给自己滑稽的傻蛋形象添了一笔：他长途跋涉地越过泥泞地去看望朋友，但他甚至不知道那个朋友是否在家。

接着马车驶离了大路。如果这是个略微次一点的故事，此时玛丽亚将会满脑子只想着哈诺夫。但契诃夫明白，他所塑造的玛丽亚是个在这里生活了很长时间的人。她认识哈诺夫，哈诺夫也认识她。我们猜，有可能在这之前，玛丽亚就已经把哈诺夫当成潜在的救星了。她很容易本能地回想起学校的事，我们现在可以回忆一下，在谢苗早时讲述莫斯科市长被暗杀的轶事后，她也再次回想起了学校。她已经从现实世界中退出两次，转而回想学校的事情（我们对未来要发生在玛丽亚身上的事变得更加敏感了）。她为什么要这么做？这能告诉我们关于她身份的什么必要信息？

我们先暂时把这些问题放在一边。但请注意，即便我们真这么做了，其实也埋下了期望的种子。换句话说，如果晚些时候，问题没有以某种方式被给予答复，我们会（微微）觉得这颗种子被浪费了。

是的，短篇故事就是这样一种严苛的文体。

它如同笑话、歌谣、绞刑架上的报告[①]一样严苛。

[①] 《绞刑架下的报告》是捷克记者尤利乌斯·伏契克（Julius Fučik，1903—1943）所创作的纪实文学，记述了他和他的同志们对纳粹分子的斗争经历以及自己被捕入狱的经过。

你很难在办公处找到校长，即便找到了，他也总是眼眶泛泪，说他抽不出时间。学监每三年来学校一次，对学校的情况一无所知，因为他以前在财务局工作，是靠拉关系才当上学监。校务会议很少召开，也没人知道在哪儿召开。督学是个不识字的农民，管理着一家制革厂，头脑愚笨、人也粗鲁不堪，和那个看门人十分要好。天知道她该向谁抱怨和求取意见。

"他长得真英俊。"她一面心想，一面瞥了哈诺夫一眼。

此时路况越来越糟了，他们驾车进了树林。这里没有别条路，马车都没法拐弯，车辙陷得很深，里面堆满了积水，咕噜咕噜响。树枝打在他们脸上，让他们感到刺痛。

"路况如何？"哈诺夫笑着问。

女教师看着他，不明白这个奇怪的家伙为何留居此地。在这样一个泥泞满地、寂寞乏味的被上帝遗忘的地方，他的钱财、他英俊的相貌和高雅的气质又有什么用呢？生活没有给他任何优待，在这里，他和谢苗一样忍受着糟糕的泥泞路所带来的不便，他们都在费力前进。如果一个人有机会在彼得堡或者国外生活，为什么还要住在此地？对于他这样的富人来说，把土路修成好路并不是难事，这样还能免遭颠簸之苦，也不用再看到他的车夫和谢苗脸上绝望的表情。但他只是笑了笑。显然，路况是好是坏对他而言都一样，他并不需要更好的生活。他善良、温和、天真，他对这种粗鄙的生活一无所知,就像他对考试时的祷告词一无所知一样。他只向学校捐了一些地球仪,就天真地以为自己在公众教育领域是个有用的人、是个杰出的活动家。在这里,谁会用地球仪呢?

· · ·

玛丽亚继续想着学校和它腐败的管理状况,以及她没有人可以求助的事实。接着,没有任何过渡,她的想法就被"他长得真英俊"打断了。所以,尽管她已经在脑中移除了哈诺夫,但她一直在观察他(他穿着昂贵的皮大衣,宽阔、富态的后背在前方摇晃着)。我们可以说,玛丽亚看上去是在思考学校的事情,但实际上是在想他,或者说努力克制着不去想他。

这种思考的自我中断是一件美妙的事,它意味着心灵可以同步出现在两个地方。(多辆列车同时出现在大脑里,但意识只注意到其中一辆。)

当我们在玛丽亚身上看到自己的影子时,内心一阵窃喜。(你曾对某个人有过这种长时间默默的、不求回报的、无法解释的淡淡迷恋吗?)哈诺夫其实不适合玛丽亚,她知道这一点,反正她也从来没有认真考虑过他,但她的心总是不断地被他引诱,如同狗狗被引诱到香味浓郁的餐馆后面的小巷里。

这时,你的阅读心情已经变得非常急迫了,或者我们可以说,它开始变得警觉了。它知道我们现在所处的位置:孤独而不快乐的玛丽亚在哈诺夫身上找到了潜藏的解药。如同痴迷于破案的侦探一般,这时阅读者的思维只专注于解读当下语境中出现的每个新鲜用词,而不再关注其他的内容。

然而在这里，在第三段，似乎无论我们关注与否，都还是会看到对这条路的描述。为什么故事需要这些描述？为什么契诃夫决定让我们从故事的中心行动中抽离出来，描述马车之外的世界？短篇故事因其篇幅短小，一个最重要的不言而喻的宗旨就是：绝不浪费笔墨，也就是说，故事中的一切事物都有其存在的理由（为故事所用）——即便是对一条路的简短描述。

所以，当我们进入这类描述时，大脑中负责阅读的那部分思维会在某处发问：它们为何是必要的？换句话说，是不浪费笔墨的？

早些时候，我们在问故事中是否存在某些"定律"，即我们的阅读思维会对哪些事情做出反应？答案是具象描述的事件。我们喜欢听别人描述我们的世界，还喜欢听到具象一点的描述。（"两个穿绿色毛衣的人，在一辆残破的汽车旁玩接球游戏"比"我开车经过这片平淡无奇的地方，什么也没有注意到"要好得多。）具象描述就如同戏剧中的道具，让我们更充分地相信那些东西完全是被创造出来的。这其实是作者廉价简单的小伎俩。如果我想让你置身于某间我编造的通风的房子里，我可能会引出"一只白色的大猫，在房间里的沙发上伸着懒腰，它看起来是正常猫身长的两倍"这样一句话。当你看到这只猫时，房子一下就显得真实可信了。

但这只是故事开始发展的一部分。这只猫，当它被放在一个特定的故事里时，就已经带有隐喻色彩了，与故事中其他几十（几百个）隐喻的元素相关联。

现在必须在这只猫身上做一些与故事相关的构思。可以说，无论它选择与否，它都将承担一些与故事相关的构思，因为它已经出现在了故事里。现在的问题是它将承担哪些构思，以及它如何能做到更好？

这里的路况"越来越糟"。这是作者的一个特定选择。如果这条路变得更宽敞、更干燥，通向一片开满鲜花的草地，那将是另一番景象。路况越来越差"意味着"什么？契诃夫为什么选择让道路变得更糟？亲爱的读者，这是一个极好的问题，你可以通过以下方法来更好地回答它：在脑海中搭建两种模型，"道路变得更糟"与"道路变得更好"，然后感受一下，为什么"道路变得更糟"时，故事反而更精彩了，或是感受一下这两种选择的不同之处。我们试着解释，相比一条正在变好的道路，为什么更糟的道路成了故事的更优选，或者反之。

但现在我们只需注意契诃夫在这一段中做的两件事：其一，他记得我们所处的位置（早春时，他们驾车进入树林）；其二，具体描述了那里的条件（"车辙陷得很深，里面堆满了积水，咕噜咕噜响"）。

所以，这既是对现实的描述（春天来了，积雪融化，道路变得泥泞），又如同一首校正我们对故事理解的小诗。粗略地说，我们认为这个描述表明了"一种不断恶化的情况"，即这条路"越来越糟了"。他们驾车"进了树林"，马车都"没法拐弯"，意味着这次出行是要付出代价的（"树枝打在他们脸上"）。再来看看另一种描述：他们驾车"走出树林，沐浴在明亮的阳光下，道路变宽了，令人愉悦，当马车慢悠悠地路过一场欢乐的农村婚礼时，低垂的花朵轻轻地拂过她的脸颊"。这样的描述和《在马车上》的出行带给我们的感受完全相反。玛丽亚一行人的出行似乎带给我们更多不祥的预感。

我们认为以上两种描述都起到了提前铺垫的作用，契诃夫用这种描述来为即将到来的一切做准备。但这里存在一个问题，假如契诃夫决定让他们路过一场欢乐的农村婚礼，这将改变故事的剩余内容。或者说，为了配合故事的积极色调，剩余的内容将不得不做出改变，以便让不断有力发展的故事整体更具说服力。

故事是个有机的整体，当我们说这是一篇精彩故事时，其实是在说，故事对它自身做出了灵敏反应。契诃夫看似只对这条路做了简单描述，实则是在通过两个方向告诉我们，如何从这条路读懂故事的当下，如何由此推出故事的过去以及未来。

哈诺夫有钱，他可以选择住在任何地方。但他现在和玛丽亚处于同一地点——泥泞的乡间小道上，好在这条路还可以翻修，只是他永远也想不到要这么做。"但他只是笑了笑。显然，这对他而言都一样，他并不需要更好的生活。"他为什么如此消极地生活？如果玛丽亚财力、物力充足，她一定会把它们用在刀刃上。不出所料，在这一页的末尾，玛丽亚对哈诺夫的态度发生了反转，她想起了哈诺夫捐给学校的那些"没用"的地球仪，这让他误以为自己是个杰出且有用的活动家。

在这里，让我们再来问三个问题吧，并且我会给出自己的大致答案：

一，把目光从书上移开，请总结一下到目前为止你所知道的情况。

孤独的女人身边出现了另一个人，我们期望这个人可能会成为她的朋友或情人，或者以某种方式缓解她的孤独。

二，你对什么感到好奇？

他们好像已经认识很久了，但没有擦出火花。如果他们以前从未走到一起过,那么,是什么让他们在今天走到了一起?另外,我们真的希望他们走到一起吗?我想,我是希望的,而且这个故事似乎也在我面前诱示了这种可能性。但是到了这一页的末尾,玛丽亚似乎又远离他了。

三,你认为这个故事的走向是什么?

我不知道。虽然我明白问题所在,但不知道将如何解决。这种不确定性正在让我产生一种算不上不适的紧张感。我感觉必须要发生点什么事,让哈诺夫有机会安慰玛丽亚,缓解她的孤独。也许他们会成为朋友,或者有一些亲密的微小瞬间,从而(稍微)减缓玛丽亚的不快乐。

此处我要声明一下:为了避免你在阅读早期因为厌烦而弃书,从现在开始,我们一次读两页。

"坐稳了，瓦西里耶夫娜！"谢苗说。

马车猛地晃了一下，眼看要翻了，有个沉甸甸的东西滚到玛丽亚·瓦西里耶夫娜脚边，那是她买的东西。前面是一段上山的陡坡，曲折的山沟里水声哗哗作响，要把道路全淹了。这儿怎么可能过车呢！马不住地喘着粗气，哈诺夫下了马车，穿着他那件长大衣走到路边。他很热。

"这都是什么路啊？"他说着，又笑了起来，"照这样下去马车迟早会弄坏的。"

"可谁让你在这样的天气里驾车出来呢？"谢苗粗暴地说，"你应该待在家。"

"在家很闷，老大爷。我不喜欢待在家。"

挨着老谢苗，他看起来体格健壮，精神很好，但他那隐约透露出虚弱迹象的步态背叛了他，表明他的生命已经枯萎，濒临尽头。突然间，树林里似乎传来一阵酒味。玛丽亚·瓦西里耶夫娜感到害怕，她对这个无缘无故就一蹶不振的男人充满了同情。她突然想到，如果她是他的妻子或妹妹，她会用自己的一生来拯救他。做他的妻子！生活是这样安排的，他独自住在自己的大房子里，而她独自一人生活在被上帝遗弃的村庄里，不知为何，她光是想到他们会以平等的身份相遇并逐渐亲密起来，就觉得不可能，甚至很荒谬。从根本上说，生活就是这样安排的，人与人之间的关系是如此复杂，完全超出了人们的理解范围，以至于当你想到它时，会有种心往下沉的恐惧感。

"而且你也猜不透，"她想，"上帝为什么要把好看、友好、迷人、忧郁的眼睛赐给那些软弱、不幸、无用的人，为什么他们那么招人喜欢？"

"我们要在这儿往右拐了。"哈诺夫说着，钻进了马车。"再见！一切顺利！"

她又想起了她的学生们，想起了考试，想起了看门人，想起了校务会议。当风中传来马车渐渐远去的声音时，她的这些想法都和别的想法混在了一起。她打算想一想那双好看的眼睛、想一想爱情、想一想那永远都不会拥有的幸福……

做他的妻子？早晨很冷，没人来生炉子，看门人不知去哪儿了。天刚亮，孩子们就来了，还带进了雪和泥巴，又吵又闹；一切都让人那么不舒服、不快乐。她住在一间小屋子里，厨房就在隔壁。孩子放学后她经常头痛，吃完晚饭还觉得胃里烧得疼。她还得从学生那收齐柴火费和看门人的工钱，交给督学，然后恳求他，求这个只知吃喝、蛮不讲理的乡下人，看在上帝的分上，能给她送些柴火来。夜里她总梦见考试、农民、雪堆。这种生活使她衰老、粗俗，使她变得丑陋、瘦削、笨手笨脚，仿佛被他们灌了铅。她什么都怕，当着校务委员或者督学的面，她总是站着，不敢坐下。谈到他们中的任何一个人时，她总是用敬称。没人喜欢她，她的生活就是这么凄凉，没有温暖，没有亲切的问候，没有有趣的熟人。以她现在的处境，如果她真爱上一个什么人，那将是多么可怕的事情！

· · ·

　　马车差点翻车。我们发现玛丽亚在城里买了一些东西。(这些东西现在成了故事的元素。我们想知道,它们有什么用?)哈诺夫重复了他在上一页开的愚蠢玩笑,谢苗对他发火了("可谁让你在这样的天气里驾车出来呢?"他"粗暴"地说),对于地位比他低的人对他的无理态度(谢苗是农民,哈诺夫是富有的地主),哈诺夫温和的回应与玛丽亚给我们描述的哈诺夫是风格一致的:他软弱、没有骨气、只会简单地给人打最高分。

　　玛丽亚认为她在树林里闻到了酒味。她同情哈诺夫,他"无缘无故就一蹶不振",并认为如果她是他的妻子或妹妹,她会用自己的"一生"来拯救他。但那是不可能的。"从根本上说,生活就是这样安排的,人与人之间的关系是如此复杂,完全超出了人们的理解范围,以至于当你想到它时,会有种心往下沉的恐惧感。"

　　就在玛丽亚排除了他们结婚的可能性后,哈诺夫直接从故事中消失了。

　　玛丽亚可能没意识到,但这却证实了我们的感觉——她并没有真正把哈诺夫当作潜在的浪漫对象。(她并没有想:"哦,不,他走了,他不喜欢我!")相反,她的思绪回到了学校,她又想起了"她的学生们,想起了考试,想起了看门人,想起了校务会议"。这已经是她第三次这么做了,即从现实世界中抽离出来,转而担忧起学校的事情。她已经形成了习惯(反刍一件事对她来说已成例行公事，衡量她被辛苦的生活折磨和压榨到了什么地步）。

这个故事的成就之一是表现了孤独心灵的运作方式。玛丽亚只是坐在这里沉思默想，幻想着那种我们也会幻想的事：中了彩票，成为领导，或者去教训那些曾在学校里伤害过我们的人。尽管这个故事让我们觉得玛丽亚可能（只是可能）会向哈诺夫敞开心扉，但它也给了我们足够的理由相信这不可能，也不可取。他爱喝酒，闲人一个，早过了改变自我的年纪。他似乎不喜欢玛丽亚，或者说不喜欢任何人。他以前或许有许多结婚的机会，但他没结。坦白说，玛丽亚有点自傲。当她在衡量哈诺夫的时候，我们感觉到她在想：如果他们真的在一起，他应该多少会让人失望。

然而……

契诃夫让她做了一件有趣的事情：当她听到"马车渐渐远去的声音"时，突然想到了"那双好看的眼睛、爱情、永远都不会拥有的幸福……"

这次她想做他的妻子（而不是他的妹妹）。在故事的前几段，她已经排除了这种可能性。（"做他的妻子？"）现在她浮标般的心又被拉扯回来了。令人难过的是，她把心思放回哈诺夫身上，不是因为他人好，也不是因为他是她的灵魂伴侣，而是因为：一，在她周围（在她的世界里），没有其他人；二，她孤独到了极致。

她很孤独，而他就在近旁。他在近旁，尽管他并不孤独，可他似乎也需要一些帮助。但如果你曾经试着做过媒人，你就会明白，即便是两个极度孤独的人，也会有自己的择偶标准。我们不能替他们发言。在这种情况下，玛丽亚和哈诺夫其实已经为自己代言了。这并非是两个准备好恋爱的人的初次见面，而是两个还没准备好恋爱的人（如果他们要谈恋爱，几年前他们就会这样做了)的再次相遇。

没有人会期待发生什么。事实上,如果发生了什么,那就有点奇怪了。

在这一片段末尾的长段中,她用现实生活的悲惨经历回答了自己的问题("做他的妻子?"):雪、泥巴、不舒服、她的小屋子、她的头痛、她胃里烧得疼、她要不断地收齐柴火费。这种有辱人格的生活"使她衰老、粗俗"。即便她对他们总是用敬称,但仍旧"没有人喜欢她",唉,我可怜的玛丽亚。

这一段的大部分内容似乎都在说:"幻想这个富有的男人娶我这么一个劳碌命,也太荒谬了。"随后,最后一行("以她现在的处境,如果她真爱上一个什么人,那将是多么可怕的事情!")又说出了更糟糕的事情:是的,她配不上他。而且,即便他喜欢她,生活的艰难已让她没有心力再去爱人。而他显然不喜欢她。

爱因斯坦曾经说过:"任何有价值的问题,都不会在其最初的构想中得到解决。"① 显然,这个故事刚刚脱离了它最初的构想,排除了哈诺夫把玛丽亚从孤独中解救出来的可能性。

现在该做些什么?

我们可以把故事想象成一个悬念传递系统。也就是说,先在前面几页中设置悬念,而后面几页的诀窍就是利用这些悬念。玛丽亚被创造出来时,就是不快乐和孤独的,随着每一页的逝去,她的不快乐与孤独加倍。这就是故事里的悬念不断传递的体现,

---

① 显然,这是对爱因斯坦真实说法的错误引用,他实际说的是"要让人们明白,如果人类想生存下去并使生活迈向更高的水平,新的思维方式是必不可少的"。但在几年前,有位学生以文中出现的形式向我转述了这句话,我无意冒犯爱因斯坦,但我觉得这位学生提供的版本也很精彩,并一直使用至今。——作者注

它让我们对人物的命运有了更多的期待。不得不说，玛丽亚的想法中有一些迹象，表明她不会拒绝哈诺夫的求婚。她认为他英俊迷人，有一种把他从他自己手里拯救出来的冲动。尽管这个故事一直在告诉我们，这段感情是不太可能发生的（之前从未发生过，现在也不会发生），可我们仍然希望它发生——我们一直在为玛丽亚加油鼓劲。

我们想要的和她想要的一样——让她不再孤独。换句话说，我们对故事接下来的悬念设置充满了希望，期望她能从中得到一些安慰。

契诃夫在故事的前七页，为我们打造了一扇门，上面写着"哈诺夫也许可以缓解玛丽亚的孤独"，他希望我们能够走进去。每当我们体会到玛丽亚的孤独时，都会满怀希望地瞥一眼那扇门，可现在那扇门已经关上并上锁了。

或者说，实际上它已经消失了。

随着哈诺夫的离开，我们可以看出契诃夫已经放弃采用两人会发生感情桥段的便捷方案。谁也不知道契诃夫是如何做出这个决定的，但我们可以观察他做了什么：他让哈诺夫从故事中消失了。现在，故事不会再平淡无奇。

契诃夫的这种做法是相当重要的创作法宝，我们可以称之为"绝不能让故事落入俗套"。只有敢于扔掉蹩脚的桥段，更精彩的故事设计（我们满怀希望地这么假设）才会出现。如果拒绝扔掉蹩脚桥段，那么故事的质量将会堪忧。（而现在，不说别的，至少我们没写那些蹩脚的桥段。）

我们也可以这么想：有可能契诃夫已经事先预知，我们会对玛丽亚和哈诺夫之间的爱情故事有所期待，我们早已幻想过这些了，所以他大可不必再去发展这两人的感情线。他把哈诺夫从故事中抽离出来，从而越过这个问题，去寻找下个更加精彩的情节。可以说，这是他迫使自己另辟蹊径的一种方式。(假设你的厨房里有一大碗糖果，而你只吃这些糖果，此时，强迫自己吃得健康一点的方法就是把这些糖果扔掉。)

当我试图向学生们解释这一概念时，我想起了我们在20世纪60年代末（当时我还在念小学）做的一堆手镯（那时我们这群可爱的芝加哥小嬉皮士们称它们为"爱情珠"）。操作流程是这样的：你先穿上一颗珠子，然后把它一直推到绳子的打结处，这样才能为新珠子扫清障碍。

其实，故事的推进也是如此，我们应该把它的"新珠子"推到打结处。如果你知道故事接下来的走向，就不要藏着掖着，现在就该往下推进。但然后呢？你接下来会做些什么？要知道，现在你已经交出了自己的底牌。当我们质疑自己能否讲出一个真实的故事时，往往会先留一手，以免接下去没有素材可讲。这其实是一种写作小伎俩。不再藏匿某些情节，代表了创作者信念感的提升，它会迫使故事产生更多的吸引力。这一切仿佛都在说："你能比之前做得更好，因为现在我已经识破了你的小伎俩、你设计好的第一方案，我相信你能把故事写得更好。"

不出所料，在故事这一页的最后几行，揭示了一直在"隐身"的叙述者[1]（我们也恰好没提他）。而且，在这场"文字游戏"的后

---

[1] 在叙事学中，隐蔽叙述者介于缺席叙述者和公开叙述者二者之间，读者在叙事文本中难以发现"他"的声音。也就是说，叙述者是以比较隐蔽的方式存在着，叙事文本中的间接引语往往就是这种隐蔽叙述者的存在方式。如《在马车中》里的这种描述："她什么都怕，当着校务委员或者督学的面，她总是站着，不敢坐下。谈到他们中的任何一个人时，她总是用敬称……"——译者注

期,叙述者的身份被揭露了:原来他不是那个穿越《林肯动物园》的人。相反,他是动物园里面住着的一只老虎!(但关于叙述者的所有线索,都被极其精心地隐藏起来了,并且动物园里的其他动物一直称呼我们的老虎为"梅尔",还和它讨论《芝加哥白袜棒球队》等等。)

在这里,故事用诚实打动了我们,这种诚实表现在它运用的语言、形式,还放弃了使用藏匿的小伎俩。

此时的玛丽亚仍然陷在困境中,她依旧感到孤独和无趣。契诃夫通过去除初始阶段的故事图景(哈诺夫),使得故事更加引人入胜。故事早些时候在说"曾经有个孤独的人",然后又继续推进说:"这不是很好吗?这个孤独的人遇到了另一个孤独的人,现在两个人都不孤独了。"契诃夫拒绝采用这种明显的感情桥段,从而使故事提出了一个更加深刻的问题:"一个孤独的人找不到摆脱孤独的方法,怎么办?"

对我来说,这是故事开始升华的地方。它在说:孤独是真实的,也是必然的。我们中的一些人并不能轻易地摆脱掉孤独,有时对它一点办法也没有。

我们关心玛丽亚,我们希望哈诺夫能帮助她,可他突然就退场了。

现在该怎么办呢?

"坐稳了,瓦西里耶夫娜!"

前面又是一道陡坡。

她教书是生活所迫,并非出于精神感召。她从没想过教育的使命是什么,也没想过启蒙的必要性,在她看来,工作中最重要的不是学生,不是教育,而是考试。再者,她哪有时间去想什么教育的使命、启蒙的意义呢?教师、穷困潦倒的医生以及医生助手的工作都很繁重,他们哪有时间去想自己是在为理想还是民众而服务,他们的脑子里装满了关于柴米油盐、颠簸的道路和疾病的念头。这样艰苦、乏味的生活,只有像玛丽亚·瓦西里耶夫娜这样默默忍受生活压迫的人才能熬住。那些常把使命和实现理想挂嘴边的人总是活泼、机警又敏感,会很快厌倦并丢掉这种工作。

谢苗一直在找干燥一点、近一点的路,现在他们刚刚穿过一片草地,走到村舍后面,在靠近一块田地时,农民不让他们过。另一块地属于牧师,他们也过不了。再往前走则是伊万·约诺夫从庄园主那儿买的地,还在它周围挖了道沟渠。他们不得不屡次调转马头往回走。

他们终于到下戈罗季谢了。小酒馆附近停着几辆装有大罐浓硫酸的马车,不远处的雪地上堆满了畜粪。小酒馆里人很多,都是车夫,空气里掺杂着伏特加、烟草和羊皮的味道。人们大声嚷嚷,带滑轮的门砰砰作响。隔壁是家杂货铺,有人一直在那儿拉着手风琴。玛丽亚·瓦西里耶夫娜坐下来喝茶。邻桌的几个农民在那儿喝伏特加和啤酒,浑身冒着热汗,这是先前的热茶和酒馆里又闷又不通风的缘故。

"听着,库兹马!"人们不断发出嘈杂的喊叫声,"那又怎么了?主会保佑我们的!伊万·德门蒂奇,我能替你干这事!往这看,朋友!"

一个满脸麻子、留着黑胡子的小个子农民,喝得酩酊大醉,突然被什么东西惊了一下,开始骂骂咧咧。

"你在那儿骂什么呀?"谢苗坐在远处,生气地说,"你难道没看到这儿有位年轻的小姐吗?"

"小姐!"有人在另一个角落讥讽道。

"下流胚!"

"我没别的意思——"小个子农民有些窘迫。"别见怪。我花我的钱,这位小姐花她的钱。您好,小姐?"

"您好。"女教师回答说。

"谢谢您的好心。"

玛丽亚·瓦西里耶夫娜愉快地喝着茶,她也像农民一样脸红起来,她又想起柴火,想起看门人……

"等等,兄弟。"邻桌的人说,"她是维亚佐夫耶村的女教师。我们认识她。她是个好人。"

"正派人!"

带滑轮的门一直砰砰作响,一会儿有人进来,一会儿有人出去。玛丽亚·瓦西里耶夫娜继续坐在那里,想着同样的事情,手风琴在墙后持续演奏着。地板上斑驳的阳光移至柜台,然后到了墙上,最后消失不见。这意味着正午已过。邻桌的农民们准备上路了。那个喝醉的小个子农民,摇摇晃晃地走到玛丽亚·瓦西里耶夫娜面前,跟她握了手,别人也仿照他,——和玛丽亚握手告别,然后陆续走出去,带滑轮的门吱吱叫着,砰砰响了九次。

· · ·

在这个片段的第一页里,人物特征的具象描述仍在进行着。

在这里,玛丽亚的形象又一次微微地具象化了。(故事的形式告诉我们,人物形象从来不是静止不变的,而且要求作家们尊重这一点。如果人物一直在做或者说同样的内容,一直处在相同的位置,我们会觉得这个故事是静止的。重复的节拍,意味着情节变化的失败。)在这里,我们明白了,玛丽亚不是出于对这份工作的热爱而去教书,她是迫于经济状况才这么做的。在她看来,考试才是一直以来最重要的事(不是学生,也不是教育)。我们注意到契诃夫塑造的这个人物的特质在不断增强,她已经离成为一名一流的、有新意的、勤奋工作的、为理想服务的老师越来越远。她不是这种人,也从来不是一个热爱教育事业的老师,这是她疲惫不堪的原因之一:她对工作缺少热情。她从一开始就对工作不抱希望,因为她不喜欢这份工作:她觉得做这份工作有失身份,有可能会做不好,而不是出于爱而去做。

契诃夫反对塑造简单的圣徒或罪人形象。我们在哈诺夫(富有、相貌英俊、爱喝酒)身上看到了这点,现在从玛丽亚身上也看到了这一点(这位品行高傲的女老师,在挣扎着融入那毫无乐趣的生活处境的同时,也给自己构建了牢笼)。这使人物的发展变得更加复杂。我们想把一个角色定位为"好人"或者"坏人"的想法受到了挑战,不得不说,这提高了我们阅读时的注意力。故事驳斥了我们对角色的定位，使我们对故事的真实性有了更深一层的尊重。最初读到这里时，我们只是把玛丽亚简单概括成了残酷生活中的无辜受害者。但故事接着提出了疑问："好吧，我们在这里停一下。想一想：残酷生活的特点不就是使身在其中的人异化，让他们参与到毁灭自己的行动中吗？"（另一种说法则是："我们不要忘记玛丽亚是个人，她是复杂的，也会犯错。"）

她的处境仍然悲惨，但我们现在明白她应该对此负责任，因为她没有足够的财力来应对工作的挑战。我在心里稍微修正了一下她的形象：她其实能力有限，有点胜任不了这份工作。

另一方面，这又是一个什么样的俄罗斯呢？它迫使一个人去做她并不喜欢的工作，并落得如此境地。她不得不向学生收齐柴火钱，不得不在四面漏风的房间里教学，却得不到一点点社会的援助与支持。怎么可能会有人喜欢这种生活？（我想起了特里·伊格尔顿[①]的话："资本主义掠夺了人体的感官享受。"）

想象一下，世界上有多少像玛丽亚这样的人。为了生存，他们消耗掉自己最好的年华，他们的优雅在这份自己不喜欢却又不得不去干的工作里慢慢消失殆尽（也许你和我都是这其中的一分子）。

正如我们一直在说的，短篇小说为了讲求高效可以很无情。故事中出现的一切事物都应带有目的性。我们可能会认为故事中没有任何事物是偶然存在的，也没有任何事物的出现仅仅是为了实现文字的记录功能。每个元素都像一首小诗，承载了故事的

---

① 特里·伊格尔顿（Terry Eagleton，1943—），英国文学理论家、文学批评家、文化评论家、马克思主义研究者。

目的。

故事中这些元素承载的功能，我们称之为"无情高效法则"。当玛丽亚的马车驶入小镇下戈罗季谢时，我们发现自己在问："描写这个小镇的目的是什么？"这个小镇之所以在故事中出现，唯一可能的原因是："这个小镇需要承担一些故事需要它做的工作。"所以我们真正应该问的是："马车驶入下这个小镇的目的是什么？为什么是下戈罗季谢，而不是别的小镇？"

当你读到这一段时，想想你的脑中捕捉到了什么，契诃夫又想让我们注意到什么：

> 他们终于到下戈罗季谢了。小酒馆附近停着几辆装有大罐浓硫酸的马车，车上装着大瓶浓硫酸，不远处的雪地上堆满了畜粪。小酒馆里人很多，都是车夫，空气里掺杂着伏特加酒、烟草和羊皮的味道。人们大声嚷嚷，带滑轮的门砰砰作响。隔壁是家杂货铺，有人一直在那儿拉着手风琴。

这里出现了一个极其精彩的描述——"带滑轮的门砰砰作响"——带给我们一种格外生动的观感，但同时也带有尖锐的听觉冲击。当我们跟着玛丽亚进去时，契诃夫试图向我们传达一些东西。我们意识到自己收集了一些"负面"词汇，比如"畜粪""硫酸""有味道的""吵闹的""大声的""砰砰的"，并试着探寻这些词语的隐藏含义。同时还有聚会的声音和没完没了的嗡嗡的手风琴声，这些描述使我们更加确定，契诃夫想传达给我们的是：这是一间粗野不堪的乡间小酒馆。

来，我们考虑一下另一个不同"口味"的版本：

在小酒馆附近的白色雪地上停着装满橙子和苹果的马车，这些水果是从遥远的异国他乡运来的。小酒馆里有很多人，都是马车夫。房间有一股茶香，还飘来一股大烤箱里正在烤东西的香味。这地方吵吵闹闹，充斥着欢声笑语，开关门的叮叮当当声持续不断，让人觉得好喜庆、好热闹。隔壁的商店里，有人正在用手风琴演奏着轻快的舞曲。

上面所描述的这个小镇可能在某个地方确实存在，但这不是契诃夫所需要的小镇。

所以，当这个孤独的女人在对自己低人一等的生活感到不满时，走进了一间粗野不堪的小酒馆，这是一个她在自己设想的生活里永远都不会踏足的地方。

曾几何时，极其受人尊重的电影制片人斯图尔特·康菲尔德告诉我，一个好的剧本，在每个结构单元都需要做两件事：一，让这些单元本身具有趣味性；二，以一种新奇的方式推进故事。

我们姑且将以上两点称为"康菲尔德定理"。

在平淡无奇的故事里，小酒馆里不会发生什么。小酒馆的存在是为了给作家提供带有当地色彩的元素，告诉我们这个地方是什么样子，或者里面可能会发生什么事情，但对故事的走向不会有太大影响，比如说有些盘子会掉下来摔碎，一缕阳光会没来由地从窗口漫射进来，这都没什么新奇，因为现实世界中的阳光也是如此照射；再比如一只狗在小酒馆里跑进跑出，这么写，也只是因为作家最近在一个真实的小酒馆里看到一只真实的小狗这样做。以上这些内容可能"本身就很有趣"(真实、好玩、用了生动的语言描述等等),但却没有"以新奇的方式推进故事的发展"。

当故事"以新奇的方式推进"时,我们除了能感受到故事中的当地色彩,还能感受到一些别的东西。人物以一种状态进入场景,却以另一种状态离开。这样一来,故事会变得更加独特,它提炼了我们一直在问的故事效应的问题。

那么,这里发生了什么呢?

一个"满脸麻子的农民"在骂人。(这句描述带有地方色彩。)谢苗对骂脏话的人的回应是让他注意一下玛丽亚在这儿。("你没看见那位小姐吗?")

在研讨会中,我们谈论了很多关于故事"在紧要关头升级"的内容,谢苗在这儿就做到了。在此刻的小酒馆里,出现了两根裸线:一根裸线标着"玛丽亚",另一根裸线标着"小酒馆里的农民",尽管电流同时穿过这两根裸线,它们彼此平行,却相距甚远。但就在刚刚,谢苗对满脸麻子农民骂人的举动做出回应时,这两条裸线相交了。之前,玛丽亚和那些聚在一起的农民没有任何关系。现在他们有关系了,而且还正在发生联系。

有人起头"挑刺"谢苗对玛丽亚的描述:"这位年轻的小姐!"(言辞间其实在暗讽:"你说她年轻?"而且,"你还称她为小姐?")突然间,小酒馆里充满了紧张的气氛。玛丽亚在这里有两次受辱的经历:第一次是间接的辱骂,第二次是直接的嘲笑。我们感觉到这一屋子的农民随时有可能会攻击这位"高傲的"女教师。谁又能在那里保护她呢?

紧张的气氛被那个可爱的小麻子农民化解了。说实话,不知为什么,我在脑海里总是把小麻子农民想象成七个小矮人中的瞌睡虫小矮人(而且他还会脱下帽子向玛丽亚道歉)。玛丽亚接受了他的道歉。她生硬而害怕地问道:"你好吗?"也许这句问候会导致事态进一步恶化。这句蹩脚的问候凸显了玛丽亚在乌合之众中的危险处境。如果那个骂人的农民是另外一个带头"挑刺"的农民,玛丽亚的境地可能会更糟。(其实一定会更糟,用不了二十年,俄国革命爆发时,这堆农民里的一些人就会直接用暴力夺取哈诺夫的财产。)

这时玛丽亚的反应是什么?她"愉快地"喝着茶。按照人受辱的本能反应,她本该气得双手哆嗦或者泪眼汪汪,可她没有。也许,这次的经历对她而言已经不是第一次了(想到这儿,我们比她更难受)。或许以前往返城镇的时候,她曾多次来过这家小酒馆,或许这种侮辱人的嘲弄以前也发生过?

在这里,我们对玛丽亚的理解更加精细了。这不是一个刚刚开始陷入落魄境地的女人,而是一个在很久之前就陷入这般境地的女人。令人心疼的是,她对这种落魄状况已经习以为常,以至于都不会感到特别愤怒。她已经落魄了,而且仍处在这种境地中,未来或许会更加落魄。她现在已经差不多和那些农民一个样了。

这个场景实现康菲尔德定理了吗?我想实现了。尽管她之前通过内心独白把自己表现为一个落入下层民众生活中的女人,但那时我们可能不太相信她,现在我们相信了,在她的那些独白中(我想就如同我们所有人的内心独白一样),她敏锐地评估了谢苗和哈诺夫的为人,通过理智的思考、反思,对自己的处境有了一定把控。但现在我们也看到了她的处境有多危险,事实上,比她自己认识到的还要危险。我们终于明白,她为什么会对自己遭受侮辱、陷入落魄的境地视而不见。

想象一下，一个人走在街上，想着是时候给自己买一套新西服了。他正在试穿的这件西服极其合身，售卖员也在恭维说这件衣服多么适合他。不管怎样，他都应该买下它犒赏自己。在从商店回来的路上，他遇到一些青少年，他们嘲笑他的西装是多么老土、难看。我们在同情他的时候，突然看到了他的西装。

在理解了玛丽亚的内心叙述与她在这个世界的真实处境之间的差异后，我发觉自己对她产生了更多的保护欲和柔情。这个变得更为复杂、陷入危险境地的玛丽亚，正是我要带领大家读下去的对象。

大家打起精神来，只剩三页了。

"瓦西里耶夫娜,坐好了。"谢苗对她喊道。

他们上路了。马车又一次缓慢地行进着。

"不久前,他们在下戈罗季谢这儿建了所学校,"谢苗转过身来说,"这里面肯定有鬼!"

"为什么,怎么了?"

"他们说校长往自己口袋塞了一千卢布,督察也塞了一千,老师塞了五百。"

"建那个学校总共才花了一千。诽谤别人是不对的,老大爷,那都是胡说八道。"

"我不知道……我只是看人家这么说,就这么说了。"

然而,很明显,谢苗并不相信女教师的话。农民们不相信她,他们总认为她的薪金太高——一个月二十一卢布(五个卢布就够了),而且还认为,她把从学生那儿收来的大部分柴火钱和给看门人的工钱据为己有。那位督学和这些农民的看法一样,但他自己却在柴火钱上做了手脚,并且瞒着学校,凭着他督学的身份,向农民们索要薪金。

感谢上帝,他们总算走出了这片树林。从现在起,通往维亚佐夫耶村的道路是片干净的平地。他们距离那儿已经不远了:过了这条河,再穿过铁道,就到达维亚佐夫耶村了。

"你往哪儿赶车啊?"玛丽亚·瓦西里耶夫娜问谢苗,"走右边的路过桥才对。"

"为什么啊?我们也可以走这条路呀,河又没有那么深。"

"当心啊!别把马给淹死了。"

"怎么可能呢?"

"看,哈诺夫也向桥那边驶去了,"玛丽亚·瓦西里耶夫娜远远就看见右侧有辆四驾马车,就说,"我想应该是哈诺夫的马车吧。"

"就是他。看来,他找的巴克维斯特应该没在家。真是个傻蛋。上帝保佑!他为什么要走那条路呢?要知道,走这条水路足足近了三俄里呢!"

他们的车子往河边赶去。夏天时,这是条浅湾,很容易渡过,通常在八月时河水就干涸了。但现在,春汛过后,这条河大约有六俄丈①宽,水流湍急、混浊而冰冷。从河岸到水面,有几处新的车轮印迹,可见已经有人从这边赶车渡河了。

"驾!"谢苗愤怒又急躁地喊道,他用力拽住缰绳,胳膊扬起时,犹如鸟拍打着双翅,"驾!"

那匹马下水了,当水没到马肚子时,它停了下来,但马上又绷紧了肌肉,继续前行。玛丽亚·瓦西里耶夫娜的双脚感到一阵刺骨的寒意。

"驾!"她站了起来,也喊着,"驾!"

他们总算上岸了。

"真是一团糟,上帝保佑我们吧!"谢苗一边嘟囔着,一边整理好马具。"这个地方自治局真该死啊……"

她的套靴和鞋子里都是水,裙子的下摆、外套和一边的袖

---

① 昔日的俄制长度单位,一俄丈约等于2.134米。

子都湿透了,滴着水。最糟糕的是,糖和面粉也浸水了。玛丽亚·瓦西里耶夫娜只能绝望地举起双手,拍掌道:"啊,谢苗啊,谢苗!你这家伙真是的……真是……"

· · ·

这里的关键词是"变化"。回到马车上,谢苗又开始搬弄是非,这次是聊一些人把小镇建学校的钱塞到自己腰包里的丑恶行为。早些时候,谢苗说的一些小道消息是正确的(关于莫斯科市长被暗杀),但玛丽亚不相信他,或者说,她对此不感兴趣。但在这里,尽管谢苗说得不正确,但她却有了兴趣,并纠正了谢苗说的内容。这表明,谢苗两次都在散布不正确的小道消息,当玛丽亚对他说的话感兴趣时,才会纠正他。同样地,在这里我们会发现契诃夫的写作本能是趋向变化的,他反对停滞。契诃夫的写作天赋之一就是能够自然而然地在故事场景中安排变化的元素,而那些写作能力较弱的作家则会让故事保持停滞。

由于谢苗叙述内容的变化,我们可以从两方面来对他进行解读:其一,作为十九世纪俄式阴谋论的支持者,他总是愿意相信当权者最坏的一面;其二,尽管他和玛丽亚同样生活在底层,但他却对周围发生的事情保持着关注(尽管有时他说的消息不太准确)。

这也说明玛丽亚对"国家大事"不感兴趣,只对发生在当地的事情感兴趣,因为这些事情可能会影响她在学校里已经岌岌可危的工作。(经过那次小酒馆的经历后,我们并不打算责备她。)这其实也解释了为什么她的思绪总会飘回学校,这是一种自我保护式的、评估周围环境的举措。实际上,她沉迷在她还能有所把控的事情上。

在这里，要留心些。我们正在解读谢苗和玛丽亚的对立关系，他们就像盒子里的两个玩偶娃娃，摆着不同的姿势。谢苗对这个世界很感兴趣，但玛丽亚不是；谢苗会对这个世界进行推想，玛丽亚却不会这么做；他们都不信任自己所处的环境（尽管原因不同）；谢苗是农民，玛丽亚也几乎成了农民，等等。

事实上，这里有三个玩偶娃娃：玛丽亚、谢苗和哈诺夫。我们甚至在无意中不断地扫描这三者间的相似与不同。我们把玛丽亚和谢苗归为一档，是因为他们来自同一个城镇，并且坐在同一辆马车上；玛丽亚和哈诺夫会在一起则是因为他们比谢苗更年轻，社会地位更高，是有可能结成一对夫妻的（尽管这种可能性并不大）；把谢苗和哈诺夫归为一档，是因为他们都代表着"不如玛丽亚聪明的人，她必须应对与这些人的相处"，但每个人也都以自己的方式孤独着：玛丽亚是唯一的女性，谢苗是唯一的农民，哈诺夫是唯一的地主。

故事不像现实生活，它更像一张桌子上摆着的几样东西，桌子的"意义"是由这些事物相互匹配选择的关系决定的。想象一下桌子上的这些东西：一把枪、一枚手榴弹、一把斧头和一只陶瓷鸭子雕像。如果鸭子在桌子的中央，被武器紧紧包围着，我们会认为这只鸭子要有麻烦了。如果鸭子、枪和手榴弹把斧头压在一个角落里，我们可能会觉得鸭子在带领现代武器（枪、手榴弹）对抗（老式的）斧头。如果三件武器分别悬在桌子的一边，鸭子正对着它们，我们可能会认为鸭子是个终于受够了的、激进的和平主义者。

以上的例子表明：故事的内容是由一组我们对照着阅读的有

限元素组成的。

至少，从这里开始（第 54 页下方），他们的路程变得容易多了。他们已经走出树林了，前面都是平地。在这里，契诃夫给我们呈现了一张简单又清晰可见的景观地图："他们要做的就是过河，再穿过铁道。"

虽然附近有座桥，但是谢苗有自己的计划。他将涉水渡过这条"不太深"的河流，为他们节省些时间。哈诺夫再次在故事中出现，他正在极其谨慎地（莫非他变精明了？）往桥上驶去。请注意，此时的玛丽亚对哈诺夫已经没有任何想法了（她既没有再次点燃希望的火苗，也没有心跳加速）。这证实了我们的想法：她对哈诺夫的思考一直都是琐碎无聊的，她没有认真对待这份感情。

在这个时间点，谢苗得出的结论是：这个"傻蛋"哈诺夫并没有找到他的朋友。因此，他的整个旅程都在白费力气。

他们的车子到达河边。

在谢苗催马前进之前，我们先问问：契诃夫为什么要大费周章地创造这条河？他本可以让马车走干燥的大路直接回村。这说明马车在渡河过程中一定会引发一些对契诃夫的创作目的有利的情节。（有这样一对相互关联的写作格言，"不要无缘无故地让事情发生"，"在事情发生时，它的重要性一定要体现出来"。）

"夏天时，这是条浅湾……但是现在……这条河大约有六俄丈宽。"所以，渡河必将是个挑战。然而，几处新的车轮印迹，预示着已经有人从这边赶车渡河了，这一刻就像是对谢苗和哈诺夫进行的能力测验。你觉得哪个版本的现实处境是正确的：一，谢苗，一个自以为是的农民，不仅瞧不上聪明的乡下庄园主，还试图渡过一条有风险的河流，结果是灾难性的；二，谢苗，作为底层人中的一员，为了节省时间，合理地做了和其他人一样渡河的打算。他不像那个愚蠢的乡下庄园主哈诺夫，仅仅为了确保安全，就无缘无故地浪费时间绕远路。

玛丽亚在这件事上没有发言权，她只能坐在马车里承受发生的一切。尽管她是主角，也是故事中最聪明、最有自我意识的人。

马车一入水就很惊险，水流灌进了马车内。他们费了很大的劲才过了河，谢苗（阴谋论支持者）痛骂地方自治局。住在这里真是一种"折磨"。（"不是我的问题，是这个村子的问题！"）与此同时，我们想象着哈诺夫继续向桥边驶去。

谁是赢家？好吧，就算谢苗是吧，但他害得玛丽亚的鞋子里全是水，裙子也湿了，最糟糕的是，这些几乎花掉玛丽亚全部薪金买的糖和面粉（她所购买的东西）都浸了水。

"啊，谢苗啊，谢苗！"她说，"你这家伙真是的……真是……"

这是一个如此悲伤的时刻：她想要的也只是卑微地活着。可即便我们只是把为小房间购置基础必备品视为"活着"，她都活不成。

哈诺夫花费了一天的时间在路程上，可他什么实质性的成果也没有得到。玛丽亚也是。

在前文中，我们曾问过：为什么契诃夫要在故事中创造这条河流？显然，他这么做是为了毁掉玛丽亚所购买的东西。他为什么要这么做呢？

作为年轻作家，我曾收到过一封充满溢美之词的退稿信，它给我的评语是："该作节奏轻快，文风有趣又狂野……但我们不确定这是否是个故事。"你能理解吧，这句话真让人抓狂。（我那时心想，这篇小说节奏又快、有趣又狂野，这还不够吗？你们这群笨蛋！）但我现在明白了，短篇故事并不是一个事件接一个事件的发生，它不应该在连续进行了若干页的生动叙述后停止叙述。它应该要"强迫"我们去读完它的叙述内容，也就是说，叙述内容本身会以某种方式升华或扩展，让内容变得……足够丰富。

我小的时候，立顿曾投放过电视广告，其标语是："这是汤吗？"面对正在阅读的作品，即使它是我们自己写的，我们也总会问："这是一个故事吗？"

这就是我们写作时所寻求的时刻。可以说，我们不断地修改、再修改，就是为了把文章写出来，也就是说，为了让它产生"现在这是一个故事"的感觉。

一个极好的实验办法是，我们可以在作者实际创造的故事结尾之前，通过删除一些内容，让故事提前结尾，然后再来观察这个结尾会对故事产生什么效果，由此产生的感觉会告诉我们到底缺少了哪些方面的内容。或者，反过来说，一旦我们阅读了剩余的文本，知道了它提供的有关内容，就会完成从"叙述"到"故事"的转变。

我们来试试这种转变吧，就在这里结束这个故事怎么样，用刚刚读到的那部分来结束的话，结局就是这样的："啊，谢苗啊，谢苗！你这家伙真是的……真是……"

故事结尾了。

回到开头，读完整个故事后在这里结束，你觉得怎么样？以这种方式结束的故事，似乎在"说些"什么呢？它又缺少什么内容呢？（有哪些球还悬在空中？）我自己的感觉是："不，这还不是一个故事。"

我们看看能否找到原因。

早些时候,我们认为对故事内容最简单的概括是:孤独的女人遇到了可能会擦出火花的恋人。现在我们已经超越了这一点,变成了以下内容:孤独的女人遇到了可能会擦出火花的恋人。他可能会缓解她的孤独,但他没有。她(和我们)都意识到这是没有希望的。她在小酒馆里受到了羞辱,她出行的目标(购买生活基础品)也被摧毁了。

故事结尾了。

这样删除了,就会给人一种冷冰冰的感觉:我们喜欢的这位善良女士身上发生了一系列糟糕透顶的事情,而且她回家时的状态比她离家时还要糟糕。(这描绘了现实世界中的数百万个日日夜夜,但它不是"一个故事"。)

在研讨会中,有时我们会谈到,能使一篇文字成为一个故事的关键在于:其中发生的一些事情,能使人物永远地发生改变。(这确实有点苛刻,但我们把它作为学习的起点。)因此,我们最好写特定时间段的故事,从特殊的时间点开始,到另一个特殊的时间点结束,为的是将这些发生变化的时间点定格下来。(我们不会写一篇三个鬼魂纠缠在守财奴斯克鲁奇[①]身边前一周的故事,也不会写关于罗密欧十岁生日派对的故事,或者卢克·天行者[②]生命中那段几乎没有发生重大事件的时光。)

为什么契诃夫选择叙述玛丽亚生活中的这一天?换句话说:在今天这一天,玛丽亚发生了什么变化?她难道和我们在第一页

---

① 斯克鲁奇是狄更斯在1843年所作的小说《圣诞颂歌》中的主人公,他是一个吝啬鬼。
② 科幻电影《星球大战》三部曲中的主要人物。

见到的那个女人不一样了吗？好像没有。那她身上发生了什么新鲜事吗？我觉得没有。她之前见过哈诺夫很多次，如前所述，我们怀疑她以前对他有些浪漫和充满希望的爱慕，可在感情方面两人确实毫无进展，她心里很清楚。她在小酒馆里受了侮辱，却能泰然处之。尽管她的这种反应改变了我们对她的看法，像是对她有了更深一步的理解，可这并没有改变她对自身的看法（我们之所以知道这一点，是因为在被羞辱后，她还能"愉快地"喝着茶，思绪立即回到学校的事情上）。

我们真正想问的是：在剩下的七段里可能要发生什么（需要发生些什么）才能使这个故事更加精彩？

令人兴奋的是，我们要在这儿停一下，承认这还不是一个故事。暂且不是。但我现在就想声明，到最后，这会是一个伟大的故事。

这里有一些关于故事形式本身的知识要学习：任何将还算不上故事的内容转化为精彩故事的事件随时可能发生在下一页（最后一页）上。

铁路道口的护栏已经降下,一列快车正从火车站驶来。玛丽亚·瓦西里耶夫娜站在道口前等着火车通过,她冷得浑身直打战。维亚佐夫耶村已经在视野里了:绿屋顶的学校,教堂顶上的十字架映着夕阳在闪光。火车站的窗子也仿若在燃烧,粉红色的烟雾从火车头里冒出来……她觉得一切事物都冷得发抖。

火车来了,车窗反射出闪亮的光芒,犹如教堂的十字架一般,刺痛了她的双眼。一节头等车厢的厢台上站着一位女士,在她一闪而过时,玛丽亚·瓦西里耶夫娜看了她一眼:这是她母亲啊!长得太像了!她母亲也有着这样浓密的头发,这样的前额,也会这样低着头。十三年来,她第一次极其清晰地想起她的母亲、父亲、哥哥,他们在莫斯科的大房子、玻璃鱼缸里的小鱼,所有的一切,甚至连最细小的琐事她都想起来了。她突然听到钢琴演奏的声音、她父亲的说话声。她觉得自己像那时一样年轻、漂亮,穿着体面,与家人一起住在明亮温暖的房间里,家人围绕在旁:喜悦和幸福的感觉突然淹没了她,她陶醉地用双手按住太阳穴,温柔地哀叫道:

"妈妈!"

她哭了起来,自己也不知道是为什么。就在这时,哈诺夫坐着那辆四驾马车来了。她看着他,想象着那从未有过的幸福,微笑着向他点头,仿佛他们身份平等、关系亲密,天空、窗子、四周的树木都因她的幸福和狂喜而闪闪发光。不,她的父母一直都没死,她也从来没有做过女教师,那不过是一个漫长、古怪、压抑的梦,现在她醒了……

"瓦西里耶夫娜,上车!"

突然间,一切都消失了。护栏正在慢慢上升。玛丽亚·瓦西里耶夫娜冻得发抖,浑身僵硬地坐上了马车。那辆四驾马车先穿过铁道,谢苗跟在后面。道口的守卫人脱下帽子致礼。

"这里就是维亚佐夫耶村。我们到了。"

· · ·

　　铁路道口的护栏已经放下来了（一列快车即将从火车站开来）。从道口这里，他们已经能看到自己的家——维亚佐夫耶村。在这里，契诃夫描述了特定的建筑物，其中包括"奴役"玛丽亚的工作地点——那间"绿屋顶的学校"，还有一天中的特定时刻"日落"。日落能对建筑物产生什么影响呢？它会用自己的余晖照亮这些建筑物。具体来说，照亮教堂的十字架和车站的窗子。（请仔细想想这与"这个镇子出现在了他们面前，它看起来与其他俄罗斯小村庄没什么两样"之间的区别。）

　　火车来了。我们记得契诃夫刚刚说过，太阳落山时余晖把一切照得亮堂堂的。所以，火车上的窗子也在闪闪发亮。可这一切却刺痛了玛丽亚的眼睛。然而在这种状况下，她看到了一节头等车厢的厢台。她看到了……她的母亲。要注意这句话和下句话（"长得太像了"）之间藏着绵密的因果联系，玛丽亚之所以把她错认为自己的母亲，是因为这个女人和母亲太像了。紧接着，契诃夫立即纠正了或者说让玛丽亚自己纠正了这种误解。她把这个女人错当成自己的母亲有合理依据吗？当然有了。契诃夫通过描写她的外貌特征证明了这一点，这个女人的头发、她的前额、她低着头的样子都很像玛丽亚的母亲。

　　这唤醒了玛丽亚那段遗忘的记忆："十三年来，她第一次极其清晰地想起她早年在莫斯科的生活。"

我们把这一段内容与她回忆童年的那一段（第19页第一段）进行对照阅读，会发现：在原来的那段童年描述中，没有玻璃鱼缸里的小鱼、没有钢琴、没有歌声，没有与之相关的幸福感。仅仅就在几小时前，当她回忆童年时能记起的"只剩下一些梦境般的缥缈念想"。而现在呢，她满脑子装着关于童年的诸多细节。换句话说，她对童年的模糊记忆被重新纠正了。这些回忆里的细节使她改变了对自身的看法：她曾经是那样一个女孩，有家，有一群爱着她且她也深爱的家人，她"年轻、漂亮，穿着体面，与家人一起住在明亮、温暖的房间里"，安稳地生活着且被关爱着。

一种"喜悦和幸福"的感觉突然攫住她的心窝。

"妈妈！"她喊道。她哭了起来，"自己也不知道为什么"。如果我们一直在等待她的不快乐收尾，那么这就是结局了。解脱以回忆的形式出现，她回忆起她曾经的样子。她在此时此刻就是过去的那个她。

这种新的幸福感会持续下去吗？（会永远改变她的想法吗？）

到这里，我们才明白为什么契诃夫要给我们讲玛丽亚这一天发生的故事，而不是另外一天。因为昨天这件事没有在她身上发生，或者说，在这噩梦般的十三年里，她没有在任何一天经历过这些变化。

但仅仅在今天，她第一次发生变化了。

让我们在这里稍微停一下，按序来重新阅读关于玛丽亚童年描述的那两段话，这也许对我们理解她今天的变化非常有帮助。先来看看两段话中的重叠之处（莫斯科、一间大房子），而在第二次描述童年生活中，还补充了玻璃鱼缸、钢琴、爱、幸福感，这就是写作上的升级。换句话说，如果契诃夫两次都对玛丽亚童年生活用了相同的描述，就成了写作上的停滞。（"我去了商店，里面很热，我看到了托德。不久后，我去了商店，里面很热，我看到了托德。"）当玛丽亚第二次回忆起童年后，她发生了极大的变化，她几乎已经不是几秒钟前的那个玛丽亚了。我们能感觉到写作上的升级：突然间，那个曾经被人爱的、独一无二的、被人关心的玛丽亚重新醒来了，她不得不面对现在真实而痛苦的生活，我们能感受到这对她的剧烈冲击。（"我现在正在一所糟糕透顶的乡下学校干着一份工钱和农民差不了多少的教师工作。什么？我？玛丽亚？"）可我们也能感受到，她正在修复自己的情绪，正在回归真实的自我。

说实话，我喜欢这个新生的、突然幸福起来的玛丽亚。（我明白这些年来她所经受的痛苦，她真勇敢。）

我已经说过了，故事是个悬念传递系统。从故事的前几页开始，悬念就一直在整篇故事中传递，从一部分到另一部分，就像人们一直举着一桶水浇向着火的地方，希望每一滴水都能物尽其用。

这个系统里暗含着美妙的多米诺骨牌式连锁反应：一开始我们对玛丽亚的经历充满同情（由此希望她能摆脱这种生活，并且误以为哈诺夫能解救她），显然结果不如我们所想。目睹玛丽亚在这糟糕的一天所经历的种种后，我们对她的同情又深了一步：她辛苦购买的东西（糖、面粉）被毁，这一天累积的痛苦使她误认为那个陌生的女人是她的母亲，让她回忆起自己曾经的样子，给了她自我们认识她以来的初次幸福，可怜的玛丽亚。

她已获得新生，重新变回那个无忧无虑、快乐、充满希望的年轻女孩，就像一个突然恢复能力的超级英雄。看到这里，我总感觉她一直生活的这个残酷世界，将要好转起来。

无论如何，我是这么希望的。

哈诺夫的马车也停了下来。无论谢苗渡河节省了多长时间，在这一刻，这场比赛都因为需要等待火车通过而"拉平"了，一切都成了徒劳：我们可以认为谢苗和哈诺夫一样聪明，或者两个人都不怎么聪明。不得不说，在这时期的俄国，不管是庄园主还是农民，都缺乏足够的智慧来解决生活中的普通乏味感。而玛丽亚呢，尽管她对事情看得相对清楚一些，可她仍旧陷在谢苗和哈诺夫之间，感到无能为力。

玛丽亚见到哈诺夫，"想象着那从未有过的幸福，微笑着向他点头，像对待一个平等、亲近的人那样"。（早在故事的前几页，她就用几乎相同的语言说过了，当时她觉得这一切都不可能实现。）

在玛丽亚看来，"天空、窗子、四周的树木都因她的幸福和狂喜而闪闪发光"，可古怪的是，为什么要说"狂喜"也在闪闪发光呢？她的"狂喜"是指什么呢？没错，是指她已经变成从前的样子了：她的父母一直都没死，她也"从来没有做过女教师"，没有落魄过，这一切都是"一个漫长、古怪、压抑的梦"，现在她醒了。

她又一次感到快乐、自豪，又变成了一个完整的人。她很快乐，但仍孤身一人。（她还感到孤独吗？）

在这里，距离结尾只剩几行内容时，你能想象玛丽亚突然有了自信，并且产生了自己是值得被人爱的新感觉吗？这一切使她发生了如此大的变化，以至于我们想象着哈诺夫能够注意到她的不同，仿若他们今天初次见面一样，而且……在这里，我打赌，如果你是哈诺夫，你也会注意到玛丽亚的不同。我每次读到这里时,都会注意到这个新生的玛丽亚。

但他没有。

紧接着,谢苗喊玛丽亚"上车",仿佛在说"快回到你真实生活的马车里吧"。突然间"一切都消失了"。这个故事已经告诉过我们,她和哈诺夫之间不可能有爱情关系,过去不会,现在仍不会。在这之后,故事再也没有提到哈诺夫,只提到"那辆四驾马车先穿过铁道,谢苗跟在后面"。末了,还加了一个奇怪而意外完美的细节:守卫人向玛丽亚脱帽致礼。("欢迎回来,女士,快回到你的孤独中去吧。")

他们回家了,故事也结束了。太悲伤、太悲伤了,太过于真实了。

为什么这个新生的玛丽亚没有吸引哈诺夫的爱慕?

我们觉得,正是因为他没有被这个新生的玛丽亚吸引住,故事才显得更加精彩。换言之,如果这时的玛丽亚吸引到了哈诺夫的爱慕,这将意味着哈诺夫以前不爱玛丽亚的唯一原因是她从未像此刻这般快乐过(从未像此刻这般迷人过)。换句话说,这个故事会被理解为:玛丽亚所做的一切就是希望能更多地被爱。这样一来,故事就无趣了,甚至不值一提。此外,如果情节这样发展的话,它还与已经明确的内容相矛盾,即这两人并不适合彼此。再多的幸福光芒也无法弥合他们之间的鸿沟,如果真的让他们在一起了,也只会让人觉得并不真实,像是硬凑的。

那么,哈诺夫到底有没有意识到她身上的这种变化?似乎没有。他有可能错过了玛丽亚的微笑和点头,因为那时他或许已经在望向桥那边了;他也有可能注意到了,但这并没有在他身上激发出任何情感——他没有欢快地和玛丽亚告别,也没有回敬式地点头和微笑,更没有发表什么爱的宣言。那么,有没有可能是哈诺夫根本没有注意到她的变化?当然啦,如果真是这样的话,故事中所说的"哈诺夫是个傻蛋"的内容都得到了反馈。(这个家伙也太不上心了,要知道,一个女人刚刚摆脱了十三年的痛苦,而他却一点也没有注意到。)

不管怎样,玛丽亚并不在乎。因为她的注意力并不在哈诺夫身上,而是在天空、窗子和四周的树木上,它们因她的幸福而闪闪发光,她正陷入突然回归真实自我的"狂喜"中。

这些发生在她身上的事情是深刻的,它们与哈诺夫无关:这些早已死去很久的东西又在她体内复活了。我们想象着,那一刻她眼睛里的光芒,就是整个故事创造的所有悬念的集中体现。

我们已经说过,故事是描绘变化的时刻,含蓄地说,"在这一天,事情永远地发生改变了"。它有这样一个变体:"在这一天,事情几乎将要永远地改变了,但没有。"在火车来临的那一刻之前,《在马车上》是这一变体的变体,它说:"这一天,事情似乎将要永远地改变了,但并没有,因为它之前就没有改变成功过。"(这是一个关于短暂的、具有欺骗性的希望突然涌现的故事。)当火车来临后,故事就变成了:"事情确实在这一天发生了永远的改变,但是是以一种我们意想不到的方式来变化,可能是好的,也可能是坏的。"

如果我们觉得自己是个小人物,并且总是以小人物的角色出现,这也能构成一个故事。但是,某一天,这个小人物突然在某个奇迹般的瞬间,想起自己曾经也算得上个人物,这会让故事的基调更快乐呢,还是更悲伤?

其实,还是要看情况。

我们很好奇(这个故事让我们感到好奇):当玛丽亚感受到力量和自信的那一瞬间时,这将会带给她什么后果?这段经历是否会"永远地改变她"?她明天还会有这种感觉吗?她年少时被爱的经历,会在她心中继续存在并影响她今后的生活吗?

故事倒数第二段告诉我们,这些温暖的回忆并没有影响她真实的生活处境。"玛丽亚·瓦西里耶夫娜冻得发抖,浑身都僵了",这句话表明她又回到了痛苦的生活中,这与她在那时体验到的幸福的极点——"闪闪发光的"温暖——是相悖的。

但是,具有完美结局的故事会有一个特点:我们能够继续想象人物以后的生活会以什么样的方式展开。我们可以想象这一刻的经历让玛丽亚的生活变得更好了,它犹如一个秘密存在于玛丽亚的心底,当她在阴沉的校舍里匆匆忙碌时,它们偶尔会重新浮现在玛丽亚的脑海里;这一刻的经历也有可能让她的生活变得更糟,它们往后会反复嘲讽她,提醒她已经落魄到如此不堪的境地。

我能想象到的最悲惨的结果是她的生活没有丝毫变化,也许再过几个星期(几个月、甚至几年)这种乏味的生活后,她会完全忘记自己在火车轨道边的发光时刻,就像她忘记了童年时期的玻璃鱼缸一样。

是什么让契诃夫能把人类刻骨铭心的孤独、现实世界里正在发生的孤独进行如此人性化的、令人感同身受的描述?是因为他让我们从玛丽亚的内心世界里经历了这一切。内心描写贫瘠的故事可能只会让读者产生微弱的怜悯之心("哦,玛丽亚可真是个可怜又孤独的人啊"),我们只会把她看成某个卑微的小人物。但这个故事精湛的内心描写不仅呈现了她这个人，还吸引我们走进了她的内心。她不是个孤独的完美者，或者说，她是一个孤独的不完美者。我们对孤独而不完美的玛丽亚感到怜悯，就像怜悯我们所爱的那些孤独而又不完美的个体，或者说怜悯不完美（且又孤独）的我们自己。

我们可以这样来思考故事：读者和作者（驾驶人）犹如坐在同一辆"故事之车"里。读精彩的故事时，读者和作者无疑靠得很近，以至于形如整体。作为作者，我的工作是缩小读者和作者之间的距离。这样，当我向右走时，你也向右走。在故事的最后，当我把车开向悬崖时，你别无选择，只能跟随。（到目前为止，你还没有任何理由疏远我。）如果你和我之间相距太远，当我转弯时，你可能会因为听不到我的声音而和我失去联系，也可能会觉得和我在一起无聊心烦，于是停止阅读，自顾自地看电影去了。那接下来，所谓的人物发展、情节、声音、政治意义或者主题，也就不存在了。

是契诃夫让我们与玛丽亚如此亲近，实际上，我们已经成为她。契诃夫没有给我们任何机会来拉开与玛丽亚之间的情感距离。相反，他把她的思想情绪描述得如此之好，以至于有时像是在描述我们的思想活动。某种程度上，我们就是玛丽亚，玛丽亚就是我们，尽管我们和她处在不同的生活情境中，但都有着无法摆脱的孤独感。

这个故事解决了孤独的问题吗？提供解决方案了吗？显然没有。它似乎在说，这种孤独会一直伴随我们，也将永远伴随我们。只要有"爱"这种东西存在，就必然有人不被爱。只要有财富，就必然会有穷人。只要有激情，就必然会有沉闷。本质上，这个故事的结论是:"没错,这个世界就是这样。"

但是,故事的真正魅力不在于其明显的结论,而在于读者在阅读过程中产生的思想变化。契诃夫曾说:"艺术不必解决问题,它只需要正确地呈现问题。"这句话可能意味着:"让我们充分去感受问题吧,而不否认它的任何部分。"

现在我们能完全感受到玛丽亚的孤独了。我们觉得她就是我们自己。如果我们之前不理解孤独的话,那么现在理解了。这种无法缓解的孤独,是有可能存在于我们周围的,它会在我们中间不经意地流露出来:例如当一个人进城领薪水时,安静地回家时,站在邮局里排队时(或一个人坐在车里,边等待红绿灯边对着收音机唱歌时),都有可能感受到这种孤独。

在阅读这篇故事的过程中,刚开始,你的大脑一片空白。但现在,它已经被一位新朋友玛丽亚填满了。假如我的分析能带给你一些启示的话,那么,玛丽亚将永远在你身边。下次当你听说某人非常"孤独"时,有可能会因为你和玛丽亚的相知,使你更倾向于温柔地看待那个孤独的个体,即便你们还没有见过面。

事后反思（一）

如果有老师想尝试用这种烦琐的"一次一页"来进行更简短的课堂练习，我推荐海明威的短篇故事《雨中的猫》。你可以把这篇将近两千字的故事印出来，把它们分成六页（每页约三百个字），让每个人默读第一页，然后像我们之前那样提问：一，到目前为止你知道些什么？二，你对什么感到好奇？三，你认为故事的发展走向是什么？（空中还悬置着哪些保龄球？）

在故事快结束时，选择一个地方将其提前结尾，然后问同学们："这已经是一篇故事了吗？"

通过这个练习，学生们会真正感受到故事是如何被构建和夸大的。短篇故事《雨中的猫》提供了绝佳的机会，来讨论创作中剧情的"升级"问题。故事的基调是平静的，但它从未停滞过，几乎每一段都有一次微妙的"升级"发展。

回顾一下这句话：故事体现为一种线性时序逻辑。实际上，任何艺术作品都是如此。我们甚至可以在短短几分钟里就知道我们对一部电影的看法。刚走到一幅画前的时候，我们的大脑一片空白，但当我们看着它时，大脑就会被画中的事物填满。换作到音乐大厅里，我们要么马上被美妙的音乐吸引，要么就开始琢磨包厢里的那个家伙正在编辑什么内容的短信。

故事是一系列不断递增的脉冲，每次跳动都在影响着我们，将我们置于一个新位置。文学批评并不是什么不可捉摸的神秘过程。它只有两点要关注：一，时刻关注自己对艺术作品的反应；二，更清晰地表达这种反应。

在这里，我向学生强调的是文学批评的过程是多么有力量。这个世界到处是怀有目的的人，他们试图说服我们代替他们去行动（去消费，去战斗和牺牲，抑或是为了他们的利益去压迫别人）。但不要忘了，我们的内心如海明威所说，是一台"内置防震废料探测器"。我们要怎么知道有些东西是废料呢？其实很简单，只需要观察内心深处最诚恳的自己对废料的反应。

而这部分的思维，就是通过阅读和写作的锤炼变得更加敏锐的部分。

我们也可以利用其他艺术形式做"一次一页"的练习。例如，在电影《偷自行车的人》①中，大约到五十四分钟时，会出现一个特殊的场景：父亲和儿子正在寻找父亲那辆被偷的自行车。由于父亲的过失，他们把线索跟丢了，当儿子问起这件事时，父亲打了儿子一巴掌，儿子哭了起来。父亲让儿子在桥上等着，自己去河边寻找丢失的自行车。

就在这时，父亲听到了一阵吵闹声——有个男孩溺水了。父亲和我们都觉得这个溺水的人可能是他儿子，但其实并不是，因为他儿子出现在了桥上，一段长长楼梯的顶端处，这里是他被告知要等父亲回来的地方。

父子俩沿河边走着。父亲为那一巴掌感到愧疚。他翻了翻自

---

① 意大利导演维托里奥·德西卡（Vittorio De Sica, 1901—1974）的作品，展现了二战后意大利劳工阶级生活的无奈。

己的钱包,提出一个奢侈的建议:去吃比萨。在餐厅里,他们被安排在一家有钱人旁边。儿子好奇地观察着一个与他同龄的富家孩子,父亲注意到了这一点,他诚实地向儿子敞开了心扉。(父亲打儿子那一巴掌造成的伤口愈合了。)

在课堂上,我们反复翻看这个片段,注意到了我们在第一次看时漏掉的内容。例如:父亲和儿子悲伤地沿着河边走路时,男孩走在树的一边,而父亲走在树的另一边。但当他们走向下一棵树时,男孩突然向父亲走近,这时父子俩走在了树的同一侧。(我们将此解读为:"他们有可能要和解了?")这时,一辆满载着球迷庆祝活动的卡车从他们身边经过(卡车上的年轻人非常开心,他们可不像这对父子那般悲伤)。这时父亲也注意到,儿子也在看卡车里的球迷们。我们猜想,正是因为父亲看到卡车里年轻人开心的场景,再加上对自己打儿子的那一巴掌感到愧疚,才产生了带儿子去餐厅吃饭的想法(但在这之前,父亲先检查了自己钱包里的钱)。当父子俩幸福地和解后,他们身后出现了一对恩爱的夫妇,正望向河流的方向。

如果没有那些树,没有那辆载满快乐球迷的卡车,没有钱包里的饭钱,没有那对恩爱夫妻的映衬,这只会是个极微小的片段。

这项练习所带来的乐趣使我的学生们开始意识到:哇,天啊,导演维托里奥·德西卡真的太用心了。电影里每一帧、每一幅画面都经过了仔细打磨和精心制作,这也是他们第一次看这个片段时被打动的原因之一。换句话说,德西卡为他电影中的每一件事物都担起了责任。

不得不说,《偷自行车的人》是一部伟大的艺术作品,而德西卡同样是一名伟大的艺术家,他承担起了艺术家的职责。

《歌手》
伊万·屠格涅夫
1852

歌　手

科洛托夫卡这个小村庄曾是一位女地主的领地。这位女地主专横跋扈又不易相处，于是附近村民称她为"毒手悍妇"①（这么一来，她的真实姓名倒没有人记得了）。这个小村庄如今归一个来自彼得堡的德国人所有。它坐落在一个光秃秃的山坡上，被一条可怕的峡沟从上到下劈成两半。峡沟不断侵蚀着两岸，沿着村街正中央蜿蜒伸展，如同裂开大口的深渊。这条峡沟，比河流还要彻底地将这个贫穷的小村庄一分为二（如果是条河，至少还能在上面架座桥）。几棵细长的杨柳，摇摇欲坠地依附在峡沟附近的沙地上，红铜色的干涸沟底堆积着许多硕大的页岩块。毫无疑问，这是一片凄凉之地。然而，附近的村民却非常熟悉这条通往科洛托夫卡的道路，他们很乐意并且经常到那里去。

在峡沟的最上端，离峡沟裂口最顶部几步路的地方，有一座方形小木屋孤零零地立着，远离其他房屋。屋舍上面铺着茅草，立着一个烟囱，一扇孤零零的窗子如一只警惕的眼睛望向峡沟。冬日夜晚，窗户里面透出的亮光像一颗指路的星星，照耀着许多正驾车往那边去的农民的前路。透过朦胧的雾霭，他们远远就可以看到它。小木屋是一家乡村酒馆，门上钉着一块蓝色小木板，

---

① 俄语原文"Стрыганиха"一词的词根是由"строгать（削）"和"стричь（剪）"组成，结合富有表现力的阴性后缀иха。Стрыганиха（斯特里加尼哈）的发音和Салтычиха（萨尔蒂奇哈）相似，让人联想起俄罗斯18世纪残暴的女地主萨尔蒂奇哈，她一生凌虐了众多农奴，双手沾满鲜血。——译者注

上面写着"安乐乡"。这个酒馆里的酒价并不比规定的市价低多少，但生意却好得出奇，其原因在于掌柜尼古拉·伊万尼奇。

曾几何时，尼古拉·伊万尼奇是个身材修长，长着一头卷发，脸色泛着玫瑰红的小伙子，但现在他胖了，头发白了，脸也浮肿了，肉肉的额头布满了沟壑般的皱纹；他还长着一双狡猾又温柔的小眼睛。他已经在科洛托夫卡住了二十多年。尼古拉·伊万尼奇头脑清醒、足智多谋。事实上，大多数酒馆老板都是如此。尽管他对人算不上可亲，也不健谈，却独有一种吸引和留住顾客的诀窍：在掌柜平静、和蔼且相当锐利的目光的注视下，这些坐在柜台前的顾客，不知何故感到很自在。他博学多闻，很会和地主、农民和商人打交道。在他们困难时，他可以给出好建议，但他是个谨慎、洁身自好的人，更多时候会保留己见，最多是用相当隐晦、仿佛无意间说出的暗示，指导他的顾客。他只对那些他特别喜欢的顾客偶尔给出暗示。他对俄国人感兴趣或者重视的东西——马、牛、木材、砖、陶器、纺织品、皮革、唱歌和跳舞——都非常在行。没有顾客的时候，他通常会像只麻袋似的盘着两条细腿，坐在村舍前，与每一个过路人寒暄。他有着丰富的人生阅历，比那十几个常来这里喝酒的小地主的经历还要多。他知道方圆百里内发生的一切事情，但从不吐露，也从不与人说起，更不会表现出他了解到了一些就连最精明能干的警察局长都不曾怀疑过的事情。他很少说话，只是安静地笑着，转着自己的酒杯。

邻近的人都很尊敬他，县里官阶最高的地主——特任文官谢列彼坚科驾车经过酒馆时，也总是礼貌地和他打招呼。尼古拉·伊万尼奇威望很高，他曾迫使一个出名的盗马贼乖乖归还他从相识的熟人那里偷来的马。当邻村的农民拒绝接受地主委任的新管家时，他也会去加以说服。然而，如果你认为他这么做完全是出于对正义的拥护，或是出于对邻居的关爱，可就大错特错了。并非如此。他只是想把任何有可能扰乱他内心平静的事情消灭在萌芽状态。

尼古拉·伊万尼奇已经结了婚，还有几个孩子。他的妻子是个精明人，鼻子尖尖的，眼睛很灵活，最近也像她丈夫一样胖了很多。他把酒馆的一切事情交给她打理，什么事都听她的，就连那些闹哄哄的酒鬼也都很怕她。她不喜欢这些人，因为她从他们那里几乎捞不到任何好处，还会落得一身麻烦，她反而更喜欢与那些沉默不言、郁郁寡欢的人打交道。尼古拉·伊万尼奇的孩子们都还很小。他们最初生的几个孩子都死了，活下来的那些和他们的父母长得很像。看着那些健康的孩子们，那些聪明的小脸蛋，他们俩就很开心。

那是七月的一天，天气热得让人难受。我在狗的陪伴下，慢慢沿着科洛托夫卡峡沟，向"安乐乡"走去。太阳在空中狂怒地燃烧，热得人心焦，空气中弥漫着令人窒息的灰尘。白嘴鸦和乌鸦的羽毛闪着光，嘴巴张得大大的，可怜地盯着过往的行人，像在乞求他们的同情。似乎只有麻雀不受影响，它们撅起羽毛，比以往更狂躁地鸣叫，沿着栅栏互相争斗，成群结队地从尘土飞扬的路上飞起，像片灰色的乌云，从绿色的麻地上空飞过。我渴得难受，附近没有水，科洛托夫卡就像许多大草原上的村庄一样，没有泉水，也没有水井，农民们只能喝池塘里的浑水，但是谁又愿意把这种可怕的浑水称为"水"呢！我想去尼古拉·伊万尼奇那里要一杯啤酒或者格瓦斯。

老实说，无论是一年中的哪个季节，科洛托夫卡都没有什么令人欢愉的景色，在这样的季节更是凄惨。七月的烈日用它无情的光芒炙烤着半塌的褐色屋顶，深深的峡沟，以及焦土飞扬的牧场。一群瘦弱的长脚鸡在那里绝望地徘徊着。旧宅子的屋架，被太阳晒得露出了灰色的杨木外壳，上面长满了荨麻、杂草和艾草。旁边还有一口黑色的池塘，里面几乎长满了炙热发焦的鹅毛。在它周围是一些被晒得半干的泥土，以及向一旁倒塌的堤坝。堤坝不远处，绵羊们踩在煤渣般细密的土地上，几乎热得喘不过气来。它们不住地哼着鼻息，可怜巴巴地挤在一起，无可奈何地低着头，仿佛在等待这难以忍受的闷热终于过去的那一刻。

我几乎是拖着疲累的步子，走近尼古拉·伊万尼奇的木屋。像往常一般，孩子们以一种好奇的眼光打量着我。我的到来也激起了那些看家狗的怒意，它们恶狠狠地叫着，犹如内脏撕裂般声嘶力竭，然后不停地伸着舌头，喘着粗气。这时，酒馆门口出现了一个身材高大的男人。他没戴帽子[①]，穿着一件粗呢大衣，腰间还系着一条蓝色腰带。他看上去像个家仆，浓密的白发蓬乱地垂在他那张布满皱纹的、干瘦的脸上。他快速地挥动着双手，看上去像在召唤什么人一样。显然，手臂晃动的幅度远超他的本意。没错，他喝多了。

"快，快点，"他咿咿呀呀地说，"快点呀，眨眨眼！天哪，你怎么跟爬过来一样！这一点也不好，老家伙，真不好！他们都在这里等你，你还这么慢……快来呀！"

"噢，来了，我来了。"一个颤抖的声音喊道。接着，从农舍右

[①] 英语译文是"光头"，此处译者按照俄语原版译为"没戴帽子"。

边走来一个矮矮胖胖的瘸子。他穿着一件相当干净的厚呢子大衣，只套了一只袖子。一顶又高又尖的帽子遮到前额，衬得圆圆的胖脸露出些狡黠又略带些讥讽的神色。他那双黄色的小眼睛四处打转，薄薄的嘴唇上始终挂着一丝克制拘谨的微笑。他的鼻子又长又尖，像个船舵一样，鲁莽地凸向前方。"我来了，亲爱的兄弟。"他继续说着，一瘸一拐地向小酒馆走去，"你叫我干什么？是有人在等我吗？"

"我叫你干什么？"穿粗呢大衣的男人责备地喊道，"说实在的，你可真怪啊，眨眨眼，叫你到酒馆来，你还问'干什么'！所有好兄弟可都在等你呢！土耳其人雅什卡，野老爷，还有从日兹德拉过来的小包工。雅什卡和小包工打了赌。他们赌一瓶啤酒，看谁赢谁输——我是说看他们俩谁唱得最好——明白了吗？"

"雅什卡要唱歌？"绰号"眨眨眼"的人激动地大喊道，"你没骗我吧，蠢货？"

"不，我没有！是你在瞎叫嚷。既然他们打了赌，当然要喝酒了，你这个笨蛋，你这个骗子，眨眨眼！"

"哦，我们走吧，你这个蠢货。"眨眨眼回答。

"那你至少要吻吻我，我的好兄弟。"蠢货张开双臂，喃喃自语道。

"滚开，你这个没胆量的家伙！"眨眨眼轻蔑地说着，用胳膊肘推开他，两人便弯腰走进低矮的门洞。

无意中听到的这段对话，大大地激起了我的好奇心。我曾不止一次听说，土耳其人雅什卡是附近这一带最好的歌手。突然之间，我竟然有机会听他和另一位大师进行唱歌比赛，于是我加快步子，走进酒馆。

我的读者中,能有机会去看看乡村酒馆的人,大概不多。但我们这些猎人哪儿没有去过啊!这些乡村酒馆的设施非常简单,它们通常由一条黑暗的通道和一间被板墙一分为二的正房组成,外间待客,里间是不允许进的。在板墙上凿开一个长方形壁洞,洞前放一张宽大的橡木桌,就成了卖酒用的柜台。紧挨着壁洞的货架上,并排摆着几个大小不一的密封酒瓶。正房的前半部分有几张供顾客使用的长凳,两三个空酒桶,以及一张放在角落里的桌子。乡村酒馆大多比较昏暗,在它们的木墙上,你几乎看不到任何色彩鲜艳的流行版画,而这种版画一般是农村小木屋所必备的。

我走进"安乐乡"时,已经有很多人聚集在那里了。

尼古拉·伊万尼奇照例站在柜台后面,他的身体几乎堵住了那个壁洞。他身穿一件彩色棉绒布衫,胖乎乎的脸上挂着慵懒的微笑,正用他白皙的胖手给刚进来的两个朋友眨眨眼和蠢货倒酒,在他身后靠窗的地方,站着他那位眼神犀利的妻子。土耳其人雅什卡站在房间中央,他大约二十三岁,瘦削挺拔,穿着一件由南京布[1]缝制的蓝色卡夫坦袍[2]。他看上去像个英俊潇洒的工人,身体状况似乎不是太好。他两颊凹陷,鼻梁挺拔,细长的鼻孔不断翕动着,白皙的前额微微倾斜,梳着浅棕色的鬈发。他有一双不安的灰色大眼睛,嘴唇厚实美观,充满了表现力。整张脸都显示出他是一个敏感而多情的人。他内心非常激动:眼睛不断眨着,呼吸急促,双手颤抖,像在发热病一样——事实上,他确实在发热病,那种突然的、令人颤抖的烧热,每一位即将公开发言或唱歌

---

[1] 南京布泛指以松江为中心的广大江南地区生产的棉布。
[2] 卡夫坦(Kaftan)是一种长袍大衣,源自两河流域,后传播至全世界不同地区。

的人都很熟悉。

他身边站着一个四十岁左右的男人，宽肩膀，高颧骨，低低的额头，长着鞑靼人的细眼睛。鼻子短而扁，下巴方方的，他的头发乌黑发亮，硬如猪鬃。他面色阴沉，嘴唇苍白，如果他没有在平静地沉思着什么，这张脸就会看起来很狰狞。他几乎一动不动，像一头刚从轭下出来的公牛，慢慢地用眼睛环顾四周。他穿着一件钉着发亮铜扣的旧大衣，粗壮的脖子上裹着一块黑色旧丝巾，大家戏称他为"野老爷"。

雅什卡的竞争对手是来自日兹德拉的小包工，就坐在他对面圣像下的长凳上。这是一个三十岁左右的矮壮汉子，满脸麻子，卷头发，扁扁的鼻子上翘着，一双眼睛炯炯有神，胡子稀疏。他眼神灵活地瞥了四周，把双手掖到身下，脚上蹬着双时髦的镶边靴子，漫不经心地摆动着双脚，拍打着地面。他身上穿着一件灰色布绒新大衣，在棉绒领子的映衬下，显眼地露出了那件紧紧围住脖子的高领红衬衫。在对面的角落里，门右边的桌子边，坐着一个身着旧灰色外套、肩上破了洞的庄稼人。阳光透过两扇积满灰尘的小窗，流淌出淡淡黄光，但这似乎无法驱散房间里惯有的黑暗：所有物品被照得稀稀落落，如同斑点一般，因此房间里很凉爽，我一踏进门槛，窒息感和闷热感就像包袱一样从肩上落下。

我感觉得出来，我的到来一开始就让尼古拉·伊万尼奇的客人们有点无措。不过，看到掌柜像对一个老相识那样向我打招呼时，他们就放心了，也没有人再关注我。我要了杯啤酒，挨着屋角那个穿破外套的庄稼人坐了下来。

"噢。"蠢货一口气喝完一杯酒，突然一边感叹，一边打着一些奇怪的手势。看来，如果没有这些手势，他显然一个字也说不出来。"喂，我们还等什么呢？我们开始吧，怎么样，雅什卡？"

"开始吧，开始吧。"尼古拉·伊万尼奇同意地附和道。

"那就开始吧，"小包工带着满满的自信，微笑且冷静地说道，"我准备好了。"

"我也是。"雅什卡兴奋地说。

"那好，开始吧，兄弟们，开始吧！"眨眨眼尖声叫道。

尽管大家一致同意了，却还是没有人开始，小包工甚至都没有从他的长凳上站起来。他们似乎都在等别人先开唱。

"开始吧！"野老爷阴沉着脸尖声说。

雅什卡打了一激灵。小包工站起来，把腰带往下拽了拽，清了清嗓子。"谁先开始唱啊？"他用略微变调的语气问野老爷。野老爷仍然一动不动地站在房间中央，粗壮的双腿叉得很开，一双有力的手臂几乎齐肘伸进他那宽大的裤子口袋里。

"你，小包工，你，"蠢货口齿不清地说道，"你先唱，兄弟。"

野老爷皱着眉头瞪了他一眼。蠢货发出低沉的嘟哝声，匆匆瞥了一眼天花板，耸耸肩，不再说话了。

"抓阄吧，"野老爷经过深思熟虑后说，"把酒放在柜台上。"

尼古拉·伊万尼奇弯下腰，喘着粗气，从地上拿起一瓶酒，放在桌上。

野老爷瞥了一眼雅什卡，说："来吧！"

雅什卡在口袋里上下摸索，找到一枚硬币，用牙齿在上面做了记号。小包工从他长袍的下摆里拿出一个新的皮革钱包，慢慢解开带子，往手上倒了很多零钱，从中选出一块新硬币。蠢货把他那顶帽舌已经脱落的旧帽子放好，接着雅什卡把硬币扔了进去，小包工也扔了进去。

"你来抓吧。"野老爷对眨眨眼说。

眨眨眼笑了笑,双手捧起帽子开始摇了起来。

房间里顿时一片死寂,只有硬币相互碰撞时发出的轻微叮当声。我仔细往四周看了一眼,每个人的脸上都流露着紧张期待的神情,就连那位野老爷也半眯着眼睛。挨着我隔壁那位穿着破外套的庄稼汉甚至好奇地伸长了脖子。眨眨眼把手伸进帽子里,拿出了小包工扔的那枚硬币,大家都松了一口气。雅什卡脸涨得通红,小包工用手捋了捋头发。

"我刚才就说你先唱,"蠢货叫道,"我就是这么说的!"

"好啦,好啦,别在这儿叫嚷了!"野老爷轻蔑地说,"开始吧。"他向小包工点点头,继续说。

"我该唱什么歌呢?"小包工激动地问道。

"随便唱什么都行,"眨眨眼回答,"你想唱哪首就唱哪首。"

"当然了,你想唱什么歌都行,"尼古拉·伊万尼奇慢慢地把双臂交叉在胸前,补充说,"我们不指定你唱哪首歌。只要你喜欢,随便哪首歌都行,不过,要把它唱好,稍后我们会公正地对它做出评判。"

"是啊,"蠢货舔着空杯子的杯口说,"稍后我们将——公正地做出评判。"

"兄弟们,让我先清一下嗓子。"小包工用手摸了摸上衣的领子说。

"来吧,别浪费时间了——开始!"野老爷强硬地说道,随即低下头。

小包工想了一会儿,摇了摇头,向前跨了一步。雅什卡目不转睛地盯着他……

但在开始描述这场比赛之前，不妨先来谈谈故事中每个角色的生活状况。有些人，我是在"安乐乡"遇到他们时了解了情况，另一些人是我后来打听到的。

我们先从蠢货开始吧。他的真名是叶夫格拉弗·伊万诺夫，但是邻居们都叫他蠢货，他也用这个绰号称呼自己，毕竟用这个绰号形容他非常合适，和他那不值一提、永远写满愁虑的面容非常相配。他是个混日子的单身家仆，他的主人认为他无药可救，早就把他抛弃了。他不做工，也没有任何工钱，却有办法花别人的钱寻欢作乐。他有许多熟人，他们请他喝茶饮酒，连他们自己也闹不明白为什么，因为他和大家在一起时，不但无趣，而且还总在那儿信口胡诌、喋喋不休，无休止地纠缠着大家，自身也焦躁不安地、不停地发出令人讨厌的假笑声。他既不会唱歌，也不会跳舞，从来都不会说句聪明话，更别指望他能说出有用的话了。他总是胡言乱语，扯一大堆谎话——真是个十足的蠢货！然而，在方圆四十俄里内的每一场酒会上，他那细长的身影都会出现在宾客面前，人们已经对他习以为常，并把他的出现作为一种难以逃脱的灾难予以忍受。的确，人们看不起他，只有这位野老爷才能制住他那荒唐又疯癫的胡闹。

眨眨眼一点也不像蠢货。他的绰号也很适合他，虽然他并不比别人眨眼眨得多。众所周知，俄罗斯人是起绰号的老手。尽管我想尽一切办法去挖掘他过去的种种细节，但对我而言——我想对其他人也一样，他的生活中仍有许多盲点，用读书人的话来说，这些盲点被一种神秘笼罩着。我打听到他曾在无儿无女的女地主家当过马车夫，并且带着他照管的三匹马消失了整整一年。

在经历了流浪生活的艰辛与苦难后,他自己又回来了,但成了跛子,跪倒在女主人的脚下请求宽恕,并用多年勤勤恳恳的工作弥补自己的罪行,渐渐得到女主人的原谅,最终得到了她的完全信任,当上了管家。女主人死后,他不知通过什么方式获得了自由,成了商人,然后从邻居那里租了一块瓜地,发了财,现在日子过得很滋润。他生活阅历丰富,精于衡量自己的利益得失,既不阴险也不善良;他是生活中的老手,极其懂人心,并且懂得利用人;他像狐狸一样,既谨慎又足智多谋,也像老妇人一样健谈,但他从不泄露秘密,同时还能让其他人畅所欲言;不过,他从来不会像别的狡诈之徒那样对自己进行伪装,事实上,要他伪装是困难的:我从没有见过比他那双细小狡猾的"窥视眼[①]"更锐利精明的眼睛。他的眼睛从来不会老实地看一个地方,总在观察或者窥探什么。眨眨眼有时会花上整整几个星期去思索一件看起来很简单的事,有时又突然下决心去做一桩看起来极其冒险的生意,你以为他要完蛋了……但是没有,他的生意成功了,一切又一帆风顺了。他是个幸运儿,他相信自己的运气,相信预兆。总的来说,他非常迷信。大家并不喜欢他,因为他不关心别人的事情,但他很受尊重。他们家只有一个儿子,是他的掌上明珠。由这样的父亲抚养长大,儿子自然会有远大的前程。"小眨眨眼和他父亲真是一个样。"夏天傍晚,老头们坐在小屋外的土堆上聊天时,会这样低声议论。大家都明白这意味着什么,无须多作解释。

  关于土耳其人雅什卡和小包工,我们没有太多要说的。雅什卡的绰号是"土耳其人",因为他是由一个被俘的土耳其女人生的。

[①] 奥廖尔省的人把眼睛叫作"窥视眼",就像他们把嘴巴叫作"狼吞虎咽的人"一样。——作者注

他实际上是个艺术家,却在一家造纸厂当浸染工。至于小包工,我还不了解他,但在我看来,他是个足智多谋、精明能干的商人。然而,关于这位野老爷,我还是有必要多说几句。

这个人的外表给人的第一印象是野蛮、笨重,他身上有一股不可抗拒的力量。他长得很笨拙——用我们的话说,"粗壮"——但他浑身散发着粗犷的健康气息,而且奇怪的是,他那熊一般的身形并不缺少某种特殊的优雅,也许是因为他对自己的魄力有着绝对沉着的自信。乍一看,很难断定这个赫拉克勒斯属于哪个社会阶层:他看上去既不像家仆,也不像商人,既不像退休的穷文官,也不像小领地的破落贵族,更不像猎人和好斗的打手。他确实是个例外。没有人知道他是从哪里来的。据说他小地主出身,曾在某地任职,但谁也不敢确定,况且从他本人那里都了解不到的情况,还能指望从谁那里打听到呢?没有人像他那样乖戾、沉默寡言,谁也说不清他靠什么谋生,他不做工,也不去任何人家拜访,几乎不同任何人打交道,可他有钱,虽然不多,但他确实有钱。他的举止与其说是谦和,不如说是安静不惹事,他一个人生活,好像从未注意到周围人的存在,当然,他也不会向周围人索要什么。

"野老爷",这是他的绰号,他的真名是佩列夫列索夫。他在这一带有很大的影响力,尽管他无权对任何人发号施令,更不会要求任何偶然遇见的人听他的话,但人们还是愿意服从他。他的话总是起作用,大家都会听。他几乎不喝酒,也不跟女人打交道。他非常喜欢唱歌。这个人有许多神秘的地方,仿佛有一股巨大的力量隐藏在他内心,他似乎知道,这种力量一旦被激发出来,就会毁灭他自己,也会毁灭它所接触到的一切。如果这样的爆发没有在他的生命中发生过，如果他不是因吸取了经验教训才勉强逃脱了毁灭的厄运、现在牢牢地管控着自己，那我对他的判断可能就出错了。令我印象深刻的是，他身上混合着一种天然的凶残和同样与生俱来的高贵，我从未在其他人身上见过这种混合的品质。

回到酒馆，比赛就要开始了。于是小包工走上前去，半眯着眼，用高高的假声唱起来。他的声音虽然有点沙哑，但相当甜美悦耳；他的歌声如百灵鸟一样来回切换自如，婉转流出，他先是自由深情地唱着高音，然后不断地变调、回到低音，又不断地回到高音，然后保持着高音，竭力拉长。他停了一下，突然又带着一种兴奋、奔放的力量承接先前的曲调。他的转调有时相当豪放，有时又极其有趣，会给音乐行家带来极大的满足感，也会使德国人大为震惊——这可是俄罗斯抒情男高音[①]。他唱了一首欢快的舞曲，在无尽的装饰音、额外的辅音和感叹中，我听出了如下歌词：

一小块土地，我的爱人，
我要为你耕种，
一小朵绯红的花，我的爱人，
我要为你播种。

他唱的时候，每个人都全神贯注地听着。他显然觉得自己是

[①] 原文为意大利语"tenore di grazia"与法语"tenor légar"的组合，均为轻巧灵活的男高音之意。

在和音乐内行人打交道，这就是为什么他会像俗话说的那样，使出自己全部的看家本领来演唱。的确，在我们这个地区，人们对唱歌都很挑剔。奥廖尔大道旁的谢尔吉耶夫村以其悦耳动听的歌声在全俄都享有盛名。

小包工唱了很长时间，却没有在听众中激起特别大的反响，因为他缺少和声的支持；最后，在一次转音时，他唱得特别成功，连野老爷都笑了，蠢货控制不住自己，发出了兴奋的惊叫，我们都被吓了一跳。蠢货和眨眨眼开始和着他的歌声哼起来，并不断喊道："干得好……再加把劲，你这个蠢货！高点，再高点，你这个流氓！再拖长点，更长点，你这个狗东西！你这个恶棍，让魔鬼要了你的狗命！"尼古拉·伊万尼奇也在柜台后面左右摇摆。最后，蠢货开始跺脚，和着音律快步走起来，还扭着肩膀。雅什卡的眼睛像烧红的炭般燃烧，全身像树叶一样颤抖，他吃惊地笑着。只有野老爷面不改色，纹丝不动地在原地站着，但他盯着小包工的眼睛却柔和了许多，尽管嘴角还保留着轻蔑。

听众的满意让小包工大受鼓舞，他尽其所能地发挥唱功，唱得更花哨了，时而运用弹舌，时而利用自己低沉的嗓音，疯狂地吊着嗓子直唱到精疲力竭、面色苍白、浑身冒汗，然后用力向后一仰，使出全身力量爆发出最后的高音，听众们立即一致地爆发出惊呼声来答谢他的歌唱。蠢货奔上去搂住他的脖子，他那细长的手臂差点把他闷得喘不过气；尼古拉·伊万尼奇的胖脸涨得通红，他似乎变年轻了；雅什卡像疯子一样喊道："干得好，干得太好了！"甚至连靠着我的邻座，那个穿着破洞衣服的庄稼汉也忍不住用拳头捶打着桌子，喊道："啊哈！好，真他妈的太好了！"说着转过头，使劲往旁边吐了一口唾沫。

"哎呀,年轻人,你真让我们大饱耳福!"蠢货哭了起来,仍旧抱着已经精疲力尽的小包工。"真是大饱耳福,发自内心的!你赢了,我亲爱的老兄弟,你赢了!祝贺你——酒是你的了!雅什卡那家伙应该赶不上你。我告诉你,他赶不上你,你一定要相信我!"说着,他又把小包工搂在怀里。

"上帝保佑,你放开他吧,"眨眨眼略带恼怒地说,"放开他,你这个像水蛭一样的缠人精!你让他坐在长凳上休息一会吧!你没看到他有多累吗……天啊,我的好兄弟,你真是个大蠢货!你为什么总像浴室里的叶子一样①黏着他不放?"

"好吧,让他坐下,我要为他的健康干杯,"蠢货说着走到柜台前,"记你的账啊,老家伙。"他转过身对小包工说。

小包工点点头,在长凳上坐下,从帽子里拿出一条毛巾,擦擦脸。蠢货则像猴子般贪婪地喝光了杯子里的酒,并像那些酒鬼常有的习惯一样,喉咙里发出咕哝声,装出一副悲伤且心事重重的样子。

"你唱得好,朋友,唱得好,"尼古拉·伊万尼奇温和地说,"现在轮到你了,亲爱的朋友,雅什卡。注意,别紧张,让我们看看,谁唱得更好,让我们看……小包工唱得很好,真的,他唱得很好。"

"他唱得好。"尼古拉·伊万尼奇的妻子微笑着看了雅什卡一眼说道。

"真的,他唱得好!"我的邻座也小声重复道。

---

① 俄罗斯俗语,常指代缠人的事物。

"啊,你这个野蛮的林地人①!"蠢货突然大叫起来,走到那个肩上破洞的农民面前,用手指着他,边跳边放声大笑,"林地人,林地人!哈,你来啦,你这个野蛮人!什么风把你吹来了,野蛮人!"他边笑边叫。

这个可怜的庄稼汉看起来有点惊慌失措,正打算起身赶紧离开。突然,屋里响起野老爷青铜般的声音:"你这上蹿下跳的畜生想干什么?"野老爷咬着牙说。

"我……我没想干什么,"蠢货嘀咕道,"我……我只是……"

"那好吧,闭嘴!"野老爷说,"雅什卡,开始吧!"

雅什卡用手摸了摸喉咙:"恐怕我……我不太……我是说,我不太清楚……"

"看在上帝的分上,朋友,别害怕啦,你应该为自己的扭捏感到害臊!你不会是想临阵脱逃吧?按照上帝的旨意唱吧。"野老爷低下头,等待着。

雅什卡不再说什么了,看了一眼四周,用手掩住了脸。大家都盯着他,尤其是小包工,他的脸上流露出惯有的自信和得意,但又带着一种隐隐的、无意识的不安。这会儿,小包工靠着墙,把双手垫在身下,但双腿不再晃动了。雅什卡终于放下掩着脸的手,他的脸像死人一样苍白,两眼透过低垂的睫毛微微发着光。他深深地吸了一口气,唱了起来……

他唱的第一个音符微弱而不平稳,似乎不是从他的胸口发出,而是来自遥远的某个地方,不小心飞进了酒馆里。这清脆而颤抖

---

① 南部林区的居民被称为林地居民。南部林区是始于博尔霍夫县和日兹德拉县两区边界的一条长长的森林地带,居民的生活方式、习俗和语言都很特别。由于他们天性多疑和残酷,人们称他们为野蛮人。——作者注

的音符让我们所有人都产生了奇怪的感觉,我们互相看着对方。突然,尼古拉的妻子挺直了身板。第一个音符过后,又响起了另一个更坚定、拉得更长的音符,像琴弦一样颤动着,被强壮的手指突然拨动之后,它发出了响亮的颤音,最后发出了渐弱的余音。第二个音符过后,又传来了第三个音符,音域逐渐变宽,一首哀歌开始如行云流水般跳动出来。

"穿过田野,许多小径蜿蜒曲折。"他唱道,我们都听得如痴如醉,激动不已。说实话,我很少听到这样的声音:它有点哑,又像破裂的颤音,开头甚至有些病态,但其中却蕴含着真正深刻的激情、青春、力量和甜蜜,以及令人沉醉的悲伤,在那里面回响着火热而真实的俄罗斯灵魂,它紧紧地抓住你的心,牢牢地扣动那属于俄罗斯人的心弦。歌声渐渐婉转地流淌开来,雅什卡显然沉浸在歌里了,他不再胆怯,完全沉浸在了幸福中。他的声音不再发抖,它颤动着,带着难以察觉的内心的激情颤动着,像箭一样刺进了听者的灵魂,并且不断增强,变得更加坚定,扩展至无限。记得有一次傍晚退潮的时候,大海在远处沉闷而凶猛地击打着浪花,我看见一只白色的海鸥,一动不动地栖息在沙滩上,它那柔滑的胸口浸满了落日的光辉,时不时地,向着熟悉的大海,向着低垂在天边血红色的落日,慢慢展开翅膀。听着雅什卡的歌声,我想起了这只海鸥。雅什卡继续唱着,完全忘记了他的对手,忘记了我们所有人。但显然,他如一个有力的泳者在搏击风浪一般,也被我们沉默的热情鼓舞着。他唱的每一个音符都给我们带来一些亲近感,一种无限辽阔的感觉,就像熟悉的大草原在我们面前展开,延伸到无限的远方。

我感到眼泪在我的心中翻滚,涌上眼眶。突然,我听到了沉闷的、低沉的抽泣。我环顾四周，发现酒店掌柜的妻子正在靠窗哭泣。雅什卡飞快地瞥了她一眼，唱得比原来更加高亢动听；尼古拉·伊万尼奇低下头；眨眨眼转过身去；蠢货站在那里，惊得目瞪口呆；那个穿破洞衣服的庄稼汉在角落里小声呜咽着，一边摇头，一边痛苦地自言自语；野老爷那铁板似的脸上，从眉毛下缓缓滚出一滴又一滴的泪珠；小包工举起握紧的拳头放在额头上，一动不动……

如果不是雅什卡以突然极其微弱的高音结束了这首曲子，我真不知道沉醉的众人将如何被唤醒。没有人发出一丝声响，甚至没有人动一下，每个人似乎都在等着他是否还会再来一曲，但是他睁开了眼睛，似乎为我们的沉默感到惊讶，接着用探寻的目光扫视了大家，他明白了，胜利属于他。

"雅什卡。"野老爷说着，把一只手搭在他的肩膀上，然后不再说话了。

我们都站在那里，呆住了。小包工静静地站起来，走到雅什卡面前："你……是你的……你赢了。"他艰难地说完这句话，从屋里冲了出去。

他那敏捷而快速的动作似乎把我们从沉醉中唤醒了：大家突然高兴地大声说起话来。蠢货一下子跳到空中，嘴里咕哝着什么，两只手像风车的风帆一样舞动着；眨眨眼一瘸一拐地走到雅什卡面前吻他；尼古拉·伊万尼奇站起来，庄严地宣布，他要再加送一瓶酒；野老爷一直和气地笑着，我从未想过会在他脸上看到这样的笑容；那个可怜的庄稼汉用袖子擦着眼睛、脸颊、鼻子和胡子，反复地说着："唱得好，嗯，真的太好了！嗯，如果这还不算好的话，我就是个狗娘养的！"尼古拉的妻子满脸通红，腾地一下站起来跑走了。

雅什卡像个孩子一样享受着胜利的喜悦，他整张脸都起了变化，尤其是眼睛，洋溢着幸福的光芒。大家把他拉到柜台前，他把那个刚刚哭过的庄稼汉也叫了过来，并打发酒店掌柜的儿子去找小包工，但没找到，于是大家开始狂欢了。"你还会再给我们唱歌的，傍晚以前你会一直唱给我们听的。"蠢货一边说，一边挥舞着双臂。

我又看了一眼雅什卡，然后走了出去。我不想留下……我怕我对这场表演的印象会被破坏。但暑热还是和先前一样让人难以忍受，它仿佛是悬在地面上的一层又厚又重的热气，透过细密的几乎满是黑色的尘埃，似乎能看到深蓝色天空中盘旋的光点。一切都安静了，在大自然的深沉寂静中，有一种绝望、压抑的感觉。我走到一个干草棚，在一堆刚刚割下但几乎已经干枯的草垛上躺下。好长一段时间我都睡不着，雅什卡的歌声仍然在我耳边回响……然而，当炎热和疲劳一起袭来时，我还是沉沉地睡去了。醒来时，天已经黑了，周围的青草散发着浓烈的香味，还有点潮湿。透过半塌屋顶下的薄椽，能看到星星发出的微光。我走出草棚。夕阳的余晖早已消逝，只能在地平线上隐约看到一束淡淡的光。但透过夜晚的凉爽，人们依然能感受到空气中的热气。不久之前，这种热气还让人们燥热难耐，如今，人们依然渴望着凉风吹来。没有风，也没有云。整片天空是清澈的，黑暗的天空中，静静地闪烁着若隐若现的星星。村子里灯火通明，从附近发着亮光的酒馆里传来混乱的喧闹声，我似乎在里面听出了雅什卡的声音，那里不时爆发出一阵狂笑。

我走到窗前，把脸贴在玻璃上，看到了一幅虽不令人愉快却十分生动的景象：每个人都喝得烂醉如泥，所有人，首先是雅什卡：他光着膀子坐在长凳上，用嘶哑的声音哼着不知名的舞曲，懒洋洋地拨弄着吉他琴弦，几缕湿漉漉的头发搭在他苍白的脸上；在酒馆的中央，蠢货脱了衣服在穿灰大衣的庄稼汉面前蹦来跳去；这个庄稼汉也在用力地跺脚，发出沙沙的声音，胡子乱蓬蓬的，他傻笑着，不停地挥手，好像在说："我什么都不管啦！"再没有什么比他的脸更可笑的了！无论他多想用力地扬起眉毛，那沉重的眼皮就是抬不起来，一直盖在那双几乎看不见的浑浊的眼睛上。尽管如此，他依然处于醉醺醺的迷人状态，每个路过他的人看见他的脸都会说："做得好，老家伙，做得好啊！"眨眨眼浑身红得像只龙虾，鼻孔张得大大的，正在角落里冷笑着；作为称职的酒馆掌柜，尼古拉·伊万尼奇一如既往地泰然自若。酒馆里又来了许多新人，但我没有看到野老爷。

我转过身，快步从科洛托夫卡下山。山脚下是片广阔的平原，尽管被雾霭笼罩，但它似乎比以往任何时候都显得宽广，几乎要与黑暗的天空融为一体。我大步流星地沿着峡沟的道路走着，突然，从很远的山谷里传来一个男孩清脆的声音："安特罗普卡——阿——安特罗普卡——阿……"他带着哭腔固执地喊着，把最后一个音拖得好长。

他停了一会儿，再次开始喊叫。他的声音清晰地回荡在静止又略带困意的空气中。安特罗普卡这个名字，他至少叫了三十遍。蓦然间，从草地的另一边，仿佛从另一个世界传来了一个几乎听不见的回答："怎么了——么——了？"

男孩立刻欢呼雀跃地喊了起来："来这里，你这个小鬼头！"

"什么——事？"过了好久，对方才回答。

"爸爸想知道你藏——到哪儿了！"第一个声音立即喊道。

第二个声音不再回答，小男孩又开始叫安特罗普卡了。他的叫声越来越稀疏，越来越微弱，直到天黑时，还能传到我的耳朵里。那时我正沿着环绕我村子的那片森林往家走，它离科洛托夫卡有四俄里……

"安特罗普卡——阿——阿！"我似乎仍能听见弥漫在夜空中的声音。

《歌手》引发的思考：
故事的内核

每年讲到《歌手》这篇故事时，我都会问我的学生，第一次阅读这篇杰作时有何感受。不出意外的话，教室里会是一片尴尬的沉默。最后，有人会说："我觉得……我只想知道这个故事里所有的离题话是怎么回事？"胆大的学生还会插嘴问："对啊，为什么要没完没了地描述'安乐乡'方圆两俄里内的各种事物？"还会有学生适时地抱怨道："故事进展太慢了！屠格涅夫真的有必要把每个人的情况都给我们介绍一遍吗？"

说着说着大家都如释重负地笑了起来，我知道，这节课会非常精彩。

一篇有问题的故事就像一个有问题的人一样有趣。

让我们想象这个过程：当我们在读一个故事的时候，就如同手持一辆贴着"我无法不注意到的事情"标签的推车。当我们阅读时，会注意到故事表层的情节性内容（"罗密欧似乎真的喜欢朱丽叶"），但也会注意到更深的语言层面（《歌手》的前三页押了大量的头韵），它的结构特征（是用倒序的方式来讲述！），它的色调、闪进/闪回、视角的变化，等等。通常情况下，我们捕捉不到这些内容，因此我不是在说我们有意识地关注到了这些细节，而是在说当我们读完故事并集中注意力对它进行分析时，这些点才会被我们有意识地"注意到"。

我们认为正在添加到推车里的东西呈现了故事"不合情理"的一面，它们似乎想通过过度展现自己来引起我们的注意。

仔细想一想你平时阅读的思维习惯，当你能够注意到故事中的多余部分（一些不合情理的方面）时，你便开始与作者互动了。卡夫卡写道，"一天早晨，格里高尔·萨姆沙从不安的梦中醒来……发现自己在床上变成了一只令人害怕的甲虫"，这时你总不能把书扔到房间的另一头，然后说"不，他没有变，弗兰兹"。你会把这桩不可能的事件——人刚刚变成甲虫——放到自己的推车里，并立刻进入"静观其变"阶段。当你开始思考卡夫卡到底想用甲虫表达什么意义时，你的阅读状态已经受到影响了。比如说，你可能会产生抵抗情绪，或者有轻微的反对情绪，但不管怎样，作为读者我们将不得不忍受各种各样的阅读状态，有时甚至是无聊、困惑的消极状态：我们真的非常讨厌人物 X，并且想让作者明白我们有多讨厌他。事实上，我们想借此表达的是："好吧，弗兰兹，人变成甲虫确实不合理，但我仍允许你继续讲述下去。请问你将怎么处理那件我情不自禁关注到的事情呢？我希望你能把那件事讲明白。"

当作者让我们接触这些不合理的事物时（人变甲虫，使用过于高深的语言或是方言，在俄罗斯的酒馆里说一堆冗长的离题话，其中有好几页都在详细描述每个人物的外貌特征），此时作者也为此付出了相应的代价：当我们对这些外貌描述产生怀疑和抗拒的情绪时，"阅读能量"随之下降，但如果它下降得还不算太快，如果我们发现这竟然是作者写作计划的一个奇招，那些看似冗长的外貌描写或者失败的写作技巧，最终被证明与故事的意义紧密关联，换句话说，这是作者的"有意为之"，那么，作者所描写的一切"失败技巧"在这时就都可以被重新审阅了，我们甚至可以把这种明显夸大事物的写作方式看作一种高超的写作手法。

我们的目的不是让（"我无法不注意到的事情"）的推车空着，从而写出一个"完全合理"的故事。想想吧，一辆不装载事物的推车很难有出彩的结尾。优秀的故事则是在创造了这些夸大的事物后，又能将它们转化为美德表现出来。

有个简单的问题需要大家思考：怎样定义一个优秀的故事？

我曾听过作家兼漫画家琳达·巴里[①]引用神经学的研究，对此问题做了答复。当我们读到一篇故事、一首简短的抒情诗或一个笑话的结尾部分时，大脑会立即对其效率进行回顾评估。比如，当我在讲一只鸭子走进酒吧的故事时，我添了足足十五分钟鸭子童年的离题话，事实证明，这些题外话都与笑点无关，此时你的大脑就会判定此种行为是低效的，到最后，你几乎都不笑了。

那么，大脑是根据什么对效率进行评估的？

它假设笑话中的所有内容都是为笑点服务的，使它显得更好笑。

我们可以把故事当成一种仪式来看待，就如同天主教弥撒、加冕礼或婚礼一样。我们知道信徒做弥撒的核心是圣餐礼，加冕礼的核心是被加冕的那一刻，婚礼的核心是交换誓言，而剩余部分（游行、唱歌、朗诵等）将被认为是增彩的必要环节，因为它们为核心仪式服务。

---

① 琳达·巴里（Lynda Barry, 1956—），美国漫画家、作家、演员和教育家，曾在《漫画新闻》《漫画家》等杂志上发表过作品。

同样地，评估故事有多优秀、多精彩、多高效的方法就是在问：亲爱的故事，你的核心仪式是什么？或者用苏斯博士[①]的话来说，"你为什么要告诉我这些内容？"换句话说，就是："当故事把该讲的和该做的都处理完后，它的核心支撑点是什么？理解了这一点，我们才能明白'不合情理'的内容是如何为故事的核心服务的。"

《歌手》的核心当然是歌唱比赛，毋庸置疑，这是一篇"关于"歌唱比赛的故事，它必须提供与唱歌有关的内容，且组成部分必须为故事的核心"唱歌"服务。（试想一下好莱坞版本的《歌手》大概是这样安排的："两个男人在俄罗斯的酒馆里举行歌唱比赛：一个赢了，另一个输了。"）

但我们可能会注意到——好吧，我确定你已经注意到了——等我们费力地读完了冗长的前十二页，歌唱比赛才刚开始。

因此，根据前面提到的客观效率原则，我们有权利甚至有责任去问那前十二页的内容是用来做什么的？它们依靠什么内容而存在，值得你花费力气去阅读吗？

《歌手》是古老故事的变体：A 和 B 在技能竞赛中相遇，结局是一人获胜。（想想看，《伊利亚特》《龙威小子》《洛奇》或者其他枪战电影不都是这样的吗？）

那么，到底是什么赋予了这个作品意义？如果只是说"A 和 B 在技能竞赛中相遇"，我们还会在乎谁赢谁输吗？显然不会，此时的 A 等于 B，其实等同 B 等于 A，如果两个选手的实力一模一样，

[①] 希奥多·苏斯·盖索（Theodor Seuss Geisel，1904—1991），常使用"苏斯博士（Dr. Seuss）"为笔名，美国著名作家及漫画家，以儿童绘本闻名。

故事将没有任何风险可言。如果我说"两个人在我家对面的酒吧打了一架，你猜怎么着？其中一个人赢了"，这句话就没有任何意义，若要使这句话有意义，则要知道这两个人是什么样的。如果选手A是个圣洁、温柔的人，B是个让人生厌的恶棍，若让B赢，那就仿佛是在说"美德并不总是占上风"。如果A进行训练时只吃芹菜，B只吃热狗，那么A的胜利可以被解读为吃芹菜的人获胜的概率更大。

鉴于这个故事的核心是歌唱比赛，而雅什卡和小包工分别扮演A和B的角色，我们可以预想到，在歌唱比赛之前的十二页内容，至少得有一部分告诉我们一些雅什卡和小包工的信息（他们分别"代表"什么）。这样的话，当他们中的一人获胜时，我们就能够解释为什么会呈现这样的结果。

但这个故事还有一个极有趣的特点，委婉点说就是它极其擅长对人物的外貌进行细节描摹，在前十二页，屠格涅夫似乎对次要人物有着极其详尽的背景描述，然而对于两个主要人物（雅什卡和小包工），他实际上并没有说太多，这将有助于读者通过两人的歌声区分他们（使比赛显得更有意义）。雅什卡是当地人，比赛前他有点紧张，小包工是外地人。雅什卡"在一家造纸厂当浸染工"，有着"敏感而多情的"天性，他似乎是村里最好的歌手。至于那个小包工，我们在第87页看到了对他外貌的描述，后来叙述者还模糊地断言他是"足智多谋、精明能干的商人"。除此之外，"关于土耳其人雅什卡和小包工，我们没有太多要说的"。

因此，在读完前十二页之后，我们仍然不知道这两位歌手的哪些特点能使比赛结果变得更有意义。我们只能关注比赛本身。

现在，我们来做一件你会希望屠格涅夫做的事：跳过前十二页的内容，直接阅读比赛唱歌片段。

当小包工开始唱歌时（第93页），我们来找找他的歌声具有哪些特点，换句话说，就是屠格涅夫想让我们认为他唱得有什么特点。（当洛奇被打得单手伏地挺身时，我们可以理解为洛奇几乎要输了比赛。）

我们被告知小包工一开始就用"高高的假声唱起来……相当甜美悦耳"，这意味着"他做得很好，有可能会赢"。接下来的一段则通过"切换自如""变调""自由深情地""兴奋奔放"这样的短语显示了他唱歌时的自信与轻松，他完全信手拈来。他的转调"会给音乐行家带来极大的满足感"。他选择了"一首欢快的舞曲"，充满了"无尽的装饰音、额外的辅音和感叹"，甚至歌词也传达了他的渴求和信心："一小块土地，我的爱人／我要为你耕种／一小朵绯红的花，我的爱人／我要为你播种。"每个人都"全神贯注"地听着。

我们觉得，此时的小包工正在使出浑身解数为自己杀出一条"血路"，旁人难以将其打败。一般来说，故事的阅读体验要经历问题的设置（"狗在睡觉"）、稳定（"它真的睡得很沉，猫都能从它身上走过"）和变化（"啊哦，它醒了"）三个层次。

同样地，当我们读到这里时，已经知道小包工的唱功不错，几乎就要赢了。但当我们"稳定"在这里时，屠格涅夫提供了情节的变化："小包工唱了很长时间，却没有在听众中激起特别大的反响。"（字体变化是我加的。）换句话说，小包工现在遇到困难了，他唱得很好，本人也很有成就感，却没有带给听众任何情感上的变化。我们可以把这个信号当成"新闻快报"来解读："事实上，这家伙有可能会输。"

屠格涅夫在此处引入这部分内容使情节变得更丰富多元，其目的是使我们更好地了解小包工的特点：他大概是个有着光鲜的外表却让人感觉很冷漠的人。（我们之前提的"A 什么样"的问题在这里被回答了。）接着屠格涅夫让小包工自己解决了这个只有"光鲜外表"的问题：在最后一次转音时，他唱得特别成功，连野老爷都笑了，蠢货发出了兴奋的惊叫声，接着蠢货和眨眨眼开始和着小包工的歌声哼起来，近旁的雅什卡也证明了小包工高超的唱功："雅什卡的眼睛像烧红的炭般燃烧，全身像树叶一样颤抖，他吃惊地笑着。"只有野老爷没有被歌声打动（他"面不改色"），尽管他的目光柔和了许多。

在大家的和声鼓励下，小包工彻底"放飞了自己"，这对他来说意味着什么？意味着他可以更加光鲜一些：唱得更花哨、使用弹舌、利用低沉的嗓音、狂吊嗓子。遇到"没有打动听众"的问题时，他的解决之道是——"更加炫技"，结果"听众们立即一致地爆发出惊呼声来答谢他的歌唱"，蠢货当场宣布他赢了，酒馆掌柜尼古拉·伊万尼奇提醒大家比赛仍未结束，尽管他承认小包工确实唱得好。

让我们回顾一下整个演唱过程。小包工的天赋主要偏向于技巧，他的整个演唱过程也是用一些技巧性的词汇来描述，他让观众产生共鸣的地方有两处：第一次是他在转音处唱得非常成功；第二次是在结尾时他"狂吊嗓子"。

不得不说，演唱的特点能反映人的性格。屠格涅夫让小包工以一种特定的方式演唱（换用吉他术语来说，他是一个善用技巧凸显自己才华的"速弹电吉他手"），这是小包工的特点。

现在轮到雅什卡唱歌了。此时，故事可以有两种讲述方式：其一，雅什卡可能会输掉比赛，那么故事的走向将会变成当地的传奇歌手如何失去名声，以及他将如何面对这个问题；其二，他可能会赢得这场比赛。故事抛出的隐秘问题正浮现出来：雅什卡需要具备什么品质，才能击败小包工高超的唱歌技巧？每当我读到雅什卡准备站起来唱歌这部分时，总在想："雅什卡究竟怎么样才能赢啊？小包工实在太厉害了。"这时故事已经变成了对……的群众投票，我们也不确定这个省略号指的是什么，但我们心里明白，得到选票的一方肯定是有技术实力的。（在这儿我得澄清一下，我并不是在第一次读完这篇故事就意识到了这点，我只是觉得小包工给唱歌设置了一个高标准，而我想知道的是："天哪，雅什卡怎么才能超过他呢？"）

现在（第96页）我们再来观察一下屠格涅夫对雅什卡唱歌情景的描述，看看作者想让我们如何理解雅什卡。

刚开始唱的时候，雅什卡很紧张。"他唱的第一个音符微弱而不平稳"，仿佛是"不小心飞进了酒馆"，这与小包工高超的歌唱技术完全相反。我们可能会觉得："啊哦。"雅什卡的嗓子还没有完全放开，但接着："这清脆而颤抖的音符让我们所有人都产生了奇怪的感觉，我们互相看着对方。突然，尼古拉的妻子挺直了身板。"

雅什卡选了一首悲伤的曲子，与小包工相比，他的歌词少了一些自信，多了一些模糊感："穿过田野，许多小径蜿蜒曲折。"（此时我们仍想知道雅什卡怎么做才会赢得比赛。这句歌词或许应验了俄罗斯的一句俗语："剥猫皮的方法不止一种。"）

雅什卡的歌声并不完美，他的声音有点哑，又像破裂的颤音，"开头甚至有些病态，但其中却蕴含着真正深刻的激情、青春、力量和甜蜜",很快,雅什卡就"完全沉浸在了歌里"。他似乎忘了自己,忘了观众,"完全沉浸在了幸福中"。回想一下小包工表演中最精彩的时刻,他"尽其所能地发挥唱功,唱得更花哨了,时而运用弹舌,时而利用自己低沉的嗓音",他始终没有忘掉自己,忘掉周围的听众,也没有完全沉浸,当他觉得自己快要胜利时,就施展出更高级的炫技手段(他是对着听众进行表演,而不是忘我地表演)。

随后屠格涅夫在叙述中做了一件趣事,就在雅什卡"完全沉浸在幸福中"时,长期缺席的叙述者作为故事中的人物突然又回到了故事中(要知道,从第87页他提到"掌柜像对一个老相识那样给我打招呼……没有人再关注我"后,叙述者基本就消失了)。在雅什卡歌声的感召下,他想起了"一只白色的海鸥"。"海鸥"这个词有可能会让我们联想到"海鸥在我们头顶翱翔",但情况并不是这样的,叙述者记忆中的海鸥"一动不动地栖息着",不知为何,叙述者在回忆的那一刻总能清楚地看到海鸥"柔滑的胸口浸满了落日的光辉,时不时地,向着熟悉的大海,向着低垂着在天边血红色的落日,慢慢展开翅膀"。

在这一点上,我们可能会想起早些时候故事中提到的一些鸟类(第83页),那里有"孤独的"白嘴鸦和乌鸦、"互相争斗"的麻雀,相比它们,这只海鸥更自由,它远离了肮脏、闷热的小镇,在凉爽、干净的大海栖息。它不用像当地的鸟那样遭受闷热的折磨,这只海鸥看起来既安静又有力。它慢慢展开翅膀时,似乎看到并欣赏了落日的美。叙述者脑中的这幕场景是由谁激活的呢?毫无疑问,是雅什卡。他是怎么做到的?用他的歌声。

雅什卡唱着,"每一个音符都给我们带来一些亲近感,一种无限辽阔的感觉"，不管刚刚发生了什么，这一刻，听众都被深深地触动了，每个人都回想起了叙述者所讲的类似海鸥的记忆。在小包工唱歌的时候，并没有发生这样的事情，小包工高超的唱歌技法让众人吃惊，却没有让他们沉浸其中。可以说，小包工的演唱是根据他能够怎么唱来进行描述的，而雅什卡的表演则是根据他能给听众带来什么感受来描写的。

雅什卡使人想起海鸥，但他也是一只与美接触、短暂地逃离了自己现有身份的海鸥，这只海鸥用"一动不动地栖息在沙滩上"代替了飞翔；此时的雅什卡不再是造纸厂的浸染工，他变成了艺术家，尽管他在这个蹩脚的小镇生活着。

野老爷突然哭了起来。

雅什卡赢了。

我刚才讲述的是这个故事的核心内容，这篇故事总共二十一页，核心内容却只占九页，还是从第93页开始进行描写的。那么，前十二页的内容有什么用呢？

我们可以把故事想象成糖果厂。众所周知，做糖果的本质是……就地做成一块糖果。在糖果厂走动时，我们希望这里的一切——每个人、每部电话、每个部门、每道程序——都与糖果制成的那一刻产生某种联系，或"相关"，或"能够提供帮助"。如果这时我们偶然发现一条名为"史蒂夫婚礼策划中心"的生产线，就会觉得这将拉低整体效率。好吧，也许史蒂夫的婚礼策划对制成糖果有些用处，但这太牵强了。如果我们关闭那条生产线，事实上，制成糖果的效率就会大大提高（也许史蒂夫不这么认为）。这时的糖果工厂会变得更加亮丽多彩，因为它变得更高效了。

再或者，想象我们是"故事俱乐部"中的一群保镖，那么很自然地，我们会对故事的每个部分提出"请问您为什么需要在这里"的疑问。而一篇精彩的故事，它的每个部分都会以"我正在以微妙的方式为故事的核心输送能量"作为回复。

情节不断发展又相当硬核的故事模式会告诉我们：故事中每个部分的存在都是有原因的，仅仅把它作为"偶然出现"（"这件事真的发生了""这件事很酷"或"这件事已经进入了故事的叙述，我不能删除它了"）并不能解释这些事件存在的原因。坦白说，故事的每个部分都应经受我们的审查，但这种审查应当宽松一点，以免故事变得过于简洁和公式化。

所以，让我们重新读一下前十二页的内容，并在阅读的过程中问自己：我们要做些什么才能对故事的核心有益？

我曾经做过工程师，所以我选用以下形式列出前十二页的内容（这些内容有可能和故事的核心内容无关，目前正在我们的审查中）。此外，我把对故事核心有益的行动加粗表示，以区别于那些仅仅用来描述的内容。

毫无疑问，我是认真的：

前十二页的摘要

——对峡沟的描述（第 81 页）

——对酒馆老板尼古拉·伊万尼奇的描述（第 82 到 83 页）

——对不知道名字的尼古拉妻子的描述（第 83 页）

——对一些鸟类的描述（第 83 页底部）

——对科洛托夫卡镇的描述（第 84 页上面）

——对蠢货和眨眨眼的描述（第 84 到 85 页）

　　——**蠢货和眨眨眼之间进行了一场有效的对话，其核心信息：将举行一场歌唱比赛**（第 85 页）

　　——酒馆的描述（第 86 页）

　　——**有效事件即叙述者进入了酒馆**（第 87 页）

　　——对雅什卡的描述（第 86 页底部）

　　——对野老爷的描述（第 87 页上面）

　　——对小包工的描述（第 87 页）

　　——对庄稼汉的描述（第 87 页）

　　——**有效事件：举止得体的叙述者引起了一屋子农民的注意，但酒馆掌柜对他的出现给予了认可**（第 87 页底部）

　　——**有效事件：他们说清楚了比赛细节，几乎马上要开始比赛了**（第 89 页），但被以下内容打断：

　　对蠢货进行了二次描述，增添了更多背景故事（第 90 页）

　　对眨眨眼进行了二次描述，增添了更多背景故事（第 90 到 91 页）

　　与其说对雅什卡和小包工进行了二次描述，不如说是对无法描述他们的原因进行了解释（第 92 页上面）

　　对野老爷的描述（第 92 到 93 页）

　　——**比赛终于开始了**（第 93 页）

　　委婉地说，细看这篇摘要，我们会注意到故事的前十二页是一些静态的描述。（在这几页中真正发生的有效事件分别是：叙述者朝酒馆走去、遇到了蠢货和眨眨眼、进了酒馆、无意中听到了关于歌唱比赛细节的讨论。）一旦比赛开始（第 93 页），描述就会消失不见，相反，讲述酒馆内部及其周围的内容，(多数)都是以连续不断且实时更新的行为进行呈现。

（如果你想直观地了解这里面的神奇之处，请把前面的摘要打印出来并用不同的颜色做一些标记，如用一种颜色划出仅仅用来描述的部分，用另一种颜色突出有效事件部分。）

在这辆（"我无法不注意到的事情"）推车中，我们找到了大量离题与静态的描述，这时的我们很想知道，这篇故事是否有注意到这些多余的内容？难道它要把这些内容转变成故事的优点？

所以，在这里，让我们试着证明屠格涅夫所创造的离题和静态的描述都是"故意的"，换句话说，他是"有意为之"。

再次参考摘要，我们会发现大多数的静态描述都是关于人物的。

在这里我必须谈谈屠格涅夫描述人物的方式，因为这是让我的学生多年来非常抓狂的部分。

在第86页的底部，我们见到了雅什卡："他大约二十三岁，瘦削挺拔……像个英俊潇洒的工人，身体状况似乎不是太好。他两颊凹陷，鼻梁挺拔，细长的鼻孔不断翕动着，白皙的前额微微倾斜，梳着浅棕色的鬈发，有一双不安的灰色大眼睛，嘴唇厚实美观，充满了表现力。"你能凭这段话想象出一个人物吗？我做不到。我不太擅长把人视觉化，这些面部特征的"咒语"并不能与我实际看到的东西融合在一起，它们如同零件在我脑中形成了毕加索式的抽象叠加。这种主要描摹脸部和身体部分的写作遍布整个故事，如对野老爷的描述："高颧骨，低低的额头，长着鞑靼人的细眼睛。鼻子短而扁，下巴方方的，他的头发乌黑发亮，硬如猪鬓。"当我们见到小包工时,他被描述为"一个三十岁左右的矮壮汉子,满脸麻子,卷头发,扁扁的鼻子上翘着,一双眼睛炯炯有神,胡子稀疏"。尼古拉·伊万尼奇"脸也浮肿了,肉肉的额头布满了沟壑般的皱纹;他还长着一双狡猾又温柔的小眼睛"。

现代读者会觉得这种描述方法太老套了,我们现今认为对故事中的人物应该有选择性地进行描述,也就是说,并不需要描述每个人物的外貌,一一介绍每个人的背景情况。我们希望故事中的描述内容是少而精的,且为主题服务,而反观屠格涅夫,他描述事物,似乎只是因为它们存在。

这种描述方法可以追溯到那个把故事作为纪实的年代,《歌手》中呈现的"全员素描"被称为文学人类学的开创性著作,因为它让文学家看到了"这些人"——乡下农民的生活方式。在当时,屠格涅夫因其灵敏的洞察力、悲悯情怀以及对农民形象的现实主义刻画而备受赞誉。屠格涅夫是贵族出身,他和叙述者一样也会下乡远足打猎。(对叙述者贵族身份的设定就解释了第87页提到的那个时刻:"我感觉得出来,我的到来一开始就让尼古拉·伊万尼奇的客人们有点无措。不过,看到掌柜像对一个老相识那样向我打招呼时,他们就放心了,也没有人再关注我。")

所以,关于"安乐乡"的描述,是为那些可能从未进过这种地方的人准备的。("我的读者中,能有机会去看看乡村酒馆的人,大概不多。")这或许解释了我们即将要忍受冗长描述的原因,如对尼古拉·伊万尼奇以及他的妻子、蠢货和眨眨眼的描述等。屠格涅夫在这里其实把故事看作了报告文学,他如同一名探险记者,带领读者一睹带有异国情调的世界,一个位于他们脚下的世界。

这种描述方法也是屠格涅夫创作方式的体现。

亨利·詹姆斯[①]写道：

> 对屠格涅夫来说，情节从来不是故事创作的起源，这是他最后才去想的事情，他认为故事是某些人物形象的呈现。故事的首要形式呈现为个体形象或者个体形象的组合……他们清晰而生动地展现在屠格涅夫面前，他想尽可能地了解和展示他们的本性。首先，他要弄清楚自己所了解的一切，为了达到这个目的，他为每个人物都写了传记，里面包括故事开始之前发生在他们身上的一切事情，如法国人所说，他有他们的档案……屠格涅夫手里拿着这些材料就可以继续创作了，但关键问题在于，他应该让这些人物做什么？但是，也如这些评论家所言：这些传记材料的堆积，暴露了屠格涅夫的创作缺陷——他的故事缺乏"架构"，换句话说，故事的布局有问题。假如读屠格涅夫故事的读者，能够了解故事的布局，或者更确切地知道故事创作的"架构"，才更容易被每一行内容所吸引。

纳博科夫说得更不客气："在文学才能上，屠格涅夫天生就缺乏创作故事的想象力，也就是说，平铺直叙就是他讲述故事的方法。"

我们目前的审美理解是：人物的描述应该快速、自然、有序地表现在他们的行为中（我们相信人物的特征是展现出来的，而不是讲述出来的）。说实话，我们对叙述者长篇大论、没完没了的

[①] 亨利·詹姆斯（Henry James，1843—1916），英美双国籍作家，多次获得诺贝尔文学奖提名，代表作《贵妇画像》《华盛顿广场》等。

解释容忍度很低。正如我的学生曾经说过的，在屠格涅夫的作品中，动作和外貌描述如同两个分割的角色，轮流走向麦克风。当一个角色沉默时，另一个角色开始发言，这种效果是静态的、笨拙的，有时会让人抓狂。当一个人物的背景资料作为某种数据储存的形式开始讲述时，其他的角色就会僵立在原地，就像几个"1850年前后的俄罗斯乡村酒馆"立体布景中的机械玩偶。

所以，我们还是直面现实吧，故事有时推进得很艰难。我们反对屠格涅夫通过强迫每个人物停止运动和说话这样的静止方式，来为他到处收集人物眉毛、发际线和外套等材料做准备。不得不说，屠格涅夫在故事的某些地方用的蹩脚技术几乎让人发笑。我的学生总能挑出一些特别好笑的内容（在第89页下面，歌唱比赛即将开始）。小包工很紧张，拖拖拉拉，野老爷命令他立马开始。小包工紧张地往前跨了一步。我们等了很久，他才准备唱歌。

然后就出现了如下内容："但在开始描述这场比赛之前，不妨先来谈谈故事中每个角色的生活状况。"我们心想，拜托，屠格涅夫，你之前（前面的九页内容）不是已经这么做了吗？

举个例子：朋友去你家时给你带了一件样式疯狂又有点笨重的衣服，类似于一套由石棉制的潜水服，他要求你穿上。你照朋友的话这么做了，但衣服上身特别不舒服，又痒、又热。随着时间一分一秒地逝去，在某个节点，你会问："等等，为什么要让我穿这件衣服？"

同理，现在让我们问类似的问题：屠格涅夫为什么要费力描写这些人物？一旦我们知道了原因，可能会更愿意接受屠格涅夫的人物描述方法——这套令人发痒的衣服。

或者更不愿意穿了。

但首先，为了尊重并追随屠格涅夫式的离题精神，我们退一步问：为什么一开始就要对人物进行描述？描述人物的目的是什么？用一句话说，我们为什么需要人物描述？

套用大卫·马麦特[①]对演员描述的话来说，我们之所以需要角色，是因为他们能够实现故事所要求的目的。为什么《圣诞颂歌》需要雅各布·马利这个人物？因为是他让斯克鲁奇相信，如不做出改变就注定会失败。你有没有想过，我们需要了解马利的哪一面呢？没错，我们只需要知道他帮助斯克鲁奇实现改变的这一部分。马利之所以出现，是因为他和斯克鲁奇是生意伙伴，如果说斯克鲁奇只有一个值得信赖的朋友，那肯定就是马利，而且马利所过的生活与斯克鲁奇完全相同，犯的罪也一样（这些是我们需要知道的，其余的不用考虑），所以当马利告诉斯克鲁奇他最好改过自新时，斯克鲁奇相信了，我们也相信了。（我们无需知道马利是否结过婚，他的童年是什么样的，他的鼻子有多大，或者他第一次遇见斯克鲁奇是怎样的情景。）

所以：《歌手》中各种各样的侧面人物（如蠢货、眨眨眼、尼古拉和他的妻子、野老爷）有没有做一些对故事核心内容（歌唱比赛）更有力的事情？

我们可能会说：这些人充当了评委的角色。

让我们再回看一遍小包工的表演（第93到95页）并追踪这些侧面人物的反应。实际上，故事的核心是一场我们听不到的歌唱表演，这些侧面人物告诉我们应该如何想象这场比赛。换句话说，

[①] 大卫·马麦特（David Mamet, 1947— ），美国剧作家，经常在其作品中使用亵渎的语言。

我们观察侧面人物的表现，是为了更好地了解小包工和雅什卡的表现。根据被告知的信息，我们对他们的评估也会不同。

例如，拿蠢货来说，我们知道他是个可有可无的人，一个当地的酒鬼，他的判断是不可信的。（"他总是胡言乱语，扯一大堆谎话——真是个十足的蠢货！"）所以，他扮演了"白痴"评委的角色——不分青红皂白地做判断，他是暴民心态的化身，也是酒馆里第一个做出强烈反应的人，但判断得往往不正确。当他宣布小包工获胜时，这只能在很大程度上说明小包工确实唱得不错，但他的结论下得过早，所以酒店掌柜尼古拉巧妙地中止或者推翻了他的结论，因为掌柜"对俄国人感兴趣或重视的东西都非常在行"。再想想那位野老爷，在比赛开始前的长篇描述里，他被说成"在这一带有很大的影响力"，他"非常喜欢唱歌"，不仅如此，"仿佛有一股巨大的力量隐藏在他内心"。当我们所有人都转向"赫拉克勒斯（野老爷）"那里寻求他（大家都愿意听他的话）对小包工歌声的看法时，他最先（在小包工唱到转音时）笑了一下，然后，在歌曲快结束时，他的眼睛"柔和了许多"，尽管"他嘴唇还保留着轻蔑的表情"，可他并没有做任何最终评判，只是命令雅什卡别再扭扭捏捏，要"按照上帝的旨意唱歌"。

现在让我们从这个角度再来看雅什卡的表现（从第96页开始）：尼古拉的妻子被雅什卡的歌声感动得哭了起来，这是个铁石心肠的女人，在早些时候还被描述为"精明人，鼻子尖尖的、眼睛很灵活"（解读为：她是个不易被打动的人）。尼古拉低着头，有可能是在掩饰自己的泪水；眨眨眼背过身去（也哭了）；蠢货惊呆了，陷入异常的沉默中。那个庄稼汉（他在早些时候为了表达对小包工歌声的喜欢，还"坚定地"吐了一口唾沫）呜咽起来了，他现在对雅什卡的歌声有了更强烈的反应。我们意识到我们是想从他们几个人中找出最权威的判断。换句话说，在这个故事中，谁被设定为最终的评判者？没错，是野老爷。他在小包工的表演结束后并没有给出明确的判断，但在雅什卡唱完后，他的眼里噙满了泪水，只说了一声"雅什卡"就不再说话了，这意味着：雅什卡赢了。

假设我们不能亲临剧院去看剧，要求四个看剧的朋友在演出期间给我们发信息，透露剧情的进展。如果他们"品味各异"，那么，把他们四个人发的信息综合在一起，就算是对这部剧发表了来源多样的实时评论。这时我们再根据对他们个人的了解情况，由他们所给出的不同反应进行相应的评估。

所以（我们的辩护继续）：屠格涅夫在《歌手》中安排了一个由不同个性、不同感受力和代表不同权威的人所组成的评审小组，这使他能够通过精准的反应层级对两场实时展开的表演，提供一幅精准的画面。这也是作者为什么必须描写这些侧面角色，因为当他们做出反应时，我们能明白这些反应意味着什么，即哪些反应值得肯定，哪些应该被否定。通过对他们的描述，屠格涅夫创造了让人信任的上升阶梯。

但是，我们仍然会发现自己在问，甚至在恳求：作者对人物的描述一定要这么冗长吗？我们需要所有这些词语来完成故事的创作吗？假设眨眨眼这个角色是被用来陪衬蠢货的（和蠢货相比，他更机灵一些），那还有必要在第90页和第91页讲述那么多关于眨眨眼的背景故事吗？（当他进入酒馆时，我们就已经知道他有点傻乎乎的了。）还有必要再告诉我们他只套了一只袖子、他尖尖的帽子、他的嘴唇和鼻子的形状吗？这些细节是否有助于告诉我们，应该把眨眨眼当作哪种层级的评委？文中给了太多的描述性内容，以至于我们很难知道哪些相关信息应该被留存。

是否存在一个更有效的、描述性内容更少的、阅读负担更小的故事版本，以同样的气质、更轻松的方式来给读者讲述唱歌这件事呢？我经常给学生们布置"选择作业"：先把故事打印出来读一遍，然后用红笔把它删减成更符合现代节奏的故事，对它进行更快速的删减，同时尽量把它的优点保留下来。如果你也有这种野心的话，也可以这么做，这样获得的阅读体验是全新的。删减后的文本带给你不同的感受了吗？这样产生的阅读效果是否最佳？你能再把它删掉百分之二十吗？然后再删掉百分之十？你什么时候开始感觉到你在削足适履，也就是说，你删掉了原著故事中存在的一些神秘美感，尽管它的内容很冗长。

做了这个练习，我想你会发现这一切都与文字的感悟力有关，即你在对什么是麦子、什么是谷壳的短语进行挑选。严肃作家在写故事时需要动用这种极致的删减，所以不如先试图在别人的作品中找到窍门，特别要注意的是，假如这些作品是多年前写成的，我们更不能对它加以抱怨。（如果你无法忍受对屠格涅夫所写的内容进行删减，那不如试试我在附录 A 中提供的练习。在这个练习中，我要求或者说允许你认真地删掉我写的冗长的内容，以达到这个目的。）

到第 99 页，比赛结束，我们远离了故事的核心内容，进入尾声。雅什卡"像个孩子"一样享受着胜利。叙述者去干草堆里打了个盹。当他醒来时，天已经黑了，酒吧里传来一阵喧闹（"混乱的喧闹声"）。叙述者从窗户望去，发现所有人，包括雅什卡，都喝醉了。雅什卡又开始唱歌了（实际上是哼着歌，弹着吉他，"几缕湿漉漉的头发"落在他那"极其苍白"的脸上）。他已经从几小时前胜利的神圣时刻中远去了。是的，每个人都远去了。

在比赛期间，我们看到酒馆俨然变成了教堂，在那里发生了神圣的事情：这些粗人（庄稼汉、穷人，在这个闷热压抑的环境中几乎要辛苦劳作到死）通过艺术的歌声得到了提升和改变。当他们听到美时，也感受到了美。而现在，教堂又变回了小酒馆。

这种艺术体验是否带来了某种持久的变化？并没有。事实上，这种强大的艺术体验似乎深深打动了他们的心，以至于现在他们比平时喝得更醉。这意味着故事的能量转移了，歌声所带来的力量必须要去往某个地方，变成惊人的狂欢。（这可能会让我们想起故事早些时候发生的一段插曲，当时的蠢货被小包工的歌声感动了，他用他被艺术歌声所激发出的"暴力能量"侮辱了那个庄稼汉。）

在这里，我们能感觉到这个故事在说我们对艺术的渴求。人类，即便是"卑微"的小人物也在渴望着美，并竭尽全力地品味美。但美也是危险的，它可以如此强烈地进入人们的内心，使他们震惊、困惑，甚至引发他们诉诸暴力。（在故事的这一点上，我有时会联想到纳粹所有的盛典，以及种族灭绝前卢旺达电台[①]广播的那些挑动人心的煽动性言语。）

然而，刚刚发生在小酒馆里的一切太美好了，这也是这些人所渴求的。在这个场合，他们身上都显现出了一些迷人的特点。然而，随着这些迷人特点的"溢出"，他们身上美的能量也消耗殆尽。

---

① 卢旺达电台即千山自由广播电台（RTLM），曾在卢旺达大屠杀中被用来传播仇恨言论，宣传种族灭绝。

现在，在第 100 页中间，我们进入了尾声。叙述者沿着那条将小镇一分为二的峡沟下山。这时，他听到从很远的山谷里传来一个男孩在喊人的声音，"他带着哭腔固执地喊着，把最后一个音拖得好长，"换句话说，他正在唱歌，用唱歌的方式呼喊某人，他叫了或者唱了这个名字"至少三十遍"。这时，有人回应了（"仿佛从另一个世界传来"），也许这能让我们想起雅什卡最初唱歌的时候，歌声"似乎不是从他的胸口发出，而是来自遥远的某个地方"。而这个男孩的回答（"怎么了——么——了"）也很像唱歌。第一个男孩叫着／唱着："来这里，你这个小鬼头……爸爸想知道你藏到哪了[①]！"不出所料，第二个男孩"不再回答"。第一个男孩一直叫着／唱着，第二个男孩保持沉默。当叙述者离开时，声音逐渐变弱（即使在四俄里外，他仍能听到第一个男孩的叫声）。

这个最后一幕能带给我们什么思考？嗯，首先，我们注意到这是《歌手》的缩影。或者，我们可以这样思考：两个男孩在一来一回地唱歌。一个人先"唱"，另一个人回应。为什么要这么安排？因为第一个男孩是实用主义者，他试图让另一个男孩（或许是他弟弟）回家，这样他们的父亲就可以揍他了。"实用主义者"和小包工有联系吗？其实是有的，我们可以将实用主义者与高超的技术相联系，还记得吗？小包工"是个足智多谋、精明能干的商人"，而且还是一位有着高超技术的歌唱家。

小包工和第一个男孩都属于活得很现实的人，两人都是"技术家"，他们试图把事情做好，心里有个目标。如：面对"既然爸爸想打我弟弟"的情况，第一个男孩的想法是"我最好把他叫回家，

[①] 或者用康斯坦斯·加内特的译法："爸爸想揍你！"——作者注

这样我就不会被打"。他们已经被残酷的现实侵蚀了，第一个男孩是实用主义的例子，小包工是（仅仅是机械方面的）技术高超的例子。而雅什卡和第二个男孩是被动、脆弱的个体，更容易在乡下这种野蛮的地方受到伤害。

在酒馆里，我们觉得唱歌是一种交流方式，使这些粗鲁的人得到了升华。歌声把他们中的一些人感动哭了，使他们释放了在日常生活中被压抑的情感，但在故事的结尾处，唱歌正在变成一种实施暴力的方式，一种兄弟之间相互欺骗的诡计，所以这篇故事也变成了关于这一点的内容——崇高的东西被贬低。这些人在升华后又掉落；这个小镇曾经很美好，现在却是断壁残垣；唱歌可以是一种超越现实世界的交流方式，也可以是让某人回家挨揍的方式。唱歌（艺术）是有说服力的，至于它能说服我们做什么，故事却没给出绝对的答案。

第二个男孩不想被发现和被打，他沉默了（停止唱歌）。雅什卡也是如此。或者说，无论如何，他已经不再用先前那种崇高的方式唱歌了，阻碍他高歌的和使第二个男孩沉默的是同样的东西：在这个低俗贫穷的小镇，美不可能长久存在。

请注意，当大脑试图对这个主题进行还原时，它也注意到了回溯的不完美，我们的记忆里有与主题相符的内容，但也并不完全相符。这篇故事极具趣味和个性，以至于不能用这种方式来还原，就好像一只野生动物拒绝进入我们制作的盒子，尽管盒子开口形状很"像"那只动物的轮廓，但动物毕竟一直在动。

无论如何，我得说故事的结尾部分是值得保留的。有了这最后一幕，故事才变得更精彩。

这样的结尾，也让我回想起琳达·巴里在瞬时阅读过后进行效率回溯评估的想法。我意识到在故事的结尾处，我（"我无法不注意到的事情"）的推车里有几样等待已久的事物被拿出来了，是的，它们要求我把它们考虑进去，这些事物都被囊括在问题较多、曲曲折折的前十二页，特别是第一页对峡沟的描述，第三页对那些白嘴鸦、乌鸦和麻雀以及对这个小镇本身的描述。

在课堂上，我们通常一次讲一个问题。不如我们先停在这里，把这些问题与故事的核心内容（歌唱比赛）相对照，看看会发生什么。这个问题凭借什么优势在故事中"立住了脚跟"？

当我要求你们"拿起"这些事物来和歌唱比赛"做对比"时，你们能猜到我有什么意图吗？

想象一幅关于树的画：一棵高大挺拔的橡树，傲然挺立在山顶，现在给这幅画再加一棵橡树，但是……这棵树是病态的，树瘤多、枝节弯曲、树丫光秃秃的。当你看到这幅画时，大脑中会把它解读成这是"关于……内容"的画，比如：活力与虚弱的对立，生命与死亡的对立，疾病与健康的对立，等等。这是一幅关于两棵树的写实画，可以这样理解，但是描述树中包含的元素也可能有其隐喻意义。我们"比较"这两棵树（或者说把这两棵树对立起来），起初我们对它们没有任何想法或分析，只是在"看着"它们，我们是在体验而不是在用语言表达结果，而把两棵树并置在一起后，我们产生了一种瞬间的、自发的、复杂的、多层次的、不可还原的感受。

我们真的很擅长这么做。假设这幅画中有一棵挺拔的树和另一棵看起来和它相像的树，大脑会立即开始扫描两者之间的差异。假设其中一棵树上有只不被察觉的鸟，我们就会把这棵有鸟栖息的树解读为"富有生命气息",而把另一棵树解读为"贫瘠"。

我们总是在理性地解释、阐述事物,但开始解释或阐述事物之前的那一刻往往才最富有智慧。伟大的艺术往往发生(或者不发生)在那一刻,那一刻我们精准地"了解"到了艺术的存在(我们感受到它了),尽管很难用语言表达出来,因为那一刻是复杂且多元的,但那一刻的瞬间感受真实存在于我们心中,即便无法用语言展现。我认为这就是艺术存在的原因,它提醒我们,这种瞬间感受不仅是真实的,还优于我们通常的(概念式、浓缩的)表达方式。

我们试着做一做"拿起这些事物来和歌唱比赛做对比"的练习,先对比峡沟和歌唱比赛。

当我这样做的时候,第一感觉是它们之间有联系,而且还不是随机的联系。我想在这里停一下,强调一下对事物产生的"感受"才是真正值得我们在意的事情。我们拿峡沟和歌唱比赛做对比时,脑海里会产生一些感受,而且是好的感受。(换言之,如果文中某个元素是随机出现的,我们会有一种"参与失败"的感觉,因为在文中"没有找到有意义的联系"。)

现在,让我们继续努力阐明,将"峡沟"和"歌唱比赛"并置时,我们所体验到的这种美好感受,它的确切本质到底是什么。我脑海中浮现的是二元对立的概念:有两个歌手;小镇被峡沟劈成两半。在这个故事里,是否还存在其他的二元对立?事实上,这个故事里到处是二元对立:可怜、乞求同情的白嘴鸦和相对满足现状、狂躁鸣叫、精力充沛的麻雀的对立;小镇昔日的田园风光(牧场、池塘、宅子)与现在状况(牧场"焦土飞扬",池塘"黑得几乎发亮"，豪宅"长满了荨麻"）的对立；雅什卡和小包工的对立；技术和情感的对立；第一个男孩与第二个男孩的对立；雅什卡创造出的绝美艺术瞬间与他所在的丑陋小镇的对立；举止高雅的绅士（我们的叙述者）与他在这里观察到的卑微底层小人物的对立。

所以，我们觉得把峡沟引入故事是"有价值的"。换句话说，没有峡沟，故事就不会这么精彩。可以说，峡沟"解锁"了所有的二元对立参照物，我们现在可以看到，这些参照物已经在故事里生根发芽。

这种"二元对立"的行动游走在故事的各个方向。举个例子，我们尝试把第83页出现的那些鸟群与两位歌手作对比。白嘴鸦和乌鸦"可怜地"盯着过往的行人，嘴巴张得大大的，（因为炎热而）乞求行人的同情。麻雀则不同，它们更有活力。它们"似乎不在意"天气的炎热，"比以往更狂躁地鸣叫"。你觉得雅什卡和小包工谁更有可能继续"比以往更狂躁地鸣叫"？某种程度上，这种状态似乎能与小包工联系在一起。他是个技术高超、机械式的表演者，更喜欢炫技，他不像雅什卡那么敏感；雅什卡似乎更压抑、更容易被打败、更"忧郁"。但他这种复杂化的情绪却往往能产生更多美感，就如同那些飞到城镇上空盘旋着的麻雀一样。或者说，雅什卡和麻雀一样，都有飞上高空的能力。又或者，我们可以把这些鸟群与"安乐乡"的其他顾客做对比，那么蠢货是麻雀、白嘴鸦还是乌鸦的角色呢？想想这两位歌手（雅什卡和小包工），某种程度上他们如同麻雀一样，暂时能够通过唱歌来逃避肮脏的环境，而蠢货等人只能像白嘴鸦和乌鸦一样停留在原地。

无论如何，通过这种并置比较，我们会觉得故事中的这些元素是屠格涅夫有意为之的。他从同一碗"艺术汤"里捞出了这些鸟群与人物特征的共性与个性，这些元素都在积极地对话着。尽管这个故事在其他方面有些松散，但它却有极高的组织水平；它的"舞台技巧"可能冗长且笨拙，但它对情感的把控却一点也不随意。

雅什卡赢了，这意味着什么？为了回答好这个问题，我们试图提炼出这两场表演的本质特征。宽泛地说，小包工的表演技术很出色，但观众除了对他的熟练程度感到惊讶外，没有别的感觉。而雅什卡呢？他唱歌技巧不稳定，但不可否认的是，他唤起了听众内心的感受，并让叙述者回忆起了生命中的一段惊人而感性的记忆。所以，我们觉得这个故事是在讲高超的技术与情感力量的对立，并倾向于后者的观点。故事表明了艺术的最高追求是打动观众，一旦观众被打动了，技术上的不足就会立即被原谅。

而这也正是我一直深爱着这篇故事的原因，不管它有多少不足，都可以被原谅。不可否认，我一直很反感屠格涅夫创作上的技术缺陷——成堆的关于鼻子、眉毛和发际线的描述；走走停停的行动；离题中的离题——但突然间我被打动了，因为雅什卡的歌声很美，尽管技术上仍有不足。想想吧，屠格涅夫的创作"表演"其实和雅什卡很像，虽然有诸多不足，但仍带给我们很多美感。

我被这件笨拙的艺术品打动了，它似乎想向我们证明：好的艺术品也可以是笨拙的，只要它能打动我们。我有时会想，这种写作效果是否是屠格涅夫有意为之的，是他对自己缺乏写作技巧的致歉。如果我们被这篇故事打动了，屠格涅夫则可以据此声明艺术的最高目标是情感力量，哪怕是最笨拙的艺术品，依然能证明这一点。

你明白的，情感力量才是最伟大的那种技艺。

要写一篇打动读者的故事很困难，我们大多数人都做不到。即使是那些已经做到的人，也很难再次做到。仅仅凭借写作意图，然后有意识地去执行，也做不到对故事的完全把控或者完美掌握。写作还涉及直觉和延伸——尝试做一些超出我们能力极限的事情，有可能会出错，就像雅什卡一样，作者不得不冒着使雅什卡嗓音嘶哑的风险，让他继续唱下去，尽管他对此有疑虑。

假设你有一个腕表，能够测量跳舞时的能量输出值，你的目标是跳出一千单位能量，否则就会有人（说）杀了你。你脑中已经有了怎么跳的想法，但当你照着心里所想去做时，能量水平下降了大约五十。而当你最终设法将自己的能量值提升到一千以上时，你抬头看了一眼镜子，那里面的你快要跳疯了——天啊。那是在跳舞吗？那是我在跳舞吗？上帝啊。但此时你的能量值是一千二，而且还在上升。

你将会怎么做？

你会继续那样跳舞。如果大厅里有人嘲笑你，你会觉得："好吧，随便笑吧。我的舞蹈并不完美，但至少我还没跳死。"

同理，回看屠格涅夫，他也必须以能产生能量的任何方式进行写作。如果他想让自己的能量值超过一千，就必须制作故事中这些人物的档案。他不得不承认自己并不擅长将描述性的内容与人物行动结合起来，但他必须勇往直前，按照自己的方式来写，否则就会死掉。他不得不诚实地审视自己并得出结论："是的，纳博科夫先生的评价是正确的，尽管我写故事的时候他并没有出生，但确实如他所说：我的文学能力中天生就缺乏创作故事的想象力，平铺直叙就是我讲述故事的方法。但我能怎么做呢？"

我们很难将美注入故事中，如果真这样做了，那它可能也不是我们一直梦想创造的那种美；但我们必须接受我们能得到的任何美。

我教《歌手》是想告诉我的学生，对于将来能成为什么样的作家这件事，我们几乎无法选择。作为年轻作家，我们都有浪漫的梦想，希望通过加入某个派别从而成为某种类型的作家。或许，我能成为一个勤奋的现实主义者，一个风格类似纳博科夫的作家，一个像玛丽莲·罗宾逊[1]那样具有深刻灵魂的作家，等等。但某些时候，我们模仿别人写的故事往往在这个世界收获平平。实际上，我们并不是那种作家。因此，我们需要找别的方法，能使我们的能量值达到一千以上的方法。我们必须成为那种能够产生能量值的作家。(弗兰纳里·奥康纳[2]曾经说过："作家可以选择他写的内容，但他无法选择他能够创造的内容。")

那种作家可能与我们梦想成为的作家毫无相似之处。可事实证明，她写的东西无论好坏，都是从真实生活中衍生出来的：这些东西是近年来在写作抑或生活中，我们努力压制、否认或者纠正的，让我们觉得有些丢脸的内容。

惠特曼[3]是对的："我们"意味着多数，"我们"里面确实包含了很多人，那里不止一个"我们"。当我们"找到自己的声音"时，实

---

[1] 玛丽莲·罗宾逊（Marilynne Robinson, 1943— ），美国当代作家，处女座《管家》于1980年出版后立即引起轰动，2005年出版的《基列家书》获普利策奖。
[2] 玛丽·弗兰纳里·奥康纳（Mary Flannery O'Connor, 1925—1964），美国小说家、评论家，作品具有南方哥特式风格，并十分依仗区域背景和怪诞字符。
[3] 沃尔特·惠特曼（Walt Whitman, 1819—1892），美国著名诗人、人文主义者，创造了诗歌的自由体，其代表作是《草叶集》。

际上是从我们能够"做到的"的许多声音中选择了一个，我们选择它，是因为在所有包含的声音中，它是最有活力的那个。

想象一下，人生中的前二十年，你被关在一个房间里——只有一台电视一直在播着奥运短跑运动员的精彩镜头，而且这个房间就在（我们刚刚说过的）那些作家拼命跳舞的房间楼下。你被这些年看的比赛所鼓舞，有了自己珍视的梦想——成为一名短跑运动员。在二十一岁生日那天，你被放了出来，在走廊里的镜子里，偶然看到自己有一米九，肌肉结实，体重三百磅，你意识到自己不是天生的短跑运动员。当你到外面第一次参加百米冲刺时，得了最后一名，这多么令人心碎。你的梦想破灭了。但当你沮丧地离开跑道时，看到一群和你同样身材的人正在练习铅球。那一瞬间，你的梦想可能又活过来了，因为你可以重新设置目标。（"当我说我想成为一名短跑运动员时，我真正的意图是——我想成为一名运动员。"）

类似的情况也会发生在作家身上。

三十出头的时候，我认为自己会成为海明威式的现实主义者，因为我写作的素材都取自我在亚洲油田工作的内容。我利用这些材料写了一篇又一篇故事，把事件描述得简约、严谨又高效，但并不生动，且缺乏幽默感。尽管在现实生活中，当我遇到人生中的困难时刻、关键时刻、尴尬时刻或者美好时刻，都是以幽默待之。也就是说，我已经选好了要写的内容，但似乎无法生动地把它们创造出来。

有天，我在环境工程公司的电话会议上担任记录员，出于无聊，我开始写一些阴郁的苏斯式的小诗。我写完一首，就画一幅漫画来和它搭配。会议结束时,大约作了十组这样的诗画。坦白说,我觉得它们算不上是我"真正"的作品,下班时我差点把它们全扔了,但最终妻子给予这些"作品"的反馈,使我改变了想法。那天下班后,我把这些"诗画组合"般的作品带回家,放到桌上,然后去陪孩子们玩耍了。不一会儿,我听见桌子那边传来妻子的笑声,是的,她正在读这些愚蠢的小诗。

那一刻,我突然意识到,这是这么多年以来,第一次有人对我的作品做出开心的回应。坦白说,这些年,我从朋友和编辑那里得到的总是那种会让作家们心惊胆寒的回复,如"我的故事'很有趣',里面包含了'很多内容'",很明显,他们是在表达我在"写作方面真的很努力"。

妻子的笑声使我灵光一闪。从第二天起,我开始用这种新模式写故事,让自己变得很有趣,抛开我对"经典"故事听起来是什么样子的想法,以及我通常的假设——只有现实世界中发生的事情才能在故事中发生。我创造了一篇以未来主题公园为背景的新小说,并在其中贯穿了尴尬又略显过激的和声,当我想到"来吧,有趣一点"时,这种声音自然就出现了。我一次只写几行,不去确定故事的走向(它的情节发展是什么,它的主题或它的"信息"),只关注逐行传递的能量,尤其是幽默感。关注我想象中的读者,看她是否一直站在我这边,是否会像我妻子那样,在另一个房间里笑着,她想看更多的故事内容,而不是希望它"体贴地"快点结束。

在这种模式下,相比于试图成为海明威那样的作家,我发现自己有了更多的想法。如果某件事情不奏效,我立马就有了种本能的冲动知道该怎么做了("噢,这样应该会很酷啊")。要知道以前我只凭理性做决定，死板地服从于我认为故事应该或必须做的那样。

这是一种更加自由的模式——就像试图在聚会上变得更加有趣一样。

我用这种模式写出的故事最终变成了《造浪者消逝》，这是我用七年时间写的第一篇故事！后来，它成为我的第一本书——《衰败时期的内战疆土》。

写完这篇故事时，我发现这是我写过最好的作品，里面有最"本真"的我，无论这些内容精彩还是糟糕，别人都写不出来，因为它们是我脑子里正在思考的事情，它们在我的生活里发生，而我又把它们写到了故事中：阶级问题，资金短缺，工作压力，对失败的恐惧，美国工作场所的怪异调性，过度的劳作使我每天都在优雅地"失败"。这篇故事虽然写得有些奇怪（有点丢脸），但它揭露了我的真实品位——工薪阶层的品位，既低俗又寻求关注。我把这篇故事与我喜欢的故事（其中有一些在这本书中）对照起来读时，觉得我距离这些精彩故事的写作模式甚远。

因此，这个所谓的胜利时刻——我"找到了我的声音"，其实也很让人悲伤。这感觉就像我派一只极聪明的猎犬去草地上抓只漂亮的野鸡，结果它带回了一个芭比娃娃的下半身。

换句话说：我现在已经爬到了海明威山的最高处，在那里我意识到，即使我写得再好，也只不过是海明威的助手。我下定决心不再犯模仿的错误，于是跌跌撞撞地下山，来到了一座标有"桑德斯"的垃圾山。

"嗯，"我想，"这座山真小，而且它还是一座垃圾山。"

然而，这上面写着我的名字。

这对任何艺术家来说都是一个重要的时刻（胜利和失望并存的时刻）：我们决定接受一件（我们必须承认）无法完全掌控的艺术品，我们不能完全认可它。这件艺术作品比我们想象的更微小，但它同时也比我们想象的更丰富——与大师们的作品相比，它又小又惹人怜，但它就在那里，它所包含的全部内容都属于我们自己。

在这一点上，我认为我们必须做的是，羞怯而勇敢地走向我们自己的垃圾山，站在上面，并希望这座山会更加繁茂。

再来讨论一下这个已经问题重重的垃圾山的隐喻：我们需要做些什么才能使它变得更加繁茂？没错，是我们对它的信念，"嗯，是的，这是一座垃圾山，但重点是这座垃圾山是属于我的，也就是说，假设我继续以自己的工作模式对它进行改造，这座山最终将不再由垃圾组成，它会成长，我最终会从它身上看到（包含在我作品中的）整个世界。"

屠格涅夫是打算用《歌手》来为自己匮乏的创作技巧辩解吗？那么，他是在写这篇小说时就道歉了，还是在他写完之后？我敢非常肯定地说，他没有"旨在"道歉——他一开始并没有道歉的意图。我很怀疑屠格涅夫是否意识到自己做了什么，也不知道他是否会赞同我们对这篇故事的解读，但我觉得这些都不重要。关键是他创造了这个故事，让它这样成立了。对艺术家来说，"有意为之（并愿意承担责任）"才是工作的最终形式。一个艺术家给予最终作品的祝福（他通过把它发送到世界上来表达这种祝福），是他对作品中所有内容表示认可，他甚至认可在那一瞬间可能对他有所隐藏的部分。

也就是说，最终的认可不仅仅是由一个人的意识来决定的。

在文字创作的后期，我的经历告诉我：我们写完故事的时候，已经和它有了非常深刻的联系，以至于自己在做决定时，都察觉不到在做决定，这其中的原因细微到无法用语言表达清楚。而且我们着急到无法把它们说清楚。我们凭直觉去创作，未经深思熟虑就快速下了决定。比如说：我们一整天都在为宴会忙活，布置家具，一遍又一遍地悬挂装饰品，工作速度极快，强度极大，以至于我们无法解释清楚自己是基于什么而工作。现在已经很晚，客人马上就要来了，我们该快点回家去梳妆打扮了。我们停在门口快速浏览完整个房间，已经看不出有什么可再改变的了，也不想再回到房间去调整任何一件装饰品的布置，于是就直接宣布这个房间很完美（我们认可它）——如此，这件艺术品就完成了。

事后反思（二）

在这本书中，我们讨论了俄罗斯人创造了什么作品，但关于他们是如何创造的，我不能说太多（因为他们不像我们一样喜欢讨论面谈、演讲技巧以及与之相关的过程）。在亨利·特罗亚[①]为契诃夫写的详尽传记里，只提到过一次《在马车上》。从他那里我们了解到，契诃夫是在尼斯酒店二楼的书桌上花了几个月写出了这篇故事。在此期间，契诃夫还写出了另外两篇故事《佩彻涅格人》和《在故乡》，这就是我们对他创作环境的全部了解。契诃夫认为，在旅馆里写故事"就像在别人的机器上缝纫"。（在特罗亚为屠格涅夫写的传记中，根本就没有提到《歌手》这篇故事。）

实际上这并不重要。不管俄罗斯人是怎么创作的，我们每个人还是得找到自己的写作方式。

所以我想在这里谈谈我唯一熟悉的创作过程——我自己的创作，只是为了强调这样一个观点：像我们这样用技术术语讨论一篇故事，实际上并不能完全揭开创作一篇故事的奥秘。

我们讨论艺术时，常会这样说："艺术家有他自己想表达的内容。然后他就只是，你懂的，表达出来了。"换句话说，我们接受某些艺术家的"意图谬误"——认为艺术就是要有明确的意图，然

[①] 亨利·特罗亚（Henri Troyat，1911—2007），法国作家，生于莫斯科，以传记文学闻名。

后自信地去创作它。根据我的经验，实际的创作过程要比这神秘得多，也美好得多，而要真实清楚地讨论这个过程非常不易，我们举个例子来加以说明。

一个叫斯坦的人，在他的地下室里，建造了一个铁路小镇模型。斯坦先是找到了一个小流浪汉，然后把他安置在塑料铁路桥下，靠近篝火的地方。要注意，他安置流浪汉的姿势——这个流浪汉似乎在注视着小镇。他为什么要往那边看？是在看那个蓝色的维多利亚式小房子①吗？这时斯坦注意到了窗户里的塑料女人，然后他把她的身体转过来一点，让她望向外面。实际上，是望向铁路桥那边。没错，突然之间，斯坦创造了一个流浪汉与塑料女人对望的爱情故事。我们可以继续遐想。（唉，他们为什么不能在一起呢？要是"小杰克"能回家就好了，回到他的妻子身边，回到"琳达"那里。）

斯坦（艺术家）刚刚做了什么呢？嗯，首先，他打量了一下他那小小的领地，并注意到流浪汉观看的方向。然后他通过转变塑料女人的观看方向来改变这个世界。现在，斯坦并没有说要把她转向哪个方向，或者，更准切地说，他是在某一瞬间想到要这么做的，他没用任何语言表达，或许只在心里安静地说了声"是"。

在他有时间或有意愿表达这些原因之前，他自己也解释不清楚为什么这么做，他只是更喜欢这种表达方式。

在我看来，所有的艺术都始于直觉的偏好浮现的那一瞬间。

那么，该如何继续故事的创作呢？我们先暂时跳过初稿。假

---

① 英国维多利亚女王统治时出现的建筑类型，通常有三角形的山墙、高耸的尖顶、带门廊柱的阳台等。

设手头有一些现有的文本可以使用，我的方法是：想象着我的额头上安装了一个仪表，它的左侧显示"正"，右侧显示"负"，我试着以新手读者可能会有的感觉——"既不抱希望，也不绝望"——来阅读我写的故事。这时的指针指向哪里了呢？如果它转向了"负"区，那就认可它，然后立即对它进行修正、删减、重新安排、增加内容。这里面并没有智力或分析的成分，它更像是一种冲动，一种导致"啊，是的，这样更好"的感觉的冲动，类似于上面斯坦对那个流浪汉坐姿的调整：他在那一刻的做法是出于本能。

真的，创作就是如此。我就这样仔细检查草稿，并在上面做上标记，然后返回再进行新一轮的修改，打印出来，只要我还保有敏锐的感觉，我就会再读一遍。通常，我在写作日里会把故事反复读三到四遍。所以，这是一种重复的、执着的、反复运用自己偏好的方式：观察指针的方向，修改文章，再观察指针的方向，再修改文章（打磨、冲洗、重复），有时会经过数百次的修改，历时数月甚至数年。随着时间的推移，故事就像一艘慢慢转向的游轮，通过成千上万次的逐步调整来改变航向。

在故事创作的早期我会写一些松散、草率的文本块，或许是一小部分，或许是一大片，这些文本块会随修改……而优化。不久，某个模块开始运转了，我可以很轻松地读完这一部分，这时我的脑海中出现了"不可辩解"这个词，就仿佛在说"好吧，这部分的精彩内容几乎是不可辩解的"，这意味着任何理性的读者都会喜欢它，并且在读完这部分内容之后仍然会和我一起读下去。

同时，一个经过修改后的模块还会告诉我们，它的用途是什么，如有时它会提出问题（"他们说的这个克雷格是谁？"）或者似乎想引起一些事情发生("弗恩冒犯了布莱斯,他快要气炸了")。一旦我有了这些"不可辩解"的文本块,它们就会开始告诉我自己想要按照什么顺序进行排列,有时某个文本块会告诉我,真的应该把它删掉。("如果你把我这个 B 块去掉,那么 A 块和 C 块就会挨着。看,这不是很好吗,对吧?")我开始问自己这样的问题:"是 E 块导致了 F 块还是 F 块导致了 E 块?哪种感觉的排列更自然?哪个文本块更富有意义?哪一种组合会更令人满意?"然后某些文本块开始粘连(如 E 块必须在 F 块之前),我知道它们不会再被分开。

当某件事情的安排达到"不可辩解"的程度时,就意味着它实际已经发生了,并且无法再挽回,不再只是纸上谈兵。

随着文本块开始有序排列,由此产生的因果关系便开始有意义了(如果一个人用拳头打穿了一堵墙,然后加入街头抗议活动,这是一个故事;如果他从街头抗议中回家,并一拳打穿了墙,就成了另一个故事),这暗示着故事可能要讲述"关于……的内容"(尽管实施这个过程是在尽量摆脱那种不断在正负仪表间晃动的倾向,但我们仍然认为,故事里重大主题的决定,必将通过字里行间的成千上万个微观决定聚合而成)。我们所做的这一切,这每一步,与其说是在做决定,不如说更多的是在靠感觉推进。

当我的创作进入佳境时,我几乎不会进行任何智力或者分析性的思考。

我第一次发现这种创作方法时,觉得很自由。我不需要担心,不需要做出决定,只需要在每次阅读故事时保持新鲜感,关注仪表的转动,随之在故事层面做出改动。仪表如同一个测试仪,它让我明白：假如我错了，还有机会在下一次读取仪表数值时把它改回来。我曾经听人说过"给定无限的时间，任何事情都可能发生"，这就是这种修改方式带给我的感觉。我不需要主导决定，故事试图让我感受到它有自己的意志。如果我愿意相信这一点，故事也会超越我最初的设想，变得更加精彩。

我曾经听芝加哥伟大的作家斯图尔特·戴贝克说过这样一句话："故事总是在与你对话，你只需要学会倾听它。"像这样去修改是倾听故事的一种方式，也是你对故事产生信心的一种方式。故事想让自身变得更精彩，如果你对它有耐心，假以时日，它一定会变精彩的。

从本质上讲，整个创作过程就是：直觉加更新。

为什么要更新？

假设我给你一套我已经装修好的、位于纽约的公寓，这说明我善良。但我这么做可能会让人觉得有些不理智（毕竟我不认识你）。假设我允许你在一天之内，用我的钱重新对它进行装修，那么这套公寓肯定会比之前更有你的风格，但这样的装修仍然很受限，因为我只给你一天时间。我们可以说，这个结果只会反映出你可能是许多人中我选择来装修公寓的那一个人。

相反，我现在让你每天拿出一件东西（今天是沙发，明天是钟，后天是那块难看的小地毯），然后用你选择的同等价值的东西替换它，并让你在接下来的两年里都这么做。我敢说，等到这两年结束的时候，这间公寓里的"你"的影子，会比我们任何一个人在开始时想象的还要多。它将会传达你在数以万计的时刻中的想法：快乐时、抱怨时、严厉时、兴奋时、头脑清楚或者不清楚的时候。此时，你的直觉被赋予了成千上万的机会来发挥它的最佳效用。

这就是我对修改的看法："修改"是让作者的直觉一遍又一遍地坚持自己想法的机会。

以这种方式写作和修改的作品，就像生物课上的那些种子细胞一样，一开始小小的，没有任何意图，然后开始有机发展，对自身做出反应，最后实现自己的自然能量。

这种方法的美妙之处在于：你是从什么时候开始或是如何产生了最初的想法并不重要。作为一个作家，你之所以成为你自己，是因为你通过这种更新的方法来处理旧文本，推翻了初稿的"专制地位"。谁在乎初稿好不好？它不需要很好，它只需要存在，你就可以对它进行修改。你不需要一个想法来开启一篇故事，你只需要一句话。那么，这句话来自哪里呢？来自哪里都可以，它不需要有什么特别之处。随着时间的推移，当你不断地对这句话做出反应时，它就会变得特别了。也就是说，先对这句话做出反应，然后改变它，希望它不再是一个平淡或者散乱的句子，这就是……写作，或者说，是写作的全部意义所在。我们会找到自己的声音和独特的精神特质，并将自己与世界上其他作家区分开来，我们不需要做出任何重大的决定，只需要成千上万次地修改这些原有内容。

在我女儿还小的时候，我有时会把一堆积木（乐高积木、木块以及其他玩具的零件），倒在地板上。我们会坐在那里几个小时，听音乐，聊天，放松地玩耍。我们对怎么堆积木并没有什么计划，之所以把这块积木和那块放在一起，也只是因为我们喜欢这么堆而已。但很快，一个积木的结构框架就会出现：这些斜坡通向平台，在平面下面有个很酷的小小空间，那是玩具龙和乐高水管工生活的舒适角。积木最终搭建出来的成品很复杂，你也可以说它具有"意义"，但这并不是我们有意设置的意义。我们不可能计划出如此奇怪的东西，也无法预料到它稍后对我们产生的确切影响，而且我们做完后，很快就会忘记曾经的"设计"。换句话说，我们这么做几乎没有任何计划，但积木堆叠出来的极佳效果却是我们想要的。但一件艺术品仅仅做到这些是不够的，它必须让读者感到惊讶。也就是说，它需要合情合理地让其创造者感到惊讶。

对我来说，有趣的是用这种方法（尝试根据自己的感觉，一遍又一遍地试图写出更好的句子）进行修改，因为它会产生意想不到的效果，那些我们可以称之为"道德伦理"的效果。

当我写到"鲍勃是个混蛋"的时候，我觉得这句话不够具体，于是修改为"鲍勃粗暴地呵斥咖啡师"，然后向自身探索更具体的内容，为什么鲍勃会这样做呢，继续修改成"鲍勃粗暴地呵斥年轻的咖啡师，因为他让鲍勃想起了他死去的妻子"，然后在这里停顿一下，补上一句"他非常想念她，尤其是现在，在圣诞节的时候"。在这个修改过程里，鲍勃已经从"纯粹的混蛋"变成了"悲伤的鳏夫"，他太悲伤了，以至于他对这个年轻人表现得很粗鲁，通常情况下，他对这个年轻人很友好。一开始我为鲍勃画了一幅类似于混蛋的"漫画"，我对他嗤之以鼻，这样我和我的读者就可以联合起来鄙视鲍勃，但现在通过后续内容的添加，他愈发接近于"在不同生活中过活的我们"。

可以说，当以上这段文字开始走向对"鲍勃更加不利"的内容时,我把它们制止了,因为我想让鲍勃做个好人。我对"鲍勃是个混蛋"这句话不满意,并试图让它变得更好。

如果我们写成"鲍勃粗暴地呵斥年轻的咖啡师,他让他想起了他死去的妻子玛丽,他非常想念她,尤其是现在,在圣诞节的时候,这一直是玛丽一年中最喜欢的时刻",不知为何,总感觉这样比写成"鲍勃是个混蛋"要好。

我发现这种情况一直在发生。我喜欢创作故事的那个"我",他更聪明、更机智、更有耐心、更有趣,他对世界的看法更有智慧。当我停止写作、回归自我时,我觉得自己更受环境的局限,更武断,更微不足道。但令人高兴的是,故事里的我,暂时比平常的"我"更灵敏。

艺术家主要做什么工作?她需要调整她已经完成的作品。我们坐在一张白纸前,但大多数时候都是在调整已经存在的东西。作家在修改,画家在润色,导演在剪辑,音乐家在录音。我写道:"简走进房间,坐在蓝色的沙发下。"读到这句话时,我犹豫了一下,划掉"走进房间"(为什么她要走进房间?)、"下"(有人能坐在沙发下吗?)和"蓝色"(我们为什么要在乎它是不是蓝色?)。现在句子变成了:"简坐在沙发(上)"。突然间,它变得更好了,甚至有着海明威式的简短风格,但……为什么简坐在沙发上是有意义的?我们真的需要这样吗?

所以我们删去了"坐在沙发上",最后只剩下:"简"。

这样至少不算太糟,还具备简洁这个优点。

这有点像个笑话,但它也相当严肃。通过将句子重新缩减为"简……",我们已经保留了自己成为原创者的希望。我们避免了平庸，整个精彩的世界仍然在我们面前。但有趣的是，我们为什么要做这些删减？

可以说，我们这么做是出于对读者的尊重。通过提出这一系列的问题，如"为什么简坐在沙发上是有意义的"，我们在为读者充当某种先驱者。我们假设读者是一个聪明、有品位的人，我们不想给她惹烦恼。

想一想这段话：

走进餐厅，吉姆看到他的前妻萨拉，正紧紧地坐在一个看起来至少比她年轻二十岁的男人身边。看到萨拉和一个比她年轻得多的人在一起，吉姆无法置信，这太令人震惊了。要知道，吉姆和萨拉同龄，而这个人比吉姆都年轻，惊得吉姆掉了车钥匙。

"先生，"服务员说，"您的东西掉了。"然后把吉姆的车钥匙递给他。

这时，你可能已经注意到，你的阅读情感指针指向了仪表负区的某个地方，也可能会经历几次转向，先转向正区，然后再转向负区。

现在来看看这个编辑过的版本：

吉姆走进餐厅，看到他的前妻萨拉，正紧紧地坐在一个看起来至少比她年轻二十岁的男人身边。

"先生，"服务员说，"您的东西掉了。"然后把吉姆的车钥匙递给他。

那么，刚才发生了什么？嗯，我删掉了这段："看到萨拉和一个比她年轻得多的人在一起，吉姆无法置信，这太令人震惊了。要知道，吉姆和萨拉同龄，而这个人比吉姆都年轻，惊得吉姆掉了车钥匙。"

这两个版本的不同之处在于，后一个版本更尊重读者。"吉姆无法置信"和"这太令人震惊"的想法包含在吉姆掉钥匙的动作中。我冒昧地认为你会觉得吉姆和萨拉年龄差不多大。在这个过程中，我为我（和你）节省了六十个字，这大约是原来总长度的一半。

我是如何做到这一点的呢？好吧，我想象我就是你，即你的阅读方式和我一样。我对第一个版本不满意的地方，你也会感到不满意。

故事是在彼此平等的地位上进行坦诚、亲密的对话。我们愿意继续读下去，是因为能持续感受到作者对我们的尊重。我们感觉到她在创作过程的那一端，想象着我们和她一样聪明、世故和好奇。她关注着我们的处境（是她把我们放在了这个处境），她知道我们什么时候"期待改变"，或"对这个新情节的发展感到怀疑"，或"对这个片段感到厌倦"。（她也知道，应该什么时候让我们感到高兴，在这种状态下，我们会更愿意接受她接下来要讲的内容。）

当一个人给另一个人讲故事时，两人的心灵会自然而然地产生交流。这种模式适用于我们正在阅读的这些俄罗斯故事，也适用于穴居人第一次围着火堆进行文学阅读的时候。如果早期写故事的人，忽略了"故事是表演者和观众之间持续交流的活动"这一概念，那么他不久就会发现，如同今天一样，他的一些观众正在打瞌睡或早早地溜出洞穴。这些观众在溜出文学活动时，是半蹲着离开的,他们以为自己这样偷偷溜走,作者就看不见他们了。相信我,事实绝非如此。

对我来说,所有这些令人兴奋的点,在于我们总是有一个前进的基础。是的,读者就在那里,她是真实存在的,她对生活非常感兴趣。读者通过阅读我们的作品,对我们产生了有益的质疑。

我们所要做的就是让读者参与进来。为了吸引她,我们首先要做的就是重视她的感受。

《宝贝》
安东·契诃夫
1899

宝 贝

奥莲卡是退休八品文官①普列米扬尼科夫的女儿，她正坐在通向院子的门廊上想心事。天很热，苍蝇不停地飞来飞去，令人厌烦，想到天马上就要黑了，她很高兴。东边的雨云正在聚集成群，那儿时不时地吹来带有湿漉漉气息的风。

库金正站在院子中间，凝视着天空。他是剧院经理，经营着一家被称为"季沃里"的游乐园。他租住在这个院子里的一个厢房里。

"又来了！"他绝望地说，"又要下雨了！天天下雨，天天下雨，好像故意要刁难我似的！我的死期到了！这会毁了我！每天都在赔钱！"

他双手合十，朝着奥莲卡继续说："瞧，奥莉加·谢苗诺夫娜，这就是我们的生活。真让人哭泣！一个人竭尽全力地工作，精疲力尽，彻夜难眠，绞尽脑汁想把事情做到更好，可结果呢？首先，观众就是一些无知的野蛮人。我给他们安排最好的歌剧，精心的演出，一流的演唱家。但你觉得他们会看吗？他们能看得懂吗？他们想看的只是滑稽闹剧！给他们排庸俗剧就行！再看看这天气！几乎每天晚上都在下雨。从五月十号开始下，一连下了整个五月和六月。这太可怕了！观众一个也不来，可我难道就不

---

① 沙俄时期文官分为十四等，八等以上可获世袭贵族爵位。

用付租金了吗？给演员的工钱难道就不用付了吗？"

第二天傍晚，天空再次阴云密布，库金歇斯底里地笑着说："好吧，下吧，继续下吧！下到把花园淹没，把我淹死吧！叫我这辈子倒霉，到了下辈子也倒霉！让那些演员告我去吧！让他们把我送进监狱，送到西伯利亚，最好送到绞刑台上！哈，哈，哈！"

第三天，同样的事情再度上演。

奥莲卡默默地、认真地听着库金说话，有时她会热泪盈眶。最后，他的悲惨遭遇感动了她，她爱上了他。他又矮又瘦，面色蜡黄，头发分梳到两鬓。他有着尖细的嗓音，说话时嘴一撇，脸上总带着绝望的表情。尽管如此，他还是在她心里激起了一种真实而深厚的感情。她总是要迷恋着某个人，否则就活不下去了。起初是她的爸爸，现在他病了，坐在黑暗房间里的扶手椅上，呼吸困难。后来，她爱上了她的姑妈，每隔一年姑妈都要从布良斯克过来看她。再早些时候，她在上学时爱过她的法语老师。奥莲卡是个安静、善良、体贴的姑娘，有一双温柔的眼睛，身体也很结实。男人们一看到她那红润的脸颊，生有黑色胎记的、白嫩的脖子，看见她听到愉快的事情时脸上亲切而朴实的微笑时，就会自言自语道："不错，这姑娘还不错。"他们微笑着，而在场的女客们，在谈话中则总是忍不住突然抓住她的手，高兴地赞叹她："宝贝啊！"

这栋房子位于城郊的吉普赛路上，离季沃里游乐园不远。她从出生起就住在这里，据父亲的遗嘱，这座房子将来归她所有。

在傍晚和夜间，她可以听到游乐园里乐队的演奏声，焰火噼里啪啦的爆炸声。她觉得，这似乎是库金在与他的命运做抗争，猛攻他的主要敌人——冷漠的观众。她的心也甜蜜地揪紧了，她不想睡去。当他在黎明时分回家时,她轻轻地敲打自己屋子的窗子,隔着窗帘只露出她的脸和一边肩膀,向他亲切微笑着。

他向她求婚,他们结婚了。当他靠近她时,仔细看了看她的脖子和她丰满结实的肩膀,他拍手叫道:"宝贝!"他非常高兴,但是婚礼当天和第二天晚上都在下雨,绝望的表情一直挂在他的脸上。

婚后他们相处得很好。她卖票,照管游乐园,核算账目,发工钱。她那红润的脸颊,时时露出甜蜜而朴实的笑容,仿佛发着光。她时而出现在售票处的窗口,时而出现在剧院的后台,时而出现在茶水间。她已经告诉她的朋友们说,世界上最了不起、最重要、最不能或缺的东西就是剧院,只有剧院才能给人带来真正的快乐,它会使你成为一个有修养的、有人情味的人。

"但是你觉得观众能理解到这一点吗?"她会问。"他们想要的只是滑稽的闹剧!昨天我们上映了改编版的《浮士德》,几乎所有的包厢都是空的。不过,如果万尼奇卡和我叫他们表演一出低俗剧,我敢向你保证,剧院里肯定挤满了人。明天万尼奇卡和我将让他们出演《地狱中的俄耳甫斯》,您一定要来看啊!"

库金关于艺术家和剧院的看法,她都会重述一遍给别人听。她和他一样,鄙视群众对艺术的无知和冷漠。她亲自参与排练,纠正演员的错误,监督音乐家的言行。只要当地报纸上发表了对剧院不利的评论,她都会哭着去找编辑要求修改。

演员们都很喜欢她,称她为"宝贝",或者"我的万尼奇卡"。她同情他们,会借一点钱给他们。如果他们骗了她,她就私下偷偷流几滴眼泪,但不会向她的丈夫抱怨。

冬天来临时,他们夫妻依然恩爱有加。他们在冬季租下市政剧院演戏，仅留出几个空档，或将它短租给乌克兰剧团、魔术师，或是给当地的业余戏剧团。奥莲卡长胖了，脸上洋溢着幸福的笑容，但库金却越来越瘦，脸色越来越苍白，他抱怨赔钱太多，尽管那年冬天生意还不错。晚上他咳嗽时，她就给他喝覆盆子和菩提树花汁，用古龙香水给他擦身体，再用她柔软的披肩裹住他。

"你真是我的宝贝！"她一边抚平他的头发，一边真诚地说。"我英俊的宝贝！"

在大斋节①期间，他动身到莫斯科去请剧团来参加夏季演出。他不在，她无法入睡，一个人坐在窗边看星星。她突然想到自己和母鸡有共同之处：它们也整夜不睡，公鸡不在鸡舍时，母鸡心里就不安稳。库金在莫斯科耽搁了，他在信中说将在复活节前回来，并在信中嘱咐了几件关于"季沃里"的事情。但在受难节②前的周一，深夜时，突然传来不祥的敲门声，有人在砰砰地敲着门板，如同在使劲地敲打木桶——砰，砰，砰！睡眼迷离的厨娘，光脚啪嗒踩着泥坑，跑去开门。

"请开门！"有人在门外用低沉的声音说，"有一封您的电报。"

奥莲卡以前也接到过丈夫的电报，但这次不知为什么，她吓得浑身麻木。她用颤抖的手拆开电报，读到以下内容：

"伊万·彼得罗维奇今日意外身亡，'该始'等待星期二'下帐'的指示。"

电报上就是这么写的：下葬写成了"下帐"，还有一个令人摸不着头脑的词"该始"。电报上的署名是剧团导演。

"我的宝贝！"奥莲卡抽泣着，"万尼奇卡，我的宝贝，我亲爱

---

① 基督教的斋戒节期，始于圣灰节，被看作是一段悔改的时期。
② 亦称"耶稣受难瞻礼"，纪念主耶稣基督被钉死受难之日，是复活节之前的周五。

的!我们当初为什么会相遇呢!为什么我要在开始的时候认识你,爱上你?你把可怜又可悲的奥莲卡丢下了……"

星期二库金被安葬在莫斯科的瓦冈科沃墓地。星期三奥莲卡回了家,一进房门就倒在了自己床上,放声大哭,声音响得连大街上和隔壁院子里的人都能听见。

"宝贝!"邻居们画着十字说,"亲爱的奥尔加·谢苗诺夫娜!这个可怜的灵魂承受了那么多!"

三个月后的一天,奥莲卡做完弥撒回来,仍旧沉浸在悲痛中,非常伤心。碰巧她的邻居瓦西里·安德烈伊奇·普斯托瓦洛夫——巴巴卡耶夫木材厂的经理,也从教堂回来,正和她并排走着。他戴着草帽,穿着白坎肩,戴着金表链,他看起来不像个商人,更像个地主。

"万事皆有定数,奥尔加·谢苗诺夫娜,"他庄重地说,声音中带着同情的调子,"如果我们的亲人去世了,那意味着这是上帝的旨意,在这种情况下,我们必须忍住悲痛,顺从地接受。"

他把奥莲卡送到家门口,跟她告别,就继续往前走了。这天余下的时间里,她的耳朵里一直传来他那庄重的声音,一闭上眼睛,他那黑胡子的模样就浮现在她眼前。她非常喜欢他。显然,她也给他留下了深刻的印象,因为过了一会儿,就有一位她不熟识的、上了年纪的太太到她家来喝咖啡,她刚坐到桌前,太太就谈论起了普斯托瓦洛夫,说他是一个优秀而有内涵的人,任何一个到了结婚年龄的姑娘都愿意嫁给他。三天后,普斯托瓦洛夫亲自去拜访她。他待了不到十分钟,也没怎么说话,但奥莲卡却深深地爱上了他,以至于她整夜没合眼,浑身热得像害了热病一样。天刚亮,她便派人把那位老太太叫来。这桩婚事很快就安排好了,接着他们就举行了婚礼。

普斯托瓦洛夫和奥莲卡相处得非常融洽。通常，他要在木材厂工作到午饭时段，随后他出去谈生意，奥莲卡就接替他坐在办公室里，算账，监管订单的发货，直到晚上才回家。

"唉，我们每年都要多花百分之二十的钱买木材，"她对顾客和熟人说，"我们过去主要经营本地木材，现在呢，瓦西奇卡必须定期到莫吉列夫省去买木材，运费好多啊！"她感叹道，害怕地用双手捂住脸颊，"运费好多啊！"在她看来，她已经从事木材生意很久了，她觉得木材是世界上最重要、最不可或缺的东西。她觉得梁木、原木、木条、木板、箱板、板条、板坯……这些词的发音里总含着点亲切与感动。夜里睡觉时，她会梦见堆积如山的木板和板材，梦到无穷无尽的马车队伍把木材运到城外很远的地方。她还梦见一大批十二俄尺高、五俄寸厚①的横梁竖在木材场里，它们行进着，于是横梁、原木和板块相互碰撞，发出干木头的嘭嘭声，它们不断地翻滚下来，又重新竖起来，相互压在一起。奥莲卡在睡梦中尖叫起来，普斯托瓦洛夫温柔地对她说："奥莲卡，你怎么了，我的宝贝？在胸前画十字吧！"

无论她丈夫有什么想法，她都照做。如果他觉得房间很热，生意不好，那她也这么想。她丈夫不喜欢任何娱乐活动，每逢节假日都待在家里，她也一样。"你总是待在家里或办公室里，"她的朋友们说，"你应该去看戏剧，宝贝，或者去看看杂技也可以。"

"瓦西奇卡和我都没有时间去看戏，"她平静地回答说，"我们是做劳力工作的人，对这种蠢事不感兴趣。看戏剧能有什么

---

① 俄尺、俄寸都是传统俄制单位，1俄尺 = 71厘米，1俄寸 = 4.44厘米。

用呢?"

每周六,普斯托瓦洛夫和她会去参加彻夜晚祷,遇到假日就去做晨祷。他们并肩而行,从教堂回来时,脸上带着柔和的表情。他们俩全身都散发着令人愉快的香气,她的丝绸裙子发出快乐的沙沙声。在家里,他们喝茶,吃酥饼以及各种果酱,之后他们还会吃些馅饼。每天中午,院子里和大门外的街道上,都会传来罗宋汤、烤羊肉或烤鸭子的香味。在斋日里,还有鱼的香味。人们经过普斯托瓦洛夫门前时,都会忍不住流口水。

办公室里的茶炊总是沸腾着,他们请顾客喝茶水,吃甜甜圈。两个人每周洗一次澡,然后并肩走回家,夫妻二人都是红光满面。"是的,感谢上帝,我们一切都好,"奥莲卡常对她的朋友们说,"我希望每个人都能像我和瓦西奇卡一样快乐。"

当普斯托瓦洛夫去莫吉列夫省采办木材的时候,她非常想念他,晚上哭得睡不着觉。军队里的年轻兽医斯米尔宁租住在他们家的厢房里,有时在晚上来看她。他们聊天或者打牌,这让她感到很轻松,但她最感兴趣的是他的家庭情况。他曾经结过婚,有一个儿子,但因为妻子对他不忠而与她分居,现在他还在恨她。他每个月给她汇四十卢布作为孩子的抚养费。奥莲卡听到这些话,总是叹气,摇头,她为他感到难过。

"唉,愿上帝保佑你,"她向他告别的时候,对他这么说,手里举着蜡烛,送他到楼梯口。"谢谢你陪我解闷,愿上帝保佑你健康!"她总是模仿她丈夫说话的语气,显得沉着而稳重。当兽医要关上身后的门时,她叫住他说:"您要知道,弗拉基米尔·普拉托内奇,您最好跟您的妻子和好。至少看在您儿子的份上,您要原谅她!我相信,那小家伙心里什么都明白。"

当普斯托瓦洛夫回到家时,她向丈夫低声讲述兽医和他那不幸的家庭生活。两个人都叹气,摇头,谈到那个孩子,说他一定正在想念他的父亲,然后就浮现出一种奇怪的联想:他们双双转到圣像前面,对着它虔诚跪拜,祈求上帝赐给他们孩子。

就这样,普斯托瓦洛夫夫妇在爱与幸福中过了六年和平安宁的生活。但是,在一年冬天时,瓦西里·安德烈伊奇在办公室喝完热茶后,没戴帽子就出门去卖木材,结果着了凉,病倒了。她请来最好的医生给他治病,但病情仍然一天天地加重。过了四个月,他死了。奥莲卡又成了寡妇。

"宝贝,你把我丢下了……"埋葬了丈夫后,她痛苦道,"没有你,像我这样悲惨和不幸的人,怎么能活得下去?好心的人们,可怜可怜我这个孤零零的游魂吧……"

她穿着黑裙子,袖口缝上白丧章,再也不戴帽子和手套了。除了去教堂或给丈夫扫墓外,她几乎不出门。在家里,她过着修女般的生活。直到六个月以后,她才把白丧章去掉,打开窗子。有时早上人们能看到她和厨娘一起去市场买菜,但是要想知道她现在的生活以及家里的情况,只能靠猜测。人们的猜测是基于这类事:经常能看到她和兽医在自家的小花园里喝茶,兽医大声地给她读报上的内容;当她在邮局遇到熟人时,她会说:"我们镇上没有正规的兽医检查,因此人们染上了很多疾病。经常听说有人因为喝牛奶而生病,或者从马和牛身上感染了疾病。说到底,家畜的健康应该像人类的健康那样得到关注。"

她现在不断重复兽医的话,对他所做的一切都持相同的看法。很明显,如果没有爱人,她一年也活不下去,她在她家的厢房里找到了新的幸福。换了别的女人,这种行为会受到谴责,但对于奥莲卡，谁也不会有什么不好的看法：她的一切行为都会得到谅解。她和兽医都没有向任何人提及他们的关系起了变化。事实上，他们试图隐瞒，但没有成功，因为奥莲卡守不住秘密。有客人会来拜访他，即他军队里的同行，她在给他们倒茶或者准备晚餐时，会开始讨论牛瘟，家畜的结核病，市里的屠宰场。他觉得很丢脸，等到客人走后，他会抓住她的胳膊，愤怒地嘶吼道："我以前就要求过你，不要讲你不懂的事情！当兽医之间互相说话时，请不要插嘴！这真的很烦人！"

她会惊讶地看着他，惊恐地问："可是，沃洛杰奇卡，那我该谈些什么呢？"她会眼里含着泪水，抱着他，求他不要生气，两个人就都开心了。然而这种幸福并没有持续多久。兽医离开了，和他的部队一起被调到某个偏远的地方，可能是西伯利亚吧，他再也不回来了。奥莲卡仍旧孤身一人。

现在她孤苦伶仃。她的父亲很早就过世了，他的扶手椅仍在阁楼上，布满了灰尘，还缺了一条腿。她变得更瘦也更丑，街上的路人不再像以前那样看着她微笑了。很明显，她最好的年华已经逝去，现在她开始过一种新生活，一种不熟悉的生活，她已经不忍心再去想过去的生活。傍晚时，奥伦卡坐在门廊上，听着季沃里游乐园的演奏声，焰火噼里啪啦的爆炸声，但这对她已经没有任何意义了。她冷漠地瞧着空荡荡的院子，什么也不想。后来，夜幕降临时，她上床睡觉，梦见了那个空荡荡的院子。她照旧像以前一样吃饭，不过好像有些迫不得已似的。

最重要也最糟糕的是，她再也没有任何看法了。她看得到周围的东西，也明白发生了什么，但是她对任何事情都不能形成自己的看法，也不知道该说些什么。没有任何看法是多么可怕啊！

比如说，看到一个瓶子，看到天在下雨，或者看到一个赶车的农民，但是瓶子、雨、农民，它们为什么存在，代表了什么意义，她说不出来。哪怕付一千卢布给她，她也什么都说不出来。当初跟库金、普斯托瓦洛夫，或者后来跟兽医在一起的时候，奥莲卡可以解释一切，对任何事情她都可以侃侃而谈，但现在她的头脑，她的心，都像她的院子一样空荡荡的。生活变得如此阴郁、苦涩，她觉得自己像吃了苦艾一样痛苦。

渐渐地，小镇向四面八方延伸。吉普赛路现在变成了一条大道，季沃里游乐园和木材厂所在的地方又建了许多新的房屋，辟了许多条小巷。时间过得真快啊！奥莲卡的房子看上去已经很破旧，屋顶生锈，棚子歪斜，整个院子长满了杂草和带刺的荨麻。奥莲卡自己也老了，丑了。夏天，她坐在门廊上，心里和以前一样充满了空虚、凄凉和痛苦。冬天，她坐在窗边看雪。有时，当她闻到春天来临的气息，或者当风送来教堂的钟声时，过去的记忆会突然涌上心头，她的心甜蜜地收缩着，眼睛里满含泪水。但这只会持续一会儿，然后心里再次空落落的，她又一次感受到生活的徒劳感。黑猫布雷斯卡在她身上蹭来蹭去，发出轻柔的喵喵叫声，但是奥莲卡并没有被猫的爱抚所打动。她需要的可不是这个！她需要的是那种能够占据她整个生命、整个灵魂、整个思想的爱，那种爱给她思想、给她生活的目标、给她衰老的血液注满温暖。她把小猫从腿上抖下来，烦躁地说："滚开！滚开！别黏在我身上！"

就这样，日复一日，年复一年，没有一点欢乐，也没有一点看法！厨娘玛夫拉说什么，她就听什么。

七月里的一个热天，傍晚时分，城里的牛群刚被沿街赶过去，整个院子里积满了灰尘，突然传来了敲门声。奥莲卡自己去开门，然后被眼前的景象惊呆了：门口站着兽医斯米尔宁，他头发灰白，身着便服。她突然想起了一切，情不自禁地哭了起来，默默把头靠在他胸前。她是如此激动，以至于几乎没有注意到他们两个人是怎样走进屋内，坐下来喝茶的。

"宝贝，"她喃喃自语，高兴得浑身发抖，"弗拉基米尔·普拉托内奇，你怎么来了？"

"我到这里来是打算长久住在这里，"他解释说，"我已经从军队退役了，想凭自己的能力谋生，过上安定的生活。此外，我的儿子也该上中学了。您要知道，我已经和我的妻子和好了。"

"她在哪儿呢？"

"她和孩子在旅馆里，我出来找房子了。"

"上帝啊，弗拉基米尔·普拉托内奇，住我的房子吧！您不需要再找了！上帝啊，你可以免费住在这儿，"奥莲卡喊道，浑身发抖，又哭了起来。"你们住这边屋，我去住厢房。上帝啊，我太高兴了！"

第二天，他们开始粉刷屋顶和墙壁。奥莲卡两手叉腰，在院子里走来走去，发号施令。她脸上又恢复了往日的笑容，精神抖擞，仿佛刚从一场睡梦中醒过来似的。不一会儿，兽医的妻子来了。她身材瘦削、相貌平平，留着短发，看上去像个任性的人。和她在一起的是一个叫萨沙的小男孩，身材矮小得似乎和他的年龄不大相称。他快十岁了，胖乎乎的，有一双清澈的蓝眼睛，脸颊上有两个酒窝。他刚走进院子就开始追赶那只黑猫，随即院子里响起了他热切而欢快的笑声。

"大妈，那是您的猫吗？"他问奥莲卡。"当您的猫有了小猫时，请送给我们一只吧。妈妈非常害怕老鼠。"

奥莲卡和他聊了几句,然后给他倒茶,她的心突然变得温暖起来,甜蜜地收缩着,仿佛这个小男孩就是她自己的儿子。晚上,当他坐在餐厅里做作业时,她怜悯而温柔地望着他,轻声说:"我的宝贝,漂亮的孩子……我的小家伙!你是这么聪明,这么白净!"

"'岛屿'是一片完全被水包围的陆地。"他念道。

"岛屿是一片陆地……"她重复道,这是她在多年的沉默和精神空虚之后,第一次坚定地表达了自己的看法。现在她又有了自己的看法。晚饭时,她和萨沙的父母谈了谈,说现在中学里的功课对孩子们来说很难,但古典教育还是比科学教育好,因为古典教育为你打开了所有职业的大门:你可以成为医生,也可以成为工程师。

萨沙开始上中学。他母亲到哈尔科夫去看望妹妹,从此没有回来。他的父亲每天都出门给牲畜看病,有时一走就是三天。在奥莲卡看来,萨沙似乎完全被遗弃了,他不受家人待见,就要被饿死了。于是她让他搬到自己的厢房去住,在那儿给他安顿了一个小房间。

六个月来,萨沙一直住在她的厢房里。每天早上,奥莲卡都会来到他的房间,看他睡得正熟,手放在脸蛋下,安静地呼吸着。她不忍心叫醒他。

"萨申卡,"她难过地说,"起来,我的宝贝!该上学了。"

他就起床,穿衣服,做祷告,然后坐下来吃早餐。他喝了三杯茶,吃了两个大甜甜圈和半个法式奶油面包卷。他还没完全睡醒,因此不高兴。

"你还没有背熟那则寓言呢,萨申卡。"奥莲卡说,她瞧着他,仿佛在为他出远门送行似的。"我得为你担多少心啊!你必须努力学习啊,我的小乖乖,要认真听老师的话。"

"请不要管我!"萨沙说。

然后他就出门沿街上学去了。他身材矮小,却戴着一顶大帽子,背着一个书包。奥莲卡悄无声息地跟在他后面。

"萨申卡!"她喊道。

等他转过身,她就把一个枣子或一块焦糖塞到他手里。当他们拐进学校的小路时,他害臊了,因为他被一个又高又胖的女人跟着。他看了看四周说:"大妈,您回家去吧。现在我可以一个人去了。"

她一动不动地站在那里,望着他的背影,直到他消失在学校门口。她多么爱他啊!她以前的爱恋没有哪一场能像现在这般爱得如此之深的,她的母性本能正日益彰显出来——不顾一切地、毫无保留地、满怀喜悦地献出自己的灵魂。为了这个非亲生的、头戴大帽子的、脸上有酒窝的男孩,她可以心甘情愿地献出自己的生命,带着温柔的泪水献出它。这是为什么呢?谁又能说清楚这是为什么呢?

送完萨沙上学后,她安静地走回家去,心满意足、恬静、满怀爱意。她的面容在最近六个月里变得更年轻了,脸上洋溢着幸福,见到她的人都高兴地看着她说:"早上好,亲爱的奥莉加·谢苗诺夫娜。宝贝,最近生活得怎么样?"

"现在的中学生,念书可真辛苦啊,"她在集市上说,"想想看,昨天一年级的老师让学生背熟一个寓言,翻译一篇拉丁文,还要再做完习题。对于一个孩子来说,这可太过分了!"

她还谈到了老师、课程和教科书,说的话和萨沙说的一模一样。

三点钟他们一起吃午饭,晚上他们一起做作业,然后一块儿哭。当她把他放到床上时,她会花很长时间在他身上画十字,小声祷告。然后她也上床睡觉,幻想着遥远而朦胧的将来:等萨沙完成学业后,他会成为一名医生或工程师,会有自己的大房子、马、马车、会结婚,有自己的孩子。她睡着以后,脑海里想着同样的事情,眼泪从她闭着的眼睛里顺着脸颊流下来。那只黑色的小猫躺在她身边咕噜咕噜地叫着:"喵——喵——喵喵。"

突然间,有人大声敲门。奥莲卡醒过来,吓得喘不过气,心怦怦直跳。半分钟过去后,又是一阵敲门声。

"这一定是从哈尔科夫发来的电报,"她想着,周身都颤抖起来了。"上帝啊,萨沙的母亲要叫他去哈尔科夫了!"

她绝望了。她的头、她的手、她的脚都在发抖,她似乎觉得自己是整个世界上最不幸的女人。但又过了一分钟,传来了说话声:是兽医从外面回来了。

"哦,感谢上帝!"她想。

渐渐地,她心里的重担一点一点地减轻了,她又觉得轻松了。她躺到床上,想着萨沙,他在隔壁房间里睡得正香,有时在睡梦中大喊:"我揍你!滚开!别打人!"

《宝贝》引发的思考：
故事的模式化

我们先来回顾一下，故事创作的基础由哪两部分组成。

首先，作者需要创造出引发读者期望的事件。如："从前，有一只长着两个头的狗。"读到这句话时，读者的脑海里随即出现了一系列问题（"两个头要怎么相处？""这只狗吃饭的时候会发生什么事情？""在这个世界上还有别的两个头的动物吗？"），以及这个故事可能会涉及的最直接的暗示（"分裂的自我""党派之争""乐观与悲观""友谊"）。

其次，作家需要回应（使用、延伸或者优化）这些期望值。但回应的方式既不能过于紧实（给读者一种过于线性或是乏味的感觉），也不能过于松散（将故事带向与它所创造的期望值无关的方向）。

在故事创作中，最有名的创造期望值的方法是制定一个模式。

例如："很久以前，一户人家有三个儿子。大儿子出去寻宝，由于他一直盯着手机看，不慎从悬崖上摔了下来，当场死亡。"如果下一行是这样写的："二儿子第二天起得很早……"我们已经预料到第二个儿子也会死，并想知道他的死是否与手机有关系。如果把这句话扩展为"二儿子第二天起得很早，他把手机留在家里，出门了"，我们的预期这时会再次发生转变，二儿子因手机而死的可能性被排除了，但他仍有可能会遭受不幸。我们继续把注意力投向："他右边有座悬崖，但他巧妙地避开了它。此时，他忘我地歌唱着，完全沉浸在向希尔达求婚的幻想中，根本没有注意到周边发生的事情。然后，他被卡车撞了，当场死亡。"很遗憾的是，我们对这个结果有些满意，现在我们觉得这个故事是"关于……"的了，例如"关于分心导致的死亡"。我们再来继续观察小儿子在第二天早上出门时的情况，看他会因为怎样的疏忽而死亡。如果他对悬崖感到警惕，并躲过了它，然后耐心地在路旁等待疾驰的卡车通过，这时的故事将仍然会走向"分心导致死亡"的方向。换句话说，我们仍然在等待他因为分心而死亡这件事，因为这是故事目前呈现出来的样态。

此时，故事的模式已经形成，我们期待它会再次发生。当它再次发生时，只要稍有一点变化，我们都会从中获得乐趣，并从这一点变化中推断出故事的意义所在。

《宝贝》就是这种类型的故事——我们可以称之为"模式化的故事"。它的基本模式是：一个女人坠入爱河，然后爱情走到尽头。这种模式重复出现了三次，对象分别是剧院老板库金、木材商瓦西里和兽医斯米尔宁，故事在第四次重复中结束，她爱上了小男孩萨沙，但这段爱还没有结束。

库金出现在故事的第一页，他为自己的命运哀叹。（他怎么可能预料到管理一个地方剧院也会让人如此沮丧？）我们从第二页了解到，奥莲卡"总是迷恋着某个人，否则她就活不下去了"。她迷恋的人的名单如下：她的父亲、她的姑妈、一位老师，所以，奥莲卡必须要一直爱着什么人。现在库金来了，住在她家。

这是一段甜蜜的恋情，似乎也是奥莲卡的第一次爱情。的确，库金是个有点让人提不起兴致的人（"他又矮又瘦，面色蜡黄……脸上总是带着绝望的表情"），尽管如此，"他的不幸打动了她，她爱上了他"。

契诃夫在两到三页的篇幅里向我们讲述了奥莲卡和库金的关系，他们的特定关系是通过具体的事件建立起来的：库金的工作（他经营一家失败的剧院）；他们求爱的意愿（凭自己做主，她出于怜悯而爱上了他）；两人的相处关系（他们相处得很好，都对生活感到悲伤和担忧，并在对庸俗民众的抱怨中达成一致；她胖了，他瘦了）；库金如何提起/想起她（"宝贝"）；她是如何提起/想起他的（"你真是我的宝贝"和"我英俊的宝贝"）；这段关系的持续时间（十个月）；他们分手的方式（他在离家时去世，她从一封表述混乱的电报里得知情况）；以及她丧期的时间（三个月）。

为了便于参考，我将这些数据编入表一。

表一　奥莲卡和库金

类别	描述
他的工作	剧院老板
求爱的意愿	自愿。她"最终"出于怜悯而爱上了他。（"他的不幸打动了她。"）
两人的相处关系	悲伤和担忧。他们抱怨庸俗的民众。她越来越胖，他"面色蜡黄"。"他们相处得很好。"
他怎么称呼奥莲卡	"宝贝！"
她怎么称呼他	"你真是我的宝贝！""我英俊的宝贝！"
恋情持续时间（以页数计）	两页半

（续表）

类别	描述
恋情持续时间（以时间计）	十个月
他死亡的方式或者他们分开的方式	死因不明。她通过一封（表述不明的）电报了解情况。
丧期时间	三个月
"厢房"的状态	恋情期间，库金就住在那里。（库金从她家来到她身边。）他们结婚后，厢房就空了。

现在，我们来关注这个表格里的密集信息。这就是前几页的全部内容：关于奥莲卡和库金关系的具体事件列表。这也是我们第一次了解奥莲卡典型特征的地方：她非常爱库金，以至于变成了他。在第151页，我们发现她已经在剧院工作了。很快她就告诉她的朋友们，剧院是世界上最了不起、最重要、最不可或缺的东西，她分享的观点和库金一模一样，以至于演员们开始和她开玩笑，戏称她为"我的万尼奇卡"。

故事初期，奥莲卡与库金心心相印并不为奇，我们只会觉得她真的恋爱了。奥莲卡的甜蜜时刻"放大化"了我们的爱情经历，坠入爱河时，我们会和心爱的人待在一起，分享彼此的兴趣爱好，这种感受可遇不可求，我们感到很幸福。

到第151页的结尾，他们已经建立了幸福的婚姻，故事处于停滞状态。如果我们继续翻着书页往下读，只能得到关于他们特征的进一步更新——随着岁月欢快地流逝，他越来越瘦，越来越苦恼，她越来越胖，越来越可爱——我们会萌发出故事没有进展的特殊感觉,就像某人告诉我们,他在前一天晚上做了一个长长的梦那样。

我们开始疑惑故事的走向,并再次与苏斯博士"连接":"故事为什么要费心告诉我们这些内容?"如果我写:"从前有只狗,它特别喜欢吃东西。一天早上,他吃了狗粮,接着吃了猫粮。然后,它走到外面,吃了一些在树下找到的苹果,紧接着又吃了一些附近树下的苹果,最后他在公园里找到了一块猪肉三明治,吃了下去。"你就能猜到这个模式("狗吃东西"),并等待一些新事物来打破这种模式:要么挑战它,例如让这条狗试图吃掉一只活熊;要么展示狗一直这样吃东西的后果,比如狗胖得走不动路。"这只狗总是很饿,不停地吃东西"这一事实可能是真的,但世上到处是这样的偶然,仅仅通过观察,我们就能收集到类似的事实:"在这个花盆里曾经有个网球","有个女孩在等车的时候,一直伸手摸自己的头顶"。

故事的形式向以上事实发问:"是啊,那又怎样呢?"不瞒你说,想把一件轶事变成一篇故事就要进行升级。或者这么理解吧:升级是一个信号,它表明我们的轶事正在向故事进行转变。

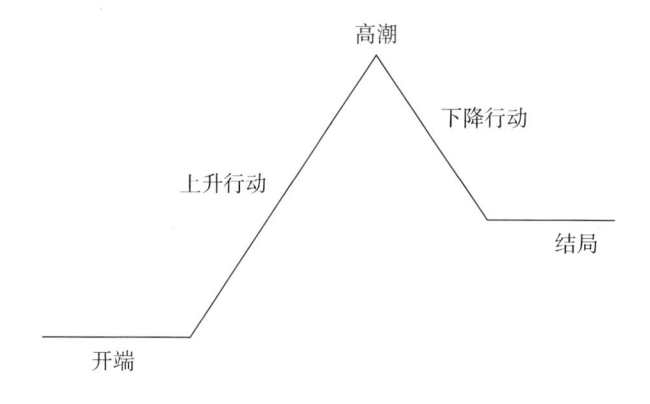

图 1 弗赖塔格金字塔

图一是名为"弗赖塔格金字塔"①的模型,旨在解释故事是如何运行的。它是已经构建好的事实模型,不一定能帮助我们写故事,但却可以帮助我们分析一篇已经开始运行的故事的模式,或者诊断一篇还没有启动的故事。

只要奥莲卡和库金的幸福婚姻继续下去,我们就会平静地坐在标有"开端"("事情通常都是这样发展的")的平坦地带。奥莲卡在第152页的中间夸赞库金时("你真是我的宝贝!"),我们开始有点烦躁了,觉得自己已经掌握了一切事实:事物的基本情况已经建立起来,正等待被打破。我们警觉地感到会发生一些复杂的事情,推动我们进入上升行动。

当我们读到"在大斋节期间他去了莫斯科"时,会略微有些警觉,特别是考虑到上面两段内容讲述他生病了这一事实。这无疑是契诃夫把库金派去莫斯科的原因,这样他就有可能在那里发生一些意外,促使我们进入上升行动。(我有时会和我的学生开玩笑说,如果一个人写了一页又一页,但他的故事仍困在"开端"中,即人物的行动没有得到上升时,他要做的就是把这个句子放到故事中:"然后发生了一些事情,永远地改变了一切。"这时,故事就会别无选择,只能做出回应②。)

我们还在等从莫斯科传来的消息。库金没有按计划回家("库金在莫斯科耽搁了,他在信中说将在复活节前回来……")。我们想知道他为什么改变了计划。他对奥莲卡没兴趣了吗?还是他在

---

① 德国戏剧理论家古斯塔夫·弗赖塔格(Gustav Freytag,1816—1895)将五幕剧情节比喻为金字塔,一般由五部分构成:开端、上升、高潮、落潮、结局,可谓是西方文学的基础结构。
② 在附录B中,我为大家提供了练习:一个能让我们从"开端"中脱身,并进入"上升行动"的万全之策。——作者注

莫斯科有了外遇？故事会发展成这样的走向吗？那我们只能说：库金，你是猪。但事实并非如此，他仍向家里嘱咐有关剧院的事情，我们可以把这理解为一个信号，表明他还关心着奥莲卡以及他们两人的生活。想想吧，如果他不在莫斯科发生点事情，契诃夫又为什么要把他送到莫斯科去呢？如果他在莫斯科一切顺利，毫无变化地回家了，依旧是离开时的那个他，我们就会觉得莫斯科的这段离题如同一场低效的"节外生枝"，导致我们（仍然）被困在"开端"中。

接下来，决定性的词语"但是"出现了，它告诉我们，让我们等待已久的改变故事的事件就要发生了："但在受难节前的周一，深夜时，突然传来不祥的敲门声。"

我们往往认为，深夜敲门＝坏消息。

那么，这封电报是否在传递这样的信息：深夜敲门＋电报＝死亡？这封电报写得很滑稽，既悲伤又有趣，也让库金的死亡更易被读者接受。我们知道，在某种程度上，库金必须被"除掉"，我们原谅契诃夫采用这种最直接的方式除掉他（也就是杀死他），而以电报的形式来传递库金的消息，也使他的死亡变得更有意义。所以，库金已经死在莫斯科了。作为奥莲卡的新朋友，我为她感到难过，我的宝贝。

但作为一个读者，我有点开心。再见了，库金，你为故事的上升行动献出了生命。

库金死了，奥莲卡在服丧。故事也暂停了（在第153页）。库金被爱过，也被奥莲卡模仿过，现在他死了，奥莲卡可怎么办呢？她会不会疯掉，变成一个酒鬼，一辈子都穿着丧服？任何一个写过故事开头的作家，都熟知这种神经质的、又令人发狂的时刻。故事在这一时刻又有了很多条发展路径，哪条路是最好的？我们又怎么会知道呢？

让我们暂时把"契诃夫是如何决定下一步做什么"这个问题放在一边，看看他接下来做了什么。他大胆地跳过了接下来的三个月（葬礼结束后的九十多个令人伤心的日子），直接写道"三个月后的一天，奥莲卡做完弥撒回来"。让我们不解的是，"葬礼后的几天里，奥莲卡什么也没做"。按照我们的想法，至少应该写成："那个周三，她看到了一些美丽的云彩。周四，该洗衣服了，但她终于受不了了。她想起了库金，想起他一直对她的好。在周四下午，她打扫了厨房。在那里，她发现了库金的备用眼镜，她的情绪突然爆发了……"

我们没有得到这些日常的、流水账式的记录。契诃夫为什么不这么写呢？因为这些日子不重要。按照故事的标准来说，它们没有意义。这篇故事直接跳过那些日子（没有发生任何有意义的事情的日子），把我们放在了下一件它认为有意义的事情前，即，与故事目的相关的事情。

这个"大胆的跳跃"告诉了我们一些关于短篇故事的重要信息：它不是一部纪录片，不是在对时间的流逝进行严格记录，也不是在客观地尝试描述真实的生活。它如同一台被塑造完毕、甚至有点漫画风格的（相对于乏味的现实世界）小机器，它果断下决定的方式令人兴奋。

如我们所知，故事的向前跳跃让我们看到了木材厂经理瓦西里。我想，就是在这儿，在第一次读到这里的时候（在第153页中间），我们实际上已经开始了解到这是篇模式化的故事，在瓦西里这个（男性）名字出现时，模式就开始了。我们知道奥莲卡非常爱库金，她基本上变成了他。现在故事要给她带来一个新的爱人。我们想知道：（当她深爱着库金的时候）她怎么能够爱上另一个人？是啊，她怎么会爱上他呢（他并不是库金呀）？她要以什么方式爱他？（她会劝他去看戏剧吗？或者坚持要在客厅挂上库金的照片吗？还是说，最终她会和瓦西里分手，因为他不"懂"莎士比亚？）我们相信，我们刚刚看到的是一个深爱库金的女人。但现在，我们将有机会看到这个女人第二次陷入爱河。

当我还是个孩子的时候，那时在芝加哥，老人们常说，某个故事中的精彩转折是"丰富"的。瓦西里的出场介绍就很丰富。

爱的本质是什么？这个问题突然出现了。

这几年，我的朋友经常在公开场合和她丈夫进行亲密互动。每当她和丈夫站在一起时，她总会若无其事地把手指插进他的腰带环。然后丈夫死了，我的朋友再婚了。我们发现她对她的新男友也采取了同样的行为。谁会去评判这一点呢？好吧，所有人。我们愿意相信爱情是独一无二的、排他的，而一想到它可能是"可再生的"，连习惯也会重塑，我们就感到不安。一旦你死后被埋葬，你现在的伴侣会用他/她对你的爱称来称呼他/她现在的新伴侣吗？为什么不呢？昵称就这么多，你为什么要为此而烦恼？你相信他爱的是你这个人（这就是为什么亲爱的埃德叫你"小甜心"）。但事实并非如此，爱就是这样，你只是恰好出现在这里。当你死后环绕在埃德上方的天空时，你听到他把你以前的"贱人朋友"贝丝称为"小甜心"，而她正若无其事地把她背叛的手指插进他的腰带环。从心理层面来说,你会对埃德、对贝丝,甚至对爱情本身有所轻视吗?

也许你不会。

恋爱时,我们不都是这么做的吗?当你的爱人死去或离开你时,你仍然是你自己,用你独特的方式去爱人。在这个世界,仍然有很多人值得去爱。

再回到故事《宝贝》,在第153到154页的六段内容里,故事进展得很快:在从教堂回家的路上,瓦西里安慰了奥莲卡,她非常喜欢瓦西里,以至于她仿佛看到了他的"黑胡子",他们结婚了,她开始像他一样思考和说话。此时,丰富有趣的内容展现在了我们面前:奥莲卡将以她爱库金的方式("成为他")来爱瓦西里。

我们应该为奥莲卡感到高兴吗?还是会看不起她?我们是否需要重新评价她与库金的关系?你看,一切进展得很顺利。这篇轶事开始转变为故事了。但如果你是一个作家,你(仍然)会想弄明白,契诃夫是如何知道要向前跳跃到瓦西里这里的?也就是说,在写作的时候,他是如何"决定"这么做的?我们当然想知道这一点,以便时机来临时,知道如何聪明地向前跳跃。

嗯,答案是:"我怎么知道?他是个天才,如你所知,你早就知道了吧,我猜?"

但是,我们也许可以在这里学到一些优秀的写作习惯。在故事的前几页,契诃夫做了一件事,他通过赋予奥莲卡特定的品质,使她成为一个特定的人:当她爱上一个人时,她就成为那个人。正如我们在讨论《在马车上》所看到的那样,一旦特定的人(通过事件)被塑造出来时,我们就知道,在她身上可能发生的事件里,哪些事件是有意义的。

可以说，一个人的特质中总蕴含着新生的章节。

故事："从前有一个女人，她爱谁就会变成谁的样子。"

契诃夫："真的吗？我们来测试一下这个假设能否成立。额……应该怎么做呢？哦，我知道了，杀死她的初恋，然后再给她介绍第二个。"

所以，"优秀的写作习惯"应该一直朝着特定方向修改，这样人物的特定性就会出现，然后产生情节（我们更喜欢称之为"有意义的行动"）。

思考下面这句话，我将赋予它越来越多的特定性：

一个人坐在任意一间房间里，他什么都没想。这时，另一个人走了进来。

一个愤怒的种族主义者正坐在一间房间里，想着他这辈子受到了多么不公平的对待。这时，有个和他不同种族的人走了进来。

一个叫梅尔的人患有癌症，是个愤怒的白人种族主义者。此时，他正坐在检查室里，回想他这辈子受到的不公平待遇。这时他的医生，一个有点自负的巴基斯坦裔美国人——布哈里博士走了进来，他给梅尔带来了一个坏消息。可尽管如此，医生自己却面带笑容，因为他刚刚获得了大奖。

我不知道接下来，在最后这个特定的房间里会发生什么，但我非常确定，一定会有事情发生。

在故事第153到154页，当我们读到这种特定模式的第二个例子，"奥莲卡爱上瓦西里"时，敏锐的读者（或者像我这样不怎么敏锐的读者，我是在教了这个故事很多年后才意识到）会注意到，契诃夫为我们提供的关于奥莲卡与瓦西里关系的信息，与他之前提供的奥莲卡与库金的关系完全相似。了解到这点之后，我开始为奥莲卡和瓦西里制作图表，类似于我之前为奥莲卡和库金所做的那样（表一），请注意，我根本就不需要制作新的图表，因为所有的栏目标题都是相似的（见表二）。

而且，提前说一下，我们即将会在契诃夫对奥莲卡与斯米尔宁和萨沙的关系描述中，发现同样的相似性（我也在表二中列出了）。

这很有趣，甚至有点疯狂，这似乎表明，契诃夫在描述每一种关系时，基本上都延续了他之前在描述奥莲卡与库金关系时建立的一套变量。（他是有意这样做的吗？他是否意识到了自己在做这件事情？我认为他没有，但我们现在先把这些问题放下。）

因此，在第153到156页中，我们得到如下信息：瓦西里的工作（木材场经理）；他们求爱的意愿（一次偶然的相遇，然后通过中间人安排订婚）；两个人的相处关系（他们在性方面更和谐，更快活；他们吃饭，做饭，祈祷，洗澡，"全身散发着令人愉悦的香气"；他们不仅相处得很好，而且"非常融洽"）；瓦西里如何称呼她/想起她（"奥莲卡，怎么了，宝贝？"）；她是如何称呼/想起他的（当她想起他时，她一直醒着，"像害了热病一样"；她"深深地"爱上了他，"非常想念他"）；这段关系持续的时间（六年）；他们分手的方式（一次感冒后，他死在了家里）；以及她丧期的时间（超过六个月）。

我们有可能会比较——嗯，我得说我们不可能不比较——这两种关系，请看表二，这里面加上了斯米尔宁和萨沙，以便更易于比较奥莲卡的恋爱关系史。

表二　奥莲卡的各式爱情

类别	库金	瓦西里	斯米尔宁	萨沙
他的工作	剧院老板	木材厂经理	兽医	孩子
示爱的意愿	凭自己做主。她最终是出于怜悯爱上了他（他的悲惨遭遇感动了她）。	从教堂回家的路上偶然相遇。然后，通过中间人/媒人安排。	背地里发生，不正当的关系；他们从未结婚也没有任何求爱信息；某一天，他们成为一对。	他被带到瓦莲卡家里，逐渐厌烦瓦莲卡对他的照顾。
两个人的相处关系	伤心和担忧。他们厌恶大众。她变胖了，他则愈发"瘦弱"。"他们相处得很好。"	他们"相处得非常融洽"。他们吃饭、做饭、祈祷，身上有一种"令人愉快的香气"，他们一起去洗澡，在办公室喝茶、吃甜甜圈；健康、富足、享受，生活很快活。	他不太能管住瓦莲卡，并被她弄得很丢脸；在他们争吵过后，很快，"两个人都开心了"（又一次）。	她认为自己是在保护他，但他把瓦莲卡对他的照顾当成压迫来看待。
她是如何称呼/想起他的	"宝贝！"	"奥莲卡，怎么了，宝贝！"他被她吸引了；她也给他留下了深刻的印象。	"别插嘴！"（他从不叫她"宝贝"。）	"别管我！"在故事的最后几行，他梦见他在校园里打架。
她如何称呼他	"你真是我的宝贝！""我英俊的宝贝！"	奥莲卡非常喜欢他，以至于整夜没合眼，浑身热得像害了热病一样，她"深深地"爱上了他，在他离开时，"非常想念他"。	她会"求他别生气"。	"我的宝贝！我的小家伙！"（她第一次叫别人"宝贝"！）

（续表）

恋情持续时间（以页数计）	2.5 页	3 页	1 页	3 页
恋情持续时间（以时间计）	10 个月	6 年	没持续多久	到故事结束的时候，大约 6 个月
他的死亡或他们离别的方式	死因不明，她通过电报得知此事。	第 155 页，出现一个假象：他是否要死了？不！斯米尔宁被介绍进来了，他会和瓦莲卡发生什么事吗？没有！瓦西里因感冒死于家中。	他和他的部队一起离开了。（第一个自愿离开她的男人。）	未知。她想象他有一天会过上美好生活。
哀悼时间	3 个月	6 个月以上	几年过去了，这段时间她很难过，也变丑了。她不再是镇上的"宝贝"了。	不需要。故事的最后，他们仍然在一起。
"厢房"的情况	恋情期间，库金就住在那里（库金从她家来到她身边）。他们结婚后，厢房空了。	空的。	租给了斯米尔宁，但厢房多半是空的，因为他和她住在一起。	当斯米尔宁再次出现时，奥莲卡搬进厢房。当他和他的妻子消失时，奥莲卡让萨沙也搬到了厢房。

　　表二是我讲授"宝贝"的原因，这个图表就像是一本关于这种故事形式能够囊括多少内容与收到多少回馈的简易入门书。任意挑选一行（例如"他是如何称呼奥莲卡的"），沿着这个问题追踪，你就会发现变量。从这个角度来看，这篇故事有着精彩的体系，呈现了可控的变量模式。换句话说，契诃夫一旦把一种元素

引入故事中，就会在接下来的每个场景中通过深思熟虑的、生动的、灵活的变化，继续用心地为它服务。起初，故事读起来像是一个女人的浪漫情史，其中有着趣味性的真实描述，但结果它却被证明为一个近乎数学般的事实传递装置，一种高度组织化的模式，在这四段连续关系中追踪相似性和差异性，让我们看到每个地方都有变化。

想象一下，我们正注视着一个挤满人的足球场。他们中的一半人穿着红色衣服，一半人穿着蓝色衣服，准备表演一些难度较高的舞蹈。某种程度上来说，只要他们准备表演的舞蹈不是随机编排的，那么，他们的"准备"状态就已经意味着某些"含义"。比如，如果红衣人开始绕着蓝衣人围成一圈，并渐渐分散在蓝衣人中间，我们会把这理解为"整合"；如果蓝衣人全体都在向后退的红衣人发动攻击，我们会认为这是"进攻"。这些人可以做一些事，可以做一些复杂的动作，尽管我们感受得到这些动作的含义，却无法表达出来——它们真实存在但又无法被还原，可被观察和感受到，却无法用语言描述出来。

故事也是如此。在讨论中，我们倾向于将故事简化为情节（发生了什么）。我们能明确地感觉到它们在情节里的某些意义，但故事的意义还在于其内部动态——它们展开的方式，一个部分与另一个部分之间瞬时的、可感觉到的、元素并置的互动方式。

请看下面这个版本的《宝贝》，在这个版本中，内部动态已经不再是意义的来源：

很久以前，奥莲卡有一个爱人库金，她完全顺从于他。

她对他的爱是九分（满分是十分）。他们在一起六个月，然后他就死了。后来，她有了另一个爱人瓦西里，她完全顺从于他。她对他的爱是九分（满分是十分）。他们在一起六个月，然后他死了。后来她有了第三个爱人斯米尔宁，她完全顺从于他。她对他的爱是九分（满分是十分）。他们在一起六个月，然后他死了。

如果情节这样发展的话，这就不是一个故事了，因为它缺乏内部动力。（比如说，库金到底是怎么死的？奥莲卡哀悼了多久？瓦西里死后，她又哀悼了多久？她最喜欢的是哪一个人？）在上述版本中，我们感觉不到任何事情的动机，所有内容都没有意义。换句话说，这位作家未能发掘出美的源泉——内在变量，通过这种变量，"进步""悲剧""逆转""救赎"之类的内容似乎才会发生在一部完全虚构的作品中。

再回想一下上文提到的关于足球赛场的"低质量"版本：足球场上的人们，只是穿着随意颜色的街头服装四处游走，这没有传达出任何意义。一个优秀的中场秀舞蹈指导和平庸的舞蹈指导之间的区别，就在于对内部动态细节的关注。

当我们说《宝贝》是一篇高度模式化的故事，并讨论契诃夫是如何不断重复地、巧妙地以艺术手法改变他的模式时，似乎也在暗示这篇故事是如何写成的。也就是说，契诃夫事先计划好了这一切，然后每天坐下来不断推进表二的变化，这样他就可以追踪每个丈夫存活的页数，并提醒自己继续改变参数，如"每个爱人称呼奥莲卡的方式"等等。坦白说，我也不知道契诃夫是怎么写出

《宝贝》的,但他不可能是按照上面这种方式写出来的。我猜他的故事是自然展开的,是由他与生俱来对故事的感觉迅速组织起来的。在第一个模式化的例子中,他将某些元素加入游戏中,在下一个例子中,他凭直觉又返回到这些元素中,以此类推,尽管他的精确性与细腻程度令我们这些普通人感到吃惊。

我也怀疑契诃夫会认为这是"一篇模式化的故事",因为每篇故事都有模式可循。(《宝贝》是一个更加纯粹的"模式化的故事"。)

举个例子,我有篇故事叫《天堂主题公园》,其背景设定在一个破败的历史主题公园,叙述者的工作是在一个原始穴洞的立体模型中扮演穴居人。最妙的是,这个地方已经很久没有游客来参观了。因此,这篇故事就演变成叙述者在"艰苦条件"下也要努力遵守条约的故事,如他不应该在洞穴里说英语等等。在故事第一页的开头,我无意中发现一条惯例:我们的叙述者和他的穴居女伴(珍妮特)每天通过一个叫"大槽"的东西获取食物。没错,食物就是这样出现的,大概是由所谓的管理人员送来的。"每天早上,都有一只被新鲜宰杀的山羊放在我们的大槽里。"当我试图了解洞穴里日常生活的细节时,"大槽"出现了。但是一旦我脱口而出"大槽"并让它存在时(我让它存在是因为我认为它很有趣),它就成了这个世界的一个特征,也成了这个故事中的一个元素。

因此,在第一页,基本条件建立了:每天早上他们在大槽里放一只山羊。那天早上,叙述者去了大槽,但发现里面"没有山羊"。这表示:"主题公园有麻烦了。"第二天早上,还是没有山羊("麻烦继续发生")。就像这样(瞧!)我创造了故事的模式。有时,一只山羊会出现在"大槽"中(表示"条件暂时改善"),有时,只会断断续续地提供山羊作为食物,管理员为了表示歉意,会放一些补充食物（如兔子）在"小槽"中；有时，会放一张纸条解释"大槽"或者"小槽"里面没有东西的原因。最后，大槽里放了一只塑料山羊，这表明事态恶化得非常严重，因为管理员已经不给他们提供食物吃了。但讽刺的是，"还有一个预先钻好的洞口，供他们将'食物'啐出"。

我没有计划过这些，也没有想过，"啊，故事需要模式"。为了让故事有趣一些，我发现自己打出了"大槽"二字。然后我把它当作故事中的现实条件，不断地对它进行加工，时不时地看一下"大槽"里有什么。这就形成了一个模式，而这个模式正如它所倾向的那样，创造了一系列不断发展的期望值。

让我们想象一下：连续三天的中午12点，当小号响起时，都会有人用锤子敲你的脑袋。在第四天的11:59分，你开始害怕这种情形又要发生了。如果此时你听到的不是小号，而是长笛，你会想："哈哈，有意思，我已经习惯的模式发生了变化，他们用长笛替换了小号，但这并没有完全推翻这个模式，而是对它进行了修改，表明今天可能不会有小号响起，但可能会是别的乐器。"然后你意识到："哎哟，好吧，现在进行的模式是让我听到某种乐器的声音（现在正在进行的是长笛），然后再换成别的乐器。"

换句话说，模式的重复使我们预期到该模式的持续重复，这又反过来增加了我们的期望值，并使我们与作家的关系更加紧密（我们乘坐的边车[①]离作家的摩托车近了一点）。

库金在外出时死了，所以当瓦西里外出时（在第155页，"去

[①] 跨斗式摩托一般可乘坐三人，除驾驶座外还有边车的结构，是乘客位。

莫吉列夫省采办木材"），我们以为他也会死。但他没有死，反而安全回家了，在六年后（用了一段话描述）才死去。我们兴奋地感觉到这种模式已经被打破了，非常开心。

在我们期待瓦西里死亡的间隙里，斯米尔宁出现了。我们感觉模式可能会从"奥莲卡的爱人死亡"扩展到"奥莲卡的爱人被替代"。我们想知道，斯米尔宁在故事中能否成为奥莲卡的爱人（这样瓦西里的死亡就会和库金的死亡起到同样的效用，即我们会把注意力转到奥莲卡的下一个爱人，开启故事模式化的下一次发展）。然而我们看到，"她最感兴趣的是他的家庭情况"，我们从这句话开始意识到，婚外情不在契诃夫的计划之中。作为故事"无情高效法则"的支持者，我们会问："那么，为什么契诃夫要把斯米尔宁放在故事里？"契诃夫立即给了回复："通过同情斯米尔宁和他那个被忽视的儿子，来体现奥莲卡与瓦西里的家庭幸福。"契诃夫注意到我们也在观察斯米尔宁，他拍拍我们的手并对我们说"别担心，我也尊重故事的'无情高效法则'"，由此给了斯米尔宁出现的理由。（当然，契诃夫在这里也虚晃了一枪，因为不久后斯米尔宁便会成为奥莲卡的爱人。当这种情况真的发生时，倒也算令人愉快，部分原因是我们早就预料到了，尽管现在契诃夫排除了这种可能性的发生。随着故事往下发展，我们会发现自己猜错了，但不是全错。）

因为库金和瓦西里都是在被奥兰卡夸赞完不久后死的（如"我英俊的宝贝""我希望每个人都能像我和瓦西奇卡一样快乐"），一旦我们觉得斯米尔宁该死了，就会期待奥莲卡对他也有类似的夸赞。不得不说，我们期待他死，因为奥莲卡的其他两个爱人已经死了。但相反的是，斯米尔宁用那句有趣又残酷的台词"当兽医之间互相说话时,请不要插嘴!这真的很烦人"取代了奥莲卡对爱人的称赞话。可以说,在这里,斯米尔宁说的话以一种颠倒的形式继承了奥莲卡称赞话的位置。奥莲卡没有称赞他,相反地,他在羞辱她。

再问一次,第一次阅读这篇故事时,我们真的"注意到"这些内容了吗?我第一次读的时候没有注意到,但当我们在分析这篇故事时,我注意到了它们。这些结构无疑是存在的,在第一次阅读时,其实它们已经"在我们的身体里",或者说"在我们思维的深层阅读区"了。故事的模式如同巴甫洛夫条件反射,我们不知道自己为什么做出反应,正是这些反应让我们感到与作者融为一体,仿佛在和他玩一场非常重要的亲密游戏。

瓦西里死了。奥莲卡的新爱人是斯米尔宁。把这段感情和她之前的感情放在一起相比较,不知怎么地,我们觉得奥莲卡的感情在走下坡路。为何会有这种感觉?请看表二,尤其是这几行"他们求爱的意愿""他们的相处关系""他是如何称呼奥莲卡的"。这段新关系是不正当的,是在背地里发生的(肮脏的关系,在第157页顶部),他们从未结婚。当她开始向他示爱、学他说话时,他断然拒绝了奥莲卡。这个忘恩负义的人从来没有叫过她"宝贝"。

在读故事《在马车上》时,我们谈到了契诃夫的创作能力,即他会对故事做出整体描绘,然后用复杂的内容进行交叉加工。在这里,我们一旦注意到故事的整体描绘形态似乎在暗示奥莲卡在走下坡路,会立即思考回溯,想到:"等等,她的生活处境一直在走下坡路吗?自从库金死后,一切都在走下坡路吗?"这个故事是否在传递:"一个道德品行不端的女人被这个世界惩罚了,被逼着一步步走向下坡路？"

故事（复杂地）否定了这一点。实际上，我觉得从库金转向瓦西里是种改进。库金是她的初恋，看起来是她的真爱。但后来，看到奥莲卡和瓦西里在一起是那么健康、虔诚、快活、有食欲时，我们会想"哦，等等，也许这才是她的真爱"或者"也许这是另一段真爱。"

虽然斯米尔宁对她很粗鲁，但他并没有错。他和我们一样注意到她在模仿他，这让他有点抓狂。因此，他们的关系可以被解读为是一种更健康、更坦诚的两性关系。最终，奥莲卡找到了一个不会被她的称赞所愚弄的男人。这对她来说可能是件好事，他可以教她用更健康的方式去爱人。不管怎么说，这种解读还是有些牵强，但也有些道理。或许，这就是交叉描绘的好处。当我们试着这样解读故事时，它并没有完全拒绝我们。

我们可能还会注意到，每一个接续的伴侣走后，她的哀悼时间也变得越来越长（库金三个月、瓦西里六个月以上、斯米尔宁若干年），她似乎愈发难以摆脱这些痛苦。这是为什么呢？她是不是一次比一次爱得深？随着年龄的增长，她的复原能力越来越弱？

我们得注意一下，我们之所以提出这些问题（这反过来又导致故事问了关于爱的本质的问题），是因为每段关系的长度是由故事指定的，而且契诃夫"记得"或者"不厌其烦"地改变了这个参数。

在第157页，斯米尔宁离开了她，我们希望进入下一个（第四个）模式的更新："奥莲卡爱上了某人，并接受他的观点和兴趣。"因为前面每一次模式的更新，都是以引入一个新的爱人为开端，所以我们期待下一个新的爱人出现。他来了，化身为黑猫布雷斯卡。她会不会爱上布雷斯卡，并透过它的眼睛看世界？在布雷斯卡的眼里，老鼠是最坏的动物，它们虽然小，但速度特别快；还有一只鸟，真奇怪，它总是在唱歌，嗯，或许是在唱歌吧。我们期待一个新的爱人的到来，而契诃夫则为我们提供待定的候选人。在过去，任何人都有可能成为这样的候选人，所以我们期望她会爱上或者勉强接受布雷斯卡。我们之所以期待，是因为到目前为止，我们还没有看到奥莲卡在考虑过后拒绝任何一个对象。

换句话说，无论契诃夫给她介绍谁，她都爱。但契诃夫问道（这个提问很有价值）："好吧，但如果她不接受布雷斯卡呢？"叙述的机敏性是契诃夫的主要天赋之一。也就是说，他对自己创造的有拐点（有潜力）的情节处保持机敏，他不得不在这里做出作者的决定。契诃夫停顿了一下，问道：对奥莲卡来说，是爱这只猫（故事似乎希望她这样做）更有意义还是拒绝这只猫更有意义（"更丰富"）？就像眼镜店里的验光师所说："是这样看起来更清晰？还是那样？"

故事的高潮似乎在于她对这只猫的拒绝："不，只有布雷斯卡是不够的。"这说明奥莲卡终究不是一个机器人，故事没有让她爱上任何旧的事物，并成为它。"她需要的是那种能够占据她整个生命、整个灵魂、整个思想的爱，那种爱给她思想，给她生活的目标，给她衰老的血液注满温暖。"一只猫对她起不到这样的作用。我们感到故事的范围在缩小，变得越来越精确，奥莲卡也越来越有趣，越来越体贴。故事由"一个女人需要爱一些东西"变成了"一个女人需要爱一些值得她去爱的东西"。

我们应该注意到，这种迷人的情感渐变是通过简单的技巧动作实现的，这种模式要求出现一个新的爱人，契诃夫"记得"这个要求并试图提供小猫布雷斯卡来实现，但奥莲卡拒绝了这个肤浅的解决方案。

现在，她像我们一样，在等待下一个值得爱的人出现在故事中。

他是斯米尔宁。

在第 159 页最上方，斯米尔宁回来了（"他头发灰白，穿着便服"），还带着自己的妻子和孩子。我们可能会认为，他和奥莲卡将延续他们的不正当恋情，这样一来，斯米尔宁将同时成为三号情人和四号情人。但是没有，契诃夫有个更好的想法（让模式产生另一种变化）他让斯米尔宁的儿子萨沙成为奥莲卡的下一个爱人。（就像《在马车上》一样，把首要选项哈诺夫移除掉，将会迫使故事提供一些更好的内容。）在这里，契诃夫把首要选项斯米尔宁移除掉了，他让奥莲卡爱上了萨沙。不出我们所料，一旦她爱上萨沙，她就变成了他（"岛屿是一片陆地……"她重复道），她又恋爱了，而且很幸福，也许这是她有生以来最幸福的一次恋爱。

为什么不在这里结束这篇故事呢？在第 160 页，就像这样："……这是她在多年的沉默和精神空虚之后，第一次坚定地表达了自己的看法。"

故事结束了。

其实这样挺好的，她的爱（她一生都在以浪漫或者两性的方式表达）已经转化为母爱。这是该模式中最后一个让人惊讶和满意的例子。从她向瓦西里祈求孩子的那一刻起，就暗示着她一直都想做个母亲。她已经从单纯的浪漫爱情里生长出一种更伟大的爱。因此,问题解决了:她有了合适的人去爱,一个她可以引导其观点的人。因此她很快乐,一切都很好。

但是,在思考未来会发生什么事时,我们会发现故事还剩下将近三页的内容,于是再次有机会来思考故事的结局。是什么内容充当了故事的结尾?当它们绕过一个本来有可能作为结尾的地方时,还得去完成什么任务?考虑到故事形式的高效性,剩下的页面需要写些什么,才能不被认为是多余的?

回想下我们不断在学习的故事的普遍法则(要有特定性!要尊重效率!),此处再强调一下,我们应该提醒自己,要对故事的内容存疑,并且可以对它进行再度补充,因为故事总是要不断升级的。事实上,这就是故事的全部——一个不断升级的系统。那些内容之所以能在故事中占据一席之地,是因为它们有助于我们感觉到故事(仍)在升级。

在这一点上,《宝贝》要怎么做才会构成升级?

好吧,我们退一步讲,到底什么是升级?故事如何让人产生升级的幻觉?或者,正如一位作家可能会问的那样:"我如何才能让这件蠢事升级?"答案是:拒绝重复的节拍。故事一旦向前推进,人物特征发生了一些基本变化后,我们就不能再编写类似的变化,也不能像这次一样,用两页(第 158 到 159 页)来详细描述这种状态。

在第 160 页,我们跟上节奏了:"奥莲卡找到了一个新爱人(这回是一个小男孩)并模仿他的观点和兴趣,她终于感到幸福了。"

我们继续往下读，看看是什么帮我们推进了这种节奏——从什么时候开始，我们感觉到故事有一些升级。故事为我们描述了一个典型的早晨。奥莲卡向萨沙唠叨他的功课，萨沙说："请不要管我！"当萨沙走到学校时，她"悄无声息"地跟着。当他转过身来，可能会感到惊讶（因为她一直悄无声息），她给他"一个枣子或一块焦糖"，"他害臊了，因为他被一个又高又胖的女人跟着"。我们看到萨沙并不爱她，他几乎不了解她，她只是他的"大妈"。

就这样，故事中出现了一些新的东西，一些我们没有想到的东西，即契诃夫还没有引起我们思考的东西：奥莲卡爱的方式对其被爱对象的影响。虽然这并不是全新的观点（我们可能会想起，早先斯米尔宁对奥莲卡说的那段关于"不要插嘴"的话，在第157页），但它的不同足以让我们觉得故事在逐步升级。早些时候，成年人斯米尔宁反抗奥莲卡，是因为她"乱插嘴关于兽医的知识"，而萨沙在这里的反抗是直接且带有怒气的，他只是个孩子，他不是这种关系的自愿参与者。

送完萨沙上学后，奥莲卡走回家，"心满意足、恬静、满怀爱意"（她没有意识到他的反抗）。后来，他们一起做家庭作业（然后"一块儿哭"，这有点奇怪，但表明奥莲卡再次重启了她爱人的情感生活），她梦见了他的未来，当那只黑猫躺在她身边咕噜咕噜时，她似乎并没有注意到萨沙的不舒服，或者说她并不相信这一点。她只是爱他，对她来说，这才是最重要的。

我们可能会问：故事为什么不就此结束呢？也就是说，用那只咕噜咕噜叫着的黑猫作为结尾。这样的话，奥莲卡是幸福的，黑猫布雷斯卡是幸福的，萨沙……则不幸福，他仅仅是奥莲卡的恋爱对象。在这里，奥莲卡爱人的方式以一种新的方式被表现出来：爱情是一条单行道，她只满足于她自身。(甚至那只猫也被再次投入使用，黑猫布雷斯卡之于奥莲卡，正如奥莲卡之于她的爱人：如果奥莲卡幸福，布雷斯卡也会幸福。)

但还剩半页呢。

契诃夫没有在这里停下来，他显然觉得，在剩下的半页里，他可以找到一些进一步升级的内容，以此寻找意义上的扩展。让我们看看他接下来会做什么。(此刻，我感觉自己就像那些轻声说话的高尔夫球解说员一样："是的，弗恩①，安东已经接近故事的尾声了，凡尔纳，你看，这是多么美好的时刻啊！")

门口传来敲门声，让人回想起库金死时的敲门声，我们（和奥莲卡）把这理解为"模式—反应"时刻，与先前发出的"奥莲卡的爱人即将被带走"信号时刻相一致。

但是什么也没发生。是斯米尔宁从外面回来晚了。还剩五行，还有什么可做的？契诃夫能发现更多的升级内容吗？

当然可以，因为他是契诃夫。故事的结尾是这样的：

渐渐地，她心里的重担一点一点地减轻了，她又觉得轻松了。她躺到床上，想着萨沙，他在隔壁房间里睡得正香，有时在睡梦中大喊："我揍你！滚开！别打人！"

全文结束。

这给我们带来了什么新东西？我们已经熟悉了故事的节奏："萨沙抗拒奥莲卡的爱。"首先，萨沙现在处于一个完全不同的言论位置。他"睡得正香"，在做梦，因此他是完全诚实的。我们有机

---

① 弗恩·伦德奎斯特（Verne Lundguist，1940—），美国体育播音员，因其在哥伦比亚广播公司体育频道的长期生涯而闻名。

会接触到他的内心世界,这是以前我们没有想到过的,现在他正表达着他的真实感受。

他梦到了什么? 好吧,我们觉得是奥莲卡,尽管这点解释起来有些复杂。"我揍"等同于"我要踢你了","滚开"等同于"你给我滚出去,如果你不滚,我就踢你了"。"别打人(在阿夫拉姆·亚尔莫林斯基[①]的翻译中)"让我们觉得他正在梦里制止一场校园斗殴。(在康斯坦斯·加内特[②]的翻译中,"别打人"被译成"闭嘴",这很容易让我们联想到这句话是他对奥莲卡说的。)

无论如何,萨沙梦见了暴力、梦见他在愤怒地和暴力做斗争,即以暴制暴。萨沙的"我揍你!滚开!别打人",从句式上看,也让人想起早先奥莲卡对黑猫布雷斯卡的斥责("滚开!滚开!别黏着我!"),意思是:"你配不上我!你不配做我爱的对象!"

再说一次,奥莲卡对此没有反应,她不会想到:"嗯,萨沙之所以做那个不开心的、焦虑的梦,是因为我把他束缚住了,我最好给他一些空间。"当他说"请不要管我",或者当她跟着他去学校时,他明显感到不舒服,但这些只是轻微地表达了"萨沙不快乐"的想法。所以,我们觉得萨沙的梦是一种升级:早在第 161 页,萨沙已经在公开场合微微地表达出他的易怒与不开心,但她却视而不见。在故事的最后一页,萨沙在(个人的)梦里,诚实且愤怒地表现出自己的痛苦,她(仍然)视而不见。

有趣的是,契诃夫在故事的结尾含蓄地告诉我们,短时间内,奥莲卡对萨沙的痛苦不会做出反应(否则他就会向我们展示这种

[①] 阿夫拉姆·亚尔莫林斯基(Avrahm Yarmolinsky,1890—1975),作者、翻译家,出生于沙俄时期的海辛(今属乌克兰),曾任纽约公共图书馆斯拉夫分会主任。
[②] 康斯坦斯·加内特(Constance Garnett,1861—1946),俄罗斯文学的英语翻译家,她是第一位将契诃夫的大量作品翻译成英文的翻译家。

反应,因为这将代表另一个升级时刻)。她将继续无视萨沙的感受。她听到了他在梦中说的话,但她又仿佛没有听到,他们之间的生活将一如既往地进行下去。

这……有些吓人。她身上开始显出一些独裁者的特质:对自己的事情很上心,对其他人的事情不感兴趣。她的特质表现在她完全沉浸在她所爱的事物中,这对库金等人来说是适合的,但放在萨沙身上,却让人感到压迫,让我们品味到奥莲卡的自恋。"故事的最后一句话表达了孩子的抗议,"尤多拉·韦尔蒂[1]写道,"但这些话是在睡梦中说的,在这样一个世界里,宝贝只能在内心无声地表示反抗。"

这个结尾很美。这篇故事在最后一行丰富了它的意义性,甚至丰富了之后的留白。这正是我们所说的好结尾,它创造了一个完全不同的、有很多可能性的未来世界。奥莲卡最终可能会意识到她的压迫行为,并改变自己爱的方式,从而明白爱的真正特质是什么。而萨沙呢,他可能会离家出走或在她睡觉时杀了她。再或者,他可以继续屈从于她(毕竟他无处可去),一年比一年过得痛苦,然后用他的余生来逃避这样令人窒息的爱情。

一些读者(其中包括托尔斯泰),都试图把《宝贝》理解为是一篇关于女性的故事——关于女性应该怎样或不应该怎样的故事,这种特定类型的卑微女性需要从男人那里获得身份认同感。我认为这简化了故事的意义,对我来说,《宝贝》里提出的对爱情的思考,存在于我们所有人身上,即把爱误解为"完全投入",而不是

---

[1] 尤多拉·韦尔蒂(Eudora Welty, 1909—2001),美国小说作家、摄影家,专门描写美国南都的生活,她曾凭作品《乐观者的女儿》获得普利策奖。

"与对方进行充分交流"。奥莲卡有可能是男性角色吗？当然可能。如果把《宝贝》理解成关于女性的故事——关于女性与生俱来的、独有的特质，就与故事本身相矛盾了。《宝贝》把奥莲卡作为一种反常现象来理解，这是这篇故事存在的原因，也是奥莲卡存在的原因，她的特质是如此不同寻常（村里的其他女人并不是以这种方式来爱人）。换言之，这不是一篇关于女性或"一个女人"的故事，而是关于一个人，一个人以某种方式去爱人的故事，它要问的是：这种爱的方式是积极的、特别的，还是奇特的、令人可叹的，是一种罕见的、圣洁的品质，还是一种畸形的、令人厌恶的品质？

契诃夫把世界的某些特征集中放在房间中央，邀请我们从不同的角度绕着它走一圈，观察它。一方面，奥莲卡爱人的模式很美好：在这种模式下，自我消失了，剩下的是对所爱之人的深情与无私奉献；另一方面，这种爱很可怕，她对所有爱人用着相同的模式，这剥夺了爱的特殊性。奥莲卡，这个爱情中的蠢蛋，像吸血鬼一样吞噬着她所爱的人。

这种爱的模式是有力的、专一的、纯粹的，以其坚定不移的无私奉献精神，回答着生活中所有出现的问题。同时，它也是病态的，因为她真实独立的人格无处可寻，她把自己塑造成任何碰巧出现在她身边的男性形象（除非他是一只猫）。

这让我们觉得很有趣，是啊，我们并不知道应该怎么看待奥莲卡，或者说，我们对她的感觉很复杂，不知道该如何评价她。这篇故事似乎在问："她的这种特质是好还是坏？"

契诃夫回答："是。"

当我醒来的那一刻,故事就开始了。"我从床上起来。我努力工作,既是个体面的丈夫,又是个好爸爸,总是尽自己最大的努力生活。天啊,我的背好疼,有可能是因为我在健身房里拉伸过度了。"像这样,随着我们的想法,世界被创造出来了。

不管我们有没有在思考,大脑都会创造出一个世界的。

这种通过思考创造世界的方式是自然的、理智的、达尔文式的——我们这样做是为了生存下去。这种方式有弊端吗?当然有,因为我们以自己听到或看到的方式进行同步思考,处在一个有限的、提高生存能力的范围内。我们不可能看到或听到世界上所有的东西,只会看到或听到那些对我们有帮助的东西。我们的思想也受到这样的限制,它有着微小的目标:帮助思考者成长。

局限的思考,会生产出一个带有局限性的副产品——自我。是谁在这个世界上努力生活着?是"我自身"。我的头脑把自己看到或听到的世界上的东西,作为巨大的统一整体(宇宙),从中选择一小部分开始叙述。就这样,那个个体(比如说,乔治!)变得真实起来,他惊奇地发现自己位于宇宙的中心。可以说,一切都发生在他的人生电影里,甚至可以说,这一切不知怎么地都是为了他在运行,或都是关于他的事情。道德判断就此产生了:对乔治有利的是……好的,对他不利的就是坏的。(一只熊没有好坏之分,直到它看起来饿了,开始向乔治走去。)

因此,每时每刻,在我们所想的事物与实际事物之间,都会产生臆想的鸿沟,我们会把自己用思想创造的世界误认为是现实世界。一个人越是相信他的预测是正确的,越是积极地依仗这些预测付诸行动,就越有可能作恶,使得关系失调(或者至少会惹人生厌)。

当有人说"芝加哥"时,我的脑海中就浮现出了芝加哥,但这是一个不完整的芝加哥,因为我只能想到密歇根大道[①],再往南点是我儿时的家,这是它 1970 年的样子。即便我现在站在威利斯大厦[②]的顶端,用它作为视觉辅助工具来俯瞰整个城市,并试图想象它的全貌,我依然做不到。芝加哥太大了,即使我被赋予魔力,在一瞬间内能够完整地捕捉到芝加哥的样态:每一处舷梯的气味、每座阁楼的每个盒子里的东西、每个居民的情绪状态等,在下一个瞬间,因为时间一直在流动,刚才的那个芝加哥也会不复存在。

看吧,这并不是什么问题,甚至让人觉得很美好,它开始变得复杂的时间点在于:在某一刻,有人建议我对芝加哥进行评价,需要我对它有个说法。当有人问,"那么,我们应该怎么评价芝加哥呢?"上帝保佑,一个看似愚蠢的解决方案将会出现,因为我有些窘迫,想象不出美好的、过去的芝加哥是什么样子。

这也是我们对人的想象和评价。如果,在现实世界中,有一个人叫奥莲卡,我认识她。某一天,有人问我怎么看待奥莲卡,我心里倒是有个评价,但实际上这个答案没有什么用,因为我可能不会把它大声说出来,而会把它放在心里。

实际上,我们一直以来都在对奥莲卡进行积极的评价。当奥莲卡以她的方式爱着库金时,我们评价她很可爱。后来,当她开始以同样的方式爱瓦西里,然后是斯米尔宁时,我们发现她很奇怪,爱得有些模式化。当她孤独、痛苦时,我们怜悯她,并开始明白她爱人的方式不是一种选择,而是她自身的一种特质。当她开始把她的爱施加给小萨沙时,我们对这件事有了更深刻且有些

---

① 芝加哥的一条南北向干道,跨越芝加哥河并途经芝加哥水塔、芝加哥艺术学院等地标。
② 芝加哥的一幢摩天大楼,楼高 442.3 米,是芝加哥第一高楼。

歧义的看法，我们能同时看到，这种特质对她来说是自然的，让她自我感觉良好，但对萨沙来说却是压抑的。

在故事的开头，我们爱奥莲卡，因为我们认为她是善良的；在中间部分，我们感到与她疏远了；最后，我们又爱上了她，且爱得更深了。我们是爱她的，尽管契诃夫引导敦促着我们要充分理解她的特性，尽管我们看到了她全部的生活。也许我们都不知道自己还可以这样做——去爱一个有缺陷的人，一个可以说是在伤害别人的人（对一个孩子也不例外），但现在我们知道自己可以这么做，至少在一小段时间内是可以的。

也许"爱"这个词不太合适。我们不一定赞同她，但我们理解她。可以说，我们在各种各样的情况下，理解了她。她就像《在马车上》的玛丽亚一样，被人为地变成了我们的朋友。我们把她的优点（她爱得如此充分！）与她的缺点（她爱得太过充分！）联系在了一起，而这一切其实都不是她能选择的——她就是这样一个人，一直如此。

在故事的最后，我们意识到，她成为她所爱之人的倾向是与生俱来的，是她性格中的一个固有特征，自然而然地表现在一系列她所爱的对象上。她爱人的方式是当一个太阳，照耀着四种不同的风景。这个太阳既不好也不坏，它就是那个样子。比如说，她的情感特征类似于高个子的身体特质。个子特别高是好还是坏？好吧，假如我们需要够到高架上的东西，这是好的。如果我们必要从一扇低矮的门里冲过去，那就糟了。我们不能选择身高，也不能后悔或者决定不要长那么高，然而这个世界仍然充满了狭窄的爬行空间① 和篮球场，人们会问我们那里的天气如何。

---

① 爬行空间（crawl space）在美国指建筑物内的地面和一楼之间的无人居住的空间，比地下室更狭窄。

我对奥莲卡的感觉如同上帝对她的了解那样，我了解很多有关奥莲卡的事情，没有什么能够瞒着我。在现实世界中，我很少能如此全面地了解一个人。我以众多方式理解了她：一个快乐且年轻的新婚妻子；一个孤独的老妇人；一个脸色红润、被人宠爱的宝贝；也如同一件被人忽视且弃置不理的物件，几乎沦为当地的笑话；一个会呵护丈夫的妻子和一个专横的伪母亲。

看吧，我对她了解得越多，就越不愿意做出过于苛刻或者不成熟的评价，因为我内心深处的某种怜悯被激发了。我们不像上帝，可以看到人类无限的内心，但我们可以不那么武断地去评价别人。或许，这也是上帝如此爱我们的原因，因为他能看到我们无限的内心。

事后反思（三）

我们以"故事是由两个平等的人进行的一场坦诚、亲密的对话"这一观点结束了事后反思（二）。

这会产生什么问题吗？

天啊，太多问题了。（我们可以在这里暂停一下，想想我们过去那些不愉快的对话。）其主要症状之一是：其中一个参与者处于"自动驾驶"状态。

想象一下，你正在约会。由于缺乏安全感，你会带上一套"提示卡"。你脑子里记着，"晚上7点询问她关于童年的记忆""晚上7点15分夸赞她的衣服"。现在我们就来这么做，但为什么要这样做呢？嗯，其实是因为焦虑，我们真心希望约会能顺利进行，但每当我们低头看"提示卡"时，我们的约会对象都会有一种疏离感。她的感觉是对的，因为我们把她排除在外了。

焦虑迫使我们渴望找到一套方法来应对，但当时的情况需要的是对实际发生的事情（真正有质量的谈话）做出即时反应。

这些"提示卡"相当于一场提前排练好的对话。计划是个好东西，提前计划好了，就可以不用再动脑，只需直接去执行。但是对话不是这样进行的，艺术作品同样不是。艺术家们都明白，先有一个意图，然后照着它执行，并不能创造出真正优秀的艺术。

根据唐纳德·巴塞尔姆[①]的说法，"作家是这样一种人，当他着手一项任务时，却不知道该做什么"。杰拉尔德·斯特恩[②]这样说，"如果你开始写一首两只狗交配的诗，然后写了一首关于两只狗交配的诗，那么你也只是完成了一首两只狗交配的诗"。我们还可以加上之前我对爱因斯坦的话的理解，即："任何有价值的问题都不会在其最初的构想中得到解决。"

如果我们开始做一件事，然后（仅仅）完成了它，每个人都会感到沮丧（因为这不是一件艺术品，而是一场演讲，一次数据传输）。开始阅读故事时，我们有一种内在的期待，希望它能让我们惊讶于它从卑微的起点走过了如此之远的路程；希望它能超越早期对自身的理解。（朋友对我们说，"来看这段关于河流的视频"，当河水开始溢出堤岸的那一刻，我们就会明白，她为什么建议我们看这段视频。）

那么，为什么要在那样的一天使用"提示卡"呢？一言蔽之：自信心不足。我们准备了这些小卡片，并随身带着。当我们应该和约会对象深情对视时，却一直在尴尬地查阅着卡片，因为我们对自己缺乏自信，担心如果不看这些卡片的话，我们无法继续和她聊下去。

我们的整趟艺术之旅也和上面的情况类似，我们对自己缺乏信心。但其实，我们可以把整趟艺术之旅理解为"说服自己去做"的过程，因为我们确实有足够的能力去弄清楚那是什么，然后完善它。

---

① 唐纳德·巴塞尔姆（Donald Barthelme，1931—1989），美国后现代主义作家，代表作是《巴塞尔姆的白雪公主》。
② 杰拉尔德·斯特恩（Gerald Stern，1925—2022），美国诗人、散文家和教育家。1988年，凭借诗集《这一次》获得美国国家图书奖。

当我还是个孩子的时候，我有一套"小火车装备"：长长的塑料轨道，金属汽车，几个由电池供电的塑料加油站。每个加油站里都有一对旋转的橡胶轨道。小车开进去，然后从另一边出来。如果你能妥善布置好加油站，那么完全可以在动身去学校时，再让一辆小车驶入其中。等几个小时回来后，你会发现那辆车仍在绕着轨道行驶。

读者就是那辆小汽车。作家的任务是在赛道周围设置加油站，以便读者继续阅读，并坚持到故事最后。这些加油站是什么？嗯，基本上是作家魅力的体现，即任何能使读者继续阅读下去的内容：诚实、智慧、有力的语言、幽默；对世界上的任何一件事物进行简洁描述，让我们真正感受到它的存在；通过一段对话的内在节奏将我们拉入其中。以上的每一个例子都像一个潜在的小加油站。

作家的整个艺术生涯都在试图弄清楚，凭借自身的独特能力可以造出什么样的加油站。她有什么能力推动读者绕着轨道行驶？在现实生活中，如果想要寻求提高对话质量的方法，她会怎么做？她如何取悦一个人，向他保证她的爱意，向他表明她在倾听？她如何引诱、劝说、安慰或者转移对方的注意力？她在这个世界上找到了哪些令人着迷的方式，这些方式在写作中又有什么作用？如果她说"哦，在现实生活中，我做的是 X"，然后在自己的作品中做的也是 X，那就好了，但作品往往比这要复杂得多。她只有通过数千小时的工作，才能发现自己独特的作家魅力是什么（这些魅力可能与她"真正"的个人魅力关系不大，甚至根本没有关系）。也就是说，她得到的不是作家信条之类的东西，而是习惯于尊重的一系列冲动。

有抱负的作家可能会问自己一个（在所有问题中）最紧迫的

问题：是什么让读者坚持阅读下去？或者，实际上是什么让我的读者继续阅读下去？是什么推动读者阅读我的故事？

我们怎么会知道呢？嗯，正如我们所说，我们能够知道的唯一方法是阅读自己所写的内容，并假设读者的阅读方式与我们差不多，让我们厌烦的东西也会让她厌烦，能给我们带来一阵快感的内容也会让她眼前一亮。

从表面上看，这是个奇怪的假设。我们都知道，在读书会或写作研讨会上，人们的阅读方式并不相同。

然而，在电影院里，人们有时会同时倒吸一口凉气。

想想看，当我们在修改文章时，与其说是在试图完美地想象另一个人在读我们的故事，不如说是在假装第一次读它。

这种方式听起来有些奇怪，但它却是全部的技巧所在：要使自己陷入一种合理的假想阅读情境，就像你面前的故事是全新的一样，尽管你已经阅读过无数次。当我们像这样读完一段文字，即时监控我们自身的反应并做出相应的修改，这就向读者表明了我们的用心。（初次阅读的读者，也许能够凭着作者留下来的句子，靠自己的直觉猜出作者在修改前想过的数个无趣的版本。）

对我来说，这是一股神秘的力量——当我们用自己的、也许是独特的品味创造出一个故事，它会对我们的读者更有吸引力，也更能让读者觉得自己受到了尊重。

回到我们之前谈到的对话模式：有些对话让人觉得含糊其辞、考虑不周、死板又肤浅；另一些对话让人感觉热情、正直、宽容且真实。两者有什么区别呢？嗯，区别在于在场性。我们到底在不在那里？桌子对面的那个人在不在我们面前？写故事的时候，我们是在与读者进行对话，作为作者的我们占据着极大的优势，因为可以一步步地改进对话，我们会更用心地"在那里"。阅读时，有些内容会把我们的指针偏转到情感的负区，这告诉我们，在作者撰写文本的那一刻，我们并不在场（当我写到"夕阳的橙色是一种美丽的橙色"时，意味着在写这句话时，我并不在场，但现在当我读到这句话时，我感觉自己在场，或者说至少有机会在场了。）

因此，我们可以把修改文章作为调节关系的方式，看看当我们这样做时，和读者之间的关系是否有所改善？是什么让对话变得更加热情、直接和坦诚？又是什么让对话变得更无趣？令人兴奋的是，我们并不是要抽象地问这些问题，而是在对构成故事的短语、句子、章节等进行衡量，假设读者和我们之间的反应具有某种连续性，我们能在文字现场考察他们的反应。

一个令人愉悦、生动形象、真实且不可辩驳的句子，会迫使读者继续阅读下一行，那么，它和另一种想让读者直接弃书的句子之间有什么区别呢？嗯，我发现我写不出区别，无论如何也写不出来，而且我也不需要这么做。作为一名作家，我只需要在某一天，在特定的上下文里，在读到我某个特定的句子时，随时用手里的铅笔对它进行修改。

然后重复这样做，直到把句子修改到自己满意为止。

《主与仆》
列夫·托尔斯泰
1895

主与仆

一

那是七十年代的冬天,圣尼古拉节①的第二天。教堂里举行庆祝活动,作为教堂管事、第二公会的商人瓦西里·安德烈奇·布列胡诺夫不能离家外出,因为他还要处理教堂里的事情,同时也要在家招待亲朋好友。

现在,宾客全走了,瓦西里·安德烈奇准备动身拜访邻村的地主,打算就他已经看好的木材进行议价。他现在急于动身,这样就不会有人抢在他前面做成这笔买卖了。

那位年轻的地主索价一万卢布,瓦西里·安德烈奇只出到七千,相当于市价的三分之一。瓦西里·安德烈奇本想再往下砍价,可这片木材就在他的村镇范围内,他与村里的其他商人约定过,任何人都不得在自己的村镇内哄抬价格。但他现在听说,城里的一些木材商人也打算买下戈里亚奇金的木材,于是他决定立即出发找地主,定下这笔生意。因此,宴会一结束,他就从自己的保险箱里取出七百卢布,又拿了他为教会保存的两千三百卢布,总共凑够了三千卢布。他仔细数了一遍后,才把它们放进口袋里,准备动身。

---

① 圣尼古拉斯节是属于圣尼古拉斯的节日。西方基督教国家在12月6日庆祝这个节日;东方基督教国家,则在12月19日。

那天，尼基塔是瓦西里·安德烈奇仆人中唯一一个没有喝醉的人，他赶忙跑去套马。尼基塔原来是个老酒鬼，在斋戒前一天，他还把自己的外套和皮靴都当去喝酒了。自那以后，他就发誓再也不喝了，已经两个月没有破戒。尽管节日的前两天，到处都是伏特加的香味，他仍然滴酒未沾。

尼基塔是瓦西里从邻村雇来的、五十岁左右的庄稼汉。村民们评价他"管不住家"，意思是说他不会过日子，况且大部分的时间，他都在外面做工。他干活勤奋、有力气，为人和气，因此很受雇主欢迎。但他从来没在任何主人家干长过，他每年大约有两次、甚至多次地酗酒，把所有的东西都拿去当酒，人也变得焦躁不安、大吵大闹。瓦西里·安德烈奇解雇了他好多次，但后来还是把他带回来了，主要是看重他老实，会照料牲口，最主要的是工钱少。瓦西里·安德烈奇并没有付给像尼基塔这样做活的仆人一年八十卢布工钱，他只付他四十卢布，还是断断续续给的，甚至有一部分还不是现款，只是把自己店里的一些商品高价折给他。

尼基塔的妻子玛莎曾经漂亮又能干。她带着儿子和两个女儿在家里过日子，从不催促尼基塔回家。首先，是因为她已经和另一村的庄稼汉搭伙过了将近二十年的日子；其次是当丈夫清醒时，她还能随意支使他干活，但他一喝醉，她像怕火一样怕他。有一次，尼基塔在家喝醉了，大概是为了报复自己清醒时对妻子的言听计从，他打开箱子，把妻子最好的衣服全拿出来，抓起斧头就把内衣和裙子砍成了碎片。但尼基塔还是会把他挣的所有工钱交给玛莎，他没有为此抱怨过。因此，节日的前两天，玛莎去找了瓦西里·安德烈奇两次，从他那里得到了价值三卢布的面粉、茶叶、糖和一夸脱伏特加，还有五卢布现金。为此，玛莎特别感激他。其实,瓦西里至少欠了尼基塔二十卢布。

"我和你就这样达成协议怎么样?"瓦西里·安德烈奇对尼基塔说,"你需要什么,就拿去,然后我们折成工钱。我不会像别人那样和你斤斤计较,同你算账、算罚款之类的。我们的交易直截了当。你给我好好干活,我不会让你吃亏。"

说这话时,瓦西里·安德烈奇真诚地相信,他是尼基塔的恩人,他知道如何把话说得通情达理,以至于所有靠他发工钱的仆人,从尼基塔开始,都信服地认为他是他们的恩人,连他自己也觉得他就是他们的恩人。

"是,我明白,瓦西里·安德烈奇,"尼基塔回答说,"您知道,我像侍奉亲爹一样侍奉您。"可他心里明白瓦西里·安德烈奇在骗他,同时又清楚地知道,想让主人把工钱算得明明白白,是一件不可能的事。只要找不到新雇主,他就必须听瓦西里的,他所能做的,就是尽其所能地拿多少是多少。

现在,在听到主人的套马命令后,他像往常一样,轻快地迈着八字步,高兴地走到棚子里,从墙钉上取下带穗的厚重的马笼头,叮叮当当地拿到马厩去了。主人要他套的马就被孤零零地关在那里。

一匹脾气温和、中等大小的枣色骏马,在棚里发出低低的嘶叫声来欢迎尼基塔。他回应道:"怎么样,闷不闷啊,我的小马?"他继续对马说着话,"好啦,好啦,别着急,我先给你喂点水。"仿佛马听得懂他的话似的。他用大衣的下摆擦去马背上的尘土,给它套上好看的马笼头,又理理它的耳朵和鬃毛,解下缰绳,带它到水槽边饮水。

穆赫尔蒂缓步走出满是粪便的马厩,它撒着欢,假装用后腿去踢带它去水槽的尼基塔。

"喂，喂，你这个坏东西！"尼基塔叫道。他很清楚穆赫尔蒂小心翼翼踢出的后腿只碰到了他的羊皮外套，并没有碰着他的身子。尼基塔很喜欢穆赫尔蒂玩的这个小伎俩。

喝足水后，马喷着鼻息，站在那儿晃着它那湿漉漉的、结实的嘴巴，透明的水珠从他的鬃毛上掉到水槽里。它站着不动，好像在沉思着什么，突然打了个响鼻。

"喝饱了吧，再想喝也没有了，别再闹了。"尼基塔非常严肃认真地对穆赫尔蒂说，然后他把这匹想在院子里到处撒欢的小马驹重新拉回了马厩。

院子里没有其他人，只有一个不熟识的面孔。他是厨娘的丈夫，趁节日来这里帮忙的。

"好兄弟，你进屋帮我问问，是要套大雪橇还是小雪橇？"

厨娘的丈夫走进了那间带有铁皮顶又打着高高地基的屋子。他很快就回话了，说要套小雪橇。这时，尼基塔已经给马套上挽具和镶有黄铜的鞍皮了，他一手拿着轻巧的马项圈，另一只手牵着马，往棚子里放置雪橇的地方走去。

"好吧，就套小的吧！"他一边说，一边把那匹聪明的马驹牵到轭上，在厨娘丈夫的帮助下，他开始套马具。当一切准备就绪、只需要调整缰绳时，尼基塔派另一个人到棚子里拿些稻草，并从谷仓里找了个麻袋出来。

"好了，这就完事了！"尼基塔一边说，一边把厨娘丈夫送来的、刚打过谷的稻草压在雪橇上。"这样铺好稻草，再盖上麻袋，坐上就舒服了。"他边说边把麻袋的四个角塞进座位下面的稻草里。

"谢谢你，兄弟。"他补充说，"两个人一起干活快多了！"尼基塔收紧缰绳,坐到雪橇上,赶着那匹等得不耐烦的马,穿过到处冻结着马粪的院子,往大门驶去。

"尼基塔爷爷!尼基塔爷爷!"一个稚嫩的声音喊道,紧接着一个七岁的男孩子匆匆地从屋里跑到院子里。他穿着黑色羊皮外套、白色新毛毡靴,戴着暖帽子,边跑边系紧上衣纽扣,喊着"我也要去"。

"好吧,走吧,小宝贝!"尼基塔说着停下了雪橇。他把面色苍白、身子瘦削的小少爷抱到雪橇里,快乐地驾车穿过院子的通道。

已经过了下午两点钟,风仍然很大,天阴沉着,此时气温只有十度。低垂的乌云遮住了半边天。院子里没有风,但走到街上,风就很强烈了。雪从邻近的棚顶上被刮下来,在澡堂附近的角落里打着旋。

尼基塔刚走出院子,把马停在屋前,瓦西里·安德烈奇就叼着烟从屋里走出来,站到高高的门廊上。他穿着羊皮大衣,皮带勒得紧紧的,毡靴踩在硬邦邦的雪地上,吱吱作响。他吸完烟,扔掉烟蒂,一脚踩上去,烟雾从他的胡须边喷出。他瞥了一眼已经套好鞍具的小马,开始把自己的羊皮领子翻过来裹住脸,除了一些胡须,他的脸刮得干干净净的,这样呼气才不会弄湿领子。

"小家伙,你来了!"当他看到儿子坐在雪橇上时,惊呼道。瓦西里和他的客人们一起喝了伏特加,现在他很激动,甚至比平时更满意自己所拥有的一切和他所做的一切事情。他一直把儿子看作他的继承人,这带给他极大的满足。他看着儿子,眼睛眯缝起来,龇出长长的牙齿,朝他做鬼脸。瓦西里的妻子也站在门廊给他送行。他的妻子怀孕了,瘦瘦的,脸色苍白,连头带肩都被围巾紧紧包裹着，只露出一双眼睛。

"真的，你应该带上尼基塔。"她怯生生地说，从门口走了出来。

瓦西里没搭理她。显然，她的话惹恼了他，他生气地皱起眉头，吐了口唾沫。

"你身上还带着钱呢，"她继续用同样担忧的语调说，"如果天气变得更糟了，怎么办！看在上帝的分上，带他去吧！"

"为什么？难道我不知道应该走哪条路吗？"瓦里西惊呼道，撇着嘴把每一个字都咬得清清楚楚，就像平时做生意时那样。

"你真的应该带他去。我求求你了！"妻子又重复了一遍，她把围巾裹得更紧了。

"瞧啊，她就像块浴巾一样黏在我身上！"瓦西里说道，"可我让尼基塔坐哪儿呢？"

"我随时可以和你一起出发，"尼基塔高兴地说，"但我不在的时候，得有人替我喂马。"他转向女主人道。

"嗯，我会看着它们的，尼基塔。我让谢苗去喂。"女主人应声道。

"那，瓦西里，我能和您一起去吗？"等待主人做决定的尼基塔试探地问道。

"看来我得听我妻子的话。"瓦西里回答说，"但你如果要去的话，最好穿暖和点。"他笑着，朝着尼基塔的短羊皮大衣看了看，那件大衣的胳膊下面和后背都是窟窿，油腻得已经不成样子了，底襟周围也磨破了，一看就被穿过很多次。

"嘿，伙计，过来牵马！"尼基塔对着还在院子里的厨娘丈夫喊道。

"不，我来牵，让我来牵吧！"小男孩叫道，他从衣袋里掏出冻得通红的小手，抓住冰冷的皮缰绳。

"只是别打扮得太久了。"瓦西里对着尼基塔咧嘴笑着说。

"就一会儿，瓦西里。"尼基塔轻快地说。他穿着脚底打着毛毡补丁的毡靴，快速穿过院子，朝下房跑去。

"阿丽努什卡！把我的外套从炉子旁拿下来。我要和主人一起外出。"他边说边跑进小屋，从墙上拽下他的腰带。厨娘饭后睡了一觉，现在正在为丈夫准备茶炊。她待尼基塔很好，知道尼基塔心里急，也开始像他一样忙碌起来。她从炉旁取下尼基塔那件破的布料大衣，帮他烘干，又急急忙忙地把它抖一抖，弄平了。

"要是你陪老爷出去，肯定会比我更合适。"尼基塔对厨娘说。不论对谁，他总是会说些客气话。然后，他猛吸一口气，收紧瘦削的肚子，把那条破皮带紧紧勒在羊皮大衣上。

"好啦，"他把腰带的一端塞好后，便不再对厨娘说话，转而对皮带说，"这样你就不会松开啦！"他耸耸肩，腾出胳膊，套上大衣，又探了探身子，拽了拽腋下，从架子上取下他那双皮手套。"都穿好了！"

"尼基塔，你的脚底怎么办？这双靴子太薄啦！"

尼基塔停了下来，好像他突然意识到了这一点。

"是的，我应该……"但他又改变了主意，"我要是再不走，主人就不等我了！"

于是他火速跑到院子里。

当他走到雪橇跟前时，女主人关心地问道："你不冷吗，尼基塔？"

"冷？不，我很暖和。"尼基塔略带自信地说，他把一些麦秆推到雪橇前面，盖住自己的脚，又把鞭子收起来放在麦秆下面，正所谓好马不用鞭。

瓦西里已经在雪橇上坐好了。他穿着两件毛皮大衣,宽阔的脊背几乎占满了雪橇。他拿起缰绳,轻轻往马身上甩了甩。雪橇刚往前走,尼基塔就跳了进来,伸出一条腿,靠着雪橇左边坐下。

二

这匹骏马拉着雪橇,轻快地在冻得坚硬的村路上跑着,滑板发出轻微的吱吱声。

"你跳上来做什么!"瓦西里·安德烈奇喊道,看到自己的儿子扒在雪橇后面,他显然感到很得意。"尼基塔,把鞭子给我。"接着又说,"我会抓住你的!快去妈妈那儿,你这小鬼!"

孩子跳了下去。那匹马快跑了一会儿后,又放慢了脚步。

瓦西里·安德烈奇所住的克列斯特村共有六户人家。驶过村子尽头的铁匠家时,他们意识到风雪比他们预想的还要大得多,几乎看不到前路了。雪橇刚划过的路痕也会立马被雪掩住,这条路只是因为比其他地方高一些,才勉强能认出来。雪花在整片田野上打着卷,大地与天空的分界已经不可见。平常清晰可见的捷良京斯基森林,在这样漫天纷飞的雪尘中,也只能隐约看到黑黑的踪影。风从左边吹来,不断把穆赫尔蒂脖子上的鬃毛强硬地扭向一边,甚至连它那打了结的尾巴也被吹得贴在了马腹上。尼基塔坐在迎风的那边,高高的衣领被风吹得紧紧地贴着脸颊和鼻子。

"这条路马跑不快了,雪太大,"瓦西里说,他很得意自己有这匹好马,"有一次它拉着我去帕舒蒂诺,只用了半个钟头。"

"什么？"尼基塔问，他的衣领太高了，听不见主人的声音。

瓦西里·安德烈奇喊道："我说，仅仅半个钟头，它就把我拉到帕舒蒂诺了。"

"不用说，这绝对是一匹好马。"尼基塔嚷嚷道。

他们沉默了一会儿。但瓦西里·安德烈奇却老想没话找话。

"那天，我跟你妻子说，不要把酒都给庄稼汉喝了！你怎么想呢？"他扯大嗓门说，他确信尼基塔跟他这样聪明又有教养的人谈话时，一定会倍感荣幸。因此，他根本没料到这句话会惹得尼基塔不高兴。

尼基塔再次被风刮得听不见主人的声音。

瓦西里·安德烈奇再次用他那响亮又清晰的嗓音重复了一遍关于庄稼汉的玩笑话。

"那是他们的事，瓦西里·安德烈奇。我不管他们的私事。只要她不虐待我们的儿子，我求'上帝保佑他们'"。

"哦，这样啊，"瓦西里·安德烈奇开始改变话题，"那么，春天时，你打算买匹马吗？"

"当然，我一定要买。"尼基塔回答说，他翻了翻衣领，向后倚向他的主人。

这段谈话对他来说很有趣，他想把每一个字都听得清清楚楚。

"儿子要长大了，他必须得学会种地，到目前为止，我们总是在雇人劳作。"

"好吧，为什么不买我那匹小瘦马呢？我可以给你算便宜点。"瓦西里·安德烈奇喊道，他又充满活力了，并开始谈起他最喜欢的生意——马匹交易，这给了他极大的兴致。

"或者你可以给我十五卢布，我自己去马市上买一匹。"尼基塔说，他知道瓦西里·安德烈奇要卖给他的那匹马，市价只值七卢布。可是如果要从他那里买走，他定会卖二十五卢布，这样尼基塔的半年工钱就被扣没了。

"这是匹好马，"瓦西里·安德烈奇用精熟的生意腔调大声说，"对我们俩都划算。凭良心说，我布列胡诺夫绝不会坑任何一个好人。老实说，我和别人不一样！我都是在做亏本生意。这绝对是匹好马。"

"是吧！"尼基塔叹了口气说，他确信已经没有什么值得听的了，于是又把大衣领子竖起来，他的耳朵和脸立马被遮起来了。

他们默默走了大半个钟头。风向尼基塔那边猛烈地吹着，他那满是破洞的手套灌着风。他把自己缩成一团，用嘴巴往领子里哈着气，并不觉得特别冷。

"你怎么看？我们是从卡拉梅舍瓦绕路走，还是走直路？"瓦西里·安德烈奇问道。走卡拉梅舍瓦这条路稍微远些，但路旁两侧都有地标。走直路会近一些，但很少有人这么走，路旁也没有显眼的路标，只有一些被雪覆盖的小标记。

尼基塔想了一会儿说："虽然卡拉梅舍瓦是条远路，但好走。"但瓦西里·安德烈奇却说："沿着直路走，只要穿过林中的洼地，就不会迷路了。"显然，他希望走直路。

"您说了算。"尼基塔说，他又把大衣领子竖了起来。

于是，他们就按着瓦西里·安德烈奇指定的道路往前行进了。走了大约半俄里，遇到一棵高高的橡树，上面还挂着几片干树叶，在风中摇摆。他们从这儿左转，刚拐过弯，风就迎面打来了，还飘着雪花。瓦西里·安德烈奇拉着缰绳，鼓着腮帮，口里的热气喷到了胡子上。尼基塔在打盹。

他们就这样沉默地赶了十分钟路。突然瓦西里·安德烈奇喊了一声。

"嗯,怎么啦?"尼基塔睁开眼睛问道。

瓦西里·安德烈奇没说话,而是弯腰看看他们身后,又看看前面。穆赫尔蒂还在小跑,它的脖子被汗水浸透了,淌到了马腿那儿。

"怎么啦?"尼基塔又问了一遍。

"怎么啦?怎么啦?"瓦西里·安德烈奇生气地模仿着他的腔调。"根本看不见路标!我们一定迷路了!"

"好吧,我去找路。"尼基塔说完,从雪橇上一骨碌跳下来,拿着鞭子,往左边探路去了。

那年的雪还不算太大,走路倒还方便,但在一些积雪没到膝盖的坑洼处,尼基塔的靴子里进了雪。他用脚和鞭子在地上探路,可是到处都找不到路。

"喂,怎么样?"当尼基塔回到雪橇时,瓦西里·安德烈奇问道。

"这边没有路,"尼基塔说,"我必须试试另一边。"

"前面有什么黑黑的东西。去看看吧。"

尼基塔走到漆黑地,却发现那是风从光秃秃的燕麦地里吹来的泥土,撒在雪地里,给雪地上了色。他又在右边找了一圈,才重回到雪橇这儿,掸掸大衣和靴子上的雪,坐回雪橇里。

"我们必须往右走。"他果断地说。"以前风是从我左侧刮来的,但现在却直吹到我脸上。向右走!"他果断地重复道。

瓦西里·安德烈奇采纳了他的建议,向右拐了,但走了一段时间,依旧没有路。风仍然刮得紧,还飘着雪花。

"瓦西里·安德烈奇,看来我们完全迷路了,"尼基塔突然说道,好像很惊喜似的,"那是什么?"他指着从雪地中拱出的土豆秧子。

瓦西里·安德烈奇让马停下来。它的身体剧烈地晃动着,汗流浃背。

"这是什么?"

"哦,看看我们到了哪儿!我们跑到扎哈罗夫斯克的土地上啦!"

"胡说八道。"瓦西里·安德烈奇反驳道。

"这不是废话,瓦西里·安德烈奇,我说的是事实。"尼基塔笃定地说,"你听听,我们的雪橇正在穿过一片土豆地,这儿还有我们滑板拖拽过来的土豆秧子呢。这就是扎哈罗夫斯克的土地!"

"老天爷,我们走错路了!"瓦西里·安德烈奇说,"唉,现在该怎么办呢?"

"我们必须这样一直往前走,总会在某个地方走出去的。"尼基塔说,"即使到不了扎哈罗夫斯克庄园,也会到达某个老爷的农场。"

瓦西里·安德烈奇同意了,并按照尼基塔指的路驶去。就这样,他们走了很长时间,一会是光秃秃的枯地,一会又是结成冰块的冻土,雪橇从这上面经过时,嘎吱作响。接着又走过冬天休耕的麦地,在这里,稻草秆或艾草茎伸到雪面上,随着雨雪颤动着。雪下得很大,他们在白雪皑皑的大地上费力地前进。

雪下得更急了,在地上打着卷。马显然走不动了,浑身冒着汗水,卷起的汗毛上面铺着一层雪花,慢腾腾地挪着步。突然,一个趔趄,马一脚陷到沟里或者水坑里了。瓦西里·安德烈奇想停下来,但尼基塔却对他喊道:

"为什么要停?它已经陷进去了,必须让它想办法出来。嘿,我的老兄弟,加油!"他从雪橇上跳下来,给马鼓劲,结果自己却陷在沟里了。马抽搐了一下,挣扎着爬上冻得硬邦邦的沟边,这显然是人为挖的一道沟。

"我们现在在哪儿?"瓦西里·安德烈奇问道。

"很快就知道了!"尼基塔说。"往前走吧,我们总能找到地方的。"

"哎呀,这难道不是戈拉奇金诺森林?"瓦西里·安德烈奇指着一个在他们面前的黑乎乎的东西说。

"等我们到了那里,就知道是什么地方了。"尼基塔没好气地说道。

其实,尼基塔已经看清了那黑色的东西,冒出来的是柳条的叶子。所以,他明白这并不是森林,而是有人家居住的地方,但他不想说。果然,他们从沟旁还没走出十俄丈远,这些树木就清晰地出现在眼前了,还发出一种凄凉的声音。尼基塔猜对了,这不是一片树林,而是一排高大的柳树,上面还有几片叶子在颤动。这些树显然是沿着打谷场周围的沟渠栽种的。当雪橇靠近被风刮动的柳叶条时,马突然高高抬起前腿,后腿奋力一蹬,往左一拐,雪就埋不住它的膝盖了,他们又找到了路。

"好啦,有路了。"尼基塔说,"天知道这是在哪儿!"

他们沿着被雪覆盖的道路继续前行。大约走了四十俄丈,一座枝条交错的谷仓出现在他们面前,屋顶上盖着厚厚的积雪,纷纷倾泻而下。过了谷仓,袭来一阵暴风雪。再往前走时,在他们面前,是一条两边都是房子的小路,但被大雪堵住了,他们不得不在雪堆中穿行。过了雪堆后,他们就走上了村路。村口一家农户的院子里,绳子上挂着几件结了冰的衣服,被风吹得哗哗作响:有一红一白两件衬衫、裤子、护腿带还有衬裙,那条白衬衫被风吹得撕扯起来,袖子在风中狂舞。

"这个懒婆娘,死婆娘。"尼基塔看着那些随风摆动的衬衫说,"要过节了,还不知道把衣服收拾好!"

三

村口的风仍在肆虐,道路上覆盖着厚厚的积雪,可是村子里面却显得平静、温暖、愉快。一户人家的狗在汪汪直叫,另一家院子里,不知从哪里跑来一个缠着头巾的老婆婆,往茅屋的门走去。她在门口停了一下,盯着过路人。村子里还能听到姑娘们唱歌的声音。这里的风雪似乎比外面小了许多,也不那么冷了。

瓦西里·安德烈奇说:"喏,这是格里什基诺。"

"对的。"尼基塔说道。

这儿确实是格里什基诺。他们这才知道自己走错路了,偏离原来的方向,往右走了大约八俄里。虽然还是朝着目的地前进,但从格里什基诺到戈拉奇金诺大约还有五俄里。

在村子中央,他们差点撞上一个走在路中间的高个子男人。

他停下脚步,高喊一声:"你们是谁?"他立刻认出了瓦西里·安德烈奇,接着抓住辕杆,两手交错着爬上雪橇,坐了下来。

他是瓦西里·安德烈奇的熟人伊赛,当地有名的偷马贼。

"唷,瓦西里·安德烈奇!你这是要去哪里?"伊赛边问,边喷了尼基塔满嘴酒味。

"我们要去戈拉奇金诺。"

"天呐,看看你们都跑到哪去了!你应该从马拉霍沃走。"

"确实应该这样走,但我们走错了。"瓦西里·安德烈奇说着，拉住了马。

"这是一匹好马。"伊赛说，他精明地瞥了一眼穆赫尔蒂，然后熟练地把它奋拉下来的马尾巴挽了个结。

"你打算在这儿过夜吗？"

"不，我的朋友。我们得走！"

"你最近又在忙着做生意呐。唷，这谁啊？欸，这不是尼基塔·斯切帕尼契吗！"

"还能有谁呢！"尼基塔回答。"我说，老兄弟，请给我们说说，怎么走才能不再迷路？"

"怎么才能不迷路？好吧，你们掉头回去，再沿着这条路一直往前走，路就直了。别往左拐，等你们走到大路上，往右拐就行了。"

"我们在大路的什么地方拐弯呢？"尼基塔问，"是走夏天的路，还是走冬天的路？"

"走冬天的路。你一拐过去，就能看到一些灌木丛，它们的对面立着一个大橡树的树标。就从那儿拐。"

瓦西里·安德烈奇调转马头，沿着村庄的原路往回走。

"为什么不在这儿过夜呢？"伊赛在他们身后喊道。

但瓦西里·安德烈奇没理他，摸了摸马让它继续前进。他们觉得四俄里的路应该很好走，况且还有两俄里路要从森林里穿过，现在风明显小了，雪也停了。

村路上有几处新马粪，当雪橇重新经过那间晾着衣服的院子时，那件白衬衫已经被风揉碎了，只剩下袖子冻在上面。他们又听到了柳树奇怪的嗡嗡声。等到了旷野，暴风雪非但没停，反而变得更强了。道路完全被雪盖住，只能靠路标识别方向，可是前面的路标也几乎看不清了,风雪一直往他们脸上刮去。

瓦西里·安德烈奇眯起眼睛,向前探身寻找路标。他相信马的机智,因此让它来找路。穆赫尔蒂顺着道路曲折前行,一会左转一会右拐,用蹄子探着脚下的路。

尽管风雪下得更厚了,但仍能看到路两旁的路标。

就这样,他们大约走了十来分钟,突然在风雪中闪出个黑色的东西晃在他们眼前,这是和他们走在同一条道上的另一辆雪橇。穆赫尔蒂用劲赶上了它们,不料前蹄撞到了那辆雪橇的后帮。

"让开……嘿,往前走!"雪橇上传来喊声。

瓦西里·安德烈奇试图从这辆雪橇旁边绕过去。雪橇里面坐着三个男人和一个女人,他们显然是刚过完节,正在回家的路上。其中一个庄稼汉正在用长鞭抽打这匹浑身是雪的小马,另外两个坐在前面的人挥舞着胳膊吆喝着什么。那个女人全身裹得严严实实的,坐在后面打瞌睡,浑身都被雪盖住了。

"你们打哪儿来?"瓦西里·安德烈奇喊道。

"从……来……"这是唯一能听到的声音。

"我说,你从哪来?"

"啊——啊——斯基耶——啊!"其中一个人拼命大喊,但仍听不清他在说什么。

"跟上!跟上!别让他们跑到前头去!"另一个人大声嚷嚷,不停地用鞭子抽打小马。

"看样子你们是刚过完节回来吧?"

"快点,快赶上!快,谢姆卡!在前面!快!"

两辆雪橇互相碰撞,几乎要贴在一起了,旋即又分开。庄稼汉的雪橇落在后面了。

他们那匹粗毛的矮种马浑身被雪盖着，在低矮的辕下喘着粗气。显然，它用尽力气，想挣脱鞭子的毒打，但一切都是徒劳。它的四条短腿一瘸一拐地蹬过身下厚厚的积雪。看外形，这是匹年轻的小马，下唇像鱼一样噘着，鼻孔大张，吓得耳朵也缩起来了，它跟尼基塔并肩走了几秒钟后，就落在了后面。

"喝酒有什么用呢！"尼基塔说，"他们会把那匹小马打死的。这些异教徒[①]！"

有那么几分钟，他们还能听到这匹疲惫小马的喘息声、庄稼汉们醉醺醺的吆喝声。接着，马的喘气声消失了，随后连吆喝声也听不到了，只有风呼啸在耳边的声音，以及雪橇在风刮过的雪面上发出的吱吱声。

和那辆雪橇比赢后，瓦西里·安德烈奇兴奋起来。他更加信心十足地向前行，连路标都不看了，让马随意前行，他相信它。

尼基塔没什么事可做，像往常一样，打个盹，补补觉。突然，马停了下来，尼基塔的鼻子往前顶了一下，差点摔出去。

"我们又走错路了！"瓦西里·安德烈奇说，"这是怎么了？"

"哎呀，根本看不见路标。我们一定是走错了。"

"好吧，如果我们迷路了，就必须再重新找路。"尼基塔断然地说，他下了雪橇，一双罗圈腿轻轻走在雪地上。

他走了很久，一会儿看不见影，一会儿又出现，最后还是回来了。

"这里没有路，"他说着便钻进了雪橇，"路还在前面呐！"

天已经黑下来了。暴风雪没有来得更猛烈些，也没有丝毫变小的迹象。

[①] 俄语原文是"Азиаты как есть"，即"这些亚洲人"，英文版转译为"What pagans"，消除了原版的种族主义倾向。考虑到全书语境，此处按照英文版翻译。

"要是我们能听到那些庄稼汉的声音就好了!"瓦西里·安德烈奇沮丧地说。

"他们没有赶上我们。唉,我们一定是迷路了!也许,他们也迷路了!"尼基塔说道。

"咦,我们现在走哪条路呢?"瓦西里·安德烈奇不安地问道。

"让马自己找路吧,"尼基塔说,"它会带我们找到路的。来,把缰绳给我。"

瓦西里·安德烈奇非常乐意地把缰绳递给他,尽管他带着厚厚的手套,但他的手也快冻僵了。

尼基塔接过了缰绳,但只是紧紧地握着,尽量不动它,它相信马的灵敏性。的确,这匹马很机灵,它时而把耳朵往这边动动,时而往另一边摆摆。"它几乎通人性,"尼基塔说,"你看它在找路!继续,继续走!你知道路的!驾!驾!"

现在顺风了,感觉也暖和了一些。

"是的,它很聪明,"尼基塔继续称赞着这匹马,"基尔吉斯诺克那匹马也很强壮,但它很笨。可这家伙耳朵灵敏着呢!它根本不需要指引,就能在一俄里外嗅出路了。"

不到半小时,又有黑乎乎的东西映在他们面前——森林或者村庄——右边又重新出现了路标。显然,他们已经走到了大路上。

"老天爷,又是格里什基诺!"尼基塔突然大声嚷道。

果然,在他们左边,还是那座被雪覆盖的谷仓。再过去,就是那个晾着衣服的院子,绳子上结冰的衬衫和裤子,依旧在风中狂舞。

他们又来到了街上,一切变得安静、温暖、愉快起来,他们还看到马粪铺满的道路,听见了人声、唱歌声、狗叫声。天已经黑得多了,有些窗户还亮着灯。

走到村中央的时候,瓦西里·安德烈奇把马转向一座两层高的砖房,把雪橇停在门口。尼基塔走到灯火通明的窗子前,在光线的映照下,飞舞的雪花闪闪发光。他用鞭子敲敲窗户,有人随声问道:"是谁啊?"

"是克列斯特村的布列胡诺夫,"尼基塔回答说,"老兄弟,放我们进去吧。"

有人从窗边走了出来,一两分钟后,房门打开了,紧接着传来大门门闩咔嗒响的声音,一个高个子的白胡子老农走了出来,他半掩着门,以免让风刮到屋里。他临时披了件羊皮大衣,里面套着过节穿的白衬衫,后面跟着一个穿红衬衫和长筒皮靴的小伙子。

"是你吗,安德烈奇?"老人问。

"是的,兄弟,我们迷路了,"瓦西里·安德烈奇说,"我们想去戈拉奇金诺,却走到这里来了。我们重新上路后,又迷路了。"

"瞧瞧,你们是怎么迷路的呢?"老人说,"彼得鲁什卡,"他转向那个穿红衬衫的小伙子说,"去把院门打开。"

"好的。"小伙子高兴地答应道,跑出了门廊。

瓦西里·安德烈奇说:"但我们不会在这里过夜。"

"那你们晚上要去哪里呢?最好留下来吧!"

"我很想留下来,但我必须得走呀。不能耽搁做生意。"

"好吧,至少进来暖和暖和吧。喝口茶。"

"行,我们进去吧,"瓦西里·安德烈奇说,"天不会变得更黑啦,月亮一升起来就会变亮了。我们进去暖和暖和吧。"

"太好了,我求之不得,快让我暖和一下吧!"尼基塔高兴地说,他四肢已经冻僵了,巴不得在炉前烤烤火。

瓦西里·安德烈奇随老人一起进屋,尼基塔赶着雪橇穿过彼得鲁什卡为他敞开的大门,他按照彼得鲁什卡的建议,把马牵到了牲口棚。地上满是粪便。马颈圈太高了,撞到了横梁,吓着了栖在上面的母鸡和公鸡,它们用爪子挠着横梁,不满地咯咯直叫,山羊也吓得四处逃窜,用蹄子猛踢着冻得硬邦邦的粪便。家狗也吓得乱叫,冲着陌生人狂叫起来。尼基塔跟所有的动物都说了话,并向它们告饶,承诺不会再扰它们清静,又责备羊不该这么大惊小怪,一副吓破了胆的样子,边安抚狗,边把马拴好。"现在一切都好啦。"他说着,抖掉身上的雪,又转向狗说,"别叫啦!闭嘴,蠢狗!闭嘴,我们不是小偷,我们是你们的朋友……"

"它们算是我们家的三个谋士!!"小伙子边说边用强壮的胳膊把雪橇推进牲口棚里。

"为什么是'谋士'?"尼基塔好奇地问道。

小伙子笑着说:"保尔逊①在书里写过,贼溜进屋里,狗狂叫表示,'要小心!';公鸡叫了,意思是说'起来了!';猫舔自己意味着'一个受欢迎的客人来了,准备迎接他'!"

彼得鲁什卡是个识字的人,他把自己仅有的一本保尔逊写的书——这是他的启蒙书,背得滚瓜烂熟。尤其在酒后,就像今天这样,他总要从书中引上一段来配合当前的场景。

"说得对。"尼基塔说。

彼得鲁什卡说:"你一定冻坏了吧!走,我们进屋。"尼基塔说道,"好,我求之不得呢!"他们穿过院子,朝住屋走去。

---

① 约瑟夫·保尔逊(Иосиф Паульсон, 1825—1898),19世纪下半叶俄罗斯的主要教育家之一,编写了俄罗斯的许多教科书和教育学著作。

四

瓦西里·安德烈奇拜访的这户人家是村里最有钱的一户人。他们家有五块地,还租了其他土地。牲畜棚里有六匹马、三头牛、两头小牛和大约二十只羊。家里有二十二口人:四个已婚的儿子、四个儿媳妇、六个孙子(其中彼得鲁什卡已经娶亲)、两个曾孙、三个孤儿。这是为数不多的至今仍未分家的大家庭,但即便这样,妯娌间的一地鸡毛、家庭内部的矛盾,迟早会把这个大家庭拆散。他有两个儿子在莫斯科当运水工,还有一个在军队服役。现在家里只有老人和他的妻子、二儿子,还有从莫斯科回来度假的大儿子、几个孩子和儿媳妇,以及一个前来做客的孩子的教父。

房间里,桌子上端挂着一盏带罩的灯,照亮了下面的茶具、一瓶伏特加和一些点心,还照亮了砖墙。屋角的神龛里供着圣像,两边都是圣画。桌前坐着身穿黑色羊皮大衣的瓦西里·安德烈奇,他舔着结冰的胡须,并用那双凸出的鹰眼打量着屋子和周围的人。和他坐在一起的是穿着白色土布衬衫的白胡子主人,旁边是从莫斯科回家过节的儿子。他有着结实的后背和宽阔的肩膀,穿着薄棉布衬衫。然后是同样宽肩、在家主事的二儿子。最后就是那个前来串门的邻居了,一个瘦小的红头发庄稼汉。

等他们进来时,这些人刚喝完酒,吃完东西,正准备喝茶。砖炉边上的茶罐已经沸腾了。孩子们坐在炉子附近和炕上。老主妇脸上布满了皱纹,连嘴唇也起皱了,她正在招呼瓦西里·安德烈奇。

尼基塔进屋时，她正在劝客人喝掉厚玻璃杯里倒满的伏特加。

"喝吧，瓦西里·安德烈奇，您一定要喝！"她说，"别见外！喝吧，乡亲！"

尼基塔现在浑身发冷、疲惫不堪，伏特加的酒味搅得他更加心神不定。他皱着眉，抖掉帽子和大衣上的雪，停在圣像前，仿佛任何人都不存在似的，在自己身上画了三次十字，又向圣像鞠了一躬。然后，他转过身，先向老主人鞠了一躬，再向围桌而坐的所有人鞠了一躬，又向站在烤炉旁的妇女鞠了一躬，并喃喃自语道："节日快乐！"他开始脱外衣，始终没看向餐桌。

看着尼基塔被雪覆盖的脸、眼睛和胡子，老大说道："老兄弟，你要冻僵了。"

尼基塔脱下大衣，抖了抖上面的雪，把它挂在烤炉边。然后走到桌前。这家人也给他倒了伏特加。他痛苦挣扎了一瞬，差点拿起杯子，将那芳香、淡淡的酒气吸入肚中，但当他瞥了一眼瓦西里·安德烈奇，就想起了他的誓言，想起了他为酒而当掉的长鞭，想起了和他妻子搭伙过日子的庄稼汉，也想起了自己的儿子——他曾答应在春天前给他买一匹马。于是，他叹了口气，没喝。

"我不喝了，谢谢你的好意。"他皱着眉头说，在第二扇窗户附近的长椅上坐了下来。

"为什么不喝呢？"老大问。"我还是不喝酒，不喝比较好。"尼基塔说时连眼睛都没抬，他正斜看着自己那稀疏的胡子，用手弄开上面结的冰柱。

"喝酒对他不好。"瓦西里·安德烈奇说，他喝完一杯后，又嚼了一块小面包。

"行吧,那就喝点茶吧,"慈祥的老女主人说,"你一定冻坏了吧,唉,你们这些当媳妇的,到个茶怎么还磨磨蹭蹭的?"

"已经好了。"其中一个年轻媳妇说。她用围裙擦了擦正在沸腾的茶壶盖,又吃力地把它搬到桌子上,砰的一声放下了。

与此同时,瓦西里·安德烈奇正在讲他和伙伴是怎么迷路的,到处乱转并遇到一些喝得醉醺醺的庄稼汉,又是怎样再次回到这个村里来。这家人听了觉得很惊讶,给他们解释了迷路的地方和原因,以及那些庄稼汉是谁,还告诉他们应该怎样重新上路。

"连小孩子都能从这里摸到去莫尔恰诺夫卡的路。"来串门的那个邻居说,"只要你们能找到一片灌木丛,在那儿往右拐。没多久,就到那个村庄了。"

"你们还是留下过夜吧!她们会为你们准备床铺的。"善良的老妇人劝说道。

"你们可以明天再去,免得再迷路了。"老人顺着他妻子的话说道。

"我不能这样,老兄弟。我得做生意!"瓦西里·安德烈奇接着又说,"耽搁一小时,会赔本一年。"他想起了那些木材,以及那些有可能提前从他这抢走这笔生意的商人。他转向尼基塔说:"我们走吧。"

尼基塔好一会儿没回应,显然他还在专心致志地忙着给他的胡子化冻。

"我们可别再走错路了。"他有点沮丧地说。

他闷闷不乐是有原因的,因为他想喝点酒。可唯一能满足他需求的,也只剩下茶了,但到现在茶还没喝到嘴里。

"我们只要走到拐弯处就不会迷路了,到了那个地方,再穿过森林就行了。"瓦西里·安德烈奇说道。

"听您的,瓦西里·安德烈奇。如果要去,那就走吧。"尼基塔一边说,一边端起递给他的茶。

"喝完茶就走。"

尼基塔什么也没说,只是摇了摇头,然后小心翼翼地往茶碟里倒了些茶,还用茶的蒸汽暖了暖他那因为干活而累肿的指头。他咬了一小口糖,向主人感激地鞠躬道:"祝您健康!"喝下了热气腾腾的茶。

"如果有人能把我们送到拐弯处就好啦。"瓦西里·安德烈奇说。

"别担心,我们会帮你的,"大儿子说,"彼得鲁什卡会把你们送到那儿。"

"好吧,那就套马吧,太感谢你们了。"

"哦,不用客气,亲爱的乡亲。"慈祥的老妇人说,"我们很乐意这么做。"

"彼得鲁什卡,去把那匹母马套上。"老大说。

"好的。"彼得鲁什卡微笑着回答,急忙从木钩上摘下帽子,跑去给马套挽具。

套马的空当,这家人又开始接着之前的话题继续聊。之前瓦西里·安德烈奇把雪橇赶到窗前时,打断了他们的谈话。老人正在向那位村长邻居抱怨他的三儿子。这次过节,他什么也没给老人送,却给自己的妻子送了一条法国围巾。

老人说:"唉,管不住年轻人了。"

"看看他们做的事吧!"邻居说,"谁也管不了他们了!他们知道得太多了。看看捷莫契金。前些日子,他把父亲的胳膊都打断了!看来,他是聪明得过了头!"

尼基塔看着二人的脸,听着他们的对话。显然,他也想插几句和他们聊聊。但他这会儿忙着喝茶,只能赞许地点点头。他一杯接一杯地喝,身子越来越暖和,心情也舒畅多了。他们就分家的害处谈了很长时间,显然绝不是简单地聊聊。要求分家的二儿子坐在那里闷闷不乐,一言不发。

这话题显然令人痛心,出于礼节,他们才没有在陌生人面前谈论自己的家事。

最后,老人忍不住了,含着泪说,只要他活着,就决不允许后辈们分家。上帝保佑,他要维持这个家。如果分家了,大家都会各奔东西。

"就像马特维夫家一样,"邻居说,"他们以前是个大家庭,但现在他们分家了,谁也没有过上好日子。""你也想让我们家这样?!"老人转身对他的儿子说。

二儿子没有回答,屋里出现了尴尬的沉默。彼得鲁什卡在几分钟前,已经套好了马。回到屋里后,他一直笑眯眯地听着。这时他说:"我想起保尔逊书里的寓言:'一位父亲拿来扫帚,让儿子们折断它。起初,他们谁也折不断,但把扫帚拆开,一根一根地拿着时,它就很容易折断了。'我们也一样!"他又笑容满面地补上一句:"我准备好了!可以出发了!"

"如果你准备好了,我们就动身吧。"瓦西里·安德烈奇说,"至于分家的事,您可不能答应,老爷子。是您养活了这一家,您是一家之主。如果不行,告到地方官那儿吧,他会告诉我们应该怎么办!"

"他们为什么总是这样呢,总是如此!"老人继续用抱怨的语气说,"没法和他们一起过日子啦。他们被魔鬼缠上了。"

与此同时,尼基塔喝完了第五杯茶,他把空杯放在自己面前,希望有人给他倒第六杯。但是茶炊里已经没水了,女主人也没有再烧。瓦西里·安德烈奇正在穿大衣,尼基塔别无他法,只能站起来,把他舔过的那块糖放回糖罐里,扯起大衣下摆擦干脸上的汗,穿上大衣,深深地叹了口气。他向主人致谢辞别,离开那间温暖明亮的房间,转而走进寒冷而黑暗的门廊。寒风呼啸着,飘雪从颤动的门缝里吹进来,他穿过门廊走到了院子里。

彼得鲁什卡穿着羊皮大衣站在院子中间,他偎着马,笑着引用了几句保尔逊的诗句[①]:

暴风雪的雾气笼罩天际,
雪涡如柱般在地上旋起
现在像野兽一样嚎叫,
又像孩子一样哀泣

尼基塔一边解缰绳,一边赞许地点了点头。老人提着灯到门廊里送瓦西里·安德烈奇离开。仅仅一瞬间,灯被吹灭了。即使在院子里,也能明显感觉到暴风雪来得更猛烈了。

"唉,这鬼天气!"瓦西里·安德烈奇想,"也许我们终究到不了那儿。但我们别无选择,得谈生意啊!再说,主人把出行的马也套好了。上帝保佑,我们一定能赶到那里!"

老主人也认为他们不该去,他已经试图劝服他们留下来了。

---

① 出自保尔逊的诗作《圣夜》。

无奈的是，没有人听。

"再怎么说也无济于事。也许是我上了年纪，胆子小了。他们会顺利到达那里的。"他想，"不会有什么麻烦的，我们还是睡吧。"

彼得鲁什卡根本没有想到会发生危险。他对这条路和整个地区都太熟悉了，那些关于暴风雪的诗句使他兴奋起来，它们恰如其分地描述了现在院子里的情况。尼基塔根本不想走，但他伺候人久了，早已经习惯了不按自己的想法做事。所以，没有人能阻止他们继续前行。

五

瓦西里·安德烈奇摸黑找他的雪橇，找到后，就手拿缰绳，爬了上去。

"你先走！"他喊道。

彼得鲁什卡跪坐在低矮的雪橇上，策马前进。穆赫尔蒂闻到了前面有匹母马，嘶叫着追赶她。他们赶着雪橇到了大路上，又到了村子的外围，沿着原来的道路驶去。当他们穿过那个挂着结冰衣服的院子时，上面的衣服已经看不见了。原来经过的那座谷仓，现在也几乎被积雪盖满屋顶，雪还在不断地倾泻而下。又路过了那些发出凄凉的嗡嗡声、被风刮得摇摇晃晃的柳树。最后，二人又迈进了雪天相接的原野里，风忽而从上面吹来，忽而从下面过来，来势凶猛。风太大了，当它从侧面吹来时，雪橇逆风而行，被刮歪到一边，马也歪向一边。彼得鲁什卡给他的好马大声加油鼓劲，它在前面快步走着，穆赫尔蒂在后面紧追不舍。

大约跑了十来分钟，彼得鲁什卡转过身来，大声喊着。瓦西里·安德烈奇和尼基塔只听见了风声呼啸，他们猜应该是到了拐弯处。

果然，彼得鲁什卡向右转了，现在从侧面吹来的风直打在他们的脸上，透过雪地，他们看见右边有个黑魆魆的东西。那正是拐弯处的灌木丛。

"好吧，愿上帝保佑你们！"

"多谢，彼得鲁什卡！"

"暴风雪的雾气笼罩天际！"彼得鲁什卡喊道，随即消失了。

"他真是个诗人呀！"瓦西里·安德烈奇嘟囔着，拉着缰绳。

"是的，好小伙，一个地道的庄稼汉。"尼基塔说。

他们继续赶路。

尼基塔把他的外套紧紧地裹在身上，头紧缩在肩膀上，短短的胡须几乎要盖住喉咙。他静静地坐在那里，竭力想保住喝茶那会儿留下的热气。眼前那两条笔直的辕杠常使他误以为他们正走在一条笔直的康庄大道上。马那摇摇晃晃的尾巴也被吹向一边，再往前看是高高的马颈圈，它的头和颈摇晃着，鬃毛也被吹乱了。时不时看到的路标，使尼基塔确定雪橇行进的路线是正确的，其他事他也没什么好担心的。

瓦西里·安德烈奇继续赶着雪橇，他让马自己找路。穆赫尔蒂虽然在村里歇了段时间，却跑得不情不愿，不时从大路叉开，瓦西里·安德烈奇不得不多次把它拽回来。

"右边有一个路标，还有第二个，第三个，"瓦西里·安德烈奇数着，"前面是森林。"他一边想着，一边看着眼前的这个黑乎乎的东西，想着应该是一片森林。然而，不过是一处灌木丛。从这儿穿过去,又往前走了二十俄丈,但没有看到第四个路标,也看不见森林。

"我们必须要快点到达森林。"瓦西里·安德烈奇心想。在伏特加和茶水的刺激下,他非但没有停下雪橇,反而摇了摇缰绳,催马前进。温顺的良马回应着主人的命令,尽管明知道前进的方向不对。它一会儿快步前进,一会儿慢步前行。就这样又过了十分钟,依然看不到森林。

"我们现在一定又迷路了!"瓦西里·安德烈奇灰心地说着,让马停下来了。

尼基塔默默地下了雪橇,拉紧他的大衣。风一会儿吹得大衣紧紧贴在他的身上,一会儿又把大衣吹得鼓起来。他开始在雪地里摸索,一会儿走到这边,一会儿又走到另一边。再一次,他的身影完全看不见了。最后,他终于回来了,从瓦西里·安德烈奇手里接过缰绳。

"我们必须往右走。"他一边调转马头,一边蛮横而严厉地说道。

"好吧,你说右边,我们就往右边去。"瓦西里·安德烈奇说着就把缰绳交给尼基塔,把自己冻僵的手揣进袖子里。

尼基塔没有搭理他。

"喂,兄弟,动起来吧!"他对马喊道,但不管尼基塔如何抖动缰绳,穆赫尔蒂只是往前走了几步。

有些地方的积雪已经没到膝盖,马每前进一步,雪橇就晃动一下。尼基塔只得拿起挂在挡风板前面的鞭子抽了它一次。这匹马不习惯鞭子的抽打,一跃而起,小跑起来,但随即又慢下来了。他们就这样又走了五分钟。夜幕笼罩着大地,大片的雪花纷飞着,几乎连马的项圈都看不见了。有时,会让人觉得雪橇似乎静止不动了,原野在向后面倒退。突然,马停了下来,它显然觉察到前面有什么东西。尼基塔敏捷地从雪橇中跳出,扔下缰绳,想绕到马前面,看看是什么东西迫使它停下来了。可当他刚往马前面迈了一步,就脚底一滑,滚下了陡坡。

"天啊,我的老天啊!"他一边往下滑,一边自言自语道。他试图止住自己的滑落,可没有成功,直到双脚陷进了谷底的厚雪里,才停了下来。

他试着动一动,结果山谷边缘的积雪像雨点一样砸在他身上,钻进了衣领。

"见鬼了!"尼基塔咒骂着积雪和洼地,动手抖掉衣领上的雪。

"尼基塔!嘿,尼基塔!"瓦西里·安德烈奇从上面喊道。但尼基塔没回应他。他在雪中忙着找他滚下陡坡时掉的鞭子。他滑下来时,鞭子就看不到了。鞭子终于找到了,尼基塔想从他滚下来的陡坡那里原路爬上去,但显然不可能。他来来回回爬上滚下了数次,怎么也爬不出去。最后,他不得不走到洼地处找出口,他艰难地摸索着,终于沿着洼地的边缘爬出去了。这儿距离他滑下去的地方有三俄丈远。他先去找马。然而,马和雪橇都看不见了。他是逆着风走的,尽管看不见他们,却听到了瓦西里·安德烈奇的呼喊声和穆霍尔蒂在呼唤他的嘶鸣声。

"我来啦!我来啦!你乱叫什么?"他喃喃地说。

当他走到雪橇跟前时,才认出那匹马。瓦西里·安德烈奇站在它旁边,看上去像个巨人。

"你究竟跑到哪儿去了?"他用责备的语气问道,"我们必须回去,哪怕只是回到格里什基诺。"

"我很乐意回去，瓦西里·安德烈奇，但我们怎么能出去呢？这里是个洼谷，我们要是再掉进去就有可能出不来了。刚刚我自己被困在那里，差点出不来。"

"那我们怎么办呢？我们不能待在这里啊！我们必须到某个地方去！"瓦西里·安德烈奇斩钉截铁地说。

尼基塔什么话也没说。他背风坐在雪橇边上，脱下靴子，用手甩掉浸在靴子里的雪，又从雪橇底部抽了一些稻草，小心地用它补住左脚靴子上的窟窿。

瓦西里·安德烈奇也不再说什么。似乎现在，他把一切都交给了尼基塔。尼基塔穿好靴子，把脚伸进雪橇里，戴上手套，又拿起缰绳，沿着洼谷的一边拨转马头。但还没走出一百步，马突然又停了下来。前面又是一道沟！

尼基塔又一次从雪橇里走了出来，在雪地里摸索着。他走了好长一段时间，才终于从另一个方向走回来。

"瓦西里·安德烈奇，你还在这儿吗？"他喊道。

"在这儿！"瓦西里·安德烈奇回答说，"嗯，路况怎么样？"

"我什么也看不见，天太黑了，到处都是沟。我们必须再次逆风返回去。"

他们又出发了。尼基塔和往常一样，又一次从雪橇里出来，拖着沉重的脚步在雪中找路，最后又上气不接下气地坐在雪橇边了。

"嗯，现在怎么样了？"瓦西里·安德烈奇问道。

"哎呀，我都快累死了，马也走不动了。"

"那怎么办呢？"

"嘿，等一下。"

尼基塔再次离开,但很快又回来了。

"跟我来!"他说着走到马前。瓦西里·安德烈奇不再发号施令了,他一切都听尼基塔的。

"往这边走,跟我来!"尼基塔喊道,快步向右急转弯,手里抓住缰绳,领着穆赫尔蒂朝雪堆走去。

刚开始时,马往后面退了一下,接着猛地向前一跳,希望能跳过雪堆。但马没有力气了,它没能跳成功,连颈圈都没到了雪堆中。

"快出来呀!"尼基塔叫住了仍坐在雪橇里的瓦西里·安德烈奇。他握住橇辕,使劲帮马从雪堆里拉出雪橇。

"我知道这很难,兄弟!"他对穆霍尔蒂说,"但没办法了。再加把劲!现在,拉呀,快拉!"他喊道。

马用力往前拽了一下,又拽了一下,但都没成功,它索性趴了下来,好像在想这应该怎么办呢!

"喂,兄弟,这样可不行啊!"尼基塔求他,"来,现在再试一次!"

尼基塔拉了拉他这边的橇辕,瓦西里·安德烈奇拉住另一边,他们合力往前拽马。穆赫尔蒂摇晃着脑袋,猛地往前一抖。

"对,就是这样!好样的!"尼基塔喊道。"别怕!你不会埋在雪堆里的!"

一次,两次,再一次时,穆赫尔蒂终于从雪堆里冲出来了,停在那里,喘着粗气,抖掉身上的雪。尼基塔希望能把马再拽得远一点。但瓦西里·安德烈奇身上的两件厚大衣太重了,压得他喘不过气。他走不动了,又跳进了雪橇。

"让我喘口气!"他说着,解开了离村时系在大皮领子上的手帕。

"好吧,你坐在那里吧,"尼基塔说,"我来牵马走。"瓦西里·安德烈奇坐在雪橇上,尼基塔手拿缰绳,牵着马走了大约十来步下坡,然后又往前走了一段,停了下来。

尼基塔停的地方并不全是峡谷。若是停在峡谷,从山丘上刮下来的雪会把他们全部埋住,但现在停的这个地方,恰好处在峡谷的边缘,有山壁挡着,多少能遮些风。风势不稳,即便时而弱一些,稍后也会以数十倍的风力,再次向他们袭来。瓦西里·安德烈奇喘了口气,走出雪橇。刚走到尼基塔身边,准备商量下一步时,又袭来一阵狂风。他们俩下意识地把腰弯成一团,等着狂风过去。穆赫尔蒂也耷拉着耳朵,不满地摇晃着脑袋。狂风稍稍过去后,尼基塔脱下手套,塞到腰带里,焐着手,呼热气,还要从马的颈圈上解下缰绳。

"你在那儿干什么呢?"瓦西里·安德烈奇疑惑地问道。

"我要把马具解下来。还能有什么别的办法呢?我已经一点劲都没了。"尼基塔带着歉意地说。

"我们不能再往前走了吗?"

"不走了,这样只会让马白白受累。"尼基塔指着那匹马说。马顺从地站在那里,等着主人发号施令,它身子的侧腹淌满了汗水。"我们只能在这里过夜了。"尼基塔说,那口吻就像准备在旅馆过夜一样,他继续解着马的颈带,终于把扣环解开了。

"我们会冻死在这儿的!"瓦西里·安德烈奇嚷嚷道。

"如果真的冻死在这儿,也没办法!"尼基塔回了一句。

六

瓦西里·安德烈奇穿着两件厚大衣,加之又在雪堆里活动了一阵,现在觉得很暖和,但当他真的意识到要在雪地里过夜时,直觉得冷风刮进了脊背。为了让自己平静下来,他坐在雪橇上,拿出烟卷和火柴。

这会儿,尼基塔还在卸马具。他贴心地跟马儿说着话,解开鞍带,取下缰绳和挽具,摘掉马颈圈。

"现在出来!出来吧!"他说着,牵着马离开车辕,"马具都拿掉了,现在我们把你拴在这儿,我再放些稻草,你吃一口吧,吃了就不冷啦。"

显然穆赫尔蒂并没有听尼基塔的话,它背风站在那里,显得焦躁不安。两只蹄子不时乱蹬,身子紧贴在雪橇上,脑袋在尼基塔的袖子上来回蹭着。尼基塔从雪橇上抓了几根稻草来喂穆赫尔蒂,为了不辜负尼基塔的好意,马时不时吃几根稻草,可一旦当它意识到现在根本不是吃稻草的时候,就又把它们吐出来,风立即把它们卷走,用雪覆盖了它。

"现在我们要做个标记。"尼基塔边说边把雪橇的前部往前拽了拽,用绳子把两根辕杆系在一起,拖到前面。"瞧,要是雪把我们埋住了,路过的人看到这儿的辕杆,就会把我们挖出来。这招是老人们教我的!"说完,他拍了拍手套,戴上了。

这会儿,瓦西里·安德烈奇解开了大衣的领口,用前襟挡风,一根又一根地在铁盒上划着火柴。他的手抖得厉害,火柴不是没点着,就是在他去点烟卷的时候被风吹灭了。最后,终于有根火柴燃起来了,刹那间,火焰照亮了他的毛皮大衣、他弯曲的食指上戴着金戒指的手,以及从麻袋里露出来的被雪覆盖的稻草。烟卷点着了,他贪婪地吸了两口,吞下去,让烟从他嘴巴附近的胡须里喷出来。他想再吸一口,可是风把燃着的烟卷吹走了,它和刚才那些被风吹走的稻草一样,被雪覆盖了。但即使是这几口烟也使他快活起来。

"如果我们一定要在这里过夜,那就过吧!"他果断地说。"等下,我也要插一面旗子。"他补充说,捡起刚才从衣领上解下来扔在雪地里的手帕,脱下手套,爬上挡泥板,伸直身子去够前面的橇辕,把手帕紧紧地系在上面。

手帕立刻疯狂地舞动起来,一会儿缠在橇辕上,一会儿又伸展着。突然间扑哧扑哧地被风拉动,咔咔作响。

"瞧,这旗子多好看!"瓦西里·安德烈奇一边说,一边欣赏着自己的作品,他又坐进了雪橇。"我们两个在一起应该会更暖和,唉,可惜这儿不够坐两个人。"他继续说道。

"我能找到地方的,"尼基塔说。"不过我得先给马盖好,它出了很多汗,可怜的家伙!"他爬上雪橇,从瓦西里·安德烈奇的身下抽出麻袋,把它折成两半,又从穆赫尔蒂身上取下鞍带和衬垫,给马盖住。

"这样就会暖和些,小傻瓜!"他边说,边往马身上放了衬垫,又用麻袋盖好。说完,他又转向瓦西里·安德烈奇:"今晚你要是用不着麻布片的话,就给我吧,再给我一些稻草。"

尼基塔从瓦西里·安德烈奇那儿拿了这些东西,走到雪橇后面,在雪地里挖了一个坑,铺上稻草。然后把帽子拉下来遮住眼睛,把大衣紧紧地裹在身上,再盖上麻布片,弓着身子蜷缩在稻草上,背靠着雪橇的挡板,以避风雪。

瓦西里·安德烈奇一向觉得庄稼汉无知且愚蠢，现如今看到尼基塔的这些作为，他不以为然地摇了摇头，开始安顿自己过夜。他把剩下的稻草铺在雪橇底部，并把靠近身体两侧的稻草铺得厚一些，随后把手插进袖子里。为了挡风，他还把头藏在雪橇挡泥板的一角，最后才躺了下来。

　　他睡不着，只是躺在那儿想心事。他一直在想的是赚钱，赚更多的钱——这是他生活的唯一目标、意义、乐趣和值得骄傲的事情。他想到身边认识的一些熟人已经挣了很多钱，他怎么做才能像他们那样赚到更多的钱！在他看来，购买捷良京斯基树林是当前的第一大事，如果这笔交易成功了，他有可能一下子赚一万卢布。他开始在脑海中，计算他在秋季看过的那些木材值多少钱，以他当时参观过的两俄亩[①]森林为依据，他计算着所有木材的价钱。

　　"橡树锯成木料可以做成雪橇的滑板，不锯又可以当梁木。砍完树，还能剩下三十俄丈柴火呢。"他自言自语道。"这就意味着每俄亩至少还剩下二百二十五卢布。五十六俄亩呢，五十俄亩是一万一千多，余下的六俄亩是一千多……"他算出的结果已经超过了一万两千卢布，但苦于手边没有算盘，他无法精确算出具体数字。"可我无论如何也不会给到一万，只给八千，这还得减去没有长树的空地。我还得给测量员塞一百卢布，也许一百五十卢布，他会帮我扣除五俄亩空地的费用，八千卢布卖主应该会满意，我已经准备好了三千。"想到这里，他伸手摸了摸口袋里的钱袋。

　　"天知道我们怎么会在这个拐角迷路！森林和守林人的小屋应

[①] 昔日的俄制地积单位，1俄亩≈1.09公顷。

该在那里的,还应该听得到狗叫声。可那些该死的东西在需要它们的时候,却一声都不叫。"他把衣领从耳朵上拉下来,侧耳细听,但像以前一样,只能听到呼啸的风声,绑在橇辕上手帕的咔咔声,以及雪打在橇帮上的声音。他又把耳朵遮住了。

"早知道这样,当初留下来过夜不就好了!"他想,"这又不碍什么事,反正明天就到了,只不过耽搁了一天而已。这样的糟天气,别人也不会出门做生意。"他还想起这个月九号,屠夫得付给他一笔阉羊的钱。"我得亲自去收,我要是不去,我的妻子根本就不知道怎么和别人讲价,她一点也不懂怎么和人打交道。"他想起昨天过节来的客人中,有个警察局长,但她不知道如何招待他。"她只是个女人而已!我能指望她做什么呢!况且,嫁给我之前,她爹也不过是个有点小钱的乡下人,他的全部家当就是院子里的那间小客栈。而我用十五年挣来了满满的家当:一间商铺、两家酒馆、一座磨坊、一间面粉厂,还租了两个农场,再就是一个带铁皮屋顶的谷仓,"他自豪地回忆着,"她爹哪比得上我!现在本地的人都爱谈论谁呢?当然是我——布列胡诺夫喽!这是为什么呢?因为我一心放在生意上,不像其他人那样躺在床上或把时间花费在傻事上,我可从来没有睡过整夜觉。必要的话,不管有没有风雪,我都会出去谈生意。他们认为赚钱没什么用,我可不这么认为,我把心思都花在这上面,绞尽脑汁地想啊想!就像现在这样,即使夜里露宿荒野,或者整夜睡不着,一直胡思乱想也没关系,因为这和睡在有枕头的屋里没什么两样!"他自豪地思索着。"人们觉得财富是靠运气得来的。才不是!米罗诺夫家现在家产百万了,为什么呢?因为他们一直在辛苦打拼,上帝赐予了他们一切。愿上帝赐给我健康!"

瓦西里·安德烈奇一想到自己有可能变成像米罗诺夫那样白手起家的百万富翁，他就兴奋。他想找个人谈谈。但是没有人能和他对话……要是能到戈拉奇金诺就好了，他会和地主好好谈谈，好对他"指点一二"。

"看看吧，风吹得太厉害了！"他想着，"要是我们被雪盖住，早上就出不去了！"他听到暴风雪吹得雪橇的挡板呼呼作响，连挡泥板都被吹弯了。他站起身，看了看周围：打成卷的雪花在黑暗中旋转，模糊中，只能看到穆赫尔蒂黑魆魆的小脑袋，以及盖着他后背的麻袋，还有它那打着结的尾巴。雪橇的四面八方都是飘忽不定的银色世界，一会儿明，一会儿暗。

"唉，我不该听尼基塔的话，"他想。"我们应该继续赶路的，我们总能到什么地方去。我们有可能再次返回到格里什基诺，在塔拉斯家过夜。现在倒好，我们只能在这里过夜，这又能有什么好呢！上帝会帮助那些勤快的人，但不会帮那些二混子、懒人和傻瓜。我得再抽支烟！"

他又坐起来，拿出烟盒，随即趴在地上，用上衣的下摆遮住风来点亮火柴。但风还是闯进来了，吹熄了一根又一根。最后，他终于点燃了一支烟，抽了起来。他很高兴自己终于如愿以偿了。尽管风刮走的烟比他吸进去的多，他还是吸了两三口，心情愉快极了。他靠在雪橇上，把自己裹得紧紧的，开始回忆往事。突然间，他意外地失去了知觉，昏睡过去。

似乎有什么东西推了他一把，把他惊醒了。不知是由于穆赫尔蒂从他身下拽稻草，还是他内心有什么东西被吓了一跳。总之，他醒了。他的心跳越来越快，以至于觉得身下的雪橇都颤动了起来。他睁开眼睛，周围的一切都和原来一样，只不过看起来更亮了。他心想"天快亮了吧",但他马上记起来了,天越来越亮也意味着月亮已经升起来了。他坐起来,看了看马。穆赫尔蒂仍然背风站着,浑身冻得发抖。那只被雪完全覆盖住的麻袋被风吹到一边了,马具也跟着向侧边滑动。它那被雪覆盖着的前额和鬃毛比以往看得更清楚了。瓦西里·安德烈奇靠在雪橇上,隔着橇帮看着尼基塔:他仍坐在刚才的位置上,身上的麻布片和腿已经被厚厚的大雪盖住了。

"庄稼汉应该冻不死!"他心想,"要是他冻死了,我可能还得负点责任。这群愚蠢无知的家伙!"他想把麻袋从马身上取下,盖在尼基塔身上,但转念一想,现在太冷了,起身不便;二来,他怕这样做以后,马就没有东西盖了。"我为什么要带他来呢?"都是她的愚蠢惹的祸!他想起了他那不受待见的妻子,就接着躺到雪橇挡风板的老地方去了。"我叔叔也有一次像这样,在雪地里过了一整夜,"他想,"结果安然无恙。"可是他又想到了另一个人的遭遇。"当他们把谢瓦斯季亚纳挖出来的时候,他已经冻得硬邦邦了。如果我留在格里什基诺过夜,这一切就不会发生了!"

他小心翼翼地把大衣裹得更紧了,试图把脖子、膝盖、脚都裹得严严实实的,让风一点都进不来,这样他的身子能暖和一些。他闭上眼,试图再睡一觉。但是,不管怎么努力,他都睡不着了。相反,他非常清醒,精力十足。他又开始盘算自己的收入和别人欠他的债务。他沾沾自喜,对自己和自己现在拥有的社会地位非常满意,但这一切不断被悄悄逼近的恐惧所打断。同时,没有留在格里什基诺过夜让他非常懊悔。

"要是我能暖暖和和地躺在床上,那该有多好啊!"他又翻了几次身,想换一个更舒服更避风的姿势,他把腿裹得更紧了,闭着眼,静静地躺着。然而,不是因为那双又硬又紧的靴子弄得脚很痛,就是感觉身体各处都在进风。反正静静躺了一会后,他又开始自怨自艾了:"这会儿,他本来有可能躺在格里什基诺温暖的农舍里的。"他又坐起来,转过身,再次把自己裹得严严实实的。

有一次,他依稀听到远处有鸡叫。他高兴地把衣领翻了下来,全神贯注地听着。可不管他尽多大的努力去听,还是只能听到风在辕杆间呼啸的声音、手帕的拍打声以及雪球砸在雪橇上的声音。

尼基塔一直坐在那里,一动不动。瓦西里·安德烈奇喊了他几次,都没有回应。"现在的鬼天气好像和他无关似的——他睡着了!"瓦西里·安德烈奇倚着雪橇,望着浑身被厚雪盖着的尼基塔,气愤地想道。

瓦西里·安德烈奇一会儿起来,一会儿躺下,来回折腾了二十多次。他觉得,这一夜永远过不完了。"天一定快亮了,"他想着,站起身来,环顾四周。"我得看看表几点了?可是解开衣扣会把我冻死的。可那又有什么关系呢,只要我知道天快亮了,一切就会变好了,我们就又可以赶车前行了。"

但瓦西里·安德烈奇心里明白,现在不可能是早上。他的内心很复杂,既想证实自己的想法,又想欺骗自己已经到了早晨。他小心翼翼地解开皮大衣的纽带,用手在背心里面摸了好久,才从里面掏出那只镶着珐琅花图案的银表。他想把时间看得清楚一点,可惜没有火光,什么也看不到。他又趴在地上,用手肘支撑着身子,拿出火柴,划了一根,就像点燃一根烟时那样。这会儿他的动作比原来那会儿熟练多了,用手指摸出一根磷火最多的火柴,一试就点着了。他把表拿到火光下看,简直不敢相信自己的眼睛:

现在才午夜十二点十分！漫长的冬季刚开始！

"啊，多么漫长的黑夜啊！"他心想，一阵寒气从他背上穿过，他重新把皮衣系紧裹好，蜷缩在雪橇的一角，准备耐心等待天亮。突然，在单调呼啸的风中，他清晰地听到了一种新的声音。它不断地加强，又渐渐减弱。毫无疑问，那是狼的嚎叫，离他那么近，以至于当它移动下颚时，可以清晰地听到它被风拉长的声音。瓦西里·安德烈奇把大衣领子翻下来，仔细听了听。穆赫尔蒂也和他一样，不安地竖起耳朵听起来，直到狼声息止，它才用蹄子来回踹地，鼻息发出不安的哼鸣声。从这之后，瓦西里·安德烈奇再也睡不着了，甚至无法平静下来。他一想到他的账目、事业、声誉、财富和地位，他就越恐惧。而这种恐惧又牢牢地被一个念头所驱使："我们为什么不在格里什基诺过夜呢？"

"上帝保佑那个地主的木材别被卖出去！"他自言自语道，"要不是这个地主和他的木材，我们也不用在这儿过夜了！他们说醉汉容易被冻死，我今天可喝了酒啊。"想到这，他发觉自己的身体已经开始发抖了，他也不知道是冷还是害怕导致的。他想像以前一样，把自己裹得紧紧的，然后躺下，可现在怎么也做不到了。他一秒钟也坐不住了，想站起来活动活动，以此来遏制他心中积聚已久的恐惧，他对这种恐惧无能为力。他又拿出了烟卷和火柴，可只剩下三根火柴了，而且都划不着，还没擦亮磷火，就熄灭了。

"见鬼去吧！该死的东西！诅咒你！"他边骂边把掰成两段的烟卷扔掉，他也不知道自己在骂谁。他想把火柴盒一并扔掉，但还是收住了手，把火柴盒放进了口袋。他又开始焦虑不安了，再也待不住了，就从雪橇里起来，背风站着，还把皮带往下面拉了一下，把身子勒得更紧了。

"我为何要在这儿躺着等死呢?"他突然有了新想法,"最好上马走吧!只驮一个人,马肯定跑得动。"至于尼基塔,"唉,他是生是死没什么区别啊。他的生命能值多少钱!况且,他也不在乎死!可我不一样,上帝啊,我活着可以干更多事情!"

他解开了马缰绳,给它套上马笼头,准备骑上去。但他的皮大衣和靴子太沉了,他还是没能成功上马。随后他又立刻爬上雪橇,想从那里爬到马背上,但是雪橇抵不住他的重压,歪歪斜斜的,他又失败了。最后,他把穆赫尔蒂拽到紧靠雪橇的一边,自己又小心翼翼地保持着雪橇边缘的平衡,设法脸朝下,伏在马背上。他这样躺了一会儿,又向前挪动了一下身子,终于坐好了,把两腿搭在马背上,蹬着鞍皮的绳套。雪橇的摇晃惊醒了尼基塔。他站了起来,瓦西里·安德烈奇觉得他好像在说什么。

"你这个傻瓜!"瓦西里·安德烈奇惊呼道,"要是听你的话,我就会在这儿白白送死!"他把大衣的襟翼塞在膝盖底下,调转马头,离开雪橇,朝着他心中认为的森林和守林人的小屋所在地奔去。

七

尼基塔从用麻袋盖住自己,坐在雪橇后面,就再也没动过了。他就像那些生活在自然里并懂得苦难的人一样,极有耐心,可以坐在那里几个小时,甚至几天,也不会烦躁不安。他听到主人喊他,但他没有回应,因为他不想动,也不想说话。刚刚坐下时,之前喝过的茶和在雪堆里的来回跋涉,使他身上还存有一点热气,但他明白这股热气存不了多久，因为他已经没有力气来回走动，让自己暖和起来了。他觉得自己像一匹马，已经走不动了，无论鞭子如何抽它，它也动不了了。主人这时才会意识到，若想让它重新上路，只有先让它停下来，让它饱餐一顿。而且，那双穿着漏洞靴子的脚已经冻僵了，大脚趾完全没了知觉。除此之外，他感觉整个身体越来越冷。

他觉得自己有可能会冻死在今晚，但他并不觉得这个想法很糟糕甚至可怕。这并不是什么糟心事，反正他的一生也没有过上过好日子。相反，他一直在无止境地为别人当牛做马，他已经厌倦这样的生活了。死亡之所以看起来不可怕，是因为他明白，除了瓦西里·安德烈奇这样的主人之外，还有一位高于一切主人之上的人——自己依赖的上帝。是上帝把他送到世间历练。他明白，死后他仍然要去侍奉这位仁慈的主人。"离开这个已经熟悉的世界，似乎有点可惜？唉，但我又能做些什么呢？人必须习惯新生活啊。"

"我都犯过哪些罪孽？"他想起了自己以前的酗酒，在酒上花的钱数、侮辱妻子、骂脏话、不去教堂、不遵守斋戒，以及他忏悔时神父所指责他的条条罪状。他继续想着："喏，这些都是我的罪啊，是要我自己来承担的！但是要知道，是上帝把我造成这个样子的呀。唉，这些可怕的罪过！我该受到怎样的惩罚啊！"

最开始他想的是当天晚上会发生的事，后来就不想了，而是陷入了回忆中：他想起了玛尔法是怎样找上门来，想到了仆人们的酗酒和他自己的戒酒，以及现在的长途跋涉，塔拉斯的农舍，关于分家的谈话，他自己的儿子，穆赫尔蒂（它现在身上披着麻袋，应该暖和一些），还想到了在雪橇上翻来覆去睡不着的主人，他把雪橇弄得吱吱作响。他继续想着,"我并不想继续赶路,也不想死在这样的风雪夜里。可主人和我想得不一样啊。"想着想着,他脑子里的回忆开始混乱了,他又昏沉地睡去了。

瓦西里·安德烈奇顺着雪橇爬上马背时,雪橇四下晃了起来,撬辕打到了尼基塔的背上,他醒了。不管他愿不愿意,他都得重新挪挪位置。他艰难地伸伸双腿,抖抖身上的雪,站了起来。瞬间,痛苦的冷意穿透全身。他一下明白了瓦西里·安德烈奇的意图,于是央求主人把麻袋留给他,因为这会儿马不需要了,他可以把它裹在身上取暖。他向主人喊了起来,可瓦西里·安德烈奇并没有理他,自顾自地消失在风雪中。

只剩下尼基塔自己了,他考虑了一会儿接下来该怎么办。他觉得自己没有一点力气去找村庄了,也不可能再坐在老地方,那里这会儿已经被雪填满了。就连坐在雪橇上也感受不到温暖,因为再没有任何东西可以盖,大衣和皮上衣早就不避寒了,他觉得自己冷得像只穿了件衬衫!他很害怕,喃喃自语道:"主啊,上帝啊!"他意识到自己并不孤独,因为上帝能听到他的呼求,永远不会抛弃他,这让他欣慰。他深深地叹了口气,把麻布片蒙在头上,爬进雪橇,躺在主人曾经待过的地方。可是这里也没有一丝热气。起初他浑身发抖。后来,他渐渐失去意识。他不知道自己到底是死了还是睡着了,但他对这两种结局都做了心理准备。

八

这时,瓦西里·安德烈奇一会用脚跟踹马,一会又用缰绳催马前进,朝着他以为的森林和守林人小屋的方向前进。他的眼睛被雪迷住了,风似乎也在阻止他前进。冰冷的马垫坐得难受,他弓着腰,不断把大衣的下摆塞到膝盖下,继续催促着马前进。尽管穆赫尔蒂走得很吃力,但它依然顺从地朝着主人驱赶的方向,埋头前进。

瓦西里·安德烈奇往前骑了大约五分钟,像他预料的那样,除了马头和白色的荒原,什么也看不见,只有暴风在马耳边呼啸而过的声音和大衣领子上的呼呼声。

突然,一簇黑乎乎的东西出现在他眼前。他兴奋地骑马直奔那东西而去,想象着自己看到了村里的房屋墙壁。但这东西并非是静止不动的,它一直在摇摆着。原来,这不是村庄,而是一些从雪地里伸出来、长在草地边的高高的艾草茎。狂风拼命地翻腾着,呼啸着从茎上刮过,把它们吹到一边。看到那些被飓风折磨的艾草,瓦西里·安德烈奇不禁打了个寒战。他急忙催马前进,却没有注意到当他骑到艾草跟前时,就已经偏离了原来的方向,现在正朝着反方向前进。马想往右走,但瓦西里·安德烈奇却赶着它往左走,并且他觉得自己仍在往林场小屋的方向前进。

他的面前又出现了黑乎乎的东西。他再次欢欣鼓舞,并且肯定这回一定见到了村庄。可那又是一片草地,上面长满了高高的艾草茎,像原来一样。这些艾草被风刮得呼啦啦响,瓦西里·安德烈奇心里很恐惧。在这簇艾草茎附近,有被风吹过的马蹄印,上面已覆盖了一层薄雪。瓦西里·安德烈奇停住马,弯下腰,细细观察起来。这显然是条马路,而且刚刚被雪盖上。试想,除了他自己的马蹄印外,还能有谁呢!他显然是在原地绕圈。"我会死在这里的!"他想道。但他不愿意向内心的恐惧低头,于是更加卖力地催促马前进。透过白茫茫的雪雾，他觉得眼前出现了飘忽不定的小黑点，仔细看时，这些小点又立即消失不见了。有一次，他觉得自己听到了狗叫或者狼嚎，但这些声音太小了，又听不真切，以至于他也不知道自己是真听到了，还是凭空想象出来的。他停在原地，仔细听着。

霎时，他的耳边响起一阵可怕的、震耳欲聋的叫声，他身下的一切都颤抖起来了。他抓住穆赫尔蒂的脖子，但它也在颤抖，那可怕的叫声变得更加凄厉吓人。有那么几秒钟，瓦西里·安德烈奇大脑一片空白，不知道发生了什么！其实，那不过是穆赫尔蒂为了鼓舞自己，或者为了求救，嘹亮地嘶叫了一嗓子而已。"唉，你这个坏东西！你要吓死我吗！"瓦西里·安德烈奇自顾自地嚷道。即使他知道这叫声来自穆赫尔蒂，还是摆脱不掉心底的恐惧。

他对自己说"我必须得冷静下来，动动脑筋"，但他控制不住自己，只能继续催马前行，完全没有注意到他现在是顺风而行，而不是逆风。他整个身子冻得哆哆嗦嗦的，尤其是两腿之间靠近马鞍的地方，由于缺乏大衣的遮挡，当马行进缓慢的时候就更冷了。他全身都止不住地打战，气也喘不匀了。他觉得自己要死在这片可怕的雪地里了，无法逃脱。

突然，马被什么东西绊了一下，陷进了雪堆里。它奋力挣扎着，侧倒在地。瓦西里·安德烈奇从马背上跳了下来，把马垫和鞍具都拖到一边。他刚跳下来，马就挣扎着站起来，向前蹿去，连蹿了几下，嘶叫着，拖着麻袋和鞍具，消失了。只留下瓦西里·安德烈奇一个人在雪地上。他跟在马后面走了几步，但雪太深了，他的大衣又重，每走一步，雪都没到膝盖以上。走了不到二十步，他就气喘吁吁地停下来了。

"树林、阉羊、租地、酒馆、带铁皮屋顶的谷仓,还有我的继承人——难道这一切都要离我而去吗?"他心想,"我怎么能够抛下这一切呢?这意味着什么?这不可能发生!"这时他脑海中闪出被风刮的乱摆的艾草,以及他曾两次骑马经过那里的场景。他心里已经被恐惧填满了,但他仍不愿相信这是现实中真实发生的事情。"我是在做梦吧!"他想,并试图从梦中醒来。可他无法做到。真正的雪打在他脸上,盖在他身上,落到他那没戴手套的右手上。他现在像那根艾草一样,被孤零零地抛弃在荒野里,等待着不可避免的、即将到来的又无甚意义的死亡。

"圣母马利亚!圣父——尼古拉!您教导我们要节制!"他回想起前一天的感恩仪式,想起那幅有着黑色面孔和披着镀金祭服的圣像,还想起圣像前面供着他卖给教堂的蜡烛。这些蜡烛只烧了一会,他就把它们锁进柜子里了。他开始向那位神奇的圣尼古拉祈祷,希望能拯救他,并承诺一定为圣父举行感恩仪式,会点很多蜡烛。但他清楚而明确地意识到,圣像、镀金祭服、蜡烛、牧师和感恩仪式,这些是教堂里非常重要且必不可缺的仪式,但在眼下它们并不能为他做些什么,而且这些蜡烛、感恩仪式与他目前的灾难性困境,没有任何联系。"但我不能绝望,"他想道,"我必须在大雪盖住马蹄印之前,顺着它的印迹走出去。只是我不能太急于求成,否则我可能会比以往任何时候都容易迷路。"

尽管他下定决心要慢慢走,但他还是急急忙忙往前赶,甚至还跑了起来,不断地摔倒,爬起来,再摔倒。雪浅的地方,几乎看不到马蹄印了。"我迷路了!"瓦西里·安德烈奇想,"我看不见马蹄印了,这下全完了!"但就在这时,他看到前面有个黑色的东西。原来是穆赫尔蒂!不仅马在那儿,还有雪橇和系着手帕的橇辕。穆赫尔蒂把拖着的麻袋和鞍带扭到一边,换了个位置,站在更靠近橇辕的地方了。它不住地摇晃着脑袋,身子被缰绳缠住了。事实证明,瓦西里·安德烈奇刚才掉入的那个雪堆,是之前尼基塔落入过的。其实,马又把他送回到雪橇前面了。当他从马背上蹦下来时,他离雪橇不过五十步远。

九

瓦西里·安德烈奇跌跌撞撞走到雪橇旁,一动不动站了很久,试图缓口气,平静下来。尼基塔已经不在他原来的位置了,可是雪橇里有个被雪盖着的东西躺在里面,瓦西里·安德烈奇断定这就是尼基塔。瓦西里·安德烈奇现在什么也不怕了,如果说他真有恐惧的话,那就是害怕一个人被留在雪地里,他害怕这种恐惧再次袭来。因此,他必须尽最大的努力消除这种恐惧。他必须做一些事情,分分神。首先,他把身子转过来,背风站着,然后解开自己的皮大衣,凉快一会;呼吸平缓后,抖抖靴子和左手手套上的雪。右手的手套已经找不到了,有可能被半俄尺厚的积雪覆盖了。最后勒紧了皮带,这一套流程,就像他走出店铺去向庄稼汉买粮食时所做的那样。然后,他开始活动了。

他最先要做的是把缠在穆赫尔蒂腿上的缰绳解下来,然后像以前一样,用它把马拴在雪橇前部的挡泥板上。就在他准备绕过马后头的时候,即用麻袋和马鞍盖住穆赫尔蒂时,雪橇里有个东西在动,原来是尼基塔的脑袋从雪堆里钻了出来。他几乎冻僵了,艰难地抬身坐起来,在脸前做了个奇怪的手势,就像在赶苍蝇似的。他挥了挥手,好像在说些什么。瓦西里·安德烈奇觉得尼基塔在叫他。于是,他放下手中摆弄的麻袋,径直走到雪橇那儿。

"你怎么了?"他问道。"你想说什么?"

"我想说——我应该活不了了,"尼基塔断断续续地、吃力地说着,"你把欠我的工钱给我儿子,或者给我妻子。"

"你为什么要说这话呢,你冻得不行了吗?"瓦西里·安德烈奇问。

"我知道,我要死了,"尼基塔哽咽着说道,他依然用手在脸前挥舞着,好像在驱赶苍蝇,"看在上帝的分上,原谅我吧……"

瓦西里·安德烈奇沉默不语,一动不动地站了半分钟。突然,他像以前谈成了生意那样,在心里下定了决心,于是他后退一步,卷起大衣袖子开始扒掉尼基塔身上的雪,并把雪橇里的雪也扒出去。做完这些后,他急忙解开腰带,敞开毛皮大衣,把尼基塔按倒,躺在他身上,不仅用自己的大衣,而且还用整个热乎乎的身体来温暖尼基塔。瓦西里·安德烈奇把大衣的裙摆披到尼基塔和雪橇的两侧,用膝盖压住大衣的下摆,脸朝下躺着,头紧贴着雪橇的挡泥板。这会儿,他听不到马的动静,也听不到风的呼啸声,只听得到尼基塔的呼吸声。尼基塔一动不动地躺了好久,然后他深深地叹了口气,动了一下。

"嘿,兄弟,你还说你快死了!"瓦西里·安德烈奇说道,"躺着别动,暖和暖和,这是我们的方式……"

但令他吃惊的是,他再也说不下去了,泪水涌上了眼睛,他的下颌颤抖着。他不再说话了,咽下了喉咙里涌动的东西。他想:"看来我是恐惧过度了,才如此敏感。"但这种敏感不仅没有令他痛苦,反倒催生出某种特殊的快乐,这是他以前从未感受过的。

"这就是我们取暖的方式！"他对自己说，这带来了一种奇怪、庄重、柔和的体验。他就这样躺了很久，不时用大衣的毛皮擦拭眼睛，把不断被吹起的右襟披到膝盖下。

这时他非常渴望把这种快乐传递给别人，于是喊道："尼基塔！"从他身子下面传来尼基塔的声音，"好多了，这样很暖和！"
"老兄弟，我以为我们会死在这儿。你会被冻死，而我……"他的下巴再次开始发颤，眼里满是泪水，他再也说不下去了。
"唉，算了吧，"他想。"我自己知道这种感觉就够了。"
他一直沉默不语，就这样躺了很久。

躺在瓦西里·安德烈奇身下的尼基塔以及他自己身上穿着的皮大衣似乎给他带来些热气，但他仍然要冻僵了。他用手把大衣的襟摆压在尼基塔身体的两侧，风不停地掀起襟摆，直打他的大腿。而他没戴手套的右手已经冻僵了。

他看了穆赫尔蒂好几次，注意到它的背部没有东西遮着了，因为麻袋已经掉到了雪地上。他觉得自己应该起来给马盖好，但他不忍心离开尼基塔，一刻也不想离开当前他所处的幸福状态。他什么也不怕了。

他对自己说："别害怕，这次我们一定会成功！"他指的是给尼基塔取暖这件事，并用他谈买卖时的那种口吻说道。

瓦西里·安德烈奇就这样躺了一个小时，又一个小时，再一个小时，但他已经感觉不到时间的流逝。起初，他的脑海中闪现着暴风雪、雪橇、带着颈圈的马、躺在他身下的尼基塔，接着又想起了节日、他的妻子、警察局长和那箱蜡烛，这些回忆交错在他脑海中。接着他又看到了尼基塔，躺在蜡烛柜下面，还有那些和自己做买卖的庄稼汉，还有他家那有着铁皮屋顶的谷仓、白墙，尼基塔就躺在房子下面。后来，这一切都混在一起，像彩虹的多彩颜色汇成白光一样，他睡着了。他睡了好久，没做梦。黎明之前，出现了一些幻象。他梦见自己站在烛台边上，奇赫诺夫家的老奶奶，向他索要一支五戈比①的蜡烛过节用。他想给她蜡烛，可他的手却紧紧地被粘在口袋里掏不出来。他想绕柜而行，双脚却挪动不了：他那双干净的新鞋被粘到石板地上了，既抬不起脚，也脱不了鞋。

这时，柜子不再是柜子了，它变成了一张床，瓦西里·安德烈奇突然看到自己正躺在家里的床上——他躺在床上，起不来了，但他必须要起来，因为警察局长伊万·马特韦伊奇马上就来找他了，他必须和他一起出去。要么去为买木材讨价还价，要么去把穆赫尔蒂的马套系好。他不住地问妻子："他还没来吗？尼古拉耶夫娜？"妻子总是回应："不，他还没到。"他听到外面有马车路过台阶的声音，这一定是他。马车已经过去了，不是他。他又问道："尼古拉耶夫娜，他还没来到吗？"妻子再次回答说："还没来。"他就这样一直躺在床上，不能起身，还在等待，等待很熬人，但也很快乐。突然间，他的快乐圆满了。他所等待的那个人来了：不是警察局长伊万·马特韦伊奇，而是另一个人——他一直等待的就是那个人啊！那个人进来了，喊了他的名字，又让他躺在尼基塔的身上。瓦西里·安德烈奇非常高兴，那人是为他而来的！

"嗯，我马上去！"他高兴地喊道，这一喊把他自己惊醒了，但醒来后就完全不是睡着时的那个他了。他想爬起来，但做不到；想动动胳膊，却动不了；想动动腿，也做不到了；他又想转过头去，依然做不到。他很惊讶，却一点也不担忧。他明白这就是死

---

① 卢布的辅助单位是戈比，1 卢布 = 100 戈比。

亡，没有一点不安。随后，他记起尼基塔躺在他的身子底下，尼基塔的身子暖和起来了，他还活着。猛然间，他意识到，他已经成了尼基塔，而尼基塔就是他，他的生命不在自己身上，而在尼基塔的身上跳动着。他竖起耳朵听，终于听到了尼基塔的呼吸声，甚至还有轻微的鼾声。"尼基塔还活着呐！"他得意地对自己说："所以我也活着！"

他立马又想到自己的钱财、店铺、房屋、买卖，以及米罗诺夫的百万家产，他很难理解为什么那个叫瓦西里·布列胡诺夫的人总是为这些事而困扰。他想，"嗯，那个瓦西里·布列胡诺夫，根本不知道世界上真正珍贵的东西是什么！"他是不知道，但现在我知道了。而且我可以很肯定地说，现在我知道了！

他又一次听到了之前叫他的那个人的声音。他说道："我来啦！来啦！"他高兴地回应，整个人充满了快乐与仁慈。他觉得自己终于自由了，再也没有什么能牵制住他了。

此后，瓦西里·安德烈奇在这个世界上再也没有看见、听见或感受到什么了。

周围依然飘着大雪，打成漩涡，在他附近落下，大雪盖住了死去的瓦西里·安德烈奇身上的皮大衣，盖住了冻得发抖的穆赫尔蒂，盖住了现在几乎看不见了的雪橇，盖住了压在死去主人下面、躺在雪橇里的尼基塔，但他活下来了。

十

天刚亮，尼基塔就醒了。他是被穿透脊背的寒冷唤醒的。他梦见自己替主人从磨坊运出面粉。他没从桥上走，而是从河边涉水而过，结果陷到泥里了。他看到自己爬到车下，试图用脊背把车顶起来。但奇怪的是，车怎么也动不了，它粘在他的背上，既挪不动，也无法从车下抽出。他的腰都快被压断了，而且特别凉！显然，他必须得从面粉车底爬出来。"够了！"他对把面粉车压在他身上的人喊道，"快把面粉挪开！"但是这东西越压越冷，突然间，响起了奇怪的梆梆声，尼基塔一下醒了过来，他想起了一切。原来压在他身上的那个冰冷的东西，是冻死的主人的尸体。而梆梆声是穆赫尔蒂用蹄子踢橇帮发出的。"安德烈奇！啊，安德烈奇！"尽管尼基塔大致明白发生了什么，但仍小心翼翼地喊了几声主人的名字，同时使劲坐了起来。但瓦西里·安德烈奇没有任何回应，他的肚子和腿像铁一样重，已经僵了，冷冰冰的。

"他肯定死了！愿上帝怜悯他！"尼基塔想。

他转过头，用手扒开脸上的雪，睁开眼睛。天已经大亮，风一如既往在雪橇边呼啸而过，雪依然洋洋洒洒地落下。不同的是，雪不再成团地打在橇帮上了，而是悄悄地把雪橇和马盖得越来越深。现在，也听不到马的呼吸声了。

"它肯定也冻死了吧。"尼基塔想。事实上，那梆梆的声音是穆赫尔蒂临死前，为了不让自己倒下去而做的最后挣扎。它用蹄子踢了两下橇帮，就冻死了。

"上帝啊，看来你也在召唤我！"尼基塔说，"既然如此，愿您的圣意得以实现。他们两个已经死了，只剩下我一个。把我也带走吧……"他又缩回手，闭上眼睛，失去了知觉，他完全相信自己这回真的要死了。

直到中午，庄稼人才把瓦西里·安德烈奇和尼基塔从雪地里挖出来。这里距离大路不超过三十俄丈,离村庄也不到半俄里。

　　大雪掩埋了雪橇,但是橇辕和系在上面的手帕依然清晰可见。穆赫尔蒂被雪埋到马肚子那儿,马鞍从他的背上垂下来,它像根冰柱似的站在那儿,鼻孔里都是冰柱子,双眼布满了冰霜,仿佛是泪水结成的冰。一夜之间,它瘦得只剩皮包骨头。瓦西里·安德烈奇也像一具冻尸一样僵住了,人们拽开他的双腿,尸身就从尼基塔的身上甩开了。他那双老鹰般的眼睛结了霜,小胡子是新近修剪过的,张开的嘴巴里满是雪。只有尼基塔还活着,浑身都是冻疮。当尼基塔被叫醒时,他确信自己已经死了,所有发生在他身上的事情都是在来世,而不是在现实世界里。但当他听到那些要把他挖出来的叫喊声,以及把瓦西里·安德烈奇的冻尸从他身上推下去的动静时,他吃惊地发现:来世庄稼汉的叫喊声竟和现实世界的叫喊声完全一样!他明白了:他还活在这个世界上。与其说他高兴,倒不如说他沮丧,特别是当他感到自己的脚趾头已经冻僵时。

　　尼基塔在医院躺了两个月。三个脚趾头被切掉了,但其余的脚趾都治好了。他继续做工,又活了二十年。年轻时做仆人,年老后做守门人。他如愿以偿地死在了家里,死在了圣像下,手里拿着点燃的蜡烛。临死前,他向妻子告别,也原谅了她和庄稼汉的私情。他也向他的儿孙们告了别。他死的时候十分喜悦,因为这样能减轻儿子、儿媳养活他的负担。现在,他真的已经厌倦现世生活了,对来世越来越向往,越来越清晰。等他真正死后,再苏醒时,他会觉得境况变好了还是变坏了呢?他对那里是失望还是感到满足呢?我们每个人,在不久的将来都会知道的。

《主与仆》引发的思考：
但是他们仍要前进

　　托尔斯泰被誉为伦理道德的圣人、史诗小说家、素食主义者、贞洁主义的倡导者（即便到了晚年，他也未能完全实践贞洁主义这一原则）、农业理论家、教育改革家、国际基督教无政府主义宗教运动的领袖，被纳博科夫称为"印度教与新约的融合体——没有教会的耶稣"。他是早期的非暴力倡导者，在世界各地都有虔诚的信徒，其中包括年轻时的甘地。毫不夸张地说，他的作品改变了人类对自身的思考。

　　有趣的是，他的作品几乎全由事实组成。他的语言并不高雅、诗意，也并无阐述哲学思想的明确意图，大多只是对人们所做事情的描述。

　　请看《主与仆》中的这段话："像往常一样，（尼基塔）轻快地迈着八字步，高兴地走到棚子里，从墙钉上取下带穗的厚重马笼头，叮叮当当地拿到马厩去了。主人要他套的马就被孤零零地关在那里。"

　　或者如下面这段，当尼基塔开始干活时："他用大衣的下摆擦去马背上的尘土，给它套上好看的马笼头，又理理它的耳朵和鬃毛，解下缰绳，带它到水边饮水了。"

　　或者当他们停在格里什基诺时："'已经好了。'其中一个年轻媳妇说。她用围裙擦了擦正在沸腾的茶壶盖，又吃力地把它搬到桌子上，砰的一声放下了。"

  我们可以试着玩一下涂色游戏，即任选故事里的某一页内容，用一种颜色标记事实，用另一种颜色标记作者的看法，即他的哲学、宗教思考或对人类行为的灵性观察。你会发现，这篇故事几乎全在讲事实，侧重于对行为的真实描述。

  当托尔斯泰要对某个角色发表主观看法时，它们会被客观准确地呈现出来，像是尼基塔走到马厩里或者准备带马饮水。由于它们的出现宛若一系列事实，我们会更容易接受它们。我们认可托尔斯泰的断言，即"往常尼基塔是高兴地走到马厩里去的"，也认可"取下带穗的厚重马笼头"是尼基塔将要去做的动作。

  同样地，稍后我们会看到，当托尔斯泰叙述他笔下人物的想法或感受时，他能精准地用一些简单又客观的句子来表达，使文字在句法上显得更加真实可信、恰到好处。这种对事实的写法，似乎是我们一直在寻找的"虚构法则"之一。如"那辆红色的汽车被撞出了凹痕"，会让我们的脑海中浮现出一辆汽车。如果事实用动作来表现的话，就更是如此："那辆被撞出凹痕的红色汽车慢慢离开了停车场。"请注意，我们很少对这类话产生怀疑，这种自发的、不由自主的"上当"使我们忘记了这里没有车和停车场。

  虽说《主与仆》这篇故事几乎全由事实组成，但并不意味着托尔斯泰是个极简主义者。他有创造句子的天赋，能够以事实为基础传达出丰富的信息，并创造出一个丰富、详实甚至有点过于充实的世界。

  思考一下，"年轻媳妇把茶壶搬到桌上"这种写法与托尔斯泰写法的区别——"她用围裙擦了擦正在沸腾的茶壶盖，又吃力地把它搬到桌子上，砰的一声放下了"。不得不说，用围裙"擦"，女人"吃力地"搬起茶壶,她放下茶壶时的砰砰声,她把茶壶抬到桌子上的事实(她在"放下"之前是先把它搬到桌上),都是"女人把茶壶搬上桌"这个基本动作的事实呈现。尽管它们不会让人物更有特点,但通过描述这些动作,读者已经察觉到茶壶很重了,而且它们能够创造出独特的动作意味,即茶壶比她刚刚"把茶壶搬到桌上"时更重、沸腾得更厉害了。这从侧面表明托尔斯泰的写法比单说一句"把茶壶搬到桌上"更有力量感。这一系列的动作描述使得我们已经注意到她很多次,或者说,我们已经看见她很多次了,"她那红红的脸蛋""她上衣腋下斑斑的汗渍""她离开桌子后,吹开了额头上一缕被汗水浸湿的头发"等等。

这是托尔斯泰写作技法的出彩之处:说一些让读者觉得真实可信的话。纳博科夫据此认为托尔斯泰对故事有着"精准的洞察力"。

通常我们知道事实是以什么样的形式推进或停止的,也知道事件一般发展和停止的状态是怎样的。因此,当故事的发展与我们理解的世界运作方式相一致时,我们会很喜欢。这同时也会让我们产生一种快感,促使我们继续阅读下去。实际上,这也是我们面对完全虚构的故事还能阅读下去的主要原因。由于一切都是虚构的,所以我们会带点怀疑的态度来阅读。换句话说,我们会对作者写的每一句话的真实性打问号。我们会不断问"真的还是假的",如果答案是"看起来是真的",那么我们就会被托尔斯泰出彩的技法击中,继续阅读下去。

"大多数俄国作家对真实的确切含义与本质都表现出极大的兴趣,"纳博科夫写道,"托尔斯泰低着头,攥紧拳头,径直向它走去。"托尔斯泰以两种方式来寻求真实——作为小说家与作为道德布道者。他在前者中表现得更有力，但不断被后者所吸引。不知为何，正是这两者之间的博弈，如纳博科夫所说，在"一个对黑土地、白色果肉、天蓝色的雪、绿色的田野、紫色的雷云之美感到欣喜的人，与一个坚持认为虚构是罪恶的、艺术不道德的人"之间，我们觉得托尔斯泰更像伦理道德上的圣人。这体现在他似乎是在迫不得已的情况下才会虚构一些故事，为了让虚构带来的"罪恶感"真正实现其作用，他只让它提出一些极"大"的问题，并以至高无上的、令人痛苦的坦白来回应这些问题。

然而，根据他妻子索菲娅的日记来看，托尔斯泰在家里并不是伦理道德的圣人。"他把所有事情都推给我，"她写道，"一切事情，无一例外，如孩子们、财产管理、人际关系、生意事务、房产、出版商等等。然后他又鄙视我因这些东西而粗俗不堪。他很自私，并且不停地对我抱怨……但他自己出去散步、骑马、写文章，去任何想去的地方，从不为家庭做任何事……给他写传记的作家们会讲述托尔斯泰怎样自己打水，但没有人会知道，他从不让自己的妻子休息片刻，也不帮忙照料生病的孩子。三十五年来，他从来没在我床边坐过哪怕五分钟，也没让我休息过或睡个整夜觉，更别提让我出去走走，或者让我停下来歇息一会儿了。"

写托尔斯泰传记的作者亨利·特罗亚认为，索菲娅在她的日记中传达出一种倾向，即"她不再向她的家人和同时代的人，解释自己都做了什么，而是向后人解释她做了什么"。

我们已经注意到了索菲娅对托尔斯泰的描述："这个家伙听起来让人痛苦。"然而，他的写作却充满了同情心。这就是托尔斯泰出名的地方。他关注弱者和小人物，并能关注到方方面面的问题，创造出一个又一个角色，如卑贱的小人物、具有崇高品德的人、马、狗，他几乎能创造出你能想到的所有角色，由此产生的虚构世界就像真实世界一样丰富多彩。一个人只要读几行托尔斯泰的文字，就会重新燃起对生活的兴趣。

他是怎么做到的呢？

当然了，我们要补充一点，作家这个角色和本人往往是两回事。作家是某些人的其中一个身份，负责把这个世界塑造成一个似乎在提供某些美德的模型，但他们本人有可能无法实践这些美德。

米兰·昆德拉说"小说家不是任何人的代言人"。

> 而我还可以进一步地补充说，小说家甚至也不是他本人思想的代言人。当托尔斯泰创作出《安娜·卡列尼娜》的初稿时，安娜不值得人们同情，她的悲剧结局显得理所当然。但故事呈现出的最终版本却和初稿完全不同。我想，这不是因为他在这段时间里修改了自己的道德理念，我更愿意相信是他在写作的过程中聆听到了另一种声音，这声音不是指他的个人道德信念。他聆听到的，是我想称之为故事中的"灵性的声音"。每个真正的作家，都在倾听这种超越个体的"灵性的声音"，这也是杰出的故事总是比它们的作者更具"灵性"的原因。那些比自己的作品更聪明的小说家应该另谋职业。

正如昆德拉所说，作家通过创作技巧向超越个体的灵性敞开大门。这就是"技艺":一种向我们内心的超越个体的灵性敞开大门的方式。带着对"技艺"的理解,我们来看看托尔斯泰在道德伦理上着墨最多的地方(第204到205页)是如何显示这一特点的:

在开头的一段"尼基塔的妻子玛莎……"中,全知视角的叙述者告诉我们一个客观事实:瓦西里经常欺骗尼基塔和他的妻子。在下一段("我和你就这样达成协议怎么样?"),托尔斯泰让瓦西里直接说出他和尼基塔的这种关系:"我们的交易直截了当。你给我好好干活,我不会让你吃亏。"但我们都知道这不是真的,因为刚刚那个全知视角的叙述者说他经常欺骗尼基塔。

接下来,我们进入了瓦西里的思想,看到他是如何处理自己刚刚说出的谎言的:他"真诚地相信,他是尼基塔的恩人"。比起让他在脑海里"哇哈哈"式地大笑,这样会创造出一个更与众不同的瓦西里。你知道的,"瓦西里不介意说这个谎言,因为尼基塔只是个农民,瓦西里可以毫无顾忌地对他的蠢仆人撒谎"。故意对尼基塔撒谎的瓦西里,与完全没有意识到自己在撒谎的瓦西里是不同的。他想鱼与熊掌兼得:既要欺骗尼基塔,同时还要认为自己是仁慈的。换句话说,他是个伪君子,就像所有善于伪装的人一样,但他不自知。

托尔斯泰接下来给了尼基塔一个机会,让他直接回应瓦西里关于自己交易的主张。尼基塔说:"您知道,我像侍奉亲爹一样侍奉您。"我们对此表示怀疑,因为尼基塔自己也在打一些小算盘。

最后,我们进入了尼基塔的思想,这里更可信一些,证实他"相当清楚"自己被骗了。但他明白试图解释自己的观点没有用,"只要找不到新雇主,他就必须听瓦西里的,他所能做的,就是尽其所能地能拿多少是多少"。

因此，上述三个段落里体现了五个视角的转换：一，客观事实（通过全知叙述者的讲述）；二，瓦西里的公开立场（通过他对尼基塔的讲话）；三，瓦西里的个人立场（通过他的思想）；四，尼基塔的公开立场（通过他对瓦西里的讲话）；五，尼基塔的个人立场（通过他的思想）。

处理这么多的视角转换，通常需要读者付出大量的脑力，将注意力全部集中在此。但我们读到这里时，基本没太费心力，因为我们被托尔斯泰"精准的洞察力"吸引住了。当我们进入人物内心时，会觉得那里熟悉且真实。我们自己也有过类似的想法，所以接受了它们，这种感觉如同身于全息投影中或是处在上帝视角。

这种技巧的另一个例子（在第 228 到 229 页）出现在瓦西里和尼基塔第二次、也是最后一次厄运般地离开格里什金诺的时候。

我们从瓦西里的思想开始叙述："唉，这鬼天气！"

在接下来的一段里，我们先进入了"老主人"的思想，随后进入了彼得鲁什卡的思想，然后切换到尼基塔。最后一句话既像逻辑证明（证明完毕！①）又像死刑判决，这是托尔斯泰/全知叙述者下的断言，"所以，没有人能阻止他们继续前行"。

因此，在以上四段里发生了五个视角的变化。

但在这里，我们之所以相信这一切都是真的，不仅出于我们对主人公思想的理解，更是因为在那种情境下，托尔斯泰对人物进行了真实、直接的描述，让我们相信这一切都是真的。他不进

---

① 原文为 QED，即 quod erat demonstrandum，出现在数学证明末尾，代表证明结束。

行评判，也不讲究诗意，只是简单地观察——当然，这是一种自我观察，如同作家在问："假如我是那个人，在那种情况下，我会怎么想呢？"它还能发展出什么来呢？除了托尔斯泰自己的思想，他还能在哪里找到填充其他人思想的材料呢？是的，这四个人的叙述都是托尔斯泰的想法，他对这些人思想的表述，并不特别"富有怜悯心"，只是把他在类似情况下会有的想法归结到他们身上。对这四个人来说，他们脑海中产生的想法并没什么奇特之处，更多是由他们在这种情况下扮演的角色（要求继续出发的瓦西里、老主人、热爱文学的年轻人、浑身发冷的仆人）所生发出来的，而不是托尔斯泰对奇特的、带有个体思想的人（毕竟，这些人从未存在过）带有什么秘密认知。

换句话说，我们认为托尔斯泰是伦理道德圣人的原因，来源于他的创作技巧（从一个视角到另一个视角）与某种信心。托尔斯泰对什么有信心呢？他认为，这些人与他的相似之处大于不同之处。他的内心住着瓦西里、老主人、彼得鲁什卡、尼基塔。这种内在的信心是通往（我们解读为）圣洁怜悯心的大门。

在表演中，魔术师不必真的把助手锯成两半。在短暂的表演时间里，他只需要看起来在这么做就可以了，好处是：远处的观众也能看到他们，会察觉到这只是一种幻觉，但观众同意配合表演。

这个观众是指我们，即我们愿意配合表演。出于某种原因，我们喜欢看自己的人类同胞扮演合格的上帝角色，并在这个过程中告诉我们，上帝如何看待我们（假如上帝存在的话），如何看待我们的行为方式。

《主与仆》具备通常能吸引大众注意力的优点,甚至可以说是电影式的优点。它令人揪心,剧情跌宕起伏,我们想要知道事情的结果如何,到最后是谁死了。我们得承认自己读有些故事是出于责任感,就像走过一个小地方的博物馆时,我们会进去浏览一些我们本应感兴趣的藏品,实际上却没有兴趣。读像小地方博物馆这样的故事时,我们仅仅只是在读它。换句话说,它们只是我们尽职解码的一系列文字,是作家有心编排的舞蹈,我们出于礼貌而阅读它。而在读《主与仆》时,我们开始活在主人公所在的世界里,文字已经消失不见。我们会发现自己不是在思考文字带来的选择,而是在思考人物所做的决定,以及我们在现实生活中已经做出的,或者说有一天可能要做出的决定。这就是我想写的故事,不是那种局限在文字里的故事,而是关注生活的故事。

上帝啊,这看起来难多了。

但《主与仆》做到了这一点,一定程度上,它是通过结构达成了这个技巧。

想象一下,我要带你参观一座豪宅。我宣布这次旅行的参观原则是:从阁楼开始,一路向下。如果在下面某一层,我离题了(我带你走到一个侧室,然后走上三步,进入一个小密室),你会觉得这无伤大雅,甚至可能会喜欢这趟旅程,因为你知道我们仍在按照计划"一路向下"。

《主与仆》的推进方式与此类似,如同电影一般。在故事一开始,托尔斯泰就宣布了他的参观原则(类似于我们上面说的"一路向下"):"我们要驾车去买木材"。

下面是这篇故事的大纲:

表一　故事大纲

章节	行动
一	为去邻近地主家做准备。介绍瓦西里和尼基塔。
二	他们离开了村庄，第一次迷路，然后偶然发现格里什金诺镇。
三	他们没有停下来。他们第二次迷路，再次偶然回到格里什金诺镇，这次停下来了。
四	他们在这户人家家里休息了一下，拒绝留在这里过夜。
五	他们第三次迷路了，必须在峡谷附近过夜。
六	从瓦西里的视角来看那天晚上发生的事情。以瓦西里骑马离开结束。
七	稍微回述一些谈话内容，然后从尼基塔的视角看那天晚上发生的事情。以瓦西里骑马离开结束。
八	瓦西里的疯狂之旅。他迷了路，在原地绕圈走，遇到了艾草茎。马跑了。追赶它时，找到……雪橇。
九	瓦西里躺在尼基塔身上，死了。他救了尼基塔。
十	尼基塔后记。

不难看出，故事的基本模式是以从某个地方出发、然后迷路了这样的模式进行的，并且重复了四次。整篇小说可以看作是一系列的迷路与回家，并以最有意义的一次回家而告终。瓦西里的"回家"，获得了道德上的圆满。而且，我们认为他去了天堂。（再仔细想想，也可以认为这篇小说是以尼基塔的"双重回家"而结束：先回到村庄，然后回到上帝身边。）

在这里，正如我们在《宝贝》中看到的那样，故事的模式产生了推力。（按照这样的想法来推算，每当我们感到自己快要找到路时，没多久就会再次迷路，然后就真的迷路了。这样的写作模式让人很满足。）

故事还有第二种内嵌模式，可以称之为"影子结构①"，即每部分以主人公的想法、问题、挫折作为开端，以某种逐渐变好的结果而结束。

表二　影子结构

章节	行动
一	瓦西里想买那些木材，现在是过节期间，但他还是要出去做生意。
二	他们迷路了，但找到了一个小镇。
三	他们迷路了，但（再次）找到了这个小镇。
四	他们再次出发，但这次由引路人领着往前走。
五	他们迷路了，但他们敢于面对现实，并决定在峡谷附近过夜。
六	瓦西里绝望了，但采取了行动（通过逃跑来拯救自己）。
七	尼基塔快冻死了，但他接受了这个事实。
八	瓦西里迷路了，只能步行，但他又找到了雪橇。
九	瓦西里快死了，但死得很快乐。
十	尼基塔又活了二十年，然后死了，但很高兴能离开这世间。

这种模式也存在于故事的情节线上：尽管瓦西里把自己的生活弄得一团糟，但他最后得到了精神上的救赎。这种"影子结构"给故事本身提供了推力：在每个章节里，主人公都会遇到麻烦，但他们又能摆脱困境。在进入下一章节时，我们和他们的感受一样，因为刚刚摆脱了麻烦而欣慰。想象一下，走钢丝的人摇摇晃

---

① 原文为"shadow structure"，可能由"shadow cabinet"一词演化而来，即影子内阁。某些行议会制的民主国家，其在野党为准备上台执政而设的预备内阁，没有与内阁当局各部对应的"影子大臣"或"影子部长"。

晃，似乎要摔落了，但随即又恢复了平衡。你在观察这一幕时，心情也会随之起伏不定。这种感觉如同被一股强大的水流冲向下游，而我们的注意力却集中于如何在当下的漩涡中生存下来，以至于忽略了自己正在朝着河流尽头、会致人命的大瀑布奔去。

在第二章，根据上述做的第一个大纲来看，托尔斯泰的工作是让瓦西里和尼基塔"离开村庄，第一次迷路"。作家可以通过很多方式做到这一点。三流作家（我们希望自己永远不会是这样的小可怜）可能会这么做：一，当他们离开家时，会路过一些地方，并随机讨论一些话题；二，他们到达分岔路口时，出于不明的原因（作者没有提供或不清楚），瓦西里走了直路，你知道的，他只是选了走直路而已；三，原因只在于尼基塔睡着了；四，不知为何，他们迷路了。

我们把这个版本与托尔斯泰的版本进行比较：一，当他们离开家时，瓦西里通过挑起尼基塔妻子与别人私通的话题侮辱尼基塔，然后他问尼基塔是否有买马的打算，这暗示了尼基塔很熟悉瓦西里想要欺骗他的套路。讨论这两个话题让尼基塔很恼火。二，走到分岔路口时，瓦西里询问尼基塔的意见。考虑到当时的天气情况，我们觉得尼基塔提供的意见是明智的，可瓦西里忽略了它。当尼基塔知道自己的意见被忽视时，他没有回击，只是消极地说了句"您说了算"。三，尼基塔睡着了，我们觉得这是他对上述一和二的反应。尼基塔先是被侮辱，然后又被无视，他通过睡觉让自己退出谈话游戏。四，在尼基塔睡着时，瓦西里自己来引路，结果他们迷路了。

因此，这两个版本最大的区别在于托尔斯泰的版本中增加了因果关系。而在这个三流作家的故事设计中更像是发生了一系列不相关的事件，即没有什么事情能引起其他事情的发生。有些事情发生了，但我们不知道原因。这一连串事件的结果（"他们迷路了"）与之前发生的事情之间似乎没有联系。他们只是随机地迷路了，没有任何原因，这意味着故事不存在任何意义，就像在跟着一个毫无规划的导游去某地参观，其结果只会让人沮丧且收获甚微。

我们想知道的是："我们应该注意到什么？"当这个需求没有得到满足时，瓦西里和尼基塔对我们来说便失去了真实性与特殊性，如同作者笔下的简笔画人物，既不能决定什么，也没有对任何事情做出反应。当我们从这个地方出来时，并不比进入这个地方时有收获。

多年来，我与许多才华横溢的年轻作家合作过，我觉得自己有资格说一下那些持续出版作品的作家与没有作品出版的作家之间的区别，主要在两点：首先是修改文章的意愿，其次是作家能在多大程度上在故事中建立因果关系。

创造因果关系并不是件看起来性感或者特别文艺的事，它只是一种工作形式，只是让 A 引起 B 的发生，杂技和好莱坞的剧作中都需要这种技巧。这也是最难掌握的，大多数人不是天生就具备这种能力，但它却包含了故事的全部——即从一系列按顺序发生的事情里，识别出种种因果关系。

对于大多数人来说，主要的问题不在于让事情发生（如"狗叫""房子爆炸了""达伦踢了他的车轮胎"等等，这些都很容易写出来），而在于设计出一件能引起另一件事发生的事件。这一点非常重要,正是因果关系创造了故事的意义。

"王后死了,接着国王也死了。"[1]这是爱德华·摩根·福斯特[2]的著名表述,它描述了两个不相关的事件依次发生。这不具备任何意义。如果写成"王后死了,国王也因悲痛而死",就把不相关的两件事联系起来了,我们明白是前面的事件导致了后面的事件。现在这个序列被注入了因果关系,意味着"那个国王真的非常爱他的王后"。因果关系之于作者就像旋律之于作曲家,是一种能让听众捕捉到问题点的魔力,观众实际是要弄清问题的症结所在。这里提出了一个很难区分的问题,即何为合格的作家、何为一流的作家。

写得好的故事如同草地上精美的手绘风筝,我们欣赏它的美,而因果关系就如同随之而来的风,轻轻将它吹起。这时的风筝,会因被风吹动而更加美丽。

为了进一步探讨因果关系的概念,我们来看看他们与醉酒庄稼汉相遇的情节(第 218 页)。这一幕在故事中有什么作用?它添加了趣味性,但(回想"康菲尔德定理"原则)它如何以一种新奇的方式推动故事发展?我们能把这个片段全删掉吗?即让尼基塔和瓦西里在遇不到他们的路上继续前行,要知道,这将为我们节省近一页的笔墨。

这是瓦西里和尼基塔第一次路过格里什金诺。根据故事的模

---

[1] 福斯特的原表述为"国王死了,然后王后死了",作者在此刻意调序,正如他在本书其他各处使用"她"作为假设时的人称代词一样,大概是想扭转性别歧视。
[2] 爱德华·摩根·福斯特(E.M.Forster, 1879—1970),英国小说家、散文家。美国艺术文学院设立 E.M. 福斯特奖纪念这位伟大的作家,其代表作为《印度之行》《看得见风景的房间》等。

式,我们预计他们会再次迷路。然而,在风雪中,他们看到前面有个黑色的东西在晃动,那是另一辆雪橇。当瓦西里靠近时,驾驶雪橇的醉酒庄稼汉决定与瓦西里比赛。我们瞥见了他们的马,由于恐惧,"下唇像鱼一样噘着,鼻孔大张,吓得耳朵也缩起来了",它在庄稼汉的鞭子下痛苦不堪。两个月没喝酒的尼基塔,带着圣徒之心向瓦西里斥责了他们:"喝酒有什么用呢!他们会把那匹小马打死的。这些异教徒!"这在故事中传达了"马可能会被虐待致死"的意义,接下来会促使我们以不同的方式来看待可怜又忠诚的穆赫尔蒂。我们还会觉得,"为了比赛取胜,而把事件推进到艰难的处境里,也会产生问题",这与瓦西里坚持走这条欠缺考虑的路线产生了共鸣。我们将瓦西里的反应与尼基塔的反应做对比:瓦西里因比赛而兴奋,尼基塔则同情那匹受苦的小马。事实上,瓦西里只是激动于比赛的表象,他并未参与到比赛中,因为他的雪橇一直领先于庄稼汉。这让我们想起了他与尼基塔的金钱交易——瓦西里非常喜欢赢一场他胜券在握的比赛。

　　以上这些内容是这一场景存在的积极理由,它令读者满意,且加强了主题。但我们真正期待的是这个场景如何以一种新奇的方式推进故事发展。回想一下故事中的悬念设置技巧,在精彩的故事中,作者在一个场景中埋下伏笔,然后将这种悬念清晰地带到下一场景。其实,他是在有意识地利用自己创造的悬念来抓住读者的注意力。而在糟糕的故事(或者早期的草稿)中,作者并没有完全利用好自己所创造的悬念,而是忽略它或者滥用它,故事的主题就变得模糊不清。

　　首选的、最有效的、最高阶的悬念设置技巧(场景推进故事的首要方式)是由一个节拍引出下一个节拍,特别是当下一节拍为必要节拍时,也就是说,在故事升级——小说意义发生改变的地方。我们期待着他们再次迷路,于是进入了"他们和醉酒庄稼汉进行雪橇比赛"这一场景。

这场比赛导致了什么结果?

嗯,它把瓦西里"点燃"了。确实如此,这个天生爱获胜的人,已经赢了比赛。"和那辆雪橇比赢后,瓦西里·安德烈奇兴奋起来。"他的兴奋导致了下一个节拍("他更加信心十足地向前进,连路标都不看了,让马随意前行,他相信它。")这反又导出下一个重要的本质节拍:他们又迷路了。

在这篇故事中,格里什金诺是最令人难忘的地方之一,这个小镇反复记录了他们如何迷路的样子,展现了他们失去了最后被拯救的机会。让我们来看看,瓦西里和尼基塔四次路过镇子里时托尔斯泰对晾衣绳的描写。每一次,托尔斯泰对衣服的描述都有所不同:

第一次(第 215 页):当他们第一次走近格里什金诺时,"有一红一白两件衬衫、裤子、护腿带还有衬裙,那件白衬衫被风吹得撕扯起来,袖子在风中狂舞"。

第二次(第 217 页):在他们出村子的路上,"那件白衬衫已经被风揉碎了,只剩下袖子冻在上面"。

这两幅画面并列着,以白衬衫的口吻,传递出如下信息:当你们进入这个温暖且安全的小镇时,我,这件白衬衫疯狂地为你们担心,并试图向你们发出信号,告知危险即将来临。但你们这些笨蛋无视我的建议,现在又回到了暴风雪里。说实话,我都快被冻死了,只能勉强挂在晾衣绳上。这同时也强调了我们对自己身处位置的理解：无论是在身体层面（"再次离开小镇，沿着我们进来的路出去"），还是在情感层面（"由于我们的傲慢，而忽视了警告"）。

然后：

第三次（第 220 页）：当他们再次回到格里什金诺时，"绳子上结冰的衬衫和裤子，依旧在风中狂舞"。

我们把"依旧"和"狂舞"加在一起理解为："是的，事态的发展令人绝望。然而瓦西里依旧没有注意到这一点。"托尔斯泰并没有做得太过分，把两件衬衫都制造出同样的结果，但我们还是非常满意于他再次使用衬衫来映衬场景。

第四次（第 229 页）：当他们第二次（也是最后一次）离开格里什基诺时，"他们赶着雪橇到了大路上，又到了村子的外围……穿过那个挂着结冰衣服的院子时，上面的衣服已经看不见了"。

我们倒吸一口冷气，因为这最后的画面不是绝望的挥手，而是完全消失不见。很难说这里为什么如此精彩，我愚笨地认为，是因为"它之前发出的所有警告都被忽视了，现在衣服已经停止发出信号了"，或者"就像那件白衬衫一样，某人（瓦西里）即将……消失"。

早先我们将故事中的升级定义为拒绝场景的重复，每次经过那条晾衣绳时，衣服的状况都会发生一些小变化，我们认为这是一种升级，至少是轻微的升级。试想如果这四次描述完全相同，故事的趣味性就会降低许多。所以，我们可以把故事中的"一直在升级"理解为"要时刻警惕你所创造的变化的可能性"。如果一个元素需要重复出现，那么它在第二次出现时就应该发生变化，甚至升级。比方说，在一部电影中，我们要展示一副餐具，分别是盘子、勺子、叉子、刀子，然后摄像机分别追踪拍摄了勺子、叉子、刀子，这时拍出的图景是静态的。但如果对盘子、勺子、叉子、刀的四种排列方式做出调整，再重新展示，这个新创造出的、有变化的排列方式将被认为是一种升级，它们因此具有了意义。比如，若我们按顺序去追踪这些盘子时，会看到：一，完整正确的排列方式（盘子/勺子/叉子/刀子）；二，勺子不见了；三，勺子和叉子不见了；四，所有的餐具都不见了（只剩下盘子），这将传达出"丢失"或者"减少"的意义。

回到这个故事，它的变化模式既不规整，也没有给出隐喻。比如，晾衣绳上衣服的变化不会像尼基塔和瓦西里所呈现的那样，经历从温暖到冻僵的过程，我们第一次看到这些衣服时，它们就已经冻成冰了。换句话说，我们几乎察觉不到它们的变化，但仔细观察，会发觉它们的定调非常完美。它们不是在规整地说出某种预先确定的、固有的意义，而是营造出了一种神秘的感觉，让隐喻世界轻轻地渗透到了现实世界。

在与庄稼汉的雪橇比赛中，瓦西里极度兴奋，这使他们再次迷路。尼基塔从瓦西里手中接过缰绳，实际上，是他把引路的职责交给了聪明的穆赫尔蒂，在第三章的末尾，马带领他们回到了格里什金诺。

我们认为瓦西里第一次就该让自己停下来并得到拯救。看到他确实停了下来（停在"两层高的砖房"前），我们也松了一口气。

我们要问的问题是（就像在《在马车上》里问到为什么是那家小酒馆一样），为什么是停在这户人家？在格里什金诺的所有人家，以及托尔斯泰可能创造出的所有人家中，为什么偏要让他们在这户特定的人家房前停下来？

我们真正要问的是：故事的这一部分（这个结构单元）是如何在作品中赢得生存之道的？

这个结构单元，即描述他们停留在格里什基诺期间所有发生的内容（第220到229页）如同一篇独立成形的故事，读起来很像弗赖塔格金字塔（希望如此）。结构单元应该被塑造成一篇故事的微缩版，且要有上升行动，并将故事推进到高潮。如果我们正在写的故事的结构单元不是这样的，那可以把它改成这样；如果它的结构单元已然如此，就可以把故事的高潮推进得更尖锐一些。

这里发生了很多有趣的事情：尼基塔努力克制喝酒的冲动，屋子里弥漫着温暖舒适的氛围，孙子引用了保尔逊的诗句，尼基塔用沮丧的语气"我们可别再走错路了"来回应瓦西里的"我们走吧"。但这些内容都没有使我们脱离弗赖塔格金字塔理论（适用于这个结构单元）的开端。正如在《宝贝》中看到的那样，当我们在阅读过程中意识到我们仍处于开端时，会警惕任何可能预示着转变为上升行动的信号。当我们听到这家人接着之前的话题聊天时（第226页），发现自己也在警惕地听着，那时彼得鲁什卡正要去套马。我们姑且把这场对话称为"管不住年轻人"的对话。

在那次谈话中要发生什么，才有可能使故事走向高潮？

谈话的要点是：一，管不住年轻人；二，没有能管住他们的办法，因为他们太聪明了；三，违背传统进行分家的弊处多多；四，这个家庭的二儿子正在考虑分家，这让老父亲很伤心。

我打了个小算盘，试图理解托尔斯泰为什么选择让我们来听这场特殊的对话。

在故事中，有什么能对应"年轻人因为太聪明而管不住"这句话？我想到了瓦西里。确切地说，他并不年轻了，但相较老主人，他还是很年轻，而且似乎属于新一代年轻人：以自我为中心，以利益为导向，追权逐利。他不留下过夜的理由（"生意！耽搁一小时，会赔本一年！"）让人感觉很"明智"，这与老主人的价值观完全相异。老主人让他的家人温暖地陪在瓦西里身边，这既友善又传统；而瓦西里则打着做生意的旗号，把妻子和儿子留在家，自己外出做生意。因此，我们觉得瓦西里和老主人这个要分家的儿子之间有着某种特殊联系。

但有意思的是，当老主人说完后，瓦西里插话了，他不是为老人的儿子辩护，而是站在老人的一边。他说："是你养活了这一家，你是一家之主。"言外之意就是，"你是家里的主人，我也是个主人，我理解你。不要退缩，老爷子，你要坚持自己的主意。"

所以，托尔斯泰实质上把瓦西里"分裂"了。大体上，瓦西里的价值观和老主人儿子的价值观相同，但他却为老主人说话。他似乎想两全其美：一方面他想被视为一位老派的、传统的、无所不能的主人，另一方面他又允许自己追逐自由的、反传统的资本主义冒险之路。

我们认为他们第二次停留在格里什金诺的目的是给瓦西里最后一次机会来拯救他和尼基塔，即让他同意在这户人家过夜。而且，在那里，他遇到同是主人身份的老大爷，建议他们留在家里过夜。

这没有什么好质疑的：他钦佩的老大爷在敦促他（允许他）留下过夜。

可糟糕的是，瓦西里来到这户人家的时机不对，因为他发现他应该效仿的老人正处在艰难的情境里，老人没有能力管住他的孩子们。他眼含泪水,当着众人的面,痛苦而尴尬地看向儿子。他恳求他们不要分家,却失败了。在老人生活的时代,他应该是个强大的一家之主,但在今晚,他看起来很脆弱。

现在,我们认识的瓦西里既爱欺骗别人又爱压榨仆人。为了获得快乐,他必须掌控一切、"修正"一切,他需要胜利和他人的服从。我们想象着他在家里就像个小暴君一样,对家人没有多少爱,也没什么可畏惧的,总在避免因自己的无能和自负而被人在背后嘲笑。

他已经宣布他们不会留下了。什么样的主人会让自己活得很失败呢?那种软弱的人,就像这个老家伙——他的家庭正在分崩离析,而他还在哭哭啼啼。瓦西里一生都在努力避免成为这种人,但他又暗暗知道自己就是这种人。

如果他们在另一户人家停下来,比如说,那户人家有个年轻且大权在握的主人,他正在体贴善良地对待自己的仆人。那么,瓦西里则有可能效仿那位主人,改变自己继续出行的观点,以显示他对自己的仆人是多么体贴。但他却遇到了这位年老、羸弱、失势的主人,他感到厌烦,这种厌烦与彼得鲁什卡已经套好马的事实相结合(此人虽礼貌却专制),这把他又赶进了夜里,并走向死亡。

从某种意义上说,瓦西里是被他所忠实的理念所杀死的——即为了维护和发展他作为主人的权力,"主人"必要须要坚定、强大,对自己的决定深信不疑。

想想以前我们读过的作品:斯克鲁奇刚开始的时候脾气暴躁,最后却慷慨快乐;《善良的乡下人》[①]中的乔伊/胡尔加刚开始傲慢

[①] 《善良的乡下人》是美国作家弗兰纳里·奥康纳最具影响力的短篇小说作品之一,讲述了冷漠的女主角胡尔加被卖《圣经》的乡下小伙子给骗了的故事。

自大，最后却被羞辱；盖茨比一开始自信满满，充满希望，最后却灰心丧气（死亡）；李尔王一开始是个强大的君主，最后却落得失败和死亡的下场。

在《主与仆》的所有章节里，我最喜欢第六章。瓦西里一开始是个正常、暴躁、不耐烦、高高在上的人，他乐于把自己的手帕当成旗子，插在雪橇上，最后却成了一个惊慌失措的懦夫，把尼基塔留在后面等死。我觉得他这一系列行为很合逻辑，而且如果这事曾经发生在我身上，或许我也会是个懦夫，也会这么做，但我祈求这事别发生。

不得不说，第六章是非常值得鉴赏的部分，它让我们这些三流小作家（至少是我）充满了嫉妒和怨恨，但我们会从中观察到一些启示，即，创造出改变人类思维想象的模式很简单：让曾经对瓦西里有用的东西不再起效用。

这个章节很自然地分为两个部分：上部分为瓦西里入睡前（第236到240页），下部分为他醒来后（在第240页）。

在上半部分中，开始感到害怕的瓦西里尝试用各种方法来分散自己的注意力。他抽了一支烟，把旗子挂雪橇上。他把注意力转移到"构成他生活的唯一目标、意义、乐趣和值得骄傲的事情（也就是钱）"。他计算了一下他要在这里买的木料（"还能剩下三十俄丈柴火呢"）。他重新思考了下他们是如何迷路的，并把责任推到"我们"身上（"天知道我们怎么会在这个拐角迷路"，注意他用的是"我们"），然后带点得意地贬低了狗（"可那些该死的东西在需要它们的时候，却一声都不叫"），"其他人"（这样的糟天气，别人也不会出门做生意），以及他的妻子（"她一点也不懂怎么和人打交道"）。他再次趾高气扬地吹嘘自己胜利的故事（"现在本地的人都爱谈论谁呢?当然是我——布列胡诺夫喽!"),思考自己的过人之处("因为我一心放在生意上,不像其他人那样躺在床上或把时间花费在傻事上"),一想到自己可能成为百万富翁,他就兴奋不已,希望有一个人可以聊聊天(吹牛)。但没有人跟他说话,只有粗鄙的尼基塔。他对格里什金诺念念不忘,于是决定再抽一支烟,虽然烟很难点着,但好在最后他成功了,就像我们这些身体健康、物质生活丰富、距离死亡还很遥远的人一样,他"很高兴且成功地做到了自己想做的事"。

他睡着了,但被"什么东西"(他的恐惧真实地从他的潜意识里冒出来了)惊醒了(第240页)。接着,我们进入下一部分,即他醒来后。在这期间,他将反复使用刚才给他带来安慰且能分散自己注意力的方法。

只是这一次,它们不再奏效了。

他试图侮辱其他人:庄稼汉("愚蠢无知的家伙")和他的("不受待见的")妻子(都是她的错,因为是她让瓦西里带着尼基塔)。但他的恐惧无法平息,仿佛是为了回应恐惧,他突然在故事中第一次说出了自己的真实想法:"如果我留在格里什基诺过夜,这一切就不会发生了!"

他试着用老办法——"吹嘘自己胜利的故事"来转移注意,但逐渐增强的焦虑甚至摧毁了这种快乐(他"不断被悄悄逼近的恐惧打断")。突然之间,尼基塔就变成他想对话的人了。瓦西里喊了他"几次"(尼基塔比瓦西里更清楚他们所处的困境,他没有回应,以节省精力)。瓦西里听到了那只狼的声音("离他那么近,以至于当它移动下颚时,可以清晰地听到它被风拉长的声音"),当他的想法转向"他的账目、事业、声誉、财富和地位"时,他脱口而出："上帝保佑那个地主的木材别被卖出去！"最后，他试图点烟，但失败了。我们感觉到这件事如同一扇紧闭的门，瓦西里再也不会从吸烟中得到安慰了。也就是说，"做自己想做的事情"这扇门已经关闭了。

所以，他早期建立的两种应对方法——侮辱他人和吹嘘自己，都不再起作用了。他之前把迷路的责任推脱到"我们"身上，现在转而认为是自己的责任；他之前不屑与尼基塔谈话，现在愿意和他对话了；他把从木材中能赚多少钱的想法转变成对自己想买下它的忏悔。

这部分的结构核心体现为简单的前后模式。这为我们这些不太擅长写作的三流作家提供了技巧，如果我们想让故事中出现变化，首先要做的就是明确指出事物的目前状况。我们写道"桌子上满是灰尘"，如果后来写道"新擦过的桌子闪闪发光"，这暗示着之前忽视桌上灰尘的人现在重新打扫了，有人改变了现状。

这种简单的前后对比隐藏在复杂的序列中，其中包含事物细节和对转瞬即逝的心理状态的描述，我们瞥见的被大雪覆盖的屋顶、吹动的鬃毛和年轻媳妇给倒的茶都会让我们误以为这件事发生在真实的暴风雪夜晚，但是，请试着观察我上面提到的这些句子中的构成元素，即在故事前半部分与后半部分之间产生变化的元素，你会惊讶地发现，故事中有很多行都实行了这种"前后模式"，这种结构就像数学一样，非常自然地隐藏在所有的"现实"（愈发恶劣、可怕的现实）中。

在第 244 页，当瓦西里这个懦夫选择再次骑马离开时，从尼基塔的视角来看，故事已经转而关心这样一件事情：瓦西里会改变吗？笼统地说：一个混蛋能改变吗？事实上，这篇故事并不是在探讨他们能否得到拯救的问题。假如此时有辆载着医生的雪橇突然出现在他们眼前，带着一堆毯子、一些香烟和干火柴，那么，故事的原则性问题仍旧得不到解答。这篇故事通过不断强调瓦西里是如此卑劣的一个人——极度自私、极度贪婪、极度瞧不起尼基塔，来告诉我们，它想探讨的不是这样一个人能否活下去的问题，而是他能否发生改变的问题。

这篇故事有可能会给出让人失望的答案：他不会发生改变。

但更有趣的、更高级的答案将会是：是的，他会改变。

三流作家接到"让一个混蛋做出改变"的指示会怎么做呢？我一时兴起的想法是让坏人做一些思考，然后得到启示，并开始坚定地按照这个启示行动。

但事实并非如此。

瓦西里骑行了五分钟，然后"什么也看不见"了。他以为前面是个村庄，然而只是一簇艾草茎，这是一簇与痛苦、末日、困难、绝望联系在一起的艾草①。就像晾衣绳上的那件白衬衫，它被"狂风拼命地翻腾着"，它们被飓风摧残的景象让他不寒而栗，"瓦西里·安德烈奇不禁打了个寒战"。

他催促穆赫尔蒂继续前进，但很快发现自己又回到了艾草旁。再次看到它们时，"他的心里很恐惧"，因为他意识到自己又在原地绕圈。

他想："我会死在这里的！"

---

① 在《启示录》中，当第三位天使吹响号角时，有一颗像火把一样燃烧的大星从天上坠落，其名"苦艾"，于是众水的三分之一变为苦艾，许多人因这水变苦而死去了。

马陷进了雪堆里,爬起来跑掉了。瓦西里紧追不舍,但上气不接下气,走了二十步就不得不停下来。他开始恐慌了。他在心里列出了所有他担心很快就要离开他的东西,这个清单上没有他的妻子,全都是物质财产,其中最后一项(他的"继承人")似乎也被认为是他的财产,而不是他心爱的孩子。在这个充满循环的故事中,他在记忆中第三次回到艾草茎身边,并且"他心里已经被恐惧填满了,但他仍不愿相信这是现实中真实发生的事情"。

艾草茎有什么可怕的?

我曾坐过一架有引擎故障的飞机,在大约十五分钟里,所有乘客都认为我们要坠毁了。在听到一声犹如货车撞击飞机侧面的声音后,黑烟开始从头顶的空气喷嘴中倾泻而出,一个女子(像被垒球击中似的)发出了尖叫,这时我看到飞机正在加速上升,芝加哥的街道像网格般越来越小,飞行员的声音听着很恐慌,一直用扩音机喊着"坐在座位上,系好安全带"(这不是安慰)。我看着面前的座椅靠背,心想:"我现在要离开这个地方,这就是我要对自己做的事。"座椅靠背并不会支持我或者反对我,它根本就不在乎我的死活,这正是要杀死我的东西,它甚至好像在说"嗨,我是死神,我为你们所有人而来"。我知道死神一直存在于这个世界上,但直到这一刻我才注意到它,是的,它马上就要来找我了。此时我脑子里只有一个疯狂的念头("不,不,不!")和一个深深的愿望,即让时间倒流,我从一开始就不要坐上这架飞机。我急切地想回到我的格里什基诺——奥黑尔[①]。

[①] 指芝加哥市的奥黑尔国际机场。

但这并没有发生。我们在离地面数英里外，除了死亡，没有别的出路。在那一刻之前，我一直过得舒适、快乐、自信，习惯于做自己想做的事情，但现在，"我"这个人似乎傻得可爱又亲切，他毫无理由地相信上帝的仁慈。我一直想象着，在这种情况下，我会是那个聚精会神地默默感谢上帝赐予我幸福岁月的人，然后平静地站起来，带领其他乘客一起唱《到这儿来》①之类的颂歌。但事实并非如此。我的脑子一直停留在"不，不，不"的怪圈中，我没有想到我的妻子、我的女儿或我的作品（哈哈！）。我开始明白，当人们在说他们吓得差点尿裤子时，并不是在夸大其词。在现在的每一分钟里，我的恐惧感压倒了一切，如果情况再恶化一点，恐怕我也很难控制住生理反应。

直到现在，我都记得那种可怕的、走投无路的感觉。尽管很模糊，但我仍然记得。

再来看看瓦西里吧，此时，死亡正向瓦西里袭来，这并不是个人的事情，只不过是死神要做的行为。但现在，有着成功人生的瓦西里，发现自己正在奔赴死亡的路上。尽管他知道并接受了一切终会从地球上消逝的事实，但他发现自己很难接受他也在这"一切"中。托尔斯泰在他的中篇小说《伊万·伊里奇之死》中写到身患绝症的伊万："三段论……'凯厄斯是人，人都会死的，因此凯厄斯也会死'，在他看来，这句话用在凯厄斯身上，一直都是正确的，但用在他自己身上，是肯定不正确的……他不是凯厄斯，不是抽象的人，而是一个与其他人完全不同的个体。他曾是小万

---

① 原文为"kumbaya"，是20世纪20年代采录的美国黑人灵歌，一种宗教音乐。"Kumbaya"是英语"Come by here"的谐音。

尼亚，有妈妈爸爸……凯厄斯怎么会知道万尼亚一直很喜欢的那个条纹皮球的味道呢？"

回到故事里，艾草是个明亮且疯狂的"符号"，它同时代表了几种意义。它是徒劳的标志。瓦西里希望艾草出现的地方是一个村庄，但事实并非如此；他不想一直围着它绕圈子，但他确实在绕圈子。托尔斯泰在这里用艾草提醒令人毛骨悚然的、人人都要死亡的事实，与其不可避免性。无论他走到哪里，它就在那里，它没有显露敌意，只是冷漠地看着一切发生。瓦西里认同它的出现，认为自己和艾草处在相似的困境中，它和他一样，它正在被"狂风拼命地翻腾着"，而他"孤立无援"，正在"等待着不可避免的、即将到来的又无甚意义的死亡"。

但是，毫无疑问，它也是真实出现的艾草：在月光下摇曳，是白色世界中唯一的黑乎乎的东西，被狂风……好吧，每当我读到这部分时，都会感到寒冷和无尽的恐惧（我真的无处可去，会被冻死在这儿），看到头顶上黑蓝色的俄罗斯天空，听着我那可悲又熟悉的靴子踩在雪地上的嘎吱声，靴子里很快就会装满（好恐怖！）我那双冻僵的、不再有温度的双脚。

艾草还引起了一些别的事情——它促使瓦西里开始祈祷。但"这些蜡烛、感恩仪式与他目前的灾难性困境，没有任何联系"，迄今为止，他所有的信仰都是形式化的，是基于仪式的："如果我经历了信仰的试炼，您（上帝）将永远宽恕我"。现在他明白，他不会被宽恕，因为无论信仰能提供什么安慰，都需要与精神进行更深入的交流。无论如何，这种安慰都在来世，而瓦西里迫切希望留在这个世界，就像那架飞机上的我一样，并且希望自己被允许做回一直以来的样子（舒适、快乐、自信、胜利），永远不断地做他想做的事。

随着他祈祷的失败,艾草又引出了另一层意义:它使瓦西里感到恐慌。

他惊慌失措,跟在马后面往前冲,"甚至"跑起来了,很快发现自己……又回到了雪橇上(又是一次徒劳绕圈的例子)。他的恐惧已经消失,"如果说他真有恐惧的话,那就是害怕一个人被孤零零地留在雪地里"。艾草已经驱走他对死亡的恐惧,取而代之的是对更糟糕的事情的恐惧,他害怕他会再次被恐惧所打败。突然间,他害怕的东西不是死亡了,而是恐惧。现在,他害怕的是生活的无意义,就像他刚刚在艾草处感觉到的无甚意义的死亡。

他打算如何避免这种虚无感呢?嗯,很容易,他知道怎么做——他必须"做一些事情,分分神",这对他来说是种习惯。当他焦虑时(比如说,对自己的能力感到不满,或是相对于同龄人的地位不够高),他总是"做一些事情"。就在几个小时前,他做了一件事——离开家人去做生意,以此缓解别人有可能比他先买下木材的焦虑。而就在几分钟前他还做了一件事,当他感到焦虑时,他抛弃了尼基塔。

像往常一样,他首先着眼于自己的需求,如"解开自己的皮大衣,抖抖靴子和左手手套上的雪"。然后,"他勒紧了皮带,这一套流程,就像他走出店铺去向庄稼汉买粮食时所做的那样。然后,他开始活动了。"他把注意力转移到马身上:把穆赫尔蒂腿上的缰绳解下来,重新系好。

这些行为本质上都是自私的,给他增加了存活机会。

然后,尼基塔对瓦西里喊道:"我要死了"。他给瓦西里说了一些最后如何分配他薪水的话,并"看在上帝的份上",哽咽着乞求宽恕,"他依然用手在脸前挥舞着,好像在驱赶苍蝇"。

然后瓦西里"沉默不语,一动不动地站了半分钟"。

我们终于到达了这篇故事一直在酝酿的时刻:瓦西里即将发生改变。

托尔斯泰把自己置于困境,塑造出了一个令人信服的市侩形象,正如我们从现实生活中知道的那样,市侩有时会做欺诈的买卖。我们害怕瓦西里的转变是肤浅的。如果托尔斯泰给他提出的改变路径无法让人信服,也就是说,如果他让瓦西里做一些我们知道瓦西里永远不会做的事情,故事就会暴露出自己的道德教化性,然后分崩离析。他需要经历一个我们能够相信的转变,一个现实生活中的市侩真正会经历的转变。

托尔斯泰是如何提出这种转变的呢?首先,我们注意到,沉默了半分钟后,瓦西里并没有开始内心独白,描述他对主人/农民关系的改变,或他对基督教美德的全新理解,因为这适用于安慰不幸的人。他没有宣布(对我们、尼基塔或他自己)已经"意识到"什么。故事并没有先让一个改变的点降临到他身上,然后叫他意识到这一点,并告诉给我们,最后再采取行动。他只是用他过去一贯的方式重新行动起来,"他像以前生意谈成了那样,在心里下定了决心"。他正在做他一生中一直在做的事情:大胆地忙碌起来,以防焦虑。

他用手扒去尼基塔身上的雪,解开腰带,敞开大衣,把尼基塔按倒,躺在他身上,把大衣的襟摆压在尼基塔身体的两侧罩住他。

他们静静在那里躺了"很久"。

故事的主要情节现在已经结束了。瓦西里已经改变了。我们知道这一点，是因为他刚刚做过的事。这是写作上的奇迹。托尔斯泰没有转变叙述的逻辑，只是让瓦西里做了在这个故事里我们永远都不会相信他能做到的事。

瓦西里和我们一样对此感到惊讶，看看他对这一变化的反应。在尼基塔叹了口气之后，瓦西里发出了优美而神秘的声音："嘿，兄弟，你还说你快死了！""躺着别动，暖和暖和，这是我们的方式……"然后，"泪水涌上了眼睛，他的下颌颤抖着"。

"这就是我们取暖的方式！"他再次对自己说道，"有种奇怪、庄重、柔和的感觉。"

他说"这是我们的方式"是什么意思？是指俄罗斯的方式，俄罗斯大师们的方式，还是人类行为的方式？这很美好，直到此刻，他才意识到这从来都不是他的方式，一点也不是。这对他来说是第一次。

是第一次吗？这当然是他第一次愿意为别人（庄稼汉）牺牲自己的舒适、幸福或生命，但这不是他第一次觉得自己在通过行动为世界做好事。

他觉得自己毕生都在做这件事。

与此同时，我的飞机在不断下降，空姐和飞行员异常沉默。夜间熟悉的芝加哥也忽然变得陌生起来。我旁边的乘客，一个大约十四岁的孩子，用害怕而微弱的声音问："先生，飞机应该不会失事吧？"我的心也跟着他跳了起来。（这句话真好："我的心也跟着他跳了起来。"这句话听起来很特殊，但这正是我们内心一直在努力做的事情——向某人伸出援手。）

"不会的。"我对他撒了谎。

多年为人父母与教书经验的积累,让我能自然而然地说出一些让他放宽心的话。在安慰他的时候,我觉得自己也变好了。这很难解释,正如古老的天主教赞美诗所说,"我们必须变小,基督才会变大"①。我慢慢劝慰他,哄他并安抚他的情绪,这也是我的习惯。当我用这种语言,以这种自己熟悉的方式安慰他时,既能观察他的反应(他有些放心,但又有些迟疑),也能意识到我身体内的某些东西发生了变化。现在我的能量是向外的、向他的,而不是向内的、向着敏感的自己。我的自我复原了,知道该怎么做了。

我仍然很害怕,但如果我在这种状态下死去,会比在早先恐慌的那种状态下死去更快乐。

我想,类似的事情也发生在瓦西里身上。他通过利用自己常年的行为习惯而对自己进行了复原,要知道,这一套流程就像他走出店铺去向庄稼汉买粮食时所做的那样。从他个人来说,他知道该做些什么。他的精神本质长久以来都是利己的,现在却要被重新定位,这种利己的缺点变成了利他的优点。(一头牛本来要穿过一家瓷器店,现在却拐向了一栋即将被拆毁的房子。)

然后,在观察自己的行为时,他看到了自己的仁慈无私,他被自己感动了,感到了"某种特殊的快乐"。这种快乐让我联想到,他终于摆脱了一直利己的生活方式。他认出了这个新生的自己,感受到了一种"奇怪、庄重、柔和的体验",他开始哭了。

这就是"转变"。

瓦西里被改造的过程让我想起了另一部文学作品《圣诞颂歌》

---

① 《约翰福音》中的原句是"他必须变得越来越伟大,我必须变得越来越渺小"。

中的斯克鲁奇。当斯克鲁奇在幽灵的带领下穿越时空，对自己的一生进行回溯时，他看到了那个在圣诞假期被留守在家的孤独小男孩，那个恋爱中的年轻人，那个接受雇主好意的人。这些幽灵并没有把斯克鲁奇变成另一个人。他们提醒斯克鲁奇，他曾经是另一个人，是一个与他现在感受完全不同的人，而早先的那些人仍存在于他的体内。我们可以说，幽灵把先前他体内的那些人重新激活了。

瓦西里记得，过去的他曾是另一个人，面对问题时，只会用做生意的"利己想法"来解决，这是他最大的优点，他永不停歇地一直做生意。但当瓦西里再回到艾草那里时，他得到了教训。现在，当尼基塔说自己快要死的时候，瓦西里听见了他的声音，并做了回应："是的，我知道，我也是。"瓦西里、艾草和尼基塔都很无力，他们注定要接受死亡的命运。这样一来，瓦西里自我的界线开始外移，正好围住尼基塔。瓦西里仍在为自己的利益而行动，但现在的尼基塔显然已经成为他的"商品"。因此，为自己的利益而行动就变得自然而然了，这样的行为代表了瓦西里本人的特点，而尼基塔获得了瓦西里令人钦佩的能量带来的所有益处。

美妙的是，在转变之后，瓦西里仍然是……大多数时候的瓦西里。他想把马掉落的麻袋捡回来给它盖好，又一刻也不想离开当前所处的幸福状态。他依旧是那个他，依旧自我吹嘘、自我感觉良好，本质上，他仍然是自私且骄傲的。（他是如此擅长拯救别人！）当他说"别害怕，这次我们一定会成功"时，托尔斯泰告诉我们，他是"用谈成买卖时的那种口吻"说的。

但有些东西已经改变了。当他躺在尼基塔身上时，我们看到他再次回想起（在第六章时）他用来安慰自己的事物，当时这些事物没有奏效，但现在，他一个接一个地跨越或者改变了这些事物。他仍在思考如何胜利，但他的胜利在于救了尼基塔。他不再是个爱撒谎的人了，恰恰相反，他现在知道自己在做什么。在第六章，他从不和尼基塔说话到与之对话，现在他很庆幸自己和尼基塔分不开了（"他已经成了尼基塔，而尼基塔就是他"），并认为只要尼基塔活着，他瓦西里也就活着，因为他们现在是一体的。他还记得自己过去是个为钱而烦恼的人。那时的瓦西里不知道"真正珍贵的东西是什么"，但现在这个新生的他知道了。

如果瓦西里每天都面临着被冻死的处境，他将会成为一个好人。

在这里，我们要注意，托尔斯泰对道德转变提出了一些根本性的建议：当它发生时，不是通过完全重塑罪人或用某种纯粹的新认知取代他的旧认知，而是通过改变旧认知的方向来重塑他。

这种转变的模式多么令人欣慰。除了我们与生俱来的、并一直为之奉献（或者束缚我们的）的东西，我们还有什么呢？假设你是个忧心忡忡的人，当你把焦虑的能量指向对自我的洗礼，你会"发疯"，但如果把它指向全球变暖这一气候现象，你会成为"富有远见的预言家"。

我们不必为了做得更好而成为一个全新的人，我们只需要重新调整自己的观点，本身的能量就会转向正确的方向。我们不必发誓放弃自己的习惯，也不需要为我们是谁或是喜欢（擅长）做什么而忏悔。这些能量如同我们的小马驹，只需要被套在合适的雪橇上即可。

是什么让瓦西里的一生如此渺小？（是什么让我们现在如此渺小？）其实，瓦西里并不渺小，他的结局证明了他是无限大的。他获得了我们对他灵魂的敬重。他为什么要在那个自私的小村庄里过一生呢？到底是什么让他最终摆脱了困境？嗯，是事实。他发现他对自己的看法是不真实的，他过去对自己的看法也是不真实的。这么多年来，他只看到了自己的一部分。他创造了这个部分，并且一直用他的思想、他的骄傲和他获胜的欲望来加固它，这些东西不断把瓦西里与其他东西隔开。当那个实体的瓦西里逐渐消失后，留下了能够辨别谬误并重新连接一切的、新生的瓦西里。

如果我们能逆转这一过程，让他活过来，让他的身体温暖起来，让暴风雪消失，将会看到他的头脑继续编织谎言——"你和尼基塔不是一体的""你是中心""你是正确的""向前冲，你会取得巨大的成功"。

那么，他将自始至终都是他原来的样子。

事后反思（四）

我不想在我正文的评论部分，通过提出自己的疑惑，来削弱我对《主与仆》的赞美。

但现在请让我提出来。

在第六章，我们看到瓦西里开始面对即将到来的死亡。在第七章，轮到了尼基塔。被瓦西里遗弃后，尼基塔短暂地感到了恐惧，但他立即通过祈祷得到了安慰，"他意识到自己并不孤独，因为上帝能听到他的呼求，永远不会抛弃他"。想着想着，他渐渐失去了意识。他不知道自己到底是死了还是睡着了，但他对这两种结局都做了心理准备。

尼基塔面对自己的死亡，能够泰然处之，是因为"他知道，是造物主把他造成这个样子的"，至于他的罪过，他认为也是上帝造成的。至于瓦西里，尼基塔仁慈地认为，主人也会为自己逃跑的方式感到羞愧。还有："离开这个已经熟悉的世界，似乎有点可惜？"

这一部分留给我的印象是……比较无趣，既无趣，也缺乏细节。尼基塔似乎善良得让人难以置信。像尼基塔这样一个真实的农民，他在面对死亡时所体验到的情感，好像被托尔斯泰替换成某种理想农民的情感了。尼基塔不怕死，他是如此淳朴、无私和真实；只要想到上帝，他的恐惧就会得到安慰。这使得他与性情乖张多面、背信弃义又恐惧不安的主人瓦西里形成鲜明对比。但是我知道，世上肯定也有狡诈的、性情多变的农民，有（不管淳朴与否）面对死亡感到恐惧的农民，有不相信上帝的农民，因为"农民"毕竟是人，他不单单隶属"农民"这一身份。换句话说，我觉得托尔斯泰可能有点指责瓦西里的意思，因为他没把尼基塔看作一个完整的人。

让我们快进到故事的最后一部分（第十章）。在瓦西里的温暖下，尼基塔活了下来。第二天，他被挖了出来，他吃惊地发现，来世庄稼汉的叫喊声竟和往世的叫喊声完全一样。当他意识到自己还活着时，他并不高兴，而是"沮丧"，尤其是当他发现自己的脚趾头已经冻僵了。

最后一段一下快进了二十年的时间，我们发现此时的自己在想：在瓦西里用自己的牺牲为尼基塔赢得的二十年里，尼基塔都做了什么呢？

唉，事实证明，他没做什么。或者说，他做得更多的是和以前一样的事情。

那个夜晚改变了他吗？似乎并没有改变。

尼基塔在死前请求妻子的宽恕，并原谅了她与庄稼汉的关系。这意味着他以前并没有这么做。也就是说，二十年前，他没有在脚趾受伤时一瘸一拐地回到家，也没有充满瓦西里式的仁慈，重新安置一切事务。因为作者没有告知我们其他情况，所以我们只能假设尼基塔回到了他一贯的生活中，善待动物，偶尔用斧头砍他妻子的衣服，等等。

我们从不知道尼基塔对那个在雪地里的疯狂之夜做何感想。他没有反思过瓦西里的懦弱或者对他的救赎，也从来没问过："我的主人为什么要这样做？"或者："主人最后到底经历了什么？"瓦西里觉得他和尼基塔已经融为一体了。可尼基塔呢？并非如此。

他似乎并不感激瓦西里,甚至都没有想到过瓦西里。

这很奇怪。如果一个人献出自己的生命去救另一个人,而被救的人却从来没有想过这点,没有表现出感激之情,也没有因此而做出改变,这会让我们怀疑他人牺牲的价值,也让我们对被救的人感到疑惑。

同时,这也让我们对作者感到疑惑。

瓦西里去世时,我们见证了他在最后的时刻(在第九章结束时)那一段长长的内心独白(第252到254页)。当尼基塔死的时候,我们看到了作者对他死亡的描述("他如愿以偿地死在了家里,死在了圣像下,手里拿着点燃的蜡烛。"),但他死亡时的感受和想法却无从知晓。我们还被告知,我们必须等到自己死后才能知道尼基塔"对那里是失望还是感到满足"。

有一次,我讲了一篇略带瑕疵但相当精彩的故事《涅瓦大街》,它是果戈理的杰出作品。一个学生说她不喜欢这篇故事,因为它带有性别歧视。我以教师的机敏性问她:"在哪里发现的?"她向我们展示了两个人物被侮辱时的确切位置。当男人受到侮辱时,果戈理会进入人物的大脑,让我们听到他的内心反应。当女人受到侮辱时,却用第三人称叙述者介入,以她为例开起了玩笑。

然后我让全班同学想象一下,如果果戈理为了公平起见,让这个女人也有自己的内心独白,这篇故事会怎样发展。接下来是一阵沉默,再然后,大家一起唏嘘、微笑,因为我们都立即想到了这篇故事本来可以更优秀的样子。它同样可以传递出黑暗与怪诞的气氛,但却更有趣、更坦诚。

所以,是的,《涅瓦大街》这篇故事存在性别歧视。换句话说,这是个有技巧缺陷的故事。这个缺陷是可以纠正的，或者说，如果果戈理没死的话，本来是可以纠正的。我的学生发现的性别歧视肯定是存在的，它以一种特殊的方式表现在文本中，以"不平等的叙述"的形式出现。

这儿有个可以归纳的论点：任何看似有道德问题的故事，比如说性别歧视、种族主义、憎恶同性恋及跨性别、文风迂腐、文化挪用、衍生其他作家的作品等等，都可以被视为创作技巧有缺陷，但如果这个缺陷被修正，它就会成为一篇更精彩的故事。

回到《主与仆》，我们一直在争论的尼基塔[①]的问题被转换成了客观可行的创作技巧性的观察。至少在两个地方，当尼基塔从医院回家时和他们各自死亡的场景中，尼基塔被剥夺了托尔斯泰在类似时刻给予瓦西里的内在独白。

我认为，像《主和仆》这样精彩的故事，我们应该抱着感恩之心来阅读和享受，因为其中存在太多美好。但是，从创作技巧探索的角度来看，戳穿它的技巧缺陷也是一种乐趣。

那么，我们能否想象出另一个版本的第十章，即尼基塔也获得了托尔斯泰在平行时刻给予瓦西里的内心独白。这个版本可以从他在医院里的场景开始，就在他获救之后，他在思考什么呢？我们所认识的尼基塔识破了瓦西里的诡计，他认为瓦西里是一个固执、以自我为中心、注定会失败的人，他需要与之周旋，还要容忍他。可现在尼基塔怎么看待瓦西里呢？他是否感到惊讶、困惑？他如何看待瓦西里为他这个"卑微"的农民牺牲了自己生命的

[①] 这里似乎显示出了托尔斯泰的阶级偏见。他曾经花费巨大的精力创造淳朴善良的农民形象，这有时会导致他塑造出一些不太真实的农民。正如纳博科夫所说，我们可能会发现他们"做着最令人厌恶的工作，冷漠无知地履行着自己的责任"。——作者注

事实？在整篇故事中，瓦西里一直瞧不上尼基塔，但事实上，尼基塔也一直瞧不上瓦西里。这种认识可能会带给尼基塔什么样的想法和感受？

我们也可以重写故事的最后一段，试图让它像第九章结尾描述瓦西里之死的那段文字一样，坦诚地写出我们所有知道的内容。

如果你愿意的话，这将是个极好的练习。所以，是的，我布置了一个练习——重写第十章。但你要像托尔斯泰那样写，用你知道的大量事实把故事写下去。

《鼻子》
尼古拉·果戈理
1836

鼻　子

一

　　三月二十五那天，彼得堡发生了一件异乎寻常的怪事。住在沃兹涅先斯基大街的理发师伊万·雅科夫列维奇（招牌上他的姓已经丢失了，甚至连上面画着的一位脸颊上涂满泡沫的绅士，以及旁边写着的"兼放淤血"字样，也模糊不清了）很早就醒了，还闻到了新出炉的面包的香味。他从床上探起身，看见他的太太，一位爱喝咖啡又相当令人敬重的女士，正从烤炉里取出新烤好的面包。

　　"我今天不喝咖啡了，普拉斯柯维亚·奥西波夫娜，"伊万·雅科夫列维奇说道，"相反，我想吃点热面包，再夹点洋葱。"也就是说，伊万·雅科夫列维奇既想吃点这，又想吃点那，但他知道，他绝无可能同时吃两样，因为普拉斯柯维亚·奥西波夫娜非常讨厌他这种天马行空的行为。"让这个傻瓜吃面包吧，对我来说，这样才好呢，"妻子心想，"这样还能剩一杯咖啡呢。"于是她把一个面包圈扔到了桌子上。

　　为了显得识礼，伊万·雅科夫列维奇在衬衫外面搭了件燕尾服。之后，开始坐到桌前，他先倒上盐，又准备了两个洋葱，接着摆出一副若有所思的样子，拿刀开始切面包。等把面包切成两半后，他往中间一瞧，惊讶地发现里面有个白色的东西。伊万·雅科夫列维奇小心翼翼地用刀戳了戳它,还用手摸了一下,"怎么这么硬!"他自言自语道,"这是个什么东西呢?"

他把自己的手指伸进去,往外一拉,竟出来个鼻子!伊万·雅科夫列维奇目瞪口呆。他揉了揉眼睛,又去摸了摸那个东西——鼻子,确实是鼻子,而且他觉得这个鼻子很熟悉!伊万·雅科夫列维奇当即吓得脸色大变。但他的这种害怕与他太太对他发的火相比,根本不值一提。

"畜生,你在哪里割掉了这个鼻子?"她愤怒地喊道,"卑鄙小人!酒鬼!我要亲自向警局举报你。你这个无赖!我已经听三个客人说过,你在刮脸的时候,使劲揉搓他们的鼻子,好像要把它们拽下来似的。"

伊万·雅科夫列维奇魂都被吓掉了。他知道这鼻子不是其他什么人的,是八等文官科瓦廖夫的,他每周三、周日都要来店里刮脸。

"等一下,普拉斯科维亚·奥西波夫娜!我先用破布把它包起来,放在墙角里。先让它在那儿放一会吧,过会我把它拿走就好啦。"

"我才不要听你这些胡话!你觉得我会让这个被割掉的鼻子待在我的房间里?你这个冒名作案的小偷!只知道在别人脸上刮剃刀,竟连自己该履行的责任都忘了,你这个无赖,恶棍!你想让我在警察面前给你说情?你这个脏货,骗子!滚开!滚开!赶快把它拿到其他地方去!别让我看到它!"

伊万·雅科夫列维奇站在那里,好像失去了知觉。他思前想后,可又不知道该想些什么。"鬼知道这是怎么回事!"他终于想出来一句话了,还用手挠了挠耳后根,"我昨天回家的时候是醉着还是清醒的,我自己也说不上来。可这事无论怎么看,都是不可能发生的。毕竟,面包是烤出来的,而鼻子则完全不是。我真是一点也搞不懂!"

伊万·雅科夫列维奇沉默了一会儿。一想到警察可能会在他身上搜出鼻子,并对他提出指控,他就彻底吓疯了。这时他脑海中已经浮现出那件绣银边的红领子还有军刀,他浑身发着抖。最后,他战战兢兢地取出内衣和靴子,把这些破烂衣服披在身上,在普拉斯科维亚·奥西波夫娜的厉声责骂下,用破布包住鼻子,走到街上去了。

他想把它塞到什么地方去,要么塞到门边的柱子里,要么假装不小心,趁机扔掉它,然后拐到小路上去。可倒霉的是,他老碰到熟人,他们不停地问:"你上哪儿去啊?"或者,"你这么早去给谁刮胡子啊?"这样一来,伊万·雅科夫列维奇就找不到合适的时机了。有一回,他真把鼻子丢掉了,但警察却在不远处,用长柄刀指着他说:"捡起来,你在那里掉东西了。"伊万·雅科夫列维奇不得不把鼻子捡起来,藏在口袋里。他绝望了,尤其是当商店开始营业,街上的人越来越多时,就更加绝望了。

于是,他决定去圣以撒桥转一转,看看能否设法把鼻子扔进涅瓦河里……可是,要知道,伊万·雅科夫列维奇在很多方面都是一个值得尊敬的人,我很抱歉,到现在为止我都没有为他说上几句话。

伊万·雅科夫列维奇,像任何一个正派的俄国工匠一样,是个可怕的酒鬼。尽管他天天给别人刮下巴,但他自己的下巴却从来不刮。伊万·雅科夫列维奇的燕尾服(他从不穿长礼服)带点斑纹,从前它是全黑的,现在却布满了棕黄色和灰色的斑点。领子油光发亮,三颗纽扣已经掉落,只剩下线脚了。伊万·雅科夫列维奇是个睚眦必报的人。刮脸时,当八等文官科瓦廖夫说"伊万·雅科夫列维奇,你的手总有股臭味",伊万·雅科夫列维奇会回答说:"怎么会臭呢?"八等文官接着说道,"这我可不知道呀,我亲爱的朋友,但它确实有股臭味。"这时,伊万·雅科夫列维奇会吸一撮鼻烟作为报复,然后用手揉搓八品文官的脸颊、鼻子下面、耳朵后面、下巴底下。换句话说,他会在所有他喜欢的地方涂满肥皂泡,以此作为报复。

这位可敬的市民现在已经走到了以撒桥上。他先仔细看了看四周,然后靠在栏杆上,装作在看桥下是否有很多鱼在游动,接着偷偷把装着鼻子的破布扔了下去。他觉得自己仿佛一下子卸下了千斤重担。伊万·雅科夫列维奇甚至傻笑起来。他没有去给官员刮下巴,而是朝一家挂着"茶点小吃"的店铺走去,想点一杯果汁酒。就在这时他突然注意到,桥头站着一位仪表堂堂、长着络腮胡子、头戴三角帽、手里拿剑的巡警。他心头一惊!巡警指着他说:"来这边,我的朋友。"

伊万·雅科夫列维奇表现得非常有礼貌,在离巡警老远的时候,便摘下便帽,急忙走上前说:"阁下您好。"

"好家伙,别给我扯什么阁下好不好的!你只需要告诉我,你站在桥那儿干什么呢?"

"老实说,大人,我去给人刮胡子了,顺便看看河水流得快不快。"

"撒谎,你在撒谎。别想骗我!快乖乖地回答!"

"我准备每周给大人您刮两次甚至三次胡子,这是我心甘情愿的。"伊万·雅科夫列维奇回答说。

"不，朋友，别在那儿胡说八道了！我有三个理发师为我刮胡子，他们都觉得给我刮脸是他们最大的荣幸。你倒是告诉我，你在那里做什么呢？"

伊万·雅科夫列维奇瞬间脸色苍白……但是从这以后，整个事件就被笼罩在迷雾里了，后来发生了什么也不再为人所知。

二

八等文官科瓦廖夫很早就醒了，嘴巴还发出"卜噜噜"的声音，这是他醒来时的习惯，尽管他自己也无法解释。科瓦廖夫伸了伸懒腰，叫人拿来桌上的小镜子。他想看看昨天晚上鼻子上长的那个疙瘩。极为惊讶的是，他看到自己长鼻子的那块地方，完全平塌下去了！科瓦廖夫吓坏了，叫人倒水来，用毛巾擦擦眼睛：的确，没有鼻子了！他用手摸了摸自己，看看自己是否在做梦。不，他没在做梦。八等文官从床上跳了下来，抖了抖身子……鼻子没有了！他命人马上把衣服拿来，直奔警察局长那里。

这会儿，我们必须说说科瓦廖夫，好让读者知道这位八等文官到底是个什么样的人。在我们这里，依靠学校文凭获得八等文官头衔的，是绝不能跟那些在高加索地区弄到这一头衔的人相较而论的。这是完全不同的两种情况。学校出身的八等文官……但是，在俄国这个神奇的国家，如果你要对一个八等文官评头论足，那么，从里加到堪察加的所有八等文官都会认为你在讲他，其他品级和官衔的人也是如此。科瓦廖夫是在高加索地区受衔八等文官的。他得到这个官衔才两年，但却一刻也忘不掉它。为了给自己增加些尊严和分量，他从不称自己为八等文官，而总自称少校。"听着，大娘，"当他在街上遇到卖衬衣的女人时，通常会说，"来我家吧，我住在萨多瓦亚。只要问科瓦廖夫少校住在哪儿？所有人都会告诉你。"如果他遇到的女人恰好是个美人，他还会给一些秘密提示，并补充说："宝贝，你只要打听下科瓦廖夫少校的家在哪儿就行了。"这就是从这往后我们也称这位八等文官为少校的原因。

科瓦廖夫少校每天都要沿着涅瓦大街散步。他的衬衫领子总是雪白发亮，还上了浆。他的络腮胡子，你现在还能在省衙门或县衙门的测量员或建筑师（只要他们是俄国人）的脸上看到，执行各种警务任务的人也会留着。总的来说，在所有面颊红润、精通波士顿牌[①]的人身上都能看到：这些络腮胡子沿着脸颊中间一直蔓延到鼻子附近。科瓦廖夫少校佩戴了许多红玛瑙徽章，有的刻着纹章，有的刻有"周三""周四""周一"等字样。科瓦廖夫少校是因为工作的事才来到彼得堡的，他在寻找与他军衔相称的职位。如果有人给他托关系，说不定能谋到副省长的职位。否则，就只能在某个小政府部门当当采购员了。科瓦廖夫少校并不反对结婚，但前提是新娘要有二十万卢布的陪嫁。因此，读者现在可以自己判断：当这位少校看到自己本该体面又大小适宜的鼻子变成了可笑的、平塌下去又光溜溜的一块时，心里该有多难受吧。

倒霉的是，这时街上一辆出租马车也没有，走路时他不得不裹着斗篷，用手帕遮住脸，假装在流鼻血。"也许这一切都只是我自己的想象，鼻子不可能就这样平白无故地掉了。"他故意跑进一

[①] 一种18世纪的纸牌游戏，可能源自法国。

家饭铺,目的是照照镜子。运气好的是,那儿恰好没人看到他。几个伙计正在打扫房间,整理桌椅;几个伙计睡眼惺忪地端出一盘盘热面包,桌上和椅子上摆满了沾满咖啡渍的过夜报纸。"感谢上帝,还好这儿没人,"少校唏嘘道,"现在我终于可以照照镜子了!"他怯生生地走到镜子前,往里一瞥:"真该死!这是什么鬼样子!"他感叹完,又啐了一口唾沫,自言自语道:"鼻子没了,有另外东西来代替它也行啊,可是什么都没有!"

他生气地咬着嘴唇,离开了饭铺,并决定打破自己往常的习惯,既不往任何人那里看,也不对任何人微笑。突然,他在一栋房门前停住了脚步。在他眼前发生了离奇的一幕:一辆马车停在门口。车门打开后,有位穿制服的绅士从里面跳了出来,猫着腰,径直跑上楼梯。想象一下吧,当科瓦廖夫认出它是他自己的鼻子时,得是多么的恐慌与惊讶!他目睹了这不寻常的景象,觉得眼前的一切都在打转,将要晕倒。尽管他浑身颤抖地像发了热病一样,但还是打定主意,不管发生什么,他都必须要等那位绅士回到马车上来。两分钟后,鼻子真的出来了。他穿着绣金高领制服,麂皮的裤子,腰间佩着剑。从帽子上的翎毛可以推测出他是五等文官。现在,他显然是准备去什么地方去拜客。他往左右看了看,对车夫喊道:"走吧!"然后坐上马车离开了此地。

可怜的科瓦廖夫差点发了疯,他也不明白这件怪事该从何说起。这鼻子,昨天还在他脸上长着,它既不会骑马,也不会走路,又怎么能自己穿上制服呢?他追着马车跑,幸好马车没走多远,就停在了喀山大教堂的门前。

他匆忙走进大教堂,从一群老乞婆们那里穿过去。她们脸上包着布、眼睛只露出两条缝,他过去常常取笑她们,这会儿他从她们面前径直走了过去。教堂里做礼拜的人不多，他们都在门口站着。科瓦廖夫沮丧到极点，他根本就没把心思放在祈祷上，而是用眼睛在教堂里四处寻找这位先生，终于看到他了，原来他在前面站着。鼻子这会儿用高领把自己的脸孔全部遮了起来，看起来像个虔诚的信徒在做祷告。

"我该怎么和他打交道呢？"科瓦廖夫心里盘算着，"从现有情形看，他的制服、帽子都显示出他五等文官的身份。鬼知道该怎么做。"

他故意装作咳嗽，但鼻子依旧虔诚地祈祷着，向圣像行屈膝礼。

"尊敬的先生，"科瓦廖夫强迫自己鼓起勇气说，"尊敬的先生……"

"您要做什么？"鼻子转过身问道。

"我很奇怪，尊敬的先生……我想……您应该知道自己该待在哪儿。可是我竟在什么地方找到了您呢？在教堂里。您要承认……"

"对不起，我不知道您在说些什么……您再说清楚一些。"

"该怎么跟他解释呢！"科瓦廖夫想了想，不由自主地说道，"当然，我……不过，是个少校。您得承认，我没有鼻子走在街上，是不合礼数的。一个在复活桥上卖橘子的小贩，即使没了鼻子也无甚影响。可我还在等待升官……此外，我还认识许多官家太太——五等文官夫人契赫塔廖娃，还有别人……你自己想想吧……我不知道，尊敬的先生……"说到这里，科瓦廖夫少校耸了耸肩，"对不起，但考虑到我的职责与名誉……您自己也就明白了……"

"我完全不懂，"鼻子回答，"您应该再解释清楚一些。"

"尊敬的先生，"科瓦廖夫颇有威严地说道，"我不知道该如何向您解释……但在我看来，整件事情明明白白……或者您愿意……毕竟，您是我的鼻子！"

鼻子看了看少校，眉头微微蹙起。

"您错了，尊敬的先生，我是我自己。此外，我们之间也不可能有什么密切的关系。从您制服上的纽扣来看，您应该受雇于参议院或者司法部门。而我则在学术机关供职。"说完这句话，鼻子转过身，继续祈祷。

科瓦廖夫完全愣住了。他不知道该做些什么，甚至也不知道该想些什么。就在这时，他听到了悦耳的女士衣裙发出的沙沙声。有位穿着绣花裙的老太太走到他身边，旁边还站着一位身量苗条的女人，一袭白色连衣裙正好勾勒出她曼妙的身形，头戴一顶犹如奶油泡芙般轻盈的淡黄色帽子。跟在她们身后的是位身形高大的仆人，长满络腮胡子，衬领有十来层高，他在她们身后停了下来，打开鼻烟壶。

科瓦廖夫走近她们，先拉了拉他衬衫的细麻布领，又理了理挂在金链子上的图章，微笑着看向周围，并转向那位体态优雅的女士。她如春天的花朵一般，微微低头，用半透明指尖的玉手轻扶住前额。当科瓦廖夫瞥见帽子下面那洁白滚圆的下巴、泛着初春玫瑰的半边脸颊时，他脸上的笑容更加灿烂了。但马上，他突然像被火烧着了一般，退后了几步。他一想到自己的鼻子那儿什么也没有，泪水瞬间夺眶而出。他转过身，打算径直揭穿这位穿制服的先生不过是位假冒五等文官的劣等货，他是个流氓，是个恶棍！他只不过是他自己的鼻子而已……但鼻子已经不在那里了，他飞奔而走,估计又去拜访什么人了。

这使科瓦廖夫陷入了绝望。他又走回原路,在柱廊下停了一会儿,仔细地东看看、西瞧瞧,想着是不是能在什么地方找到鼻子。他记得很清楚,那人戴着一顶有翎毛的帽子,穿着绣金边的制服,但他没有注意到他的外套,也没有注意到他的马车和马匹的颜色,甚至没注意到是否有仆人跟着,穿着什么样的制服。此外,这么多马车来来往往,速度快得让人迷眼。即使他看准了是哪一辆,也没有办法叫停它。这天的天气很好,阳光明媚,涅瓦大街上挤满了人。女人们像鲜花织成的瀑布一般,从波利奇科夫斯桥涌到安尼奇金大桥的人行道上。这时对面过来一位他熟识的七等文官,他习惯称呼那人为中校,尤其是在陌生人面前。这儿还有他的好朋友雅雷庚,他是参议院的负责人,八个人玩波士顿牌的时候,他总输。还有另外一位在高加索赢得官职的少校,他招呼科瓦廖夫过来……

"哦,见鬼!"科瓦廖夫说,"嘿,车夫,直接带我去警察总监那里!"

科瓦廖夫坐上马车,不断对车夫嚷嚷道:"快走,越快越好!"

"警察总监在家吗?"他一进大厅就喊道。

"不在家,先生,"看门人回答说,"他刚走。"

"这真不凑巧!"

"是啊,"看门人补充道,"他刚离开一会,但他已经走了。如果你早来一分钟,也许能碰到他。"

科瓦廖依旧用手帕捂着脸,坐回马车里,并用绝望的声音喊道:"继续走!"

"去哪里?"车夫问。

"一直往前走!"

"怎么往前走呢?这里该转弯了,是右转还是左转?"

这个问题把科瓦廖夫问懵了,他重新陷入沉思。以他目前的情况,最好先去监法部门报告,并不是因为他的案子与警察直接相关,而是因为他们办事比其他衙门快得多。如果向鼻子所供职的机关长官讨说法,是不会有结果的,因为从鼻子自己的回答中也能猜出,这个家伙可没什么神圣的理念,在那种情况下,他极有可能撒谎,就像他对科瓦廖夫保证说,他们从来没有见过面一样!因此,就在科瓦廖夫告诉车夫,要把他送到监法部门的这会儿,他忽又想到,鼻子这个流氓、骗子,既然在他们第一次见面时就如此无耻,那现在就更有可能耍花招溜出城。到那时,所有的搜寻都会白费心机了,这事甚至还可能会拖上一到两个月。最后,似乎是老天爷给了他灵感。他决定直接去报馆,尽早刊登一则广告,详细描述"鼻子"的具体特点。这样,任何遇到鼻子的人,都能把他抓来见他,或者至少能够提供有关鼻子的下落。于是,他下定决心让车夫把车开到报馆,一路上,他不停地用拳头捶打车夫的脊梁骨,焦急地说道:"快点,你这个坏蛋!快点,你这个流氓!""唉,老爷!"车夫说着,摇摇头,拿起缰绳抽打那匹长得像哈巴狗似的马。终于到达后,科瓦廖夫气喘吁吁地跑进一间小接待室,那儿坐着一个穿旧燕尾服的白发职员,他坐在桌子旁,嘴里咬着笔,在数点收进来的钱币。

"这儿谁管广告受理啊?"科瓦廖夫喊道。"啊,您好啊!"

"您好。"白头发的职员说,他抬眼看了一下,又低下头盯着手里的那一摞钱了。

"我想登……"

"对不起,请等一下。"职员说道,边用手指着纸上的数字,边用左手的手指拨着算盘上的两颗珠子。一个穿金银饰带的仆人在桌边站着,从外表看像是大户人家出来的,他手里拿着张纸条,卖弄才智似的说道:"先生,您信吗,这只狗连八十戈比都不值。要我说,就是八戈比,我都不会要。可有什么办法呢,伯爵夫人喜欢它,简直爱得要命,所以不管谁找到这只狗,都能得到一百卢布!"实话说,现在这世道,人与人的爱好不同。要是猎人的话,会选择养条长毛狗或者鬈毛狗,即使花个五百或者一千卢布,他们也不会在乎,只要是条好狗就行!

这位值得尊敬的职员,装出认真的样子在听他说话,同时还在计算着他带来的字条上有多少个字。周围还站着许多老太婆、商店掌柜和看院子的人,手里都拿着字条。一张字条上写着品行端正的马车夫等待被雇;另外一张是要把1814年从巴黎买来的半新的马车出售;还有一张是一名十九岁的侍婢等待被雇,她会洗衣服,也能做别的活;此外还有出售一辆缺根弹簧但又稳固耐用的马车;满十七岁的年轻而强壮的灰斑马;从伦敦新到的萝卜种子;外带两间马厩和足够种白桦树或者云杉的土地的避暑别墅;还有兜售旧靴底的人,他们要求买家在每天八点到三点之间进行接洽。这些人都挤在一个小房间里,空气非常浑浊。然而,八等文官科瓦廖夫却闻不到这些气味,因为他一直用手帕遮着脸,鬼知道他的鼻子落到哪去了。

"亲爱的先生,我问一下……这非常紧急。"他终于不耐烦地说道。

"马上,马上!两卢布四十三戈比!请稍等!一卢布六十四戈比!"白发老先生念叨着,把字条扔到老太婆和看院子人的脸上。

"您要做什么？"他终于转过脸对科瓦廖夫说。

"我想……"科瓦廖夫说，"我是被骗了，还是上当了……我也弄不清楚。我只想登个广告，告知众人：谁能把这个无赖抓住，谁就能得到相当多的报酬。"

"请问您贵姓？"

"您问我的名字做什么？我不能对您说。我有很多熟人：五等文官夫人契赫塔廖娃，校官夫人亚力山德拉·格利戈里耶夫娜·波德托庆娜……如果他们突然知道了怎么办！天呐！您可以简单写成：一个八等文官，或者，最好写成：一个有着少校军衔的人。"

"那么，这个逃跑的家伙是您的仆人吗？"

"什么仆人啊！这样就算不上是个糟糕的骗局了！从我那跑出去的是……我的鼻子。"

"嗯？很奇怪的名字！那这位鼻子先生卷走了您大笔钱财？"

"鼻子先生？我是说……嗳，您误会我了！我在说真的鼻子，我自己的鼻子，不知道丢哪去了！一定是魔鬼在捉弄我！"

"但它是怎么丢失的？我不太明白。"

"好吧，我不能告诉您它是怎样丢失的，现在最重要的是，它正在城中四处乱窜，还自称是五等文官。这就是我要求您立马登广告的原因！无论谁抓到它，都应该在最短的时间里把它交给我。您想想吧，实在点说，身体上要是缺了这最显眼的一部分，可怎么活呀！它不像一些穿在靴子里的小脚趾头，即使少了它，别人也看不到。我每周四都要去契赫塔廖娃夫人家里，她的丈夫可是五等文官；还要去校官夫人亚力山德拉·格利戈里耶夫娜·波德托庆娜家，她们的女儿非常漂亮，我和他们都是好朋友，您自己判断一下,我怎么能……我现在没法出现在她们家啦!"

职员嘴唇抿得紧紧的,装出自己在苦思冥想的样子。

"不,我不能在报纸上刊登这样的广告。"沉默了很久,他终于说道。

"这怎么说呢?为什么?"

"嗯,这有损报纸的声誉。如果大家都来登个广告,说自己的鼻子丢了,这将……已经有人在说我们报刊的闲话啦,认为我们报纸尽登些荒唐事、虚假的谣言等等。"

"但为什么单单我的事就是荒唐的呢?我不认为它荒谬啊!"

"那是您认为的。就拿上周来说,也发生了一起这样的案件。来了位像你这样的官员,手里拿着张纸条,算起来他该付二卢布七十三戈比,刊登内容是一条黑色鬈毛狗跑了。看着好像一切正常的样子,但其实这是一则诽谤。您想不到吧,这条所谓的鬈毛狗说的是名会计员,具体发生在哪个机构,我也记不清啦。"

"但我要登的不是关于黑色鬈毛狗的广告,是关于我自己鼻子的广告。换句话说,实际上这和登我自己的广告是一样的。"

"不,我不可能登这样的广告。"

"但我的鼻子真的丢了!"

"如果它真丢了,那也是医生该管的事。据说,有人可以装任何你想要的鼻子样式。不过,先生,我瞧您是个性格开朗的人,喜欢跟人开玩笑。"

"我以上帝起誓!唉,事情到了这步田地,我就把它给您看看吧。"

"不敢麻烦您!"职员拿起一撮鼻烟,接着说,"不过,如果不嫌麻烦的话,"他动了好奇心,又补了一句说:"我倒想看一看。"

八等文官把手帕从他脸上拿开了。

"确实非常奇怪!"职员说,"平塌的一块,像刚出炉的煎饼。还真是光溜溜的,令人难以置信!"

"好吧,现在您还和我继续争辩吗?您自己也明白,您不能拒绝刊登我的广告啊!我要特别感激您,也非常高兴借这个机会有幸结识您……"正如我们所看到的,少校这次打定主意要多说一些奉承话。

"当然,把它登报也不难,"职员说,"但我看不出这对您有什么好处!如果你真想这么做,不如把它交给一位擅长习作的文人,他能把这事作为一种奇怪的自然现象来描述,并把它发表在《北方蜜蜂》①上。"说到这里,他又吸了一口鼻烟找补说,"还能供年轻人赏读,"接着他又擦了擦鼻子说,"或者作为猎奇的问题满足大家的好奇心。"

八等文官完全灰心了。这时他把目光落到报纸下方戏剧表演的公告上。当看到一个漂亮女演员的名字时,他脸上浮起笑意,伸手摸了摸口袋,想看看那里是否有张蓝票子,在他看来,像他这样的校官应该坐在正厅里,但一想到自己的鼻子,他觉得这一切都毁了。

职员似乎也对科瓦廖夫的困境动了恻隐之心。他希望自己能够减轻他的痛苦,于是他认为有必要说几句话来安慰他:"我真为您发生这样的事感到难过。您不想闻一闻鼻烟吗?它能消除头痛和忧郁,甚至对痔疮也有疗效。"说完这些话,职员把他的鼻烟盒递向科瓦廖夫,把镶着戴帽美人画像的盖子,灵巧地折到鼻烟盒

---

① 1825年至1864年间于圣彼得堡出版的政治和文学性报纸,创办者法·布尔加林曾抨击过果戈理的作品。

下面。

这个无心的行为使科瓦廖夫失去了所有的耐心。"我不明白您怎么会在这个时候开玩笑,"他愤怒地说道,"难道你看不出来,我正缺嗅鼻烟的那玩意吗!让你的鼻烟见鬼去吧!我现在无法忍受它,别说下等的别列兹纳烟草了,您就是给我拿些上好的烟草来闻,也无济于事。"说完这几句话,他离开了报馆,满心苦恼地直奔区督察家,这是个对糖极其钟爱的人。在他家,整个客厅(也是餐厅)都堆满了当地商人出于友情赠送的糖块。此时此刻,他的厨子正在帮区督察脱下当官穿的长筒靴、剑、军装以及所有的配饰,现在它们都已经安安稳稳地挂在角落里了。他那三岁的儿子,正伸手去抓他那顶令人生畏的三角帽,而他本人在经历了一天酷似战斗的生活后,正准备好好享受平静下来的乐趣。

科瓦廖夫进来的时候,他正伸了个懒腰,哼了一声,说:"哦,要是能舒服地睡上两个小时多好!"由此不难看出,这位八等文官来的时机不对。我不知道,如果科瓦廖夫带了几磅茶叶或一些呢绒布来,是否会受到热情的招待。这位区督察着迷于一切艺术和工艺品,但他尤其喜欢钞票,"这个东西呀,"他通常会说,"再没有什么比它更好的了——它不用吃东西,也不占地方,装进口袋还方便,就是掉在地上,也不会摔碎。"

区督察冷淡地接待了科瓦廖夫,并说:"饭后不是进行案件调查的时候,造物主的本意也是让人在饱餐一顿后,休息一下。"从这点上,八等文官可以知道,区督察是个理解智者箴言的人。"没有哪个真正的绅士会被割掉鼻子,这个世界上有些少校,甚至连件像样的衬衣都没有,只知道在一些下流的地方鬼混!"

最后这句话说得让人下不了台。必须指出的是,科瓦廖夫是个爱生气的人。他可以原谅别人对他的任何评价,但只要涉及品级或官衔,他绝不原谅。他甚至认为,在戏剧中贬低下等军官的话是可以容忍的,但绝不能出现任何攻击校级军官的话。区督察对待他的态度,让他异常不安。他只得摇了摇头,两手一摊,带着庄严的神情说:"我得承认,在听了您这些无礼的言论之后,我没有什么可说的……"然后径直离开了房间。

他到家时几乎累瘫在地。天已经黑了。经过毫无结果的寻查之后,他觉得家里也冷冷清清,肮脏得令人生厌。他来到前厅门口,仆人伊万正仰面躺在满是污渍的皮沙发里,对着天花板吐唾沫,而且总是准确地吐在同一个地方。这家伙的这副鬼样子激怒了他。他用帽子打了他的额头说:"你这头猪,尽干蠢事!"

伊万突然跳了起来,急忙帮他脱下斗篷。进入房间后,少校疲惫而伤感地坐到扶手椅上,最后,深深地叹了几口气说道:"主啊,主啊!我到底做了什么事,落得如此境地?如果我失去了一只胳膊或一条腿,也还好;如果我失去了耳朵,会很糟糕,但我还能忍受;但没有鼻子,鬼知道这像个什么怪物——鸟不像鸟,人不像人!这样的怪物只消把他从窗户里扔出去就完了!要是它是在战争或者是在决斗中被砍掉的,或者是由于自己的过失而弄掉了,也没什么好说的;可现在它就这样消失了,一点迹象都没有。不,这绝不可能。"他想了一下又补充说:"我的鼻子竟然消失了,真让人难以置信。我一定是在做梦,或者只是在胡思乱想。也许,是我不小心把擦拭胡须的伏特加当成水喝了。一定是伊万这个蠢货没有把酒拿走,让我把它们全喝下去了。"为了证明自己没喝醉,少校使劲掐了自己一下,痛得叫了起来。这痛清清楚楚地让他明白自己是清醒的,他悄悄走近镜子前,起初半闭着眼,心想鼻子也许还长在脸上吧。就在这时,他又跳了起来,大喊道:"多么丑陋的一张脸!"

这的确很令人费解。如果丢失的是一个纽扣、一把钥匙、一块手表或其他这类的东西,倒也说得过去,可丢失的却是鼻子!怎么能丢了它呢?而且是在他自己的家里!在考虑了所有的事情之后,科瓦廖夫少校觉得应该把最大的过错,归咎于想把女儿嫁给他的校官夫人波德托庆娜。实际上,科瓦廖夫少校也喜欢和她女儿调情,可到最后时刻他又不愿意给人家一个结果。当校官夫人直截了当地表明想把女儿嫁给他时,他找了个托词说自己还年轻,还得再服役五年,得等他到四十二岁时才能谈这事。于是,他觉得校官夫人为了报复他,找了一些老巫婆对他施咒。要不然,鼻子绝不可能简简单单地被割掉,因为没有人进过他的房间。

理发师伊万·雅科夫列维奇在周三给他刮了胡子,可在周三甚至周四一整天,鼻子都好好地在那里,这一点,他记得非常清楚,并且按理说,丢鼻子时,他应该感到疼痛,而且伤口也不可能这么快就愈合,光滑得犹如煎饼。他脑子里想了很多行动计划:他应该控告校官夫人,或者亲自去找她,当面揭发她的阴谋。他的思考被从门缝里透出的光打断了,这意味着伊万在前厅里点燃了蜡烛。很快,伊万进来了,手里拿着蜡烛,亮晃晃地照亮了整个房间。科瓦廖夫下意识地抢过手帕,盖住前天还有鼻子的那个地方,这样就不会让那个傻蛋在看到主人的怪模样后,吓得呆站在那里。

伊万还没来得及回到自己住的下房,就听到前厅里传来陌生的声音:"八等文官科瓦廖夫住在这儿吗?"

"请进来。科瓦廖夫少校正住在这里。"科瓦廖夫说,迅速跳起来给客人开门。

进来的是位相貌周正的警官，留着不淡也不黑的胡须，胖胖的脸蛋，他正是故事开篇时站在以撒桥头的那个巡警。

"您是不是丢了鼻子？"

"是的。"

"它已经被找到了。"

"您在说什么！"科瓦廖夫少校惊呼，高兴得仿佛舌头打了结。他盯着面前的警察，在他那厚厚的嘴唇和胖胖的脸蛋上，颤动的烛光闪烁着。"您怎么找到的？"

"巧得出奇！他正要出城时被人拦住了。他正准备坐上马车去里加。甚至在很久以前，他就以某个官员的名字办了护照。奇怪的是，一开始我也以为他是一位绅士。但幸运的是，我随身带着眼镜，一眼就看出他是一个鼻子。您看，我是近视眼，当您站在我面前时，我只能看到您的脸，但是鼻子、胡须或其他的东西，我就看不到了。我的丈母娘，也就是我夫人的令堂，我也看不到。"

科瓦廖夫在旁边说："它在哪儿呢？在哪呢？我马上就来。"

"不用麻烦了。我知道您需要它，已经把它带来了。奇怪的是，这事的罪魁祸首是沃兹涅先斯基大街的那个骗子理发师，他现在正被关在监狱里。我早就怀疑他酗酒、偷窃，前天他还刚从一家铺子偷了一打纽扣。您的鼻子一切都好好的！"说完这些话，警官把手伸进口袋，掏出了用纸包着的鼻子。

"就是它！"科瓦廖夫喊道，"就是这个，我的鼻子！今天请赏脸和我一起喝杯小茶吧。"

"我认为这将是件美事，但我做不到，现在我必须得去趟疯人院……现在所有的食品价格上涨得厉害……我得养我的丈母娘，也就是我妻子的母亲，还有我的孩子们。最大的那个孩子很有出息，是个非常聪明的小伙子，但我们没有多余的钱来教育他。"

科瓦廖夫立刻明白了对方的意思，从桌子上拿起一张红色的钞票，塞到巡警手里。巡警马上行了个礼，走出门去。几乎在同一时刻，科瓦廖夫听到了他在街上的训斥声：一个把马车赶到人行道上的蠢笨乡下人，刚刚挨了他一巴掌。

巡警离开后，八等文官迷糊了好一阵子，才能重新看清东西，恢复了知觉：意外的喜悦使他陷入了这样的迷糊状态。他小心翼翼地，用双手捧起那个刚刚找到的鼻子，又仔仔细细地看了一遍。

"是它，的确是它，真的是它啊！"科瓦廖夫少校说，"左边这儿还是昨天刚冒出来的小疙瘩呢。"少校兴奋得笑了起来。但是，这个世界上没有什么东西是持久存在的，快乐在过了那一刻之后也不再强烈。片刻之后，会越来越弱，最后融入平常的心境，就像落入水中的小石子激起的涟漪，终究会融入平滑的水面一样。科瓦廖夫这才想到整件事情并未结束：鼻子虽然被找到了，但它仍然需要被装到原来的位置上去。

"要是装不上怎么办？"

这样的自问自答，使得少校脸色大变。他被一种莫名其妙的恐惧攫住了，立马冲到桌前，把镜子拉得近一些，以免他把鼻子装歪了。他的手直打战。他小心翼翼地把鼻子放回原来的位置。啊，可怕！鼻子粘不上了！他把鼻子拿到嘴边，用嘴巴呵出的热气来暖它，又再次把它拿到两颊之间的下塌处，但就是粘不上。

"喂，来吧，往上粘啊，你这个蠢货！"他不停地对它说，但鼻子仿佛木头做的一般，扑通一声落在桌子上，发出奇怪的软木塞般的声音。少校的脸吓得扭曲了。"它不会真粘不上去吧？"但无论他怎么尝试把鼻子放到原来的地方，都像先前一样失败了。

他把伊万叫来，要他去请医生，这医生就住在同一幢房子二层楼上的上等房间里。医生身材保持得很好，有着漂亮的黑胡子，妻子活泼又健康，他每天早上的第一件事，就是吃苹果。嘴巴要一直保持绝对的清新，他每天早上漱口都得花上四十五分钟，还得用五种不同的牙刷刷牙。医生马上就来了。他询问这事是多久前发生的，然后抬起科瓦廖夫少校的下巴，用拇指在他原来有鼻子的地方轻弹了一下，迫使少校不得不把头往后仰，结果用力过猛，脑袋磕到了墙上。医生说不要紧，并叫他离墙远一点，先把头向右转，在摸到鼻子的位置后，说："嗯！"然后让他把头往左转，又说了一声："嗯！"最后他又用大拇指弹了他一下，科瓦廖夫少校晃着头，像一匹正在接受牙齿清点的马。做完这个测试后，医生摇摇头说："不行，我做不到。您最好还是保持原样吧，否则我们只会让事情更糟。当然，我也可以帮你粘上它。但我敢保证，这对于您来说，只会更糟！"

"更糟也没关系！没有鼻子我怎么能活下去呢？"科瓦廖夫说，"不可能比现在更糟了！这简直太可怕了！我现在这副鬼样子，怎么能在外面抛头露面呢！今天晚上我要参加两家晚会。我认识很多人：五等文官夫人契赫塔廖娃、校官夫人波德托庆娜……不过，在她对我做了这事之后，我只能和她在警察局会面了。我求求您了，"科瓦廖夫哀求道，"难道没有别的办法吗？只要能把它粘上就行，即使粘得不好也没关系，只要能粘住就行！在它快掉下来时，我可以用手托住它。而且，我又不跳舞，所以我不会做出任何有可能会把鼻子碰掉的动作。至于您的出诊费，请放心，我会在我财力允许的范围内……"

"您要相信我,"医生用不高也不低、却极具说服力和吸引力的声音说,"我从不会因为赚钱而出诊。这违背我的原则和使命。我的确会收出诊费,但这完全是怕病人觉得过意不去才收的。我完全可以帮您把鼻子粘起来,但我以自己的名誉向您保证,您一定要相信,装上鼻子只会把情况弄得更糟。最好还是顺其自然。常常用冷水清洗它,我向您保证,即使没有鼻子,您也会像有鼻子一样健康。至于鼻子,我建议您把它放在装有酒精的瓶子里,最好再往瓶子里放两勺烧酒和热醋,这样,您就能大大赚一笔了。如果您的要价不太高的话,我也想买下它。"

"不,不!我绝对不会卖它!"科瓦廖夫少校绝望地喊着,"我宁愿把它丢掉!"

"对不起!"医生鞠了一躬说,"我想帮你……但没办法!至少您知道我尽力了。"说完这句话,医生庄严地离开了。科瓦廖夫甚至连医生的脸都没来得及看清,整个人呆在那儿,只看到他雪白的衬衫袖子从黑色燕尾服的袖口里露出来。

第二天,他决定在提交诉状之前,先写封信给校官夫人,问她是否愿意私下和解,把本来属于他的东西还给他。信是这样写的:

尊敬的亚力山德拉·格利戈里耶夫娜夫人:

我无法理解您的奇怪行为。您这样做,什么也不会得到,更不可能强迫我娶您女儿为妻。您要相信,我知道鼻子事件的所有经过,您是主谋,而不关其他人的干系。它突然丢失、逃跑还伪装成官员，最后又变成它自己本来的样子，这只不过是您或那些像您一样从事这种崇高事业的人，所施的巫术。我认为我有责任提先通知您：如果鼻子今天还没有回到它本来应该在的地方，我将被迫求助法律的保护与辩护。

因此，我很荣幸向您致以最高的敬意。

您忠实的仆人
普拉东·科瓦廖夫敬启

仁慈的普拉东·库兹米奇先生：

您的来信让我吃惊。坦白说，我从来没有想到会收到您的来信，尤其是受到您那不公正的指责。我要告诉您，我从来没有在家里接待过您所提到的那个官员，无论他是以伪装的样子还是以他本来的样子出现。其间，菲利浦·伊万诺维奇·波坦契科夫确实来过我家，并寻求小女芳心。他品行端正，学识渊博，但我从未给予他一丝希望。您在来信中提到了您的鼻子，如果您的意思是说，我想给您难堪，即表明我在正式拒绝您对小女的心意，那么我会大为震惊。因为您知道，我的想法与此完全相反。如果您现在向我的女儿求婚，我会立马同意，您一直以来都是我最心仪的对象，我愿意随时为您效劳。

亚历山德拉·波德托庆娜敬复

"不，"科瓦廖夫读完信后说，"和她没关系，这不可能呀！可这封信的言辞方式又不像是犯错的人能写出的。"八等文官对这一点很确信,因为他在高加索任职期间,曾多次被派去参加案件调查。"那么,这件事到底是怎么发生的?只有鬼才能说明白。"他最后沮丧地说。

在此期间,这件奇事传遍了整个首都①,如往常一样,越传越有趣。那时的人们都比较猎奇。不久以前,全城人都对催眠术实验表现出极大兴趣。此外,科尤申那亚街上跳舞的椅子的故事还让人们记忆犹新。因此,当不久之前传来的新谣言,说八等文官科瓦廖夫的鼻子每天三点钟在涅瓦大街散步时,就没有什么好奇怪的了!大街上每天都挤满了成群结队的好事之徒。有人说"鼻子"出现在容克的店里,于是,容克的店外挤满了人,就连警察都不得不出面干预。一个长着络腮胡子、相貌周正的生意人抓住商机,在剧院入口处卖各种各样的点心,还特地做了许多好看又结实的木凳,每人收费八十戈比,供好事之徒歇脚。一位功勋赫赫的上校特意比平时早些出门,当他好不容易挤过人群,却没在商店的橱窗里看到鼻子。那里只有一件普通的毛线衣和一幅石版画,上面画着一个正在穿袜子的年轻女孩,还有一个穿着翻领马甲、留着小胡子的花花公子,他正躲在树后偷看她。这幅画挂在这儿已经十多年了。他悻悻地走开了,说道:"他们怎么能用这种愚蠢又不可信的谣言来骗取人们信任呢!"后来又有谣言说,科瓦廖夫少校的鼻子并不在涅瓦大街,而是在塔夫里达花园散步,它已经在那里很久了。霍慈列夫·米尔查还住在那儿时,就对大自然的这些奇异现象感到异常惊讶。一些外科学院的学生也到这儿来参

---

① 圣彼得堡在1712年至1918年期间是俄罗斯首都。

观。一位受人尊敬的贵族太太还给花园管理员特地致信，要求向她的孩子们展示这一罕见奇观，如有可能，还要附加些对青年人有益的箴言和启发性的解读。

城里那些喜欢逗女士们开心的上流绅士、酒会常客，本来发愁已经没有笑话可讲了，但这件事又使他们兴奋起来。一小部分可敬、心地善良的人却对此不满。一位绅士愤怒地说，他无法理解在现在这样开明的时代，这些愚蠢的谣言是怎么散播开的，他责备政府为什么不对这事进行管制。这位先生显然是那种想让政府干涉一切的人，即使是和妻子的日常争吵也不例外。在那之后……整个事件又被笼罩在迷雾中，之后发生了什么，没有人知道了。

三

在这个世界上，荒诞至极的事情时有发生。有时，它们完全没有任何道理可言：突然之间，那个曾以五等文官身份自居，并在城中引起巨大轰动的鼻子，若无其事地又在科瓦廖夫少校的两颊之间出现了。那已经是四月七日。早上醒来，他偶然照了下镜子，竟然看到了——他的鼻子！他用手一抓，确实是它的鼻子！"啊哈！"科瓦廖夫说，他高兴地几乎要在房间跳起赤脚舞来。但伊万的进门打断了他。他让伊万给他打些水来，一边洗漱，一边又照了一眼镜子：鼻子！用毛巾擦干时，又瞥了一眼镜子，鼻子！

"看，伊万，我的鼻子上好像长着一个疙瘩，"他说，同时心里想,"如果伊万回应说:'哎呀,没有呀,老爷,不仅没长疙瘩,就连鼻子都没有啊,那该有多可怕!'"

可是伊万说:"没有呀,老爷,没有什么小疙瘩。您的鼻子干净着呢!"

"好啊,真见鬼!"少校自言自语地说,还打了个响指。这时,理发师伊万·雅科夫列维奇正从门缝往里偷瞄,他看起来有些害怕,像只因偷油吃而被打了一鞭子的猫。

"先告诉我,手干净吗?"他还没有走近,科瓦廖夫就对他喊道。

"可干净了!"

"你撒谎。"

"我发誓,老爷,真的特别干净!"

"好吧,我们开始吧。"

科瓦廖夫坐了下来。伊万·雅科夫列维奇用一块布盖住他,挥动着剃须刷,不一会儿就把他的下巴和半边脸颊涂得像商人过命名日时请客人吃的鲜奶油一样。"唔!"伊万·雅科夫列维奇看了看少校的鼻子,又把头拨到另一边,从侧面看了看,自言自语道:"瞧!您这鼻子多漂亮!"他继续说着,又仔细盯着鼻子看了一会儿。最后,他尽其所能地、极其小心翼翼地、轻轻地伸出两根手指,用力抓住少校的鼻尖。这就是伊万·雅科夫列维奇刮脸时的操作手法。

"好了,好了,好了,小心点!"科瓦廖夫喊道。伊万·雅科夫列维奇把手放下来,从未如此困惑害怕过。最后,他开始小心翼翼地用剃刀刮下面的胡须,他进行得很吃力,因为他没法抓科瓦廖夫脸上可依凭的部位,只能用粗糙的拇指顶住他的脸颊和下面的牙龈。最后,他终于克服了所有的阻碍,刮好了脸。

一切完毕后,科瓦廖夫急忙穿好衣服,叫来辆马车,径直向咖啡铺走去。还没进门,他就喊道:"伙计,来杯巧克力茶!"同时,他快步走向镜子,一瞧,鼻子还在那儿!他兴奋地转过身,微微眯着眼,略带讥讽地望着两个军人,其中一个人的鼻子还没有坎肩的纽扣大。在那之后,他去了省衙门,就是那个他想在那里谋求副省长职位的地方,如果不成的话,做个采购官员也行。走过接待室时,他朝镜子里望了一眼,唔,鼻子还在!然后,他又去拜访了另一位八等文官,这个人爱开玩笑,经常嘲笑挖苦科瓦廖夫,他常常回答说:"哦,得了吧,我还不知道您,您就爱开玩笑!"在去的路上,科瓦廖夫心想:"如果少校见到我,没有笑得前仰后合,那就说明脸上的一切都还在老地方待着!"结果,八等文官什么也没说。"太好啦,真见鬼!"科瓦廖夫心想。在街上,他遇到了校官夫人波德托庆娜和她的女儿,向她们鞠了一躬。她们欢呼雀跃地迎接他,一切都在顺利进行,这表明他脸上一切正常。他跟她们说了很长时间的话,又慢吞吞地拿出鼻烟壶,在她们面前往两个鼻孔里擤鼻烟,心里想着:"你们这些女人,你们这些蠢货!我是不会娶你女儿的。谈谈恋爱还行,就这样。"从那时起,科瓦廖夫少校就像什么事也没发生过一样,在涅瓦大街、剧院以及城里别的地方到处闲逛。他脸上的鼻子也像什么都没发生过一样,挂在脸上,丝毫显不出一丝曾经出走过的迹象!从那以后,人们总是看到科瓦廖夫少校兴致勃勃且面带微笑地追逐着漂亮的女人们。有一次他甚至在中心商场的一家小商店前停了下来,买了一根勋章带。天知道这是为什么,他可从来没有得过任何勋章。

这就是发生在我们庞大帝国北方首都里的故事。只是现在，我们再仔细想想，会发现其中有很多地方是经不起推敲的。暂且不说鼻子的神秘丢失以及它以五等文官的身份出现在城市各处这事，可科瓦廖夫怎么会不知道报馆是不会登关于鼻子的广告呢？我并不是说刊登费太贵，这纯属瞎话，而且我也不是那么吝啬的人。主要问题在于这么做不体面、又丢脸、还不妥当！还有啊，鼻子怎么会无缘无故跑到新烤好的面包里呢？伊万·雅科夫列维奇又怎么会……不，我不明白啊，怎么也弄不明白。但最奇怪、最不可思议的是，作者怎么会选择这样的题材呢！坦白说，这是完全不能理解的，这确实是……不，不，我就是不明白！一来，对祖国没有任何好处；二来……第二点仍是没有任何好处。我根本不明白这是怎么回事……

然而，针对这一切，我们还是可以假设第一点、第二点、甚至……毕竟，哪里不会发生些荒唐事呢？但是，您再仔细细想一想，会发现这一切都很有意思。不管人们怎么说，这类怪事确实存在。它们很少见，但它们确实存在。

《鼻子》引发的思考：
通向真实的大门可能是荒诞

  我们一直在讨论"真实"的作用，即故事中的"真实性"。我们曾经说过，当故事以一种看起来真实的方式讲述这个世界的时候，它就会吸引读者的注意力。

  在《主与仆》中，托尔斯泰告诉我们："风从左边吹来，不断把穆赫尔蒂脖子上的鬃毛强硬地扭向一边，甚至连它那打了结的尾巴也被吹得贴在了马腹上。"我看着那匹马，仿佛感受到了吹在我脖子上的刺骨寒风，甚至隔着我那条薄薄的手工缝制的俄式裤子，直接感受到了木头板凳的冰冷与坚硬。这个例子，体现了故事表达真实的一种方式。

  此外，《主与仆》故事中事件顺序也让我们觉得真实。自负的地主坚持要在暴风雪中驾着雪橇外出谈生意，他迷路了，接着又去责怪仆人。我觉得，是的，有时候世界就是这样的。作者对作品"精准的洞察力"让我对他产生了信任，并感觉自己也参与到了故事中。

  大致来说，这就是"现实主义"的本质：外面有一个真实的世界，而作者让自己的故事与这个世界相似。

  但正如我们所看到的，现实主义并不总是那么真实。到目前为止，我们读过的契诃夫、屠格涅夫和托尔斯泰的故事都经过了压缩和夸张，他们对其进行了精心选择、省略和塑造。（世上是否真有过像奥莲卡这样愿意牺牲自我的女人？有像瓦西里这样为救仆人而死的主人吗？从城里回家的路上，你也会像玛丽亚一样有各种各样的戏剧性想法吗？）

我曾经听说过"共识现实"这个词，它描述的是我们在这个世界上一致认为真实的一系列事物，比如水是蓝色的，鸟会唱歌，等等。虽然水不仅仅是蓝色的，也不是所有的鸟儿都会唱歌，而且把一些鸟做的事称为"唱歌"，某种程度上缩窄了它们实际行动的范围，但同意这种带有共识的观点，对我们而言是很有好处的。当我说"鸟唱着歌在一大片蓝色的水面低空掠过"，如果你想知道湖上刚刚发生了什么事情，这句话营造的形象就对我们非常有帮助。当我说"小心啊，钢琴要从上面砸到你头上了"，事实上，在这里，我们已经同意把那堆木头、象牙、金属统称为"钢琴"，把你脖子上面的部位称为"头"，把上面的方位称为"上面"，我说这句话，是希望你能及时避开危险。

现实主义利用了我们对"共识现实"的这种认可——故事中发生的事情与现实世界中的情况大致相同；该模式将自己限制在通常发生的事情上，限制在物理世界中可能发生的事情上。但是，我们要知道，如果一篇故事拒绝"共识现实"，也就是说，如果故事中发生的事情，在现实中不会也永远不可能发生，那么这篇故事仍然可以是真实的。

如果我让你写篇故事，其中的角色是一部手机、一副手套和一片落叶，他们正在郊区车道上的推车里聊着天，这会是一篇真实的故事吗？会的。它的真实性体现在对自身做出反应的方式，对前提条件做出回应的方式以及继续推进的方式——通过事物在其内部发生的变化、内部逻辑框架的调整以及各要素之间的相互关系等等。只要足够用心，推车里满满的东西完全能够成为一个完整的意义系统，呈现我们这个世界的真实样态，尽管其中一些可能无法通过更为传统的现实主义方法表现出来。该系统的意义不在于其初始前提的可信性或精确性，而是它对该前提的所做出的反应方式——它是怎么处理这个前提的。

如果作家在故事中引入怪诞事件，然后让虚构的世界对这个事件做出反应，那么我们真正了解的其实是虚构世界的心理物理学[1]。那里有什么规则呢？事情是如何进行的？这样的故事也会让人感到真实且重要，因为人们觉得虚构世界的心理物理学与我们自己的心理物理学很相似。

这就引出了《鼻子》这篇故事。

伊万·雅科夫列维奇在他早上吃的面包里发现了一个鼻子。在我们的译本中，他感叹道："怎么这么硬！"而在理查德·佩韦尔和拉里萨·沃洛克洪斯基[2]的译本里，他感叹道："硬不可摧啊！"他"吓得脸色大变"，要是我们看到了，也会像他这样反应。

面包里出现鼻子是最初的怪诞事件。现在我们等着看虚构的世界（在这种情况下，指的是伊万和他的妻子普拉斯科维亚·奥西波夫娜）会对此做何反应。这就是故事的意义所在——鼻子出现在面包里这一事实并不重要，这对夫妇对此所做出的反应才重

---

[1] 心理物理学研究的是感官认知与物理刺激之间的定量关系，在这里，物理刺激应指怪诞事件，而感官认知自然是这个虚构世界针对它们做出的反应。
[2] 理查德·佩韦尔（Richard Pevear）和拉里萨·沃洛克洪斯基（Larissa Volokhonsky）是一对夫妻翻译搭档，曾合作将大量经典俄罗斯文学作品译为英语，曾译有列夫·托尔斯泰的《安娜·卡列尼娜》、陀思妥耶夫斯基的《白痴》等作品。

要。这是一个鼻子可以出现在面包里的世界,它不是我们生活的世界,却有着自己的规则,我们等着看这些规则是什么。

普拉斯科维亚·奥西波夫娜并没有被吓得脸色大变,她清楚地知道那个鼻子是怎么进到面包里的。它是理发师伊万从顾客的脸上割下来的。

一瞬间,我们接受了这个指控,得出以下信息:这里有个鼻子,是已经和脸分开的鼻子;这是一个"熟悉"的鼻子;伊万是个理发师;这是他亲爱的妻子对他提出的指控。

但这并不完全成立。

如果我是伊万,我会这样回答:"亲爱的,请等一下,想想看,我为什么要切掉顾客的鼻子呢?如果我真这样做了,又为什么要把它带回家呢?如果我把它带回家,又为什么要把它放到面团里呢?想想看,昨晚我到家时,面团还没开始做呢。还有,今天早上你揉面团的时候,为什么会没注意到那只鼻子呢?"

伊万什么都没说,在他的反应和我们的反应之间的距离里,果戈理的世界开始形成了。伊万立刻接受了她歪曲的逻辑——如果发生了灾难性事件,那一定是他干的。然后他认出这是顾客科瓦廖夫的鼻子。在这儿,我要提出一些质疑,想一想,我能认出一周只见两次面的人的鼻子吗?比如,坐在健身房前台的那个人的鼻子?我表示怀疑。嗯,好吧,我猜,这取决于鼻子本身长什么样。

因此,当我与伊万和普拉斯科维亚同坐在一张简陋木椅上时,我也被拉到了那张摇摇晃晃的十九世纪的俄式桌子旁。在我们面前,面包里出现了一个鼻子,这时故事才讲了一页内容,可我已经读不下去了。因为他们对此事的反应与我完全不同,他们仓促得出的结论是我无法认同的，也没有提出我所关注的问题，比如：科瓦廖夫难道没有注意到他的鼻子被割掉了吗？科瓦廖夫在他鼻子丢失后的几小时里做了什么？伊万看样子可没有割下鼻子并把它带回家，那么它是如何来到这里的？他们应该怎么做？你会怎么做？我会深吸一口气，想办法弄清这些疯狂的事件是怎么发生的。我会问妻子："普拉斯科维亚，我回家的时候是不是喝醉了？我刚进家门的时候做了什么事呢？我们去看看我的刮脸刀上是否还留有血迹。"结论则是我是无辜的，我会找到科瓦廖夫，把他的鼻子还给他，并解释说我与它的失踪毫无干系。

但伊万的冲动做法是："把它放在墙角里。先让它在那儿待一会儿。"他稍后会"拿走"。但普拉斯科维亚现在就想把它弄走。因此，他们不是在争论要不要做这件不理智且迫在眉睫的事情（把鼻子扔掉），而是要在什么时候做。

普拉斯科维亚认为伊万有罪，他也同意了。但他犯了什么罪？他害怕"警察会在他身上搜出鼻子，并对他提出指控"。什么指控？我们明白，他也应该明白，他并没有做错任何事。而且，警察又怎么会在家里"找到"鼻子呢？所以，我们觉得他们担心的事情很荒唐，他们不是担心一个人丢了鼻子，反而去担心可能会因此受到的指控。

我想，假如我的目标是"销毁证据"，那伊万的做法和我想的差不多。他用一块破布包起鼻子，打算"把它塞到什么地方去……要么假装不小心，趁机扔掉它，然后拐到小路上去"。但他总是遇到熟人，找不到合适的时机。这里有一些……不太合理的地方。假如我想象自己现在正身处纽约，我用一块破布包着健身房某个人的鼻子，在我看来，不管在街上遇到多少熟人，我都有扔掉它的方法，比如用老式的方法一脚把它踢飞，或者在星巴克外面找一个垃圾桶之类的东西。毕竟，它是用破布包着的，看起来就像垃圾。可我们的伊万对扔鼻子的地方有着近乎苛刻的挑剔条件，他有些偏执。

最后，他成功地把它扔掉了，但立马被一个警察看到了，他命令伊万把它捡起来。所以，伊万的偏执是有道理的：这个世界真的如此让人警惕。

然后他把鼻子带到圣以撒桥，扔进河里。在那里，他被另一个警察问话，不是因为他把鼻子扔进了河里，而是因为他在桥上扔东西。

这幕场景就像整篇故事一样，充满了我们所谓的多重叠加怪诞综合征。最初的怪诞：一个鼻子出现在面包里；第二层怪诞：这对夫妇对面包中出现的鼻子做出了不合理的反应；第三层怪诞：因为他们的反应是不合理的，所以他们会做出一个奇怪的计划来应对——把鼻子扔掉；第四层怪诞：伊万执行计划失败，他无法完成这项任务，因为他对它有太多顾虑，而且他发现外面的世界对他有种微微的敌意：不断遇到的熟人，满大街的警察或者至少会遇到的两名警察。

还有另一层面的怪诞，这与故事的讲述方式有关。在第 301 页，当伊万站在桥上的时候，因为插入了一些题外话，故事停止叙述下去了。叙述者承认他"到现在为止都没有为他说上几句话"，伊万在"很多方面都是一个值得尊敬的人"，但这句离题话并没有让我们相信伊万是个可敬的人。我们被告知他是个酒鬼，衣着邋遢，手也很臭，还被告知他是一个"睚眦必报的人"，并提供了证据，当科瓦廖夫声称伊万的手很臭时，他合理地回答说："怎么会臭呢？"然后开始报复，伊万会在八品文官的脸颊、鼻子下面、耳朵后面、下巴底下涂满肥皂泡。要知道，清理这些地方本来就是一个理发师应该做的活。

因此，即便这句离题话是以一本正经的口气和一副权威的样子来讲的，它仍像伊万一样，似乎无法做到它想要完成的事情，反而让我们远离了这段离题话，因为我们了解到的实际情况削弱了"伊万是可敬的人"的说法，就好像叙述者听错了自己的论点陈述，然后开始使用倒置的、愚蠢的逻辑系统来证明它。

我们开始怀疑，不仅果戈理的世界不正常，他的叙述者也是如此。

果戈理的文风，与契诃夫或者托尔斯泰的相比，好像更带着些笨拙、粗俗与漫无边际。它的不合理性如此怪诞，就如同伊万和普拉斯科维亚得出的奇怪结论一样。在故事的第一段，叙述者说伊万的姓"丢失了"，也就是说，叙述者并不知道他姓什么。随后叙述者指出，这个姓"甚至"在外面的招牌上也看不见了。这些并不是可以相互连接的事实，叙述者无法证明伊万的姓是什么，但伊万自己大概是知道的。叙述者没有把它留在招牌上，是因为他不知道。普拉斯柯维亚·奥西波夫娜被描述为"相当令人敬重的女士"，但说一个人"相当"令人敬重是什么意思呢？（相当令人敬重和完全令人敬重之间可是有区别的。）当我们觉得这对夫妇之间的对话变得不合逻辑时，叙述者从不现身向我们表明他也有这种感觉。比如，当普拉斯柯维亚·奥西波夫娜愤怒地喊道"畜生，你在哪里割掉了这个鼻子"，我们会觉得她忽略了这是个不成立的事实,因为如果伊万真的这么做了,他的顾客无疑会反对。

因此,以上的例子证明了《鼻子》中的叙述是一种俄罗斯特有的、不可靠的第一人称叙述形式,被称作口头叙事①。想象一个演员用故事中的角色讲故事,这个角色是……蹩脚的。用文学评论家维克托·维诺格拉多夫的话来说,"他的鲜明特征是笨嘴拙舌"。另一位评论家罗伯特·马奎尔认为,果戈理式的口头叙事者"几乎没什么文化,也不知道如何展开论证,更不用说以雄辩和令人信服的方式谈论他自己的感受了,尽管他希望自己被认为是见多识广且善于观察的人,但他总喜欢东拉西扯,离题万里,分不清事情的轻重缓急"。作家兼译者瓦尔·维诺库补充说(我们已经开始注意到这一点),由此产生的故事被"不恰当的叙事重点"和"错置的假设"扭曲了。正如马奎尔所说,叙述者的"热情溢出了正常范围"。

所以,这并不是粗俗的写作,相反,这是一个伟大作家在描写一个粗俗作家的写作。(不仅如此,这是一个伟大作家在描写一个粗俗作家在描绘一个鼻子被割掉并藏在面包里的世界。)

叙述者的身上呈现出一种生硬且不可靠的叙事特点。他既不知变通,又觉得自己高人一等,还高估了自己的智慧与魅力。他一只手搭在我们的肩膀上,嘴里吐着一股怪味,笨拙地、冠冕堂皇地、没什么常识地来邀请我们——他的同龄人,和他一起俯视他笔下(卑微)的角色们。("好好观察吧,朋友们。瞧,故事里那些愚蠢的人,和你我都不一样。")这样产生的效果则是,我们

---

① 原文为 skaz,是一种俄罗斯文学类型,它模仿民间文学的作品风格、特定的语调和风格化的言语,一般会在文中设置一个与作者立场不一致的叙述者,其说话风格与现代文学规范不一致。——译者注

开始用怀疑的眼光看待叙述者。(这家伙到底是谁?)我们并不相信他的叙述。叙述者渴望实行他在其他故事中所看到的文学技巧,但他又不能完全执行出来(比如《鼻子》中失败的离题话),以及他未能对他所叙述的怪诞事物表现出足够的惊讶,这样他自己也卷入了他所描述的怪诞系统里,尽管他认为自己是高于系统之上的,可以对它进行评判。他试图让自己凌驾于伊万和普拉斯柯维亚·奥西波夫娜的世界之上。但由于他不擅长此道,他被我们置于他们身边,甚至看得比他们的地位还要低。他显然不是果戈理,而是果戈理在故事中创造的另一个角色——一位功能性人物,通过他的行文风格,无意识地揭示出他并不像他所认为的那样重要或聪明。所以,伊万、普拉斯科维亚的行为是不合理的。现在,似乎连我们叙述者的行为也是不合理的。

但是,你知道什么是合理的吗?

口头叙事传统,其实大家并不陌生。我们在马克·吐温、约翰·肯尼迪·图尔、喜剧演员莎拉·坎农扮演的米妮·珀尔、萨夏·拜伦·科恩扮演的波拉特、雷恩·威尔逊扮演的德怀特·施鲁特身上都可以看到它的美国变体形式。可以说,口头叙述者挑战了全知全能的第三人称叙述者。假设存在这样一个口头叙述者是件有趣的事,作家们也很好地利用了这个形式,并把它用在自己的作品中,比如契诃夫、屠格涅夫和托尔斯泰,但果戈理认为,他们这么做是以牺牲真实为代价的。每篇故事都是由某个人来叙述的,由于每个人都有自己的观点,所以每篇故事都是被误述的(主观叙述)。

那既然所有的叙述都是误述,果戈理说,不如让我们愉快地误述下去吧。这如同故事的相对论版本,不存在固定、客观、"正确"的观点，不可靠的叙述者用不可靠的声音描述了一群不可靠人物的行为。

换句话说，这像极了生活。

多年前，雪城大学的教授道格拉斯·昂格曾经提供了一个关于人们如何在世界上交流的模型。道格拉斯认为，当两个人交流时，每个人的头上都还额外顶着一个情绪泡泡，里面装满了个人的希望、预测、恐惧、先前存在的担忧等等。正常交流模式是 A 说话、B 倾听，然后等待回应，但当 A 说的话进入 B 的情绪泡泡时，信息就被打乱了。

假设 B 的情绪泡泡里现在充满了内疚，因为母亲生日那天，她忘了给她打电话，她哥哥还给她发了条责备短信。当 A 说"下周我要做一个演讲"，B 此时正想着她哥哥刚刚发来的那些责备之词，于是从她的情绪泡泡里捡取信息回答说："人们有时真的很苛刻。"此时 A 的情绪泡泡里本来就充满了将要进行演讲的焦虑，这会儿她听到的是："确实如此，我可能会把事情搞砸。"还把眉头皱了起来。B 心想："我做得真糟糕，A 都对我皱眉了，因为他知道我是那种忘记妈妈生日的混蛋。"[①]

由此可以说，这个世界是我们用自己的头脑创造出来的，而头脑的预先倾向决定了我们看到的世界类型。

一个生活在小牧场里的女人，满脑子都是牧场里的草要枯萎了的想法。当她去凡尔赛宫时，不消说，那里的草地给她留的印象最深。

[①] 在《鼻子》第二章快要结束时，科瓦廖夫和格利戈里夫娜夫人之间的书信往来，就是这种沟通不畅的佳例。——作者注

长期处在不幸婚姻中又被妻子拿捏的男人,当他去看戏剧时,一定无法接受自己的妻子仿若麦克白夫人的翻版。

这就是生活。真的,用果戈理的话来说,"这就是生活。"

我想起来一个故事:有位阔绰的好莱坞经纪人,他的法拉利跑车意外在洛杉矶郊外的沙漠里抛锚了。这太可怕了,因为那天晚上他要参加人生中一场极其重要的会议。他的手机没电了,周围也看不到任何人。但是,等等,远处有辆车开过来了。当它越来越近时,他看到那是辆破皮卡,车主是个农民。啊,上帝啊!他心想,"这些落后闭塞的农民,看到像他这样的人(开法拉利,身着帅气的西装)一定会觉得他挥金如土又不学无术。比如,你知道的,在农场里多是做些在烈日下和牛摔跤或者诸如此类的事情。他们会想,你一个朋克富二代,赚那么多钱做什么?还想要让别人来帮忙!真是个虚伪的人!天啊,经纪人心想,他的运气真是衰到爆了。世界上有那么多人可以来帮忙,为何他却碰到了这个家伙。那个愚蠢的乡巴佬了解他的生活吗,知道他这些年是如何打拼过活的吗?齐克、克莱姆或者随便什么人都有可能娶个农妇安稳过日子,而他的妻子珍妮却在上个月离开了他,因为他把所有的时间都扑在了工作上,现在他几乎见不到儿子小雷克斯了,而且……"

卡车停了下来。

"需要帮助吗?"好心的农民问道。

"去你妈的!"经纪人喊道。

我只要思考,就有可能会想错,当我说出这些错误的想法,它们就会落在同样想错的人身上,于是两个人就都想错了。作为人类,我们无法忍受只思考而不采取行动的做法,但在这种情况下采取的行动，往往只会让事情变得更糟。

如果你和我一样，曾经也对类似的问题感到疑惑，即："既然人们如此善良，为什么这个世界还是如此混沌？"先别着急，在这里，果戈理给了我们一个答案：在每个人的头脑中，都有一个活跃且独特的口头叙事循环，一个我们完全相信的循环，不是"仅仅作为我的观点"，而是"作为事情的真实情况"来呈现。

生活的戏剧性在这个世界上体现为：以口头叙事为首的 1 号人物走出去，在那里他遇到了以口头叙事为首的 2 号人物。两人都视自己为世界的中心，自视甚高，随即开始对一切都产生误解。他们试图沟通，但显然双方都不擅长此道。

于是，让人啼笑皆非的事情接踵而来。

伊万发现面包里有一个鼻子，还对此进行了糟糕的推理，并采取了无效的、错误的行动。科瓦廖夫住在城市的另一边，醒来时发现自己的鼻子不见了，他对此的反应很奇怪（与其说是害怕，不如说是恼怒，他对鼻子平白无故丢掉的方式很不满，希望至少有"另外的东西来代替它"），然后开始行动起来，还在街上偶然遇到了自己的鼻子。上次我们看到这个鼻子时，它还小到足以塞进面包里，但现在它已经变得像一个人那么大了。

这句话读着就很有意思。为什么会这样呢？

这个问题的答案里隐藏着果戈理天才的一面。

当科瓦廖夫第一次看到背叛他的鼻子时，我们选择的英文译本（由玛丽·斯特鲁夫翻译）是这样说的："想象一下吧，当科瓦廖夫认出它是他自己的鼻子时，得是多么的恐慌与惊讶！"佩韦尔和沃洛克洪斯基的译本是："令科瓦廖夫恐惧和惊讶的是，他认出了它是自己的鼻子!"玛丽译本里的"它"指代什么?佩韦尔译本里的"他"指的是谁?科瓦廖夫到底看到了什么?鼻子。这个人有……鼻子吗?鼻子……有脸吗?如果有的话,它的外表就没有被描述出来。但是,"他认出它是他自己的鼻子"这一自信的陈述,把一个鼻子安插进我们的大脑,一个柏拉图式的鼻子,一个我们无法画出来的鼻子。

然而,它在那里走进了一间屋子。

几分钟后,当鼻子再次出来时,没有答案解释为什么科瓦廖夫会认为这个人是他的一部分,或者这个鼻子是他的鼻子。我们只知道他穿着"绣金高领制服,麂皮的裤子","从帽子上的翎毛可以推测出他是五等文官"。重点是鼻子地位的变化,而不是它的新模样或大小的变化。

这种"不恰当的叙述重点"被用来回避这样一个问题,即如果这些事真的发生了,而我们刚好在现场的话,就能解答这个鼻子到底有没有脸。它有时作为人类的鼻子被描绘,戴着帽子,有胳膊有腿;但在故事的其他地方,我们了解到鼻子"眉头微微蹙起",也就是说,它是有一张脸的。换句话说,如果"鼻子"真有一张脸,那么它这张脸上的眼睛和嘴巴又是从哪里来的?它们是谁的呢?它又和谁长得相像呢?或者,它只有一个大鼻子和眉毛?

我们只能得出这样的结论:"鼻子"既是个没有脸的鼻子,又是个有脸的鼻子。或者两者都不是,或者两者都是,确切地说,这取决于场景时刻的需要。

这里的乐趣在于花一些时间让语言坦承它的真实面目:它是一种有局限性的交流系统,适合在日常生活中使用,但在更高的语域里存在不稳定性。语言似乎可以说出比它本身语义还要多的内容，我们可以用它组成与真实情况、甚至是与看似已经发生的情况无关的句子。

如果我打出这样一句话："桌子想挠挠自己的胳膊，但想到它没有胳膊，而且它的一条腿还比其他的腿短时，脸微微红了"，将桌子拟人化是某种层次上的"胡言乱语"。但这还不是全部，我继续写道："桌子的红晕渐渐退去 / 它可以回到被普遍认同的象征意义中去 / 或是并列成为一个酒窝，向自由奔去 / 或是变成加拿大，它情不自禁地用身上无情的小松糕装饰这片国土，人们吃了就要到新一轮命运中去。"你的脑海中会浮现什么呢？对我来说，会想到这些：有多少个加拿大松饼呢？它们到底有多"小"？你是怎么摆放它们的？是并排摆在那些向自由奔去的酒窝附近吗？这些命运小松饼，尽管只是我们在脑海中想象出来的，但我们仍然可以选择吃掉它们，或者把它们扔出"同理心港口"，或者把它们重新组合成一份圆筒形的纽瓦克文件，以供朱迪在执行"撕毁优越飞行猫"任务时轻松地查明。

上面这些内容意味着什么呢？意味着语言可以创造出一个不存在也不可能存在的世界。阅读果戈理时，我们可能会想到这就是我们的大脑一直在做的事情：用语言创造一个并不存在的世界。语言如同意义的近似模型，有时它会无限延伸，有意或无意地欺骗我们。例如，一些有目的的人，可以通过"扭曲"语言来敦促我们采取行动（有意欺骗）；有时我们会跟着脑中的想法来创建模型，并通过搜寻语言使想法看起来真实可信，却没有意识到，当我们太过于认可自己的想法时，就会把语言延伸到论点里那些不真实的地方去（无意欺骗）。

语言和代数一样，只有在一定范围内才能有效运作。它是一种表述世界的工具，不幸的是，我们会误认为它是世界本身。果戈理并不是在创造一个荒谬的世界，他是在向我们展示：我们每时每刻都在通过自己的思想创造一个荒谬的世界。

就像那些看到自己的朋友在紧急情况下惊慌失措的人一样，读完果戈理之后，我们可能再也不会用同样的方式来看待朋友的表达了。

这非常好，毕竟我们不想把接近真实的工具误认为是真实本身。

谈论一篇只能通过译本来分析的作品的语言特色是有问题的。用英语读果戈理是一回事，用俄语读他的作品则完全是另一回事。他的俄语作品更有趣，内含一些听觉上的笑话。可惜的是，这些谐音和双关语无法用英语表达出来。在我早期的教书生涯里，有一次，我在雪城大学的同事来和我的学生们谈论翻译中会遇到的一些困难。她讲得非常精彩，几乎让我们的整个课程黯然失色。听她讲完后，我们才意识到，我们所读的译本是多么苍白的仿作。她给我们讲了果戈理的另一篇杰作《外套》里的章节，并展示了那些被我们遗漏掉的所有与声音有关的笑话。例如，在这篇故事的开头，母亲需要给她的新生儿取名，她给他想了一系列名字，但最后决定用他父亲的名字来称呼他，于是他就成了阿卡基·阿卡基耶维奇。我的同事告诉我们，在俄语中，这部分语言听起来（唤起来）像屎粪的声音，最终在宣布婴儿的名字时达到高潮。"卡——卡"[①]在俄语中和英语中有着相同的联想，尤其是"阿

[①] 英语中的"ca-ca"有"屎"的意思。

卡基·阿卡基耶维奇"这个词与屎相关，就像英语中的"谢特·谢特维奇"等。（或是"克拉普.P.普普顿""唐皮·唐皮顿"。我可以继续编。）① 她告诉我们，俄罗斯读者听到这个发音会一直咯咯地笑，听到这个名字时，更是会笑得前仰后合。

可是我们不会有这种反应。在我们的猜想中，这只是对十九世纪俄罗斯婴儿传统命名方式的一点略显不和谐的叙述。

然而，即使是译本，果戈理故事的乐趣仍然在于它的真实情感，通过扭曲的口头叙述过滤后，从另一边出来的，仍然是扭曲但真实的感情。

我在成长过程中经历过这样一件事。在某个邻里聚会的深夜，我父母的某个朋友喝多了，他把我逼到墙角，渴望向我（或者任何一个人）传达他对这个世界的态度，他觉得这是一个美丽的、不公的、到处充满了遗憾的世界。此时，芝加哥式的口头叙述被他表演出来了，"你很有种，但是，相信我，那些混蛋还是会来找你麻烦的，你必须给他们这个——竖起中指——让他们尝尝狗屎的滋味！"

每个灵魂都是广阔的，都想充分表达自己。如果人被剥夺了适当表达自己的工具（在出生时，我们就被剥夺了这一点，有些人比其他人被剥夺得更惨）……诗就这样诞生了，人们通过一个"有限的"开口强行推出真实。

这就是诗的全部，真的，它从中衍生出一些怪诞的东西，从正常的言语里溢了出来。人们尝试用语言为世界伸张正义，但失败了，试图把自身投入语言，却被其边界束缚住，由此，他们觉

---

① 这三个名字都是英语中"屎"的不同表达方式的衍生词。

得语言不足以让他们表达自我，作品就这么成了诗人们越出边界的结果。果戈理的贡献是把自己丢到了小人物们所居住的小镇围墙上，以便观察他们，这些小人物口齿不清、不善言辞，他们的语言无法应付周遭的环境，但仍然能够体会到大人物（口齿伶俐，受过教育，从容自在）的感觉。

其结果是尴尬、有趣且真实的，我们会被（奇怪）叙事者的精神所感动。有一种写作模式是努力向上，以最高水平的语言准确地表达自己（想想亨利·詹姆斯），另一种则是屈服于本能的表达方式，尽管它可能有缺陷，但通过在该方式下集中工作，再将其提升，它会创造出一种将这种"低效"表达方式诗意化的精简形式。

当一位企业人士说："一些人之所以感受到了压力，就我们看，是因为我们没有达到或超过原本的目标，我们都记得公司的员工马克，上个月针对他的批评信中明确地传达了这一点。"这段话形如一首诗，因为它包含着越出语言边界的内容。首先，这里面有真实的陈述（传达出"我们没达标，完蛋了"的意思），但在它越出边界的内容里也包含了一些真实的东西，即传达出了关于说话人和他的文化水平，而这并不能被"我们没达标，完蛋了"所传达出来。

所以，它是一首诗，是一个传达额外意义的机制。

我们还会注意到，在故事的某些地方，果戈理的口头叙事突然消失了，故事变得优美且具艺术。在科瓦廖夫找到了他的鼻子却发现再也接不上了之后，叙述者告诉我们"这个世界上没有什么东西是持久存在的"，这就是为什么"快乐在过了那一刻之后也不再强烈"，"片刻之后，会越来越弱，最后融入平常的心境，就像落入水中的小石子激起的涟漪，终究会融入平滑的水面一样"。

这段话没有任何"不标准"的地方。所以，果戈理在这里使用的口头叙事是有实际范围的。有时这是一个伟大的作家在写一个粗俗作家在写的东西，有时这是……一个伟大的作家在写作。

"果戈理是个怪人，"纳博科夫写道，"但天才总是奇怪的，这种天赋丰盈了读者的内心，在好心的读者看来，它是一个充满智慧的老友，极好地发展了读者自己的生活理念。"纳博科夫还说，托尔斯泰和契诃夫也有"非理性洞察力的时刻"，突然产生"焦点转移"的时刻，但在果戈理的作品中，"这种转移是他艺术的基础。"

果戈理对自己的鼻子很着迷，他害怕水蛭和蛆虫。很明显，他可以用舌尖触及他那长长的鼻尖。您知道他在学校的绰号吗？"神秘的小矮人"。"他很虚弱，"纳博科夫告诉我们，"这个颤颤巍巍的小男孩，手很脏，头发油油的，耳朵里还流着脓。他大口吃着黏糊淌汁的糖果。他的同学们都避免碰他用过的书。据一位名叫柳比奇·罗曼诺维奇的同学说，班里的贵族同学都看不起他，说年少时的果戈理'早上很少洗脸洗手，总是穿着肮脏的亚麻布和带有污渍的脏衣服'。为了避免同学们的嘲笑，果戈理总会坐在教室的最后一排。"

果戈理是个来自乌克兰的外乡人，是个"妈宝男"。（这种爱的感觉似乎是相互的，因为他的母亲宠溺地认为是他发明了铁路和轮船。）他搬到圣彼得堡后，遇到了许多优于自己的贵族作家。"在普希金和米哈伊尔·莱蒙托夫[①]的作品中，俄罗斯的小说有种完美

[①] 米哈伊尔·莱蒙托夫（Михаил Лермонтов，1814—1841），俄罗斯作家、诗人，被视为普希金的后继者。

的轻松与清晰，"理查德·佩韦尔在他为果戈理的小说《死魂灵》所作的精彩序言中写道，"果戈理非常欣赏他们，但他并没有试图与他们匹敌。果戈理致力于创造另一种媒介，他没有模仿受过教育的人的自然文风，也不崇尚简洁、精确这些'散文美德'，而是恰恰与此相反。"

据安德烈·西尼亚夫斯基[①]所说，为了做到这一点，果戈理"不是诉诸我们谈话时所用的语言，而是诉诸无法以普通方式说出口的语言"。

这是果戈理的自我评价："普希金告诉我，在我之前，没有哪个作家能有这样的天赋，如此生动地呈现生活的平庸，如此有力地描述平庸之人的平庸，以至于所有被忽略的小细节都会在每个人的眼中闪现。这是我的主要品质，只属于我一个人，别的作家都不具备这种品质。"

一个人如何以"不模仿受过教育的人的自然文风"的方式写作，如何利用我们"无法以普通方式说出口的语言"？他怎么会如此擅长描述"平庸之人的平庸"？

好吧，我们可能会怀疑这是他的"内心工作"。也许果戈理不是在观察世界上某个平庸的人，并把他的观察记录写下来，而是在观察他内心存在的那个平庸之人并将它写下来。

我想说，果戈理在他最好的作品中，同时扮演了两个人的角色：一个是缺乏艺术审美、夸夸其谈、笨嘴拙舌、土里土气的叙述者，另一个是眼光敏锐的作家，他审视着土里土气的叙述者，引导并利用他，将他的声音微调成一种崇高的喜剧美。

---

① 安德烈·西尼亚夫斯基（Андрей Синявский，1925—1997），俄罗斯作家、文学评论家，曾用笔名撰写过批评苏联社会的作品，在西方出版。

在果戈理生命的最后十年，他失去了这种"分裂自己"的天赋。或者，我们可以说，那个平庸之人完全占据了他的主导位置。在他写小说《死魂灵》第二卷时，他很沮丧，转向了神秘主义和宏大叙事。他开始从意大利给那些他熟识的、会过生活的、偶尔遭遇挫折的朋友，寄一封充满灵性建议又颇有些优越感的信件。（在一封信中，果戈理这样劝诫一位近期因妻子去世而悲痛的男士："耶稣基督会帮你成为一个好人，你无须受过教育也无须有意为之——这是她在通过我讲话。"）这些内容被编入《与友人书简选》，唐纳德·方格[①]将其描述为"一本深刻的、常常令人感到尴尬的私人著作"，完全缺乏"果戈理早期作品中最经典的讽刺、批判立场"。

"他放弃了或者说被迫放弃创造出经典作品的喜剧感，"方格写道，"他变得越来越像他自己笔下的怪诞人物。"

"嗯，要相信我的话，"果戈理敦促和他通信的朋友，"我自己都不敢不相信它们。"这句话本有可能出自果戈理笔下的口头叙述者，但这是他自己写的，而且是认真写的。

《鼻子》给我们一种熟悉又可怕的感觉。一个人丢失了有价值的东西，并去寻找它。谁没做过这样的噩梦呢？我们在寻找某样东西，却找不到。梦境出现的意图是使我们感到挫败。梦的意义就在于那个特定的梦境世界里的无助性。

下面是故事的梗概，我们可以认为"科瓦廖夫在刚遇到自己的鼻子时，就去寻求帮助了"（从第308页开始）：

[①] 唐纳德·方格（Donald Fanger, 1929—），哈佛大学戴维斯俄罗斯欧亚研究所教授。

——他去了警察总监家，总监不在家。

——他去了报馆，在那里他被误解了，并因此感到沮丧。

——他去了区督察（不是警察局长）的办公室，并觉得自己被羞辱了。

——他回到家，认为这整件事都是波德托庆娜太太的错，他觉得波德托庆娜太太是个巫婆。

——一个警察带着鼻子来了。

——鼻子不能重新接上了。

——医生来看科瓦廖夫，他可以把鼻子复原，但建议不要复原，他试图把鼻子买下来。

——科瓦廖夫给波德托庆娜太太写了封指责信，后者在回信中表示他完全误解了她。

这里的模式大致是：科瓦廖夫尝试了一些合理的做法，但得到的回应并不令人满意。

他只是错过了和警察局长的见面，被报馆职员误解，被区督察侮辱，被医生误导。他去了所有该去的地方，向所有适合的人员请愿（换作我们也会这么做），每个人都彬彬有礼地对他（除了区督察，但他的粗鲁可以接受，因为他的官级比科瓦廖夫高），这些人说的都是对的，他们表示了对他的关心和同情，他们亲切而好奇，想要提供帮助，或者至少看起来帮上了一点忙，可却帮不上忙，因为他们没有（目前还没有）经历他所经历的噩梦。这场噩梦可以用多种形式呈现，如失去鼻子，当然也有可能失去一只胳膊、健康、生计、妻子、孩子或理智等等。世界上到处是等着发生在我们身上的噩梦,但科瓦廖夫求助的这些人不相信这一点,或许现在还不相信,正如我们不相信这件事一样。他们明白这个噩梦是科瓦廖夫独有的、特殊的、怪异的、尴尬的梦,而不是预示着最终会降临在我们所有人身上的、即将发生的、不可避免的噩梦。

此外,这也不是他们的工作。他们中的每个人都严格遵守他们所属的系统允许他们做的和期望他们做的事情。这个系统(他们的社会)是为正常运作而设计的,它不能帮助像科瓦廖夫这样有特殊需求的人。(他们的反应出奇温和,仿佛柯瓦廖夫丢失的不是鼻子,而是一个手提箱。)

因此,一切都在正常进行。尽管一个人失去了他的鼻子,瘸腿的乞丐在大教堂前被无故嘲笑,无辜的囚犯在肮脏的沙皇监狱里腐烂至死,儿童在挨饿,然而富人仍在精心装饰的舞会上跳舞。在这里,我们能列出数以百计的其他暴行,这些暴行会发生在虚幻的彼得堡,会发生在1845年3月25日或者任何一天,任何一个真实的城市里。我们所有人都心照不宣地同意这些暴行势必会继续下去,因为解决这些问题将超出预期合理的范围。

让我们关注科瓦廖夫仅有的一次互动,即他与报馆职员的互动(在第310到313页),以识别出果戈理梦境世界里的确切感受——无助性。

科瓦廖夫(用手帕捂住了他丢失的鼻子)说他想登个广告。他没有说,"我的鼻子不见了",而是相当害羞地说,"这是个糟糕的骗局"。实际上,他并不是在寻找以前长在他脸上的鼻子,而是在寻找现在变成了"恶棍"的鼻子。也就是说,一个有着自己思想的鼻子。他强调的不是"我的鼻子不见了",而是"我的鼻子冒犯了我，它离开我的脸而变成了另一个人——一个在我官阶之上、对我不尊重、需要抓住他、并让他规矩点的人"。

职员问科瓦廖夫逃跑者的名字，他拒绝透露。职员接受了他的回应。那职员问这个问题做什么呢？接着职员误解了科瓦廖夫的意思，以为他在找一个逃跑的家奴。就像在那场噩梦中一样，我们距离到手的真实情况越来越远。但职员说对了一部分，或者说，无论如何，科瓦廖夫接受了职员说的"错误"并稍做修改：过去确实有个逃跑的家伙，没错，但这个逃跑的家伙是我的鼻子。职员听错了，加深了他对情况的误解："这位鼻子先生卷走了您大笔钱财？"科瓦廖夫再次纠正他说："我的鼻子，我自己的鼻子不见了。"职员并不感到惊讶。然而，他希望得到更多信息，"我不太明白"，他温和地说道。

科瓦廖夫需要找到他的鼻子，并不是出于"这是他的鼻子，但它不见了"这样显而易见的原因，而是因为它是脸上显著的一部分，它的缺失是不可能隐藏的，而且……嗯，您知道的，他需要拜访许多上流的人物，所以……

他认为这个社会地位比他低的职员会接受他说的这个合理动机。职员确实考虑过刊登这则广告，但后来拒绝了，说是为了维护报纸的声誉，他不能发表这么荒谬的东西。此外，职员说，如果他的鼻子不见了，科瓦廖夫应该去看医生。但是……并不是真的不见了，不是吗？他觉得科瓦廖夫看起来"是个性格开朗的人，喜欢跟人开玩笑"。这位职员的观点带有明显的果戈理色彩，一个性格开朗的人所开的玩笑，有可能会是走进一间挤满陌生人的房间，并声称自己没有鼻子。

科瓦廖夫被激怒了，他把手帕从脸上拿开。注意，这里是个大发现,这是我们第一次有外部证据证明科瓦廖夫的鼻子真没了,他不是一个想象自己鼻子没了的疯子。"平塌的一块,"职员确认道,"像刚出炉的煎饼。"然而,他并不感到害怕,甚至一点也不惊讶,好像对所有事情都提不起兴趣,反正丢失的不是他的鼻子。他说,他觉得刊登广告对科瓦廖夫没有"任何好处"。这是真的吗?事实上,如果这个鼻子还坐着马车在城里转悠,这样的广告有可能会促使一些人看到一个和人一样大的鼻子,并将报纸上的鼻子与看到的鼻子对比起来,然后与科瓦廖夫取得联系,有可能会取得一些进展。对科瓦廖夫来说,这是极具潜力的"好处"。在这里我们会看到果戈理带我们走了好远,我们不仅接受了鼻子变成人的现实,而且接受了报纸上的广告有可能帮助我们找到它的想法,尽管我们仍然不知道确切要找的是什么,或者说,是什么人。我们发现这个令人恐慌的界限还在不断扩大。

科瓦廖夫反对报馆职员的不合逻辑吗?他没有反对。他感到"完全灰心",然后看到一个漂亮女演员的名字,就想去看剧。就这样,在灰心之后又因一点小事分心,科瓦廖夫探询鼻子的事情,或者至少有一部分探询的信念遭到了挫败。

为什么科瓦廖夫会挫败,是什么挫败了他?不是因为职员缺乏同情心。"我真为您发生这样的事感到难过",职员说,然后给他一撮他最想要但却得不到的东西。在果戈理的世界里,有一种挫败感、一种本质上的沟通不畅在起作用,它渗透到一切事物中,甚至渗入了故事的结构,或者说它的内部逻辑。

最让人感到悲哀的是那个报馆职员,他一点恶意都没有,却帮不上一点忙。

我们从科瓦廖夫身上,学到了一些对所有人来说都真实的东西：他很快（非常快）地适应了荒唐的新环境。他有无限的愤怒，但他比我们预期还要快地接受了他那糟糕透顶的新状态，继续生活、悲伤、愤怒，但不进行反抗，因为这不符合礼节。

我们所到之处，人们（大部分）都是善良和热情的，并且似乎信仰与我们差不多的价值观：信奉责任、真理、睦邻友好。然而每天晚上，在新闻中，还有在每个时代，在历史书上……没有什么残忍的事情是人类没有做过的，没有什么堕落和无望的故事是人类没有经历过的（现在就有人在经历着）。

就我个人而言，在生活中，我从来没有见过典型的好莱坞模式里的坏人——他们高兴地站在邪恶一边，咯咯地笑着，因为在人生早期对世界感到幻灭而成为一切美好事物的死敌。我在这个世界上所见过的大多数邪恶，即我所经受过的大多数肮脏事件（以及我自己对他人做过的肮脏事）都是由那些有善意的人造成的，他们认为自己是在做好事、表现通情达理，在轻微的误解下还能保持理智、礼貌与迁就，没有意愿或者花时间去思考事情的缘由，对他们所属信仰体系的负面后果视而不见，屈从于他们信仰的文化带给他们的"红利"和/或"常识"的观念，而不去质疑。换句话说，他们就像果戈理世界里的人。（我在这里先把那些大罪人、极度自负者、好大喜功者、那些被过多的财富、名望或成功迷住眼的人、极度专横的人、生来就渴望权力的人、心理变态者剔除出去。）

但从事物的世俗方面来看，如果我们想了解邪恶（肮脏、压迫、漠视这类事物），就应该认识到，这些人在犯下这些罪时，并不会像好莱坞电影里的恶人那样咯咯地笑着，他们经常微微一笑，因为他们觉得自己是个善良的有用之才。

维克多·克伦佩勒[①]在关于德国大屠杀的回忆录《我将见证》中写道，人们因为他是犹太人，而把他从大学赶走、剥夺他在某些商店购物的权利、工作、住房，他们这么做时很有礼貌，甚至带有歉意。(这不是他们的主意，是从柏林的蠢货那里传下来的。一个人又能做什么呢？)他们似乎喜欢克伦佩勒，也不是反犹主义者，即使在那些时刻，他们也不是反对反犹主义者的人，但他们是纳粹机器里彬彬有礼、羞愧又心甘情愿的一分子。

克伦佩勒书中的德国与果戈理笔下的报馆办公室有些相似之处。在这两种情况里，令人恼怒不安的事情 (丢失的鼻子，可憎的政治行动) 都会得到礼貌、有善心的文明对待，希望事情照常进行下去。

黛博拉·艾森伯格[②]在谈到格雷戈尔·冯·雷佐里[③]的经典著作《反犹太人回忆录》时指出："只要存在一小撮恶人，就可以对他人造成巨大伤害，只要他们一直受到其他人 (这些人看着很有善心，他们只是从自己安全的家中往窗外眺望万里无云的天空) 所给予的'被动帮助'。"她继续列举了这些"被动者"的罪过："漫不经心、逻辑混乱、势利眼，无论在社交上还是心智上，都表现出一副漠不关心的样子。"

是什么阻止了果戈理故事中的报馆职员为科瓦廖夫提供真正

[①] 维克多·克伦佩勒 (Victor Klemperer, 1881—1960) 是一位德国学者，他的日记于1995年在德国出版，详细介绍了他在德意志帝国、魏玛共和国、纳粹德国和德意志民主共和国时期的生活。
[②] 黛博拉·艾森伯格 (Deborah Eisenberg, 1945—)，美国短篇小说作家、演员，哥伦比亚大学的写作教授。
[③] 格雷戈尔·冯·雷佐里 (Gregor vor Rezzoni, 1914—1998)，德国小说家，精通德语、罗马尼亚语、意大利语等多种语言。

的帮助？没错，是职员对自己的固有定位，即他对所有属于他的一切——自己的观点、习惯、兴趣、职责范围——都进行了极度的偏爱和捍卫。发生在科瓦廖夫身上的事情，对他来说怎么可能真正重要呢？因为它……不是发生在他身上。

我们在这里读到的作家，包括果戈理在内，没有一个能想象到大屠杀（或是俄国革命，或是斯大林主义式的清洗）的恐怖，但我认为果戈理已经叙述了这些，他的创作风格可以把它们容纳在内。当我看到那些拍摄纳粹领导人度假时的彩色电影时，惊觉它们完全是果戈理式的。一群穿着泳装的杀人犯不太体面地舞动着，肢解着别人的尸体，偶尔在镜头前闪现出他们的自我意识：这些恶毒的做法对他们而言似乎是正确的，因为有一个扭曲的口头叙事循环（技术官僚主义，种族主义，意识形态煽动）在他们脑海中播放着。

回到《鼻子》这篇故事，我仍要强调一点：这篇故事有说不通的地方。

没错，这篇故事里存在不可能发生的事件。你会问，一篇故事里真的会有不可能发生的事件吗？当然有。假设我们正处在某篇故事里的晚宴上，突然间，主人的头消失不见，撞到了天花板上，最后落在他的汤里了。这能被允许吗？当然可以。这会引起读者的什么期望呢？作者会注意到这一点，并且现在他会让故事也关注到这一点。（如果餐桌上的其他人没注意到这点，我们会觉得这是作者的过错，他写得不行。）还有一种假设是，故事的剩余内容会接着写这件事的后续（别人的头也消失不见了，或者主人当晚在床上抽泣，充满羞愧，强迫症似的检查他的头颈连接处）。

也就是说，正像我们说过的，故事中出现不可能发生的事件，其意义不在于事件的发生（毕竟，这只是语言，是由另一端的人编造出来的），而在于故事对不可能事件的反应。这就是故事告诉我们它相信什么的方式。在果戈理的故事中，当不可能的事件发生时，要么是没有人注意到，要么是他们注意到了，但却误解了它，然后继续和它沟通不畅地进行下去。这包括叙述者，他一直没有对我们注意到的怪事发表评论，还曲解事情，提供我们不相信的解释，他不能为他叙述的事情提供合理的依据。当我们阅读时，这些难解的问题堆在我们身后。

伊万把鼻子丢进了河里，几个小时后，科瓦廖夫在饭铺附近看到了它，它正从一辆马车上下来，穿着制服。它是怎么从河里出来的？它是在出河前还是出河后变得像人一样大的？在那短短的几个小时里，它是如何富到可以买得起一辆马车并学会了说话的？谁在驾驶那辆马车？他是如何被雇用的？车夫在接受雇用时，有没有注意到他未来的雇主是个鼻子？

鼻子试图用一张"很久以前他就以某个官员的名字伪造的"护照，这个"很久以前"很奇怪，因为鼻子才离开科瓦廖夫几个小时，正要登上一辆开往里加的马车。为什么鼻子觉得有必要离开这个城市？它听说科瓦廖夫在找它了吗？它怎么会听到这个消息？鼻子有耳朵吗？它一直在和谁说话？谁会跟它说话呢？其他人能认出它是一个鼻子吗？一个警察把鼻子误认为是位绅士，当意识到他是一个鼻子时，逮捕了它。他是如何"意识到"这一点的？是什么暗示了他？他因为什么而抓捕鼻子？他是如何得出鼻子属于科瓦廖夫的结论的？鼻子认罪了吗？据推测，这只鼻子在被捕时仍是真人般大小，但在它归还到科瓦廖夫之前，在那张包着它的纸上，它又缩小了，衣服也消失了，还失去了行动能力和说话能力。它是在戴上手铐的时候缩小的吗？还是之前？是什么导致它又能变成鼻梁骨上的鼻子的？为什么警察仍然怀疑伊万是"这事的罪魁祸首"，他从来没有看到过伊万把鼻子扔进河里呀，而且，即使他看到了，他也不可能知道被扔的是鼻子，因为鼻子会立即往下游游去，同时在水下变形成五等文官，然后又在下游的某个地方爬出来，诸如此类。

不仅仅是这些问题没有得到答案，故事里的大部分问题都无法得到解答，因为它们与故事中其他地方的时空事实不符。

科瓦廖夫对这一切做了极其简明扼要的总结："这鼻子，昨天还在他脸上长着，况且它既不会骑马，也不会走路，又怎么能自己穿上制服呢？"而且，就如这篇故事一样，他也想不出答案，部分原因是没有答案能够满足故事所呈现出的"事实"。

研讨会上对故事提出的第一项批评，是它没有意义。"你说现在是冬天，那为什么格特鲁德穿着泳衣在泳池那儿？这说不通。""拉里会如此平静，是因为刚刚被外星人做过绝育手术，我认为这也没意义。"我们要理解一篇故事的意义，某种程度上要通过追踪它的因果关系，而一篇故事的力量源自真实的因果关系，也就是说，它要使我们认为它的内在逻辑是可靠的。

那么，我们为什么不把《鼻子》当成一部糟糕的作品来看呢？

嗯，原因是……我们就是不会这么做。这个精心设计的笑话看起来有一定的逻辑，但实际上没有。它做得如此之好，以至于它成功地诱骗了我们的阅读思维，使我们假定这个笑话是连贯进行的，就像眼睛其实是在感知一系列快照，却以持续运动的方式在我们眼前展现一样。

《鼻子》可以被认为是一堆陶瓷碎片，印有相同的图案，以某种方式散落在地板上，这会使我们认为花瓶是碎的。但当我们试图重新把它们组装起来时，会发现这些碎片并不相配，因为它们一开始就不是能粘连在一起的花瓶。这时我们才明白，陶工并没有做花瓶，也没有打碎它，他只是做了一堆碎片，把它们摆得像一个破碎的花瓶。

但这里面却蕴藏着更高层次的原因：我们开始觉得这篇故事的怪诞逻辑并不是一个错误的结果，不是反常的、肤浅的或任意的，反而是世界的真实逻辑——这是事物实际运作的方式，如果我们能看透这一切的话。

有时，生活会给我们一种荒谬的感觉：一切都无所谓，所有的努力都是徒劳，一切似乎都是随意、反常的，积极的想法总是受挫。这种状态传达出某种黑暗面和神秘感，也有人觉得这是"智慧"。但我们不会假设自己的生活是荒谬的，我们认为自己活得很有意义，很合理。我们靠着善良、忠诚、友谊、对进步的渴望、相信他人最好的一面来生活或尝试生活。我们假定因果联系和逻辑的连续性。而且，通过生活，我们发现自己的行为确实非常有影响力：我们能成为好的父母或者糟糕的父母；我们可以安全驾驶，也可以像疯子一样开车；我们的思想能感受到纯洁、积极和清晰，也可以感受到污浊与消极；我们可以有抱负并去追求它，过有益的人生，也可以碌碌无为，过噩梦般的人生。（当欲望从正常生活中消失时，人就会沮丧。）我们活着的假设是，某些生存模式比其他模式更可取，而且我们有能力确定哪些是更好的方式，并朝着它们前进。

然而，说生活是完全荒谬的，似乎不正确。同理，说生活是完全理性的，似乎也不正确。精心制定的计划被搞得一团糟。我们做了所有正确的事情，却受到了惩罚；我们所爱的人早逝；我们的思想误入歧途；我们被不公正地误解了；世界似乎突然与我们作对：我们把玻璃杯放在架子上，它掉了下来；我们的狗在街区最漂亮的草坪上停下来拉屎，而我们的老板正从屋里走出来；权力掌握在蠢材手里，而有德行的人遭受不公平的待遇；快乐且幸运的人得到了一切，并向那些什么也没有得到的悲伤不幸的人们说要乐观；当我们按下"我需要帮助"的按钮时，从中出来一只拳击手套，直打在我们脸上，同时机器发出滑稽的噗噗声。

因此，生活大多时候是理性的，偶尔会有一些荒谬的事情发生。

或者，也许理性的假设在正常条件下是成立的，但在压力之下就会瓦解。一些故事向我们展示了理性在压力之下逐渐瓦解的过程，如以西伯利亚劳改营为背景的《科雷马故事》①，以反乌托邦、女性地位低下的未来世界为背景的《使女的故事》。《鼻子》向我们表明，理性在每时每刻都面临着压力，即使是在最正常的时刻。但由于我们被稳定、富足、理智、健康这些暂时性的福祉分散了注意力，并没有注意到这一情况。

果戈理有时被称为荒诞派，他的作品旨在传达：我们生活在一个没有意义的世界。但在我看来，果戈理是个至高无上的现实主义者，他能透过事物的表象看到其真实面目。

---

① 《科雷马故事》是俄罗斯作家沙拉莫夫以一种独特的文学形式将在科雷马劳改营的所见所闻和亲身经历写成的一系列故事。

果戈理说，在日常感知中，我们被欺骗了。大多数情况下，我们觉得自己的行为很重要，我们正在和别人真诚地交流着，我们是真实的、永恒的，并且掌握着自己的命运。正常情况下，这些事情（大部分）是正确的。平静的港口里，有一艘稳固的帆船，我们是船上冷静的水手。但时不时地，船的围栏就会掉下来（在这个隐喻的港口里有一个围栏），外面是广阔的海洋，滔天巨浪，狂风暴雨。我们发现自己正在往甲板上走，但很快就会发现自己终究控制不了局面，因为我们不是能稳稳地站在平静甲板上的强大水手，尽管这个甲板就是我们用自己的美德创造的。船在颠簸，甲板被冰覆盖着，我们戴的特殊耳机扭曲了船员对我们的喊话，戴着的特殊传话器也扭曲了我们对船员的回答。现在这艘船要沉了，我们需要采取一些行动、一些合作、一些同理心。我们想表现出同理心，我们真的想这么做，但通过这些扭曲的吹嘴传递出去、通过这些扭曲的耳机接收到的救援计划，完全是无效的。它们没有提供帮助，甚至可能会造成伤害，或者，最糟糕的是，它们没有起到任何作用。

果戈理在日常生活中发现了这些关于误会的蛛丝马迹，并意识到这些误会在重压之下可以演变成灾难。科瓦廖夫在大教堂里，无法从自己的鼻子那里得到直截了当的答案，这件事虽然看起来很滑稽，但我们不该忽视它。同样的沟通不畅的误会，明显还会导致革命、种族灭绝、政治动乱或永远无法愈合的家庭灾难，如离婚、疏远、痛苦的憎恨，而且，果戈理还暗示了这是所有人类痛苦的核心，人类每一次交流里的絮叨和不满都源于此。

果戈理身上有某种永恒的东西，无论在何时何地，他都是真实的。当世界末日来临时，他似乎在说：它将只能从这一刻，从我们在这一刻（以及每时每刻）思考的方式中出现。现在，即便我们独自坐在一个安静的房间里，在外面的大世界中的种种沟通不畅，也正在我们的内心起着作用。

尽管故事中到处是沟通不畅的现象，但我们也不得不承认果戈理故事的主要特点仍旧是幽默。这篇故事中我最喜欢的部分——既不过时也不新潮，但却永恒的部分——出现在报馆办公室场景的开头，不知怎的，神奇的是，一群等着登广告的人变成了他们广告中的人，突然间，那个小办公室里挤满了"一个品行端正的马车夫……一名十九岁的侍婢……一辆缺根弹簧但又稳固耐用的马车……满十七岁的年轻而强壮的灰斑马……外带两间马厩和足够种白桦树或者云杉的土地的避暑别墅"。

这就是果戈理的伟大之处，他无来由地要这么做，然后就带着怪诞、快乐的自信去做了。通过这一部分，我对他笔下世界的喜爱也无来由地增加了。这部分对故事的情节发展并不重要，似乎只是为了幽默风趣而这么做。对我来说，这就是果戈理的全部特质。

那么，这篇故事"意味着什么"呢？它的主要人物经历了什么变化？故事中的事件是如何"永远改变一切"的？嗯，科瓦廖夫的鼻子离开了他，然后又回来了。它拒绝被重新装上，然后，仿佛心血来潮似的，又被重新装上了。科瓦廖夫从这场可怕的"审判"中学到了什么吗？什么也没学到。他的英雄之旅是怎样的？即"一件重大且不可思议的事件发生在我身上，我自始至终保持原样，尽管有时我确实变得相当烦恼"。

科瓦廖夫在失去鼻子之前是个怎样的人？一个风流浪子、自负主义者、一股脑往上攀官阶的人、一个喜欢炫耀自己显贵大名的人。鼻子的消失和它的神奇恢复改变了他吗？并没有。一旦鼻子回到他的脸上，他又变得和以前一模一样了。"从那时起"，他的鼻子一复原，"科瓦廖夫少校就像什么事也没发生过一样到处闲逛"。我们被告知，"他脸上的鼻子也像什么事都没发生过一样，挂在脸上"，一切都很好，他身体的任何部分都没有缺失。或者，用佩韦尔和沃罗克洪斯基的翻译，"他丝毫没有受损"。我们最后一次见到科瓦廖夫时，他正在做我们第一次见到他时他所做的那件事："他给自己买了一个勋章带，天知道为什么，他可从来没有得过任何勋章。"

我们可能会在这里听到《主与仆》的回声，像瓦西里一样，科瓦廖夫也预先感知到了死亡的来临，即来自这个世界的警告——那些可以做自己想做的事（我有鼻子用来嗅鼻烟）的时期是短暂的，是可以随时毁灭的。但与瓦西里不同的是，科瓦廖夫并没有领会这个暗示。他从未想过他的方式需要改变。他只想尽快让生活复原。

所以，科瓦廖夫是个傻瓜。但他也是我们中的一员。当我们的体检结果出了些问题，我们会有什么变化呢？对，我们会突然意识到生命的宝贵，觉得自己以前养成的习惯都是愚蠢的。我们为什么要老去打高尔夫球？我们为什么总是在处理电子邮件，而把自己的宝贝妻子晾在那里？当最终体检结果出来，显示一切正常时，我们的大脑当然又会回到以前的懒散状态，我们又开心起来了，高兴地打开电子邮件预约开球信息，妻子又被我们晾在了一边。

回到故事中，鼻子代表了什么？它想要什么？为什么鼻子会首先离开科瓦廖夫的脸？我们永远也不会知道。在早期，我们可能会觉得鼻子的消失是场罢工行动，以抗议科瓦廖夫的肤浅、野心和傲慢。但这并不成立，鼻子没有因为科瓦廖夫做了什么而离开，也没有因为他停止做什么而回来；一旦它的回来能满足科瓦廖夫修复鼻子的愿望，它就更不会回来，因为科瓦廖夫根本没有因为它的离开而有丝毫的改变。鼻子回来只是因为它被那个警察带回来了，而回到科瓦廖夫的脸上只是因为……好吧，从叙事上讲，完全没有任何理由，可能它只是像果戈理一样，觉得是时候结束了。

另一方面，科瓦廖夫可能也没那么傻。"我无缘无故失去了我的鼻子，它又无缘无故地回来了"，他似乎在说，不管我怎么生活，这样的灾难都会发生，所以，我想我会继续一心往上攀高枝，做我想做的事，收集那些我从未获得的勋章、接着追求女人们。世界上到处都是这样的人，我们自己也是这样的人，坚持自己的爱好和开心的日常习惯：早起写作，经常光顾某家咖啡馆，收集陶瓷鸭子，把自己的脸涂成绿色和黄色去参加包装工队[①]的比赛，试图在前面提到的那艘船沉没之前享受片刻的欢愉时光，等等。

鼻子或者说这位鼻子先生，在它或者他（这位鼻子先生有生殖器吗？）这段短暂游历世界的时光里做得很出色——比科瓦廖夫做得更出色。它在一个上午就得到了我们想象中科瓦廖夫极其渴望的东西：官职晋升、耍派头、有官威、有带车夫的马车。它比他更快乐、更自由、更主动、更潇洒。就像浪漫小说中的主人公一样，它在"准备坐上马车去里加"时被抓获。

我们觉得鼻子是科瓦廖夫身上最好的部分，最不谄媚、最自信的部分，它能够摆脱科瓦廖夫所沉迷的固有习惯，重新思考和

[①] 绿湾包装工队（Green Bay Packers）是一支位于美国威斯康星州绿湾市的美式橄榄球球队。

生活，它能照亮一切。鼻子代表了他内在的狂野精神，与现代生活的束缚相抵抗。一些批评家甚至认为鼻子代表了男性的生殖器，失去了鼻子，科瓦廖夫就失去了人性，无法再继续他那爱想入非非的贪婪生活，但故事的美妙之处在于：经历了这一切，或者尽管发生了这一切，或者所有的这些尽管发生了，鼻子仍然是……一个鼻子，某种意义上的鼻子，一个真实的鼻子和一个隐喻的鼻子，根据故事需要不断变化的鼻子。鼻子是一种工具，让我们重新审视这个故事，寻找那些至关重要的、已经失去的东西。果戈理用鼻子作为手段，跳了一曲疯狂快乐之舞。但同时，它也只是一个鼻子，上面甚至有一个疙瘩。

那么，作家是如何给这样的故事收尾的？

在第三章的开头，鼻子又重新出现在了科瓦廖夫的脸上。为了庆祝鼻子的失而复得，科瓦廖夫走到涅瓦大街，给自己买了那条不相称的绶带，为在城里度过的美好一天画上圆满的句号。这里会给人一种结局的感觉，我们可以在"他可从来没有得过任何勋章呀！"这里结束。这样的话，这篇故事似乎是在讲"曾经有个人丢失了鼻子，又把它找回来了，但这对他自身没有任何变化"。故事的结局就会有些不尽人意。我想，这与我们一直放在"我无法不注意到的事情"推车里的某些疑惑点有关。我们之前也提到过，在整篇故事的行进过程中，我们一直耐心忍受着其中的不合理之处：这些松散的结尾和累积的不可信之处，叙述者在他身后留下的那些无法解释和令人费解的事件，以及他与口头叙述有关的怪癖，他的散漫和离题，以及未能"区分次要事件和主要事件"，以及他的"不恰当的叙事重点"和"错置的假设"。不知为何，我们觉得自己被骗了。一直以来,我们都相信这个叙述者,而现在到了最后,他仍然没有坦白。在他的叙述方式中,他没有(这篇故事也没有)证明这些夸张的行为是正当的。

我们觉得这一切需要以某种方式加以解释,而三流作家可能会试图这么做:"实际上,事实证明,真正发生的事情是……"如果故事的疯狂逻辑被解释出来了,它在我们心中产生的那种启示感也就消失了。这篇故事的逻辑实际上就是世界的逻辑——故事是人为创造的世界,它向我们展示事物的真实情况,而通常事物的运作原理会被隐藏,直到某个失落或灾难的时刻才会暴露出来。

那么果戈理是怎么做的呢?

他承认了这一点。

叙述者说:"只是现在,我们再仔细想想,会发现其中有很多地方是经不起推敲的。"唔,是的,我们也这么想。但听到他这么说,我还是松了一口气。

想象一下,你正在和一个朋友吃饭,但你们之间的气氛有些尴尬。你从坐下来的那一刻起,就觉得哪儿有些不自在,现在晚餐快结束了。该怎么做呢?好吧,直面它,说出自己真实的想法:"这次的谈话很别扭,我觉得我们一直在回避关于你未婚夫阿肯的话题,就像你知道的那样,我讨厌他。"突然,就像这样,谈话不再别扭了,你刚刚打破了僵局。面对你的朋友,你说出了真实的想法,从而消除了彼此之间的隔阂。

或者,你正坐在一辆公共汽车上,这辆车已经驶了好几英里路,从车下面发出奇怪的哐当声,但司机一直装没听见。最后,他突然转过身来说:"哎呀,朋友们,这儿有烦人的哐当声,听见没?"你会立即对这位司机产生好感,并感到自己是他语境里的一分子。

当叙述者在最后两段,以越来越疑惑的眼光审视自己的故事时,他保留了和我们感觉相同的想法("暂且不说鼻子的神秘丢失以及它以五等文官的身份出现在城市各处这事"),这慢慢打消了我对故事的疑惑。这就好像汽车经销商在和我交易的过程中,大声斥责自己为什么要在这儿对我撒谎,作为对他诚实的回应,我重新开始相信他,并最终买下了这辆车。

即使在这种自我批评中,叙述者仍然保持着他那一贯的口头叙述。他批评了错误的事情(例如,科瓦廖夫怎么会不知道报馆不会登关于鼻子的广告呢),然后又开始离题("主要问题在于这么做不体面、又丢脸、还不妥当!"),又暂时回到主题上("鼻子怎么会无缘无故跑到新烤好的面包里呢?"),然后再次离题,怀疑作者(即他自己)怎么会选择这样的题材呢。他对他所提出的问题完全没有回应("我就是不明白!"),但他在这个方向上摇摆不定的态度消解了我放在"我无法不注意到的事情"推车里的疑惑点。

但我还是要对这篇故事缺乏的逻辑连贯性提出抗议。

"我明白的,好吗?"叙述者说,"这就是场意外事故,不是吗?"

不管怎么说,这就足够了。

就像那些精心创作曼陀罗沙绘[①]的西藏僧人会先花费数周创作它,然后再把它毁掉一样,果戈理也高兴地毁掉了他的宏伟创作,并把它扔进了河里。

---

① 即坛城沙画,藏传佛教的一种宗教艺术,每逢大型法事活动,喇嘛们会用数以百万计的沙粒描绘佛国世界。

事后反思（五）

有一次，我在批改学生们写的关于卡夫卡《变形记》的文章时，偶然发现了这样一句话："在细读这个故事时，我感觉自己明显勃起了。"

哇哦，我想，这太糟糕了，但是也还不错。

我开始尝试模仿这个声音，并试图在内心摸索出一个推论。很快，我就有了几页关于我自己声音的版本。顺着学生的那句话，我写了这样一段话："回想那时，管理员要求我们都要看看那部《随心所欲做自己！》的教育视频。在视频里，一群青少年讲述了自慰、释放心性带给自己的健康益处。"

就这样，一屋子的青少年出现了，他们看起来都很性饥渴且因此出现了些问题，以至于有人觉得，有必要让他们看一部鼓励自慰的短片。

毋庸置疑，我从来没有想过我会写一些关于受压抑的青少年如何处理强烈性冲动的内容。我只是以我的方式在重复学生文章中的那一句话，使它试图听起来"像"那句话。

接着，在第一段话的指引下，我继续写道："然后夜幕降临了，我们这个地方到处是从'隐私营帐'里传来的安静急促的喘息声，因为我们都在试验《随心所欲做自己！》中教授的技巧。如果你有所顾虑，最好确保主墙和'性别领域'侧墙之间的缝隙非常非常小。"

突然间，这里出现了"隐私营帐"和"性别领域"，提出了一个问题：既然男孩和女孩似乎都在场（无论这是在哪里），他们中的一些人可能会想离开他们各自的性别领域，和对方发生性关系。事实证明，他们确实想这么做，他们中的露丝和乔希就这么做了。那么，下一页的内容，引用我们之前说过的一句话，"故事的叙述路径变窄了。"

我们可以把故事想象成一个房间大小的黑匣子。作者的目标是让读者以一种心态进入这个匣子，然后以另一种心态出来。而且，在那里面发生的事情必须是能让人产生快感且不平凡的。

就是这样。

快感的确切滋味是什么？作者不需要知道，因为正这是他写作的目的。

那么，快感是如何实现的？

用箭术的比喻来说（一个人有多少次机会这样做呢），产生快感的方法是停止瞄准目标，把注意力集中在箭离弓的感觉上。或者用箭术的另一种表述来说，箭会朝某个方向射出，并不断调整路线，无论它落在哪里……这就是目标。

当我还是个孩子时，在芝加哥，你可以通过出色地模仿一个老师或和你一样大小的孩子或模仿某一类人（"爱发牢骚的邻居""嬉皮士""二手车推销员"）来博得人们的喜爱。我有几个叔叔很擅长模仿。他们会创造一些有趣的人物，并让自己留在那个人物角色里，有时候这会持续很长时间，长到有些离谱了。我对他们走进角色后对角色所设置的一切着了迷——人们总是很高兴看到他们那样。我现在明白了，他们当时做的就是即兴表演：理解自己的角色，相应地调整自己的表演，他们在试图通过模仿一个人来取悦观众，有时这个人物是虚构的。当他们停止做这件事或者没有心情去做这件事时，我们就会很难过。

"模仿"是我那天在环境工程公司的会议上发现或者说重新发现的方法。是的，还记得我在记录一次电话会议时，写下了那些苏斯式的小诗。我把这种方法称为"跟随声音"。

当一个关于声音的想法出现时，你要开始行动。你只是"想"使用那个声音（而且你发现你可以做到）。有时这个声音的灵感可能来自真实的人。有时候，我自己有夸大其词的倾向（比如在《瀑布》的故事中，我把自己身上敏感、易焦虑的特质夸大设定在主角莫尔斯身上）。有时它是来自其他地方的只言片语（比如我学生文章中的那句话）。

关于这种写作模式，我最想说的是它很有趣。当我这么做的时候，我几乎什么都不用想，只要跟随声音——不用考虑故事的主题或接下来会发生什么，其他的任何事情。在早期，我甚至可能不明白这个人为什么要这样讲话。我唯一的目标是让声音处于高能量阶段，让角色讲的话听起来像他自己。我发觉，这意味着声音必须不断扩大。在掌握了声音的大致规则后，如果读者接下来仍然（只）看到一系列遵守这些规则的句子，就会焦躁不安。所以我必须不断寻找新的方法，使这个人听起来像他自己。做到这一点的最好方法是不断把新事件放在他面前，这些事件是逐步升级的（对他来说是新的），这样他就必须在他的声音中找到新的音域来回应。（如果一个从未见过马的人一直在用某种声音说话，那么在我给他看了一匹马后，他的声音必须被扩大，以适应这匹马的出现。）

还记得我在创作故事《乔恩》、每天坐下来写作时，发觉我在做的事情，是允许自己打开脑海中标有"笨嘴拙舌"的刻度盘，也就是说，要让自己变得（甚至）更笨嘴拙舌，减少我们通常在演讲前做的自我纠正。你明白的，我只是顺其自然，告诉自己"好吧，划划水，做个怪人"。我的目标是造出一些有趣的句子，尽管它们有语法缺陷，但同时也有种怪诞的效果。（"最后一根让我对自己的性腺说'不'的稻草，压垮了我"。）

我最近也注意到一个趋势：公司雇佣"典型"的青少年对他们的情趣产品进行反馈，以便更有效地开发（"典型青少年"）市场，我被他们这种狡诈又明智的做法震惊了，一个被征求意见的孩子当然会回答："当然，我愿意！"

这似乎说明了我们文化里的一些有趣之处。

所以，这里的确有两件事同时发生了：声音在引导我，而我也在引导声音。这是一个先有鸡还是先有蛋的问题，有点难以解释。但关键是，声音创作是一种持续的方式，可以击退任何可能产生的、关于故事"结局"或"信息"的概念——确保我最终不会（只是）"写了一首关于两只狗交配的诗"。

《乔恩》最终"讲述"了很多事情：企业资本主义、物质主义的危机、商业扭曲语言的方式、爱情、婚姻、忠诚等，但这些都不是一开始就打算好的。在整个过程中，最主要的驱动力是找到自己内心声音的快乐和兴趣点所在——让声音教我如何做，发现自己会脱口而出像"她吻了我，这个吻我只能用'融化'的感觉来形容"，"有天，抬头发现了一个完整的机器设备，里面装有可以让这些孩子进入幸福的系统设施，那里每个孩子脖子上都套着芯片，里面记载着有史以来制作的所有电视广告，这些商业广告由这些

LI（位置定位器）保存着"，这是我的叙述者以他的方式在说话。

此时，一个完整的世界从我的学生的声音基因里诞生了，在试图模仿它时，我改变了它。

因此，让故事脱离"其原始构想层面"的途径是，尽量不要有原始概念。为此，我们需要一种方法。对我来说（我喜欢想象，果戈理处于口头叙述模式时也是这样），这个方法就是"跟随声音"。还有其他非常多的方法，但每一种方法都要作家去尊重或帮助她去追寻自身怀有强烈想法的事物：她可能对反复出现的意象模式有着强烈的想法（对此感到高兴）；她可能对页面上的文字外观有着强烈的想法；她也可能是个听觉极强的诗人，被一些晦涩的、甚至连她自己也说不清的听觉原则引导着；也有可能她对结构的细微之处很着迷。总而言之，她可以对任何东西都抱有强烈的想法。我们认为，随着她的注意力集中在自己喜欢的事情上，对这些事情有着强烈的想法时，就不太可能知道自己在做什么，也不太可能沉迷于那种预先设定好的事情里。正如我们所说，这种预先设定有一种趋势，会把一部作品扼杀掉，把它变成一场讲座或独角戏，把读者赶走。

当乔恩最终成功地与他为之疯狂的女孩卡洛琳发生关系时，他是这样描述的：

"虽然我曾多次看到 LI34321 采格拉汉姆蜂蜜的地方，那里的牛奶和蜂蜜汇聚成一条甘甜的河流。但我不知道的是，当两个人结合时，一个人可以变得像牛奶，另一个人则变得像蜂蜜，很快他们甚至不记得谁是牛奶，谁是蜂蜜了！他们已经水乳交融了，就像蜂蜜和牛奶的融合。"

他的意思是，"我真的很快活，我想我恋爱了。"

但他感受到的不仅仅是这些。

他的声音还需要告诉我们他的其他感受。在上面的句子中，我感受到了他的幸福。也就是说，在那句话中，爱落在了一个特定的、痴傻的人身上。这就是爱情总是降临的地方——一个特定的、痴傻的人。这就是爱情降临的全部。

任何一个人都曾在明媚的夏日早晨走出过家门。在这句话中，少了一些确指的东西，就是正在走出家门的"我"。换句话说，这个早晨必须落在某个特定的人的脑海里——"我在六月的一个早晨走出家门"，才能让人感到这是一个真正的早晨。

因此，声音不仅仅是点缀，还是事件真实性的重要组成部分。在《鼻子》中，我们能感觉到叙述者来自那个由官场衙门和小官员组成的世界，我们从他的声音中听到了这一点，故事也因此受益。以这种方式讲述，使故事有了另一个维度的真实和快乐。

也许，说到底，这才是我们真正在寻找的——在一句话里，在一篇故事里，在一本书里——是（溢出的、疯狂的、强烈的）快乐。在《鼻子》这篇故事中，我承认快乐的内容涵盖太广以至于无法说清楚，但我得承认，当我们试图放弃谈论它时，故事就开始"枯萎"了。

这又把我们带回到了那个黑匣子。

如果我把故事想象成是必须传达某种信息的工具，想象成是必须在某个时间点停靠在火车站的火车，把自己想象成一个顶着巨大压力努力实现这一目标的工程师——这就太糟糕了。我会浑身僵住，没有任何乐趣可言。

但是，如果我把自己想象成一个温和可亲的狂欢节主办方，试图把你带进我那神奇的黑匣子里，即便我自己也不是完全明白它的运作方式，但我仍然感觉很快乐。

"我在里面会怎么样？"你问道。

"我真的不知道，"我说，"但我保证，我已经尽最大努力让它给你带来快感和不平凡的感觉。"

"里面会充满快乐吗？"你好奇地问道。

"嗯，我希望如此，"我说，"这就是我在制作它时试图想要感受到的，所以……"

我们一直在谈论的创作中的直觉、对逐行进行关注，其实就是在要求故事里发生的事件能使人产生快感和不平凡的感觉，希望那里发生的事情都能更清晰和明确些。因为，在每一个创作决定中，我都是以"这会让我快乐吗"为出发点，所以那里也应该有你喜欢的东西。

这样一来，那个黑匣子（在狂欢节上）就像过山车一样。过山车的设计者将其注意力集中在其特定的曲线和落差上。从技术上讲，她知道如何最大地强化这些地方的升降感。她不知道也不太在乎你的确切反应是怎样的。她真正想要的是让你在那些地方被狠狠地"虐待"一顿，然后在最后走出过山车时，有种眩晕、腾挪和开心的感觉，以至于在那几秒钟内你几乎说不出话来。

《醋栗》
安东·契诃夫
1898

醋　栗

　　从清晨开始，天空就阴沉沉的。这是一个无风的日子，不热，却令人沉闷。乌云笼罩着田野，天色灰蒙蒙的，眼看着要下雨，却又迟迟未下。兽医伊万·伊万内奇和中学教师布尔金已经走累了，田野对他们来说似乎没有尽头。往前望去，能隐约看到米罗诺西茨戈耶村的风车，右边是一片山丘，延伸到村子外围就消失了。他们俩都清楚，那边有条河流，还有田野、绿柳和庄园，要是能站在山丘的顶上远望，你还能看到另一片广阔的田野、电线杆，还有那辆远看像毛毛虫一样爬行的火车，若赶上好天气，甚至可以看到整个城镇。在今天这样无风的日子里，大自然倒显得格外温和与静谧。伊万·伊万内奇和布尔金对这片田野瞬间充满了爱意，他们心里在想：“这是一片多么美丽、辽阔的土地啊！”

　　"上次我们在村长普罗科菲的谷仓里，"布尔金说，"你说要给我讲一个故事。"

　　"没错，那时候我想给你讲讲有关我弟弟的事。"

　　伊万·伊万内奇深深地叹了口气，点燃烟斗，准备开始讲故事了，可就在这时，天开始下雨。五分钟后，雨越下越大，很难说什么时候会停。两个人停在那里，不知所措。狗浑身湿透了，也夹着尾巴站在那儿，温顺地看着他们。

　　"我们必须找个地方躲雨，"布尔金说，"去阿廖欣家吧，离这里挺近的。"

"那我们现在就去吧。"

说完,他们转向一边,穿过一片刚收割过的草地,一会儿直走,一会儿往右走,径直走到大路上。不一会儿,白杨树和花园出现在眼前,接着是谷仓的红色屋顶,闪闪发光的河水映得水面尤其开阔,再往前,有座磨坊和一间白色的澡棚。这就是阿廖欣居住的索菲诺村。

磨坊在转动,声音大得淹没了雨声,连水坝都跟着颤动。几匹被雨淋湿的马耷拉着脑袋,站在大车旁边,人们披着麻袋走来走去。这里潮湿又泥泞,令人感到沉闷,河水看起来也冷冷的,充满了敌意似的。伊万·伊万内奇和布尔金浑身湿透了,脏兮兮的,这让他们很不舒服,脚踩着厚泥,穿过水坝,爬上坡,往地主的谷仓走去,两个人沉默着,好像在生对方的气。

一间谷仓里传来了轧谷机的轰隆声。门开着,灰尘从里面吹了出来。阿廖欣本人站在门口,这是个四十多岁的男人,高高胖胖的,头发挺长,他看起来不像个地主,倒更像是教授或者艺术家。他穿着一件看起来许久没有洗过的白色衬衫,拦腰间用根绳子系着,下面只穿了衬裤,靴子上沾满了泥巴和稻草。他的鼻子和眼睛都被灰尘熏得黑乎乎的。显然,他认出了伊万·伊万内奇和布尔金,并且很高兴见到他们。

"请到楼上去,先生们,"他微笑着说,"我马上就到,用不了一分钟。"

那是一座两层高的房子。阿廖欣住楼下,这是以前管家的住处,两间带有拱顶和小窗子的房间。屋里陈设简单,还飘着一股黑面包、廉价伏特加和马具的味道。他很少去楼上的客厅,只在客人来的时候才上去一趟。伊万·伊万内奇和布尔金刚进屋,就有位女仆迎了上来,这是个年轻又好看的女人,他们两个同时怔在那里,互相看了一会儿。

"你们想象不到,我见到你们有多么高兴,先生们。"阿廖欣说着,跟着他们一起走进客厅。"真没想到!佩拉格娅,"他转向女仆说,"给客人们换一套衣服。想想看,我也得换一身。不过我得先去洗个澡,大概从春天开始,我就没洗过澡了。你们不想一起去澡棚吗?趁这会儿,他们正好在这里收拾一下。"

美丽的佩拉格娅看起来温柔又娇羞,她给他们送来浴巾和肥皂,阿廖欣陪着他的客人们去了浴棚。

"是啊,我很久没洗澡了。"他边说边脱衣服。"你看,我有一个极好的澡棚,它还是我父亲盖起来的呢!但不知怎么,我总没时间洗澡。"他坐在台阶上,用肥皂沫涂着他的长发和脖子,四周的水都变成了棕色。

"是啊,我也这么认为……"伊万·伊万内奇看着他的头,意味深长地说道。

"我好久没有好好洗一次澡了。"阿廖欣有点难为情地重说了一遍,又用肥皂擦了擦,他旁边的水变成了深蓝色,像墨水一样。

伊万·伊万内奇走出浴棚,扑通一声跳入水中,溅起了水花,他张开双臂在雨中漫游,用手搅起波浪,使白色百合在浪中摇曳。游到河中央时,他潜入水中,一分钟后又从另一处钻出来,继续游着,不断钻入深处,试图摸到河底。"上帝啊!"他畅快地反复念道,"上帝啊!"等游到磨坊处,和那里的农民闲聊了几句后,他又折回来,到河中央仰天浮躺着,让脸迎接雨水。布尔金和阿廖欣这时已经穿好衣服准备离开,而他仍在玩水。"上帝啊!"他不停地呼喊,"主啊,怜悯怜悯我吧。"

"你已经游得够久了!"布尔金对他大喊。

他们回到了房子里。直到楼上的大厅亮了灯,布尔金和伊万内奇才穿好丝绸长袍和暖拖鞋,舒服地坐在圈椅上,而阿廖欣本人也洗好脸、梳好头,穿着新上衣在客厅里走来走去。显然,干净暖和的衣服、轻便的鞋子非常合他心意。美丽的佩拉格娅轻轻地走在地毯上,温柔地笑着,给他们端来茶和果酱,这时伊万·伊万内奇才开始讲他的故事,似乎不仅仅只有布尔金和阿廖欣在听,那些藏在金色相框里老老少少的贵妇及军官们,此刻也正严厉而沉静地看着他们,好像在听似的。

"我们是两兄弟,"他开始说道,"我是伊万·伊万内奇,我弟弟叫尼古拉·伊万内奇,他比我小两岁。我选了技术行业,当了兽医。而尼古拉则从十九岁就开始在省税务局当职员。家父奇姆沙·吉马莱斯基曾是个少年兵[①],但他后来升为军官,还给我们留下了世袭的贵族身份和一笔小小的田产。他死后,那笔小田产被抵了债。不过,尽管如此,我们还是在乡下度过了快乐的童年。就像农民的孩子一样,我们一天到晚窝在田野里、林子里,看马、砍树皮、钓鱼等等。而且,您要知道,谁要是在他的一生中抓过一次鲈鱼,或者在秋天看到过候鸟南飞,并看它们在秋高气爽的日子里,怎样成群结队地飞过村庄上空,他就永远成不了一个真正的城里人。直到死的那一天,他都会渴望着自由的乡下生活!我弟弟在税务局的工作不顺心。几年过去了,他仍坐在那个老地方,在同一份文书上写来划去,脑子里却只想着一件事:如何离开这里到乡下去。渐渐地,这种模糊的渴望变成了明确的愿望,

---

[①] 在十九世纪的俄国,兵士的儿子从出生时就要编入军籍,并在军事学校接受训练。——作者注

成了他的梦想,他想在靠河或者沿湖的地方给自己买一处小庄园。

他是一个温柔善良的人,我爱他,但一想到他的愿望是在余生把自己关在一处小庄园里,我就无法与他共情。常言道,一个人只需要三俄尺的土地。但我们要明白,三俄尺是死尸需要的,而非活人所需。有人还断言,如果我们这些受过教育的文化人痴迷于土地,想在农村寻个小庄园,这是件好事。但这些小庄园也就相当于三俄尺土地。远离城市、远离斗争、远离喧嚣,在自己的农场隐居,这不是生活,这是自私、懒惰,是一种修道主义,是一种没有成就的修道主义。人类需要的不是三俄尺的土地,也不是一个庄园,而是整个地球,整个大自然,在那里才可以无拘无束地释放自由的天性和特质。

我弟弟尼古拉坐在他的办公室里,梦想着将来能吃上自己做的卷心菜汤,并且整个院子里都散发着卷心菜的香气,还能在绿草地上野餐,在阳光下打盹,一连在门边的凳子上坐几个小时,眺望田野和森林。农艺书籍和历法书上的农业建议使他快乐,也是他灵魂的喜悦源泉。他喜欢读报纸,但只读报纸上有关田地出售的广告,有很多亩田地是带着庄园、小溪、花园、磨坊和水塘一起出售的。他在脑中摹画着花园中的小径、花草,水果,住着椋鸟的鸟舍、池塘里的鲫鱼,以及你知道的所有诸如此类的东西。这些想象中的画面因他看到的广告不同而发生着变化,但不知何故,每幅画面中都一定有醋栗。他无法想象哪个乡下庄园、哪个诗意的角落里会没有醋栗!

'乡村生活自有它的妙处,'他常说,'在阳台上坐一坐,喝喝茶,鸭子在池塘里游来游去,一切闻起来都带着香气,而且……醋栗要熟啦。'

他常给自己的庄园画草图，毫无意外地总是包含以下内容：一，主人的上房；二，仆人的下房；三，菜园；四，醋栗。他生活得很拮据，不舍得吃喝。天晓得他穿的是什么，活像个乞丐！但他还是不断把钱存到银行里，像个守钱奴一样！看他这样过活，我也很痛苦。过去我常常给他一些钱，节假日也给他寄钱，但他把这些钱也存起来啦。一个人一旦被一种执念所蛊惑，就无药可救了！

许多年后，他被调到别的省任职。那时他已经四十多岁了，但仍然在看报纸上的广告并攒钱。后来我听说他结婚了。为了能买一个带醋栗的庄园，他娶了一个又老又丑的寡妇为妻。他对她没一点感情，娶她只因她有钱。娶了她之后，他生活得仍旧节俭，经常饿着她，还把她的钱以自己的名义存入银行。她以前嫁的丈夫是个邮政局长，和他一块生活的时候，她习惯了吃馅饼喝甜酒。而和这第二任丈夫过活时，连黑面包都不够吃，她的身体开始吃不消，不出三年就死了。当然，我弟弟从来不认为他要为她的死负责。金钱，就像伏特加一样，会让人变得疯癫。从前，我们镇上有个商人，在他快奄奄一息时，命人端来一盘蜂蜜，他把所有的钱和彩票就着蜂蜜一起吃掉了，这样谁也得不到。某天，我在火车站检查牛群时，一个牛贩子不小心摔到火车下面，被压断了一条腿。我们把他抬进医务室时，血正从那伤口汩汩涌出，非常可怕，但他不停地央求我们一定要找到他的腿，看着非常焦急，原来那条断腿的靴子里藏着二十卢布，他担心钱丢了。"

"你讲跑题了。"布尔金说。

伊万·伊万内奇停顿了一下，继续说："在他妻子死后，我弟弟开始四处寻购庄园。当然，尽管花了五年时间来寻找，但免不了最后会出错,他买到一个和梦想中完全相异的庄园。我弟弟托中间人,买了一处一百一十二俄亩的抵押庄园,有主人的正房、仆人的下房、花园,但独独没有果园、醋栗,没有池塘和小鸭子。有一条小溪,但里面的水是咖啡色的,因为在河的一边有家造砖厂,另一边则是制胶厂。但我弟弟一点也不觉得难过。他买了二十棵醋栗树,种了下去,过起了乡村地主的生活。

去年我去看望了他。我心里想着,我也该去看看他过得怎么样了。弟弟在给我的来信中,称呼他的庄园为'奇木巴洛克洛夫庄园',或者'吉马莱斯科耶'(我们的姓氏是奇姆沙·吉马莱斯)。我是下午到那儿的。天气很热。到处都是沟渠、围墙、篱笆、一排排的杉树,弄得我都不知该如何进院子,也不知该把我的马拴在哪儿。我朝屋里走去,迎面遇到一只红毛的肥狗,看起来像只猪。它想叫一声,但又懒得张嘴。这时,从厨房走出来个胖女人,光着脚,长得也像只猪。她说主人吃过饭正在休息。我走进去看我弟弟,他在床上坐着,膝上盖一条被子。他变老了,胖了,皮肉耷拉着,他的脸、鼻子、嘴唇都向外拱着,看起来随时会像猪那样哼唧着钻到被子里。

我们抱在一起,哭了起来,有重逢的喜悦之泪,也有悲伤的泪水,因为想到我们原来是那么年轻,而现在却白发苍苍,离死不远了。他穿好衣服,要带我去参观他的庄园。

'嘿,你在这儿过得怎么样?'我问。

'嗯,还好,感谢上帝,我过得还不错!'

他不再是过去那个可怜胆小的职员了,现在是真正的地主老爷!他已经习惯了这种吃饱喝足的生活,并逐渐有了自己的品位。他吃得多,常到澡棚洗澡,越来越胖,还和村社以及那两家工厂打起了官司，要是村里的庄稼汉不称呼他为'老爷'，他会非常生气。他还把这副老爷派头用到了自己的灵魂救赎问题上，开始做善事，不是简简单单地做，而是装腔作势地让所有人都知道。这是怎样的善举啊！他用苏打粉和蓖麻油来治疗农民们的一切疾病，到他命名日这天，他还会在村子的中心举行感恩仪式，然后请村民们喝半桶伏特加，认为这是他应该做的！啊，那半桶可怕的伏特加！今天，胖地主会把庄稼汉拖到地方长官那里，状告他们的牲畜踩坏了他的作物，但明天过节时，他又会请这些人喝半桶伏特加，喝完酒后，这群人大声叫嚷着'万岁'，然后跪倒在他脚下。生活只要变好，大吃大喝，好逸恶劳，就会在俄罗斯人身上滋生出极度的傲慢与自大。尼古拉·伊万内奇在做职员的时候，从来不敢发表自己的意见。但现在，他说出的话都成了无可争辩的真理，他还总是用国家官员的口吻说：'教育是必要的，但老百姓还没做好接受教育的准备；体罚通常是有害的，但在某些情况下，它有用且不可替代。'

'我了解这些农民，知道如何应对他们。'他说，'他们都爱我，只要我动一动手指头，他们就会为我做任何事。'

请注意，他说这一切时，脸上挂着聪明又友善的笑容。他把'我们这些贵族，我是贵族一员'这类话反反复复说了二十遍。显然他已经不记得我们的祖父是农民、父亲是列兵了。就连我们那听着多少有些怪异的姓氏'奇姆沙·吉马莱斯基'，现在他也觉得响亮、高贵又非常中意了。

但我现在关心的不是他，而是我自己。我想告诉你们，我在他的庄园度过的几个小时里，身上发生了哪些变化。晚上我们喝茶的时候，厨娘端上来一盘醋栗。这不是买来的，而是他自己种的醋栗,这还是他把那些灌木栽下后第一次收获果子。我弟弟笑了笑,默默地看了一会儿醋栗,眼里含泪,激动得说不出话。然后他往嘴里放进一颗醋栗,看着我,就像孩子终于得到渴望已久的玩具一样兴奋,嘴里不住念叨着:'啊,多好吃啊!'他急不可耐地吞食,不停地重复道:'啊啊,真好吃啊!你来尝一尝吧!'

那些醋栗又硬又酸,但正如普希金所言:

我们珍视吹捧我们的谎言
胜过万千真相。①

我看到这个幸福的人,他所珍视的梦想显然已经实现,也达成了人生目标,得到了自己想要的东西,他对自己的命运、对他自身都感到满意。不知什么原因,我对人类幸福的思考中总是夹杂着一丝悲伤,现在,看到眼前这个幸福的人,我几乎被一种近乎绝望的压迫感所侵袭。尤其到了晚上,这种感觉更沉重。他们在我弟弟卧室旁边的屋子里,给我搭了张床,我听着他还没睡,一次又一次地爬下床,走到那盘醋栗前,一个接一个地吃着。我心想,究竟有多少知足常乐的人!他们是股多么强大而骇人的力量啊!睁眼看看生活吧:强者傲慢懒惰,弱者无知野蛮,到处都是可怕的贫穷、拥挤、堕落、酗酒、虚伪、谎言——然而在所有的房子里,在所有的街道上,却呈现出一片平和与安静;在我们镇上生活的五万人中,竟无一人会大声叫喊发泄他的愤怒。我们看到人们去市场买食物,白天吃饭,晚上睡觉,他们絮叨废话,

---

① 出自普希金的诗作《英雄》,但引述有误。原作译文为:"对于我来说,崇高的欺骗/胜过卑劣的真理的幽暗……"(穆旦译)

结婚，衰老，平心静气地把死人送到墓地。可那些受苦受难的人们，那些正在幕后某个地方发生的人生惨剧，我们却看不见也听不着。一切看起来都很平静，只有无声的统计资料在抗议：那么多人发了疯；那么多人喝光了伏特加；那么多儿童死于饥饿，类似这样的事情数不胜数！显然，那些幸福的人之所以过得轻松，完全是因为不幸的人在默默地替他们负重前行，如果没有他们的默默付出，幸福就不可能存在。这是一种普遍的催眠。每个心满意足的、幸福的人背后，都应该站着一个手拿小锤子的人，不断地敲打他、提醒他：这个世界上还有许多不幸的人，不管他现在过得多么幸福，生活迟早会向他伸出魔爪，厄运也会降临到他身上——疾病、贫穷、损失，到时候也不会有人看到或者听见他的声音，就像现在他看不见别人，也听不见别人一样。可惜的是，没有拿小锤子的人，幸福的人依旧过着舒适安逸的生活，一些鸡毛蒜皮的小事偶尔会让他们跳脚，但这也就如同微风吹动白杨一样，平静无痕。"

"那天晚上我才开始明白，我也曾满足和快乐过，"伊万·伊万内奇站起来继续说道，"我也曾在饭桌上或外出打猎时，大谈如何生活，应该信仰什么，如何正确地管理人民。我也经常说，学习驱散黑暗，教育是必需的，但对普通人来说，仅仅能识文断字就够了。我曾经说过，'自由是天赐的，没有它就像没有了空气，但我们必须得等待一段时间'。是的，这是我过去常说的，但现在我要问：'为什么必须等待呢'？"伊万·伊万内奇愤怒地看着布尔金说："我问你，我们为什么要等待呢？为了什么而等待？有人告诉我，没有什么事情可以一蹴而就，每个想法都需要等到适当的时机，才能在生活中实现。但这是谁说的？哪里有证据证明这是真的？你会说万物有序，一切现象皆有法则，但是我，一个活生生且有思想的人，站在壕沟前等待沟渠自行填平或者被淤泥塞满，我本可以直接跳过它或者在上面搭座桥走过去的！请问这里面是否存在自然规律与合法性呢？再问一次，我们是以什么名义在等待？难道要等到我们再也活不下去吗？而事实则是，人们必须要活着，而且渴望活下去！

那天一大早，我就离开了弟弟家。从那时起，我就再也无法忍受住在城里了。这里平和安静的气氛，压得我喘不过气。我不敢看别人家的窗子，因为没有什么比看到幸福的一家人坐在桌旁喝茶，更使我痛苦的了。我已经老了，不再适合斗争，甚至失去了恨人的能力。我只能在内心深处伤心、生气、烦恼，到了晚上，脑子里塞满了各式各样的想法，弄得我辗转难安。唉，要是我还年轻就好了！"

伊万·伊万内奇兴奋地从一个角落走到另一个角落，重复说着："要是我还年轻就好了！"

他突然走到阿廖欣面前，握住他的一只手，接着又握住他另一只手。

"巴维尔·康斯坦丁内奇，"他恳求地说，"不要让自己'平静'下来，不要让自己昏睡过去！趁着您年轻，身强力壮，要一直去做好事啊！幸福是不存在的，也不应该存在。如果说生活是有意义、有目标的，那么其意义和目标绝不是指我们自己的幸福，而是指比这更伟大、更合理的东西。要一直做好事啊！"

伊万·伊万内奇说这番话时，脸上挂着可怜的、恳求的笑容，仿佛他要求人帮忙似的。

之后，他们三个分开落座在客厅的圈椅上，默不作声。伊万·伊万内奇的故事既没能满足布尔金,也没能满足阿廖欣。昏暗灯光下,那些金色相框里的贵妇和军官们,也如同活过来一般,低眼瞧着他们,仿佛在说,听这个吃醋栗的可怜职员的故事,真是太乏味了!不知什么原因,他们很想听听他谈论雅士和女人的事。事实上,他们正坐的这个客厅,这里的一切——罩着的枝形吊灯、圈椅、脚下的地毯——都在证明,现在从相框里往下看的那些人曾经来过这里,坐下喝过茶,现在美丽的佩拉格娅正在这儿轻轻地走动着,这不比任何故事都好吗?

阿廖欣非常困,为了干活,不到凌晨三点他就起床了。现在他几乎睁不开眼睛,但他又害怕他走后,客人还会再讲一个有趣的故事,因此不肯离开。他没有费心去问自己伊万·伊万内奇刚才说的话是否有道理或者正确,反正客人们谈的又不是麦子、干草或煤焦油,只是一些与他生活没有直接关系的事情,他为此感到高兴,并希望他们继续讲下去。

"不过,该睡觉了。"布尔金起身说,"请允许我跟你们道晚安。"

阿廖欣和客人道完晚安,下楼回了自己的住处。他们两个留在楼上,在一个大房间里过夜。房间里放着两张旧的雕花木床,角落里还有个象牙十字架。美丽的佩拉格娅已经提前在凉爽的大床上铺好了被褥,还散发着干净亚麻布的清香。

伊万·伊万内奇一声不响地脱下衣服,躺到床上。

"主啊,饶恕我们这些罪人吧!"他嘟哝着说,拉来被子蒙上头。

他放在桌子上的烟斗,有股浓烈的烟草烧焦味。布尔金好长时间都睡不着,他一直在想,这难闻的气味是从哪儿来的。

雨点整夜敲打在窗玻璃上。

《醋栗》引发的思考：
漫游在雨中池塘

在雪城大学读研究生的第一学期，我第一次参加了一场读书会，它是由我们的教授——伟大的短篇小说家托拜厄斯·沃尔夫[①]举办的。令人意外的是，教授没有读他自己创作的作品，而是给我们读了一些契诃夫的故事。他以《套中人》为开端，接着谈了《醋栗》，最后是《关于爱情》。（这三篇小说有时被统称为"微型三部曲"或"爱情三部曲"。）

当时我对契诃夫了解不多，他的作品给我留下的印象（我是个笨蛋）多是平淡、无声且缺少力量感。很可惜，在我成长的那个阶段，我对他的判断就是这么不堪。

但在托拜厄斯的解读中，我们听到的契诃夫却是如此幽默，如此风度翩翩又聪明，他在故事中与读者的交流相当密切，就像在前面提到的那辆跨斗摩托车一样——故事走到哪里，读者就会跟到哪里。通过托拜厄斯，我们可以感受到契诃夫的幽默、温和以及略有些愤世嫉俗的心（饱含着爱），就像他本人现在正和我们同处一个教室一样。这个迷人又受人喜爱的作家很重视我们的想法，并希望以他安静的方式吸引我们参与到故事中。

当时，讲台就设在几扇大落地窗前。当托拜厄斯谈论契诃夫

[①] 托拜厄斯·沃尔夫（Tobias Wolff，1945—），美国作家，因擅长写短篇小说而闻名。

的作品时，那年的第一场雪正在他身后轻轻落下，这一幕一直留存于我的记忆深处。那一刻，我终于感到自己融入了这个文学团体，包括在这个教室里的每一个人，所有参与这个项目的作家，最近在这里教过书的雷蒙德·卡佛，还有契诃夫，都是这个文学团体的一部分，是的，我们所有人都是短篇小说神圣事业的追求者。

说实话，这多少有些改变了我的生活态度。

那时候，我正纠结于各种年轻作家会遇到的问题：写作应该是启智性的还是娱乐性的？是哲学性的还是表演性的？是启蒙性的还是趣味性的？托拜厄斯对契诃夫的解读让我明白，写作可以是以上说的所有内容。突然之间，故事变成了世界上一股无限宽广的力量。它可以成为一切，从文字的最高意义来说，它可以设计出有史以来最高效的心灵交流模式，也可以是一种强大的娱乐形式。我曾经有些怀疑，短篇小说是否足以满足我那宏伟的抱负，容纳我对艺术的（稚嫩）想法（它应该与每个人对话，与每个人最好的那部分对话，并使生活变得更美好）。

听完托拜厄斯的解读之后，我不再怀疑短篇小说的力量了。我只是急切地想知道如何才能写出更精彩的故事。

不得不说，上面我纠结的那些作家应该思考的问题，促使《醋栗》在我心中有了一个特别的位置。

从表面上看，这并不是一个你期望的能改变所有人生活的故事。实际上，故事里并未发生什么：没有急剧的高潮行动；没有强烈的冲突；没有人的轨迹会永远发生改变；也没有人会死亡、打架或坠入爱河。它基本上就讲述了这样一件事：两个朋友在打猎时遇到暴雨,并去了第三个朋友家里避雨,其中一个人讲了一个令其他人都不满意的故事。

以下是《醋栗》的概要:

——伊万和布尔金外出打猎,路过一片俄罗斯田野。
——布尔金提醒伊万,他还"欠"他一个故事。
——开始下雨了。
——他们前往住在附近的朋友阿廖欣家。
——在那里我们遇到了阿廖欣和他的女仆佩拉格娅。
——男人们去澡棚了。
——阿廖欣使洗澡水变黑了。
——伊万喜欢游泳(据布尔金说,他喜欢过头了)。
——回到家,在舒适的客厅里,伊万讲起了他承诺要讲的故事:

伊万的弟弟尼古拉渴望过乡村生活,为了能过上这种理想的生活,他活得很节俭;

尼古拉为了钱娶了一个寡妇,基本上可以说是他的节俭行为害死了她;

尼古拉有了自己的庄园;

伊万参观了他的庄园;

——在客厅里,伊万就那次参观的回忆发表了一篇演讲:

幸福是股压倒一切的力量,是由(沉默的)不幸福造就的;

需要提醒幸福的人,不是每个人都幸福。就现在而言,伊万看到的幸福是种折磨;

他力劝布尔金和阿廖欣:生活不是为了追求幸福,而是为了一些更伟大的东西。"要一直做好事啊！"

——回到客厅的现实中，伊万的故事被认为很无聊。

——布尔金说该睡觉了。

——他们上床睡觉。

现在我们可能会注意到这样一件事：文中出现了一段（由下雨引起的）离题话，从第375页的底部开始。此时伊万正要开始讲述他的故事，并在两页后的第378页中间，他才真正开始讲述故事。我们认为，这不仅是一段离题话，而且还可以直接从故事中删掉。瞧，如果我们把这两页删掉，结果会是这样的：

伊万·伊万内奇深深地叹了口气，点燃烟斗，准备开始讲故事了。(**此处删掉了两页。**)"我们是两兄弟，"他开始说道，"我是伊万·伊万内奇，我弟弟叫尼古拉·伊万内奇，他比我小两岁。"

（看，这个"拼接"很隐秘！）

不得不说，这段离题话是"我无法不注意到的事情"之一，尽管事实上，我们在第一次阅读时可能真的没有注意到它的存在，因为它带给人的感觉是完全自然的。下雨了，所以，伊万不得不等他们找到避雨处再讲故事。我们跟在他们后面，完全没有意识到我们已经离题了。是啊，我们只想和他们一样，赶紧找一个干燥的地方躲雨。

然而，就在这里，在一个仅有十二页内容的故事里，离题话就占了三页多，几乎占了故事容量的四分之一。

正如我们一直讨论的那样，对故事形式进行设计，其实际目的是为了提高效率。故事有限的容量表明，它的一切都必须为目的服务。我们假设故事里所有的内容，甚至包括标点符号，都体现了作者的意图。

现在，让我们把这段离题作为故事的结构特征（一个奇怪的点或"节外生枝"）来看待。它已经被我们放进"我无法不注意到的事情"的推车里，读到故事最后时，我们会发现自己在注视着它，并问道："好吧，那么你离题的目的是什么？"

你会回想起我们在评析屠格涅夫时所用的技巧，当我们试图深入了解一篇故事时，这种技巧很有用，它会把我们的思想转向一个问题："故事的核心是什么？"

在《醋栗》里，这个答案被延迟了，似乎整篇故事的机制是为了让我们自己找到它。我们觉得伊万讲的有关他弟弟的轶事（第378到385页）是《醋栗》的核心（它存在的理由，对苏斯式问题"你为什么要费心告诉我这些"的解答）。

这件轶事的核心（故事核心中的核心）是伊万关于幸福本质的慷慨陈词，大约从第383页的中间一直到第385页的上面。

这是一场激动人心又令人震惊的演讲。我每次都会被它感动，并被它重新说服。"每一个心满意足的、幸福的人的背后，都应该站着一个手拿小锤子的人，不断地敲打他、提醒他：这个世界上还有许多不幸的人，不管他现在过得多么幸福，生活迟早会向他伸出魔爪，厄运也会降临到他身上。"我相信这一点，而且我打赌契诃夫也相信，这段话就像是直接从他的日记里摘抄出来的一样。这段话（故事核心中的核心）是"关于"我们追求幸福的欲望是该被放纵还是要被节制的问题。我们认为，这篇故事是对该问题的深思。伊万的结论"幸福是不存在的,也不应该存在"贯穿了整篇故事。

突然间,我们觉得这是一篇"关于"幸福的故事,或者说,它想要成为一篇"关于"幸福的故事。

在第 386 页有个令人吃惊的小细节,当我们被伊万讲的故事所吸引和说服时,我们发现布尔金和阿廖欣……并没有。他们觉得"这个吃醋栗的可怜职员的故事"很乏味。在那种环境中(温暖、吃喝不愁、在阿廖欣已故亲戚的画像下喝着茶),"他们很想听听雅士和女人的事",这是为什么呢?因为"现在从相框里往下看的那些人曾经来过这里,坐下喝过茶"。

布尔金和阿廖欣当然不会喜欢伊万讲的故事,因为他们正是伊万口中所说的例子:只关心自己的幸福,纯粹的老爷派头,刚刚吃过别人做好的食物。他们的反应证明了伊万的观点——那些满足且幸福的人就是什么也听不到。当然了,他们不想听到任何可能妨碍他们幸福的不幸事件。

他们要上床睡觉了,美丽的佩拉格娅已经提前在凉爽的大床上铺好了被褥。伊万嘟哝着说了最后一句令人丧气的话("主啊,饶恕我们这些罪人吧!"),然后用被子蒙上头,大概是睡着了。

这就是整个故事。

但是,实际上还剩下两段话,事实证明,其中的第一段改变了故事的全部走向。

这段话是这样写的:"他放在桌子上的烟斗,有股浓烈的烟草烧焦味。布尔金好长时间都睡不着,他一直在想,这难闻的气味是从哪儿来的。"

从这儿我们可以看到,伊万,那个我们一直寄予厚望的伟大的道德思想家,不经意间做了影响朋友的事情,并引发了这样的后果:布尔金因为烟味而无法入睡。或者,更准确地说,他睡不着是因为伊万的讲话引起了他的焦虑,使他更清醒地注意到了烟味。

伊万的"不经意"使我们对他的感觉更加复杂了。"要一直做好事啊!"劝勉别人时,他的声音如此激昂有力,但他现在却忽略了最基本的礼节。("要一直做好事"?嗯,权贵老爷,请先把您的烟斗擦干净。)伊万的演讲仍然可信吗?嗯,是的。然而,我们突然觉得,它并不完全可信。或者说,它在某种程度上是可疑的,因演讲人自己都不能实施自己所说的建议,一个人说要过深思熟虑的生活,却在刚刚都无法替他人着想。我们之前认为故事核心中的核心是伊万宣称的结论,即"幸福是不存在的,也不应该存在"。我们现在对此有何感想呢?

不得不说,当我自己重新回头审视整篇故事时,我在寻找"幸福,是关于……"这个答案。也就是说,我们在寻找"是支持幸福还是抵制幸福"这个问题的解决之道。

我们以第 377 页上出现的游泳事件为例进行分析。

想一想伊万这个人,我们到现在都还记得,他带着令人难以置信的快乐,冲出澡棚,在暴雨中跳进一条被描述为"冷冷的、充满敌意似的"的河[①]中,伊万凭借他高超的游泳能力,"使白色百合

---

① 这里的俄语单词是水池(plyos)。一位俄罗斯朋友告诉我,这是一个古词,现在已经不怎么用了,是一个与动词泼溅(плескать)相关的名词,意思是"发出溅起水花或拍打的声音"。水池(plyos)既可以指一片开阔的水域,即河流在弯道之间的区域,也可以指水库中水流最深的部分。在我手边的其他翻译中,这个词被译成"池塘"或"河湾地",我似乎记得它在某个地方被译成"池塘"(可能是多年前在托拜厄斯读到的译本中)。不管怎样,在我的脑海里,它一直是个这样的池塘:水流静止、寒冷、平静、芦苇丛生、宁静、幽深,四周被松树环绕着。——作者注

在浪中摇曳",他像个孩子一样,不断地潜水摸底,然后痛快地游过去,与那里的农民闲聊几句——这就是那个刚刚给我们大谈"幸福是罪恶"的伊万。

那么,他是支持还是抵制幸福呢?

尽管他做了这样的演讲,但他似乎更容易受到幸福的影响,而且,事实上,他似乎比他的任何一个朋友都更渴望得到幸福,也更希望能触碰到它。

也许,他之所以如此抵制幸福,是因为他如此支持拥有幸福?

这一修正后的解读("实际上,伊万有时候是在积极地追求幸福")是否否定了先前的解读("伊万抵制幸福")?并没有。反而正因为这两种解读并存,才使得故事的真实性比任何一种单独的解读都要丰富得多。这样的话,故事的语义就被扩大了。是的,它仍然是一个关于幸福有可能会导致堕落的故事,但它也说明了持有这个单一观点是多么的浅薄,或者说这是不可能的。因为伊万并不真的相信幸福是件坏事。又或者,如果他真这么认为的话,他也同时相信幸福是必不可少的。

因此,多亏了那个臭烟斗,伊万的演讲现在解读起来有些不同了。

乍一看,这场演讲似乎是为受压迫者发出的高尚呼吁("睁眼看看生活吧:强者傲慢懒惰"),现在看来有点……"虚实相间"。他不喜欢强者,但也不是那么喜欢弱者("弱者无知野蛮")。按照伊万的说法,整个地方(世界)一团糟:"到处都是可怕的贫穷、拥挤、堕落、酗酒、虚伪、谎言。"现在看来,他的演讲不仅仅是反对幸福,反而有点像反对一切(反对生活)。他在第 384 页说,他也曾经"大谈如何生活"。但实际上他现在正在这么做,他告诉布尔金、阿廖欣和我们应该如何生活。他对幸福所持的"自鸣得意"的贬损,多少带有点情绪化的布尔什维克主义,即你不应该幸福,因为我认为这是有罪的。或者:你可以持有我所认为的那种幸福。他变得很激动("愤怒地"看着他的朋友布尔金),强行且不大合乎逻辑地跳到了等待进步是徒劳的想法上("为什么必须等待呢?"),然后在(第385页上方的)代词"你"处还出现了一个小小的冲突,写道"你会说万物有序"。我们要注意,在这里,伊万此时正在处理的反对意见不是由布尔金或阿廖欣提出的,而是由他脑海中某个假想的批评家提出的。

与其说伊万是一位富有见地的道德思想家,沉浸在夜晚的亲密氛围里,并与两位熟识的伙伴分享这来之不易的见解,倒不如说他现在听起来(也)像个沮丧的老人:他烦透了,正在发泄自己的情绪,而没有意识到他正在让他的(沉浸在故事里)听众感到厌烦。

如果我们之前还在怀疑,离题是一种轻微的结构上的"节外生枝",现在可能会觉得离题在某种意义上是必要的:因为它"允许"游泳场景的发生,这反过来又让我们对伊万的理解变得复杂。

但游泳事件并不是离题所促成的唯一事情。

在那里我们还遇到了女仆佩拉格娅和地主阿廖欣。

每当佩拉格娅出现在故事中,作者都会选用一些狭窄且强调外貌的镜头对其进行重复描述(如"美丽的""温柔的""娇羞的""漂亮的";"轻轻地走在"地毯上,"温柔地笑着";先是"美丽的",然后还是"美丽的")。佩拉格娅的出现似乎代表着不可否认的美,或者无意义的美的化身。伊万和布尔金对她的反应证明，没有人能抵挡住惊人的美。只要看到她，他们就会立刻变得活力四射。佩拉格娅美得像一汪干净的池塘。在那个家里，她有着出乎意料的美，比我们所有人期望的都要美，比她需要的也更美。简而言之，她是无偿为人们带来快乐的源泉，提醒人们，美是生活中不可避免且必不可少的一部分。美不断出现，我们不断对它做出回应，不管处于什么理论立场；如果停止回应美，我们就会变得像行尸走肉。

在我看来，当佩拉格娅用她的美貌让伊万和布尔金停下脚步的那一刻，可以说是文学作品中一个人物拥有美貌的最好证明。（"伊万·伊万内奇和布尔金刚进屋，就有位女仆迎了上来，这是个年轻又好看的女人，他们两个同时怔在那里，互相看了一会儿。"）契诃夫没有告诉我们关于她的其他描述，没有说她头发的长度、身高、身形，或她使用的香水、她眼睛的颜色、她鼻子的形状等等，然而她把这两个看起来很有修养的老头惊得竟忘了礼节，这使我们在脑海中看到了她，或者说创造了她。她似乎在说，"是的，我们可以沉浸在自我的幸福中，我们对幸福的追求会造成对他人的压迫"，"但是，另一方面，我们没有人可以在没有幸福、美丽和愉悦的情况下生活片刻，先生们，你们刚才对我的反应正好证明了这一点"。她让我们直观地感受到，否认美是真实的，或者声称最好要避免幸福，是件多么无趣、迂腐且不堪一击的事情。

她的出现是故事发出的警示，它在真诚地探询幸福在道德上是否合理。"在追求道德纯洁的过程中，也不要忽视积极情绪的现实意义。"伊万和布尔金对她做出的反应似乎是不由自主的，以至于无法对他们进行评价，这就相当于我们在看烟花表演时发出

"哇"的惊呼声。什么样的人会压制这种惊呼声呢?

我们真的能在没有幸福的情况下生活吗?

我们想这样吗?

但她的出现还有另一个复杂的目的:她是做着所有脏活的人。她跑进屋拿毛巾和肥皂,然后在男人们洗澡的时候,把长袍和暖拖鞋摆好,再急忙回去煮茶,把果酱放在盘子里端出去,最后又跑回去,估计是在客房里整理床铺等等。她的出现支持了伊万的观点:"那些幸福的人之所以过得轻松,完全是因为不幸的人在默默地替他们负重前行,如果没有他们的默默付出,幸福就不可能存在。"为什么她要如此努力地让这些人感到舒适,以便他们可以坐在一起讨论追求幸福的正当性?

阿廖欣呢?他似乎已经远离了这个世界,不寻求任何快乐。然而他却很幸福,或者说足够幸福。他有一种安静的诚实,他是伊万的对立面:对现有的快乐(与朋友一起听故事的夜晚)保持清醒,不会自以为是或者进行诡辩;他也是尼古拉的反面:我们觉得他做农活是出于"正确的"原因,不是为了满足一些琐碎的、与醋栗有关的野心,也不是为了被他的农民们吹捧,只是为了在这个世界上做一些务实的工作。他不像尼古拉那样对农民说三道四,而是和他们一起干活。他的出现表明,如果一个人默默地献身于一项事业,就有可能获得高尚的幸福,即便不是由上天赐福,也会有一种安静的满足。

另一方面,他的生活是……悲哀的。这种生活带有一种悲剧的、自甘落后的气质。他不常洗澡,住在(身份低下的)管家房间,这些事实表明他身上的某些品质已经消失不见了。他已经因为放弃追求幸福而失去了活力。这就是放弃幸福的人的下场：他迷失了自我，不修边幅，而且不知为何，他过的生活远远低于他本来应有的水准。

另一个由离题促成的事件，是布尔金对伊万游泳的不耐烦。布尔金在故事里起到了"反快乐"的作用，他如同一个冷漠执法的裁判。每当伊万起了兴致时，他就会给伊万"踩刹车"。除了让伊万赶紧从水塘里出来，他还打断了伊万讲的牛贩子被砍断腿的跑题故事（"你讲跑题了"），并在伊万和阿廖欣似乎还乐意熬夜谈天时，提前结束了对话（"不过，该睡觉了"）。

没人喜欢扫兴的人。不过，话说回来，伊万的快乐需要一些抑制。他把布尔金和阿廖欣晾在岸边，自己则在池塘游了很长时间，又花了整晚讲了一个没人愿意听的故事，并且没有注意到他们的无聊，他的臭烟斗是他放纵自我的（自私）残留物：他在幸福地抽着烟，尽管他对快乐和幸福进行了抨击。

另一方面，布尔金（也）是（另一类型的）不如意者。我们感觉到他在抵制伊万演讲中的核心真理是：一个人的幸福建立在对他人的压迫之上。正因世界上有像布尔金这样的人（这些呆板、缺乏想象力的保守分子，他们会在精确的时间里游完泳并在精确的时间里享受一切），这台巨大又邪恶的机器才能保持运转。可最后让布尔金保持清醒的却是：苦涩的真相并不总是令人愉快的，就像那个有着浓烈烟草味的烟斗。世界上像布尔金这样的人，更喜欢听到的是迎合他们口味又合他们意的真实事件，这样他们就可以在听完故事后美美地睡一觉。所以说，一根臭烟斗有时是引起他们注意的必要条件——这是揭露苦难真相所需的激情副产品，是一种必要的附加伤害。

另一方面，事实上，布尔金并不是被烟味吵醒的，而是被伊万演讲的"余波"吵醒的。而这一点，也许正是他的优点。虽然他从一开始就试图否认伊万所说的真实，但这个想法已经悄悄潜入他的内心，搅得他心里不安，难以入睡。所以，也许他终究还是把伊万的话听进去了。

此外，我们不应该忘记，关于暴风雨的离题话为故事增添了更多的可能性。

在暴风雨来临之前，伊万和布尔金欣赏着田野的风景，很幸福（"他们心里在想，这是一片多么美丽、辽阔的土地啊"）。然后暴风雨来了，很快，他们就"沉默了，好像在生对方的气"。

我们首要要注意到，这个结构模块犹如一组前后对比的照片。

之前：天气很好，世界很美，他们很幸福；之后：天气变坏，世界变得丑陋，他们很生气。

暴风雨在故事中引入了这样一个概念，即幸福存在于我们无法控制的物质条件中。我们并不总是有能力选择幸福。幸福是一份礼物，而且是一份有条件的礼物。当它到来时，我们最好接受它。这时我们会觉得幸福如同一个标有价值的工具，是做好事的必要条件。当你"又冷又脏，浑身不舒服"的时候，是很难"做好事"或者"感觉很舒服"的。当我们从雨中走来，发现美丽的佩拉格娅给我们送来了毛巾、肥皂、长袍、拖鞋和茶，这不是很幸福吗？这难道没有让我们精神为之一振，继而增加我们在这个世界上做好事的可能性吗？此时，若是拒绝这种充满力量的补给，岂不是很愚蠢吗？

雨在故事中的作用如同一个配角。当伊万在池塘里游泳时，雨一直在下，随后雨就消失了，直到故事的最后一行，雨才重新出现："雨点整夜敲打在窗玻璃上"。雨一直是不快乐的来源（当他们走在田野上时），同时也是快乐的来源（当他们在池塘里游泳，落在他们身上时），但现在它却用一种持续不断的、低频的、带着敲打声音的雨点来提醒我们……一些东西。为了感受这篇故事复杂的美感，请试着写出雨在结尾处敲打窗户时"提醒"你（对你"说"或"代表"）的是什么。雨"提醒"的绝不仅仅是一件事，而可以是许多件事。这个答案带有个性化的色彩。尽管我能清楚地表明自己的答案（我尝试过几次，每当我发现自己给的答案是低效且过于简单的，就会再次把答案删掉），但准确地说，这个答案也不是我所想的答案。

幸运的是，我们不必说出这个答案。

这也是这篇故事用这句话做结尾的原因之一：创造出一个不可还原的最后时刻，不需要用更多的言语去描述。

如果这篇故事没有离题，就会呈现出如下版本：

在明媚的阳光下，当他们穿过一些未被雨水打湿的田野时，伊万向布尔金讲述了他和弟弟的故事。伊万最后的恳求（"幸福是不存在的，也不应该存在。如果说生活是有意义、有目标的，那么其意义和目标绝不是指我们自己的幸福，而是指比这更伟大、更合理的东西。要一直做好事啊！"）只是对布尔金一个人说的。夜幕降临，俄罗斯的星星闪烁着略为失望的光芒，它们像布尔金一样，希望伊万的故事能更精彩一些。

我们在故事中失去了什么？

好吧，正如我们说过的，这次按顺序来说：暴风雨、阿廖欣、佩拉格娅、游泳、布尔金对游泳做出的反应。在这个没有离题的版本中，伊万阐述了他抵制幸福的理由，没有任何东西可以与之抗衡。其结果是，伊万做了一场毫无难度的演讲，并得出一个简单的结论："幸福，并不像你想象的那么伟大。"

这仍然是一场值得听的演讲，但却缺少了《醋栗》带给人的多重体验。

如果我们认为这篇故事是在问："寻求幸福是正确的吗？"那么，离题中包含的内容则将这个问题分割成了其他若干问题，如："如果我们选择放弃幸福，我们会失去什么？""生活是为了快乐还是为了责任？""拥有什么样的价值观才算正确？""生活是一种负担还是一种快乐？"还有更多类似的问题，我敢肯定，当您在阅读原文时，或者就是此刻，您的头脑会提供更多的想法。

关于雨的离题话，一直被我们放在"我无法不注意到的事情"的推车里，现在，我们可以说，这个离题已经完全证明了它自己存在的必要性。看，现在这篇故事也在转头对我们说："知道我为什么要放任离题到处跑了吧？我是为了给自己一些空间，让故事变得更加复杂多变，从而避免沦为变成一篇只用单一观点来谈'反对幸福'的文章，现在我把它变成了充满神秘与美丽的文字，无论你读多少遍，它都会不断向你揭示新的层面，而且其中有许多是乔治·桑德斯在这篇文章中完全没有提及的。[1]"

现在,我所说的"离题通过产生复杂的元素来证明自己的合理性",可以说是则赘述,除了伊万讲关于他弟弟的事和最后两页演讲后的结语外,离题几乎占了故事的全部内容。(除了在构成文本大部分内容的离题里,这篇故事还能在哪里找到自己的合理性?)另外,我似乎是在暗示这篇故事是如何创作出来的(我无从得知,只能猜想):也许契诃夫是先写了伊万的演讲稿,然后故意在演讲前后用其他材料来丰富构思,使故事复杂化。

但不管这篇故事是如何形成的,阅读它的大部分乐趣仍在于我们最初感到的多余笔墨或间接叙述(离题),它们正是提升故事脱离"其原始构想层面"的途径,并把故事变得如此复杂和神秘。起初看起来像离题的内容,现在被认为是精彩高效的。

从最高层面讲,一篇故事的意义,不在于它会得出什么结论,而在于它如何展开。正如我们所看到的,《醋栗》是以一种持续的自相矛盾的方式展开的。如果它从一个视角表达了某种观点,那么一定会出现一个新的视角来挑战这种观点。

这篇故事并不是为了告诉我们应该如何看待幸福,它的存在是为了帮助我们思考这个问题。可以说,它是一个帮助我们思考的结构。

---

[1] 我们对这篇故事重新做论断:有没有可能它不是在谈论关于幸福的话题,而是在说对极端思想的看法。你能想到这点吗?但它确实有理可依。看看这里面有多少个极端的人:伊万的极端体现在他对幸福的谴责与他对游泳的热爱。布尔金是个温和的极端思想者,是他让伊万从水中出来的。当然,尼古拉对醋栗的态度也很极端,而阿廖欣是个极端的"苦行僧"形象。佩拉格娅是个极端思想者吗?她是。她非常漂亮,做活也非常努力。那么,这篇故事是支持极端主义还是反对极端主义呢?按照此理,我们还可以用其他概念来做同样的把戏。(试试"责任""激情""压抑"。)——作者注

那么，这个结构希望我们以什么样的方式进行思考呢？它又是如何思考的？

它通过一系列"另一方面（对立面）"的陈述来思考。伊万抵制幸福，另一方面，他又确实享受游泳带来的幸福感。阿廖欣过着一种平静又无欲无求的生活，另一方面，他却因自暴自弃而使池水变黑。伊万对幸福的热情追求是自私的，另一方面，布尔金不断地用力压制伊万对幸福的向往，也令人生厌。对醋栗这种微不足道的东西充满热情是很奇怪的，另一方面，至少伊万的弟弟热爱某些东西，哪怕它只是一种浆果，另一方面，至少阿廖欣从来没有因为自己节俭持家，而使其他人饿死，等等。

另一种说法是：这篇故事似乎想让它的读者不要轻易判断故事"对"或"错"，并警惕它本身（以及读者）不要对一些简单的概念产生思维固化，因为这有可能会导致他们在这个过程中犯错。因此，故事不断地对自我进行提升，直到完全提升出被人判断的范围。我们一直试图找到一个确定的答案，将故事理解为"支持"或"抵制"某事，这样我们就可以支持或反对那件事。但故事一直坚持它宁愿不做判断。

生活是艰辛的。活着的焦虑使我们想要判断、确定一个立场，明确地做出决定，拥有一个固定且死板的价值观体系，会是一种极大的解脱。

决定以抵制幸福的倡导者角色生活不是很好吗？不允许自己在池塘里游泳；遇到佩拉格娅时皱着眉；所有的事情都符合你的想象，你永远不会再感到困惑；你可以四处闲逛，卖掉你的泳衣，对一切都嗤之以鼻。

反过来说，只追求幸福的生活不是也很好吗？决心以积极的幸福倡导者的身份来生活，总是不断在庆祝晚会、跳舞、玩乐，竭尽所能地让自己幸福起来。但是，不知不觉中，你在网络上发布的照片会让人心生厌恶：你戴着花环站在瀑布中，感恩上帝赐予你如此美好的生活，并认为这一切都是你的积极心态赢来的。

通过以上的例子，我们会发现，只要不做决定，我们就会允许更多的信息源源不断地流入脑海中。阅读像《醋栗》这样的故事，可以被认为是实践这种方法的一种途径。它提醒我们，"X 是好还是坏"一类的问题，都可以从另一维度对它进行阐明。

问题："X 是好还是坏？"

故事："对谁来说？在哪一天，在什么条件下？X 是否会带来一些意想不到的后果？X 的坏中隐藏着一些好吗？X 的好中隐藏着一些坏吗？请试着告诉我更多。"

每个人的立场都会存在问题。如果过于相信某一方，就会走向谬误。这并不是说没有立场是正确的，而是指没有一种立场是长久正确的。我们一直在尝试着走出绝对的价值观，却没有注意到，内心想要安顿下来的欲望会蒙住双眼，最终我们不再对事物产生焦虑，永远处于放松的状态中，坚持事物只有某一面是正确的。

我最欣赏契诃夫的地方，是他在故事中表现出的自由——他对一切都感兴趣，却又不拘泥于任何固定的价值体系，愿意前往故事带他去的任何地方。他曾是一名医生，因此，他对故事的处理方式就像一种充满爱意的诊断。走进检查室，发现"生命"正坐在那里，他似乎在说："太好了，让我们看看发生了什么！"这并不是说他缺乏明确的观点（他的信件是他拥有明确观点的证明）。但在他最精彩的小说里（除了本书中说的三篇短篇小说外，还包括《带小狗的女人》《在峡谷中》《敌人》《关于爱情》《主教》），他似乎想用这种形式来超越观点，其目的是颠覆我们通常形塑观点的方式。

如果他在写作中有一套方案，那么他所做的就是对这套方案持警惕态度。"我最神圣的东西，"他写道，"是人体、健康、智慧、天赋、灵感、爱和绝对的自由——远离暴力和谎言，无论后两者如何表现自己。"他因缺乏明确政治或道德立场而受到批评。托尔斯泰对他的早期评价是："他才华横溢，无疑有一颗非常善良的心，但迄今为止，他似乎没有任何明确的生活态度。"但这种品质正是我们现在爱他的原因。在一个根据很少（常常是片面的）信息就能得出自己似乎对所有东西都很了解的世界里，确定性往往被误认为是"正确的"。因此，在这种情况下，与一个笃定地坚持不确定性（即永远充满好奇心）的人在一起是件多么令人欣慰的事。

契诃夫身体不好（他在四十四岁时死于肺结核），他的家庭贫困却很友爱。他年轻时就出名了，人们不断向他索取帮助。尽管如此，他仍温和地待人处事，欣喜于自己仍活着，并向人们展示自己善良的一面。"他觉得谨慎是有教养的标志，正派的人是不会把他们的不幸表现出来的。"特罗亚写道。他的一生短暂却闪闪发光，很多地方都留下了他的善迹。他阅读并评论所有寄给他的手稿，为有需要的人提供免费医疗，并资助俄罗斯各地的医院和学校，其中许多学校至今仍然存在。

在他的故事中，这种对世界的喜爱之情表现为一种不断重新审视的状态。（"我确定吗？真的是这样吗？我先前的观点让我忽略了什么?")他有一种重新思考的天赋。重新思考是困难的,它需要勇气。因为我们必须放弃坚持同一个观点所带来的舒适感,如放弃一个自己在前段时间已经得出的答案,并且没有任何理由可以去质疑这个答案的观点。换句话说,我们必须保持开放的态度(如你能秉持一种自信的、跟得上潮流的生活方式的话,这似乎很容易做到,但在现实的、折磨人的、可怕的生活面前,实际上却很难做到)。当我们看着契诃夫不断地、习惯性地怀疑所有结论时,我们感到很欣慰。重新思考是正确的,它是高尚甚至神圣的,是可以做到的。我们同样也可以做到。我们知道这一点,是因为他在故事里给我们留下了例子——它们是出色又简短的重新思考的模型。

关于伊万的演讲,我还有一个想法。

许多年轻作家一开始就认为,故事是表达他们观点的地方——告诉世界他们的价值观是什么。也就是说,他们把故事作为传递他们想法的系统。其实,我也有这种感觉。在故事中,我用自己独创的超前又纯净的道德观来净化这个世界,并从中获得成就。

但是,从技巧层面来看,故事并不是一个能支持完美论战的地方。尽管作者创造了所有的元素,但故事并没有真的处在能够"证明"一切东西都是合理的位置上。(如果我用冰激凌做了一个玩具屋,并把它放在阳光下,这并不能证明房子会融化。)

在一个"青涩"的故事里,我们会感觉到作家就站在那里,他/她机智、充满优越感又完全正确,他们经常把自己伪装成某个受过磨难但却颇具魅力的角色,带着启蒙意识从海外旅行归来,皱眉审视着那些在原文化体系里的蠢货。从这里形成了一种普遍的（而且我认为是正确的）观念，即作家的价值观应该从他或她的故事中剔除。

或许，问题可能不在于故事中是否体现了某种价值观，而是价值观如何被利用。

伊万的演讲是一篇优秀文章的素材：言辞清晰，表达准确，有实例支撑，注入了真情。这就是为什么我们相信它，为什么我们被它所感动。但随后契诃夫就把这段话归因于伊万，从而对这段演讲进行双重利用。当伊万通过契诃夫说话时，他与契诃夫是不同的（在第385页，他变得激动、暴躁和不理性），而契诃夫顺其自然（"这不是我，是他"）地允许故事对这个"新出现的"伊万做出回应。考虑到他刚刚发现的伊万的这一新的表现，契诃夫跟踪着他到了那个"房间里放着两张旧的雕花木床的大房间"，并问道："一个人在这种状态（先是激动、然后沮丧，因为他刚刚发表了热情四溢的演讲，却没达到预期效果）下，会接着做什么？"答案就是，"他可能会不经意地忘记清理他的烟斗，然后，睡着了"。

这就打消了我们认为这篇故事只是作者的演讲的疑虑。契诃夫做到了两全其美：他写出了自己发自内心的有力观点（我们感受到了它的真实性）；又把自己的观点归咎于伊万（我们注意到伊万的缺点），使这个观点变得不确定。

如果我以一个角色的口吻写作，他或她突然脱口而出的一句话是"我说的"吗？嗯，部分算是我说的吧，毕竟出自我口。但是，它真的是"我"吗？我"相信"它吗？嗯，好吧，谁在乎呢？反正它就在那里。这个声音是有用的吗？它具有力量吗？如果有，不使用它岂不是太傻了。这就是塑造角色的方法：我们给故事输送自己的片段材料，并给这些材料穿上裤子，留上发型，给他们创造一个家乡，等等。

以这种方式塑造了一个角色后，我们可以退一步，对"他"再进行一番审视：以这种方式来塑造会有什么后果吗？在"他"刚刚说过的那些话里有什么可疑的暗示吗？有预料不到的附加伤害吗？有不可预知的潜在后果吗？（有没有一个臭烟斗？）

我曾在小说《胜利之圈》中写过这样一个场景，一个十几岁的女孩在等着她母亲来接她去上舞蹈课。我已经厌倦了写一些暴力或者极度戏剧化的故事，决定写一些美好的东西，就像契诃夫创作的故事《剧院之后》那样。在契诃夫的笔下，故事中并没有发生什么重大的事情，只有一个可爱的十六岁女孩坐在那里傻傻地幻想着爱情，其行为方式非常像一个真正的十六岁女孩可能会做的那样，让读者联想到十六岁的时光和快乐。但不知何故，她未来的整个生活也在她的想象中，这让读者意识到她有一天会变成一个四十岁的女人。

所以我决定做点什么……就像契诃夫那样。只是，当我尝试的时候，它实现的效果并不好。它变成了一段喋喋不休的内心独白、一件轶事，停滞不动，也不存在什么利害关系，但内里仍存有一些趣味。有一次，我模仿十六岁那个傲慢的自己，认为所有成年人的不良行为（如吸毒、离婚、通奸，所有这些 20 世纪 70 年代晚期的弊病，你知道的）都是可以被轻易纠正的，只要成年人决定变得更好就行，接着我用她的声音说出了以下的话："要做好事，你只需要下定决心去做好事。你必须勇敢。你必须为正义挺身而出。"

我相信这句话吗？嗯，曾经相信过，很久之前相信过。但现在，作为一个五十一岁的人，在写这段话的时候，我并不相信。但当我借她的嘴说出的时候，就变成了她说的，不是我说的，于是这里就出现了创造情节的机会。

他说："要做好事，你只需要下定决心去做好事。"

故事："哦，真的吗？"这意味着故事现在要挑战他现在（我以前）的肤浅观念。

如果你还没有读过这篇小说（《胜利之圈》），我不会再剧透了。但我可以说，我本期望写出一篇温馨的、非暴力的故事，但现在它却被"读者可能会想要读完"的强烈愿望所代替。

我们表达的任何想法都只是内心的众多想法之一。当然，在日常生活中，我们选择了那些自己赖以生存且认同的想法，并为支持这些想法而奋斗，而且还去抑制我们本有能力去想象的其他想法：如年轻时信奉但后来摒弃的哲学观点（你好，安·兰德[①]）；过去说话时的奇怪声音；过去在政治上持的相反观点，现在我们在自己身上发现这些观点的痕迹时，会感到不舒服。

如果你是一个支持移民的人，那么在你内心深处是否有反移民的情绪？当然，这就是为什么你在为移民权利争论时会如此激动。你是在与自身潜在的部分争论。当你对一个政治对手发火时，是因为他在提醒你，你对自己的某一部分感到不满意。当然，在被迫的情况下，你也可以假设自己是一个反对移民的人。（同样地，这时愤怒的反移民倡导者也在抨击他内心支持移民的倾向。）

---

① 安·兰德是爱丽丝·奥康纳（Alice O'Connor，1905—1982）的笔名，她是一位俄裔美国籍作家和哲学家。她的小说以一种她命名为"客观主义"的哲学体系而闻名。

大多数情况下，我们从"多声调"里聚合出一套体系，并从这个立场看世界。以音乐为例，我们心中有一个"交响乐团"，但它需要听从乐队的指挥，当某些乐器占主导位置时，其他乐器要轻声演奏或者根本不演奏。在写作时，我们有机会改变这种组合，可以把较为安静的乐器放到前台，把那些通常声响较大的乐器（强烈的信念）悬置起来，如把喇叭放在膝盖上。这样的做法很有新意，因为它提醒我们，其他那些较为安静的乐器一直都在那里。由此推断，世界上每个人都有他或她的内心交响乐团，而他们交响乐团中存在的乐器，大致上与我们的乐器相似。

这就是文学的作用。

在亨利·特罗亚为契诃夫写的传记中有一个可爱的瞬间，描述了契诃夫和托尔斯泰的第一次相遇。契诃夫选择推迟这次会面，因为他对"托尔斯泰坚决否认科学进步以促进精神进步"的观点有疑义。但在1895年8月8日，契诃夫来到托尔斯泰的庄园——亚斯纳亚·波利亚纳，见到了这位伟人。"他们在通往庄园的一条长满山毛榉树的小路上相遇了，"特罗亚写道，"托尔斯泰穿着白色罩衫，肩上搭着一条毛巾，正要去河里洗澡。他邀请契诃夫和他一起。两个人脱光衣服，跳进河里，在齐颈深的水里划着水，很自然地进行了第一次谈话。契诃夫爱上了托尔斯泰的朴实，以至于他几乎忘记了自己正在面对的是一个俄罗斯文学的伟人。"

我们想象着他们二人的这次游泳"衍生"了《醋栗》的全部内容：托尔斯泰扮演了缩小版的伊万，发表了宏大严肃的道德宣言，同时还愉快地光着身子划水；契诃夫扮演了布尔金（抵制托尔斯泰激情四溢的发言）的角色；他们两人还都扮演了阿廖欣（辛苦干活的人要休息一下）的角色。仔细想想，契诃夫也扮演了伊万的角色，他身上融合了表里不一与由衷赞美的层面，他想要批评托尔斯泰，却发现自己爱着他，后来他写道："我害怕托尔斯泰死去。如果他死了，我的生活会出现一个巨大的空洞。因为首先，我爱他甚于爱任何人。"然而，契诃夫先于1904年死去。当他死后，托尔斯泰写道："我从不知道他如此爱我。"

在他们游泳三年后，即1898年，契诃夫写下了《醋栗》。

事后反思（六）

我们正在阅读的故事是这些作家写过最优秀的一些故事。但这些作者也写过一些不是那么亮眼的作品，阅读它们同样重要，仅仅是为了提醒我们，一个人不是每次都能写出完美的作品，一件杰出作品的背后可能会有三到四次的试验作品，在这些试验作品里，艺术家又会萌生出一些新的想法。

请允许我用两个练习例子来探索这个想法：一个选自俄罗斯文学，一个取材于电影。

第一个例子：托尔斯泰年轻时曾驾着雪橇在暴风雪中迷路。他们一行人连夜在雪地里驶了二十个小时才找到住处。不久之后，他根据这段经历创作了《暴风雪》。四十年后，他用同样的主题写了《主与仆》。如果我们按顺序把这两篇故事读一遍，便能窥见托尔斯泰在这四十年间的叙事变化。

第二个例子：查尔斯·卓别林在其早期的《冠军》短片中，设置了一个拳击镜头。十六年后，卓别林在其另一部电影《城市之光》中也加入了类似的镜头。

所以，我们的练习是：

一，我们刚刚读完《主与仆》，现在来看一看《暴风雪》；

二，按照任一顺序，观看《城市之光》中的拳击片段和《冠军》中与此对应的片段，并且要让后期发行的作品与前面那部作品产生共鸣。

读完后大家会发现，后期作品给人的感觉更像是经过精心设计的、高度组织化的系统。如在《暴风雪》中，托尔斯泰的目的似乎是为了记录下这场真实发生的事件，其重点是在暴风雪中迷路这件事。遗憾的是，故事中的主人公们并未能表明他们自身存在的意义或者做出什么事情来表明自己的性格特征。他们的获救也很偶然。书中确实有一些精彩的片段，例如主人公担心自己会被冻死，打盹时做了个有关夏天的梦，故事中对暴风雪和马的描述也很出彩，但它仍旧缺乏《主与仆》里的戏剧性，似乎也没有特别指出人身上存在的问题，只是在描述这次出行中有人迷路了。

而在另一个有关电影的例子里，则显示出如下情况：与《城市之光》中的打斗场面相比，《冠军》里的这一场面显得更加松散且无趣。尽管卓别林在《冠军》这部电影里下了很多功夫，并且在里面加了许多像是即兴发挥的跳跃动作，但这些笑点却是以一种不断重复的姿态出现的。显然，那时的他似乎还没有想到要把这些笑点组装成一种紧凑的、逐步升级的模式。稍后，他会做得更出彩，因为他把这些相同的笑点重新组装进《城市之光》里了。

所以，在这里我们可以概括得出：在一个高度组织化的故事系统中，因果关系会更明显且更具意图性，故事中的元素会被更加精确地进行选择，事件也会更加果断地朝着升级的方向走去，一切都更合乎目的性。

显然，一个高度组织化的系统会更出彩。

那么，对于艺术家来说，一个明显的问题是：我如何让我的系统变得更有组织性？

如果你把十位作家——按伟大到蹩脚进行排序——聚集在一个房间里，并让他们列出故事的主要优点是什么，你不会得到太多异议的结果。事实证明，确实存在这样一份故事核心优点清单，这是我们在阅读这些俄罗斯故事时随手编制的：要具体且高效；使用大量的细节；始终不断进行升级；展示事件的过程，而不只是去讲述，等等。这十位作家各自的写作技巧，都会涉及上述优点，只不过他们会再进行重述或个性化的修改，如加上或者减去一些。他们歌颂这些优点，并声称会始终如一地按照它们进行创作。

可是，仅仅知道故事的核心优点并不能解决写作中的难题。我们以生活中的例子来分析一下，如我们任何人都可以在谷歌上搜索"如何打出曲线球"的方法，并被告知击球手必须知晓"识别旋转""打坏球但让好球通过"等策略，而且我们在去球场的路上还在谈论着这些，但一旦到达那里就会发现，不管怎样，我们中间有些人能打出曲线球，另外一些人则不能。

一个伟大的作家和一个好的作家（或一个好的作家和一个蹩脚的作家）之间的区别在于她在写作时做出的即时决定：她突然想起的一句台词；她删除了一个短语；她剪掉了某一部分；她颠倒了两个词的顺序，而这两个词在她的文本中已经稳定地存在了几个月。

五位作家在同一家咖啡馆的长桌前坐成一排，他们都信奉故事创作的具象性，但在关键时刻，他们中的一些人会找到一种迷人的方式来进行具体描述，另一些人则找不到。

所以，创作是严苛的。

但这也给了我们极大的宽容度，它将我们必须担心的事情减少到只剩一件,即阅读我们作品中的某一行时,我们是否在那一刻决定对它进行修改。

我们可以将所有的写作简化为:我们读了一行内容后,对它产生了反应,然后相信(接受)这个反应,并立即凭直觉做出一些回馈。

像上面所说的那样,我们要一遍又一遍地做下去。

这听起来有点疯狂,但以我的经验,这就是整个游戏的玩法:一,确信你内心有个声音,你真的知道自己喜欢什么;二,更好地倾听这个声音并代表它采取行动,"不管怎样,批评家们本质上都是荒谬的",兰德尔·贾雷尔(他本人是位相当出色的评论家)说,"好作品就是好作品,我们即便不说,它也是好的,它在我们所有人的注视之下,我们都深知这一点。"

他说得没错,我们确实都深知这一点。

或者说,我们现在是知道没错,但明天可就不一定了。因此,就在今天,让我们大胆地做出改变(或不改变)吧。创作出优秀作品的美妙之处在于:我们明天、后天、大后天还可以再度回到文本,读一遍这句话,看看是否要修改它,甚至,我们还可以把它改回最初的样子。

我们反复这么做,直到在心中达成一个决定,即:让这个地方停止变化。

因此,我们所说的"更有组织的系统"是指所有这些针对一行内容进行重复选择修改出来的累积结果,这是由成千上万个修改意见决定出来的。我在纽约给你的那套公寓,你一旦按照自己的想法进行装饰,并在此期间一直用自己喜欢的东西替换原来的装置,这套公寓将会变为一个高度组织化的系统。

假设这段话出现在你故事的开头:"太阳照在安的窗户上。她还在床上躺着,接电话时,她强烈地感觉到了正照在手上的阳光。太早了,谁这么早打来电话。外面有一辆卡车或公共汽车经过。"

嗯,在这里,我们有些工作要做。这段话有让你不舒服的地方吗?你喜欢哪些地方呢?不妨把你的偏好系统设置为故事的修改原则。好了,现在开始运用你的修改原则吧。你会发现,从作家的身份来看,你对上面这段短文所做的修改,将促使你对自己有更深刻的了解。

我想做的是直接切入正题:"天啊,谁这么早打来电话。"我的故事就这样开始了。根据我的修改原则,太阳照进来和卡车或公共汽车经过都不重要,太阳会导致它所在的句子出现问题,因为它"强烈地"照着,而卡车或公共汽车是城市街景的陈词滥调,我想"让这些废话滚出我的故事"。所以,我的修改原则告诉我,要远离太阳照进来的想法,并剪掉卡车或公共汽车的角色。但另一个作家可能会喜欢把"太阳照进窗户"和"人躺在床上"结合在一起。她可能会想把这句话更直截了当地说出来,如:"太阳照在玛丽的窗户上,掠过她的手臂,暖烘烘的。"别的作家也可能会这样做:"在外面,有辆卡车或公共汽车。玛丽做梦时,知道这辆卡车或公共汽车是格雷格样式的,但当电话铃声把她从梦中吵醒时,她意识到,这辆卡车或者公共汽车都不是格雷格样式的,它仍是达拉斯样式的……"这里的关键在于,如果你是以那一小段"描写欠佳"的段落为起点,然后开始(使用另一个花哨的技巧术语)"有意识地对其'塑形'",并完全按照自己的口味(不需要辩解或证明其合理性)对其增添或者删减,它将会变成一个更加高度组织化的系统。而且，它一定会变成一个留有你印迹的系统。甚至里面的印迹有可能全是你个人的，没有别人的东西。毕竟，这是根据你的品味来安排的。也许你看重事件的发展速度与清晰性；也许你抵制事件的过快发展，喜欢让事情慢下来；也许"清晰"对你来说，有点过度简化了，等等。在这里，我想强调的是，重要的不是你的品味，而是你对自身品味的强有力的调用——才会使最终的艺术作品呈现出高度的组织性。

也许你在录音棚里见过调音板，它们上面有一排排推子按钮。我们可以把故事比喻成调音板，在它上面有成千上万个推子按钮，即成千上万个决策点。

我们假设在一篇故事中，迈克要借钱给他儿子做手术，他去找他父亲借钱。这时，一个推子按钮出现了，标签上写着"迈克与他父亲的关系"。如果他们非常亲近，这是一篇故事；如果他们二十年没有说过话，那就是另一篇故事。作者必须自己选择在哪里设置这个推子按钮。同时，"迈克父亲本人"是另外一个推子按钮。比方说，他可能富有且大方，或者富有而节俭（或者贫穷而节俭，或者贫穷而大方）。

在这个模型中，我们可以说，作家必须做两件事：首先是创造推子按钮（偶然发现迈克想要向他父亲借钱的那一刻，并将那一时刻留在故事里面），然后设置这个按钮。他必须在无数个迈克父亲的版本中选择出哪一个才是他想在故事中呈现的。在这里，让我稍微调整一下我的比喻。这块调音板不是用来录制音乐的，而是用来让房间充满明亮的、高色调的光线。换句话说，成千上万个推子按钮中的任一调整，都会巧妙地改变这个房间里的光线质量和色调。在一篇完美的故事中,每个按钮都设置得恰到好处,那里的光线不会变得更亮或更绚丽。同时,在这个模型中,一遍又一遍地修改是对故事进行整体层面的"打磨",我们不断对现有的推子按钮进行微调,并根据需要引入新的推子按钮。(也许迈克的妈妈会起作用?)每当你移动其中一个推子按钮,哪怕只移动了零点几英寸,系统也会变得比之前更有条理一些,而且里面会存有你更多的痕迹,房间里的光线也会变得更明亮。(好吧,这实际上只适用于你所做的好的决定。但是,由于我们要一次又一次地做出决定,我们假想着,所有决定最终都会变成好的决定。)

我爱我所爱的东西,你爱你所爱的东西,而艺术就是一个让我们一遍又一遍地爱我们所爱事物的场域,这不仅是合理的,而且是种最基本的技能。你有多强烈地爱着你的所爱?你愿意在某件事上花费多长时间,以保它的每一点都融入了你对它疯狂偏爱的痕迹?

选择,再选择,这就是我们在创作中所拥有的一切。

《破罐子阿廖沙》
列夫·托尔斯泰
1905

破罐子阿廖沙

阿廖沙是家里最小的孩子，大家都戏称他为"破罐子"。有次母亲派他去给助祭太太送一罐牛奶，他绊了一下，把牛奶罐摔碎了。母亲打了他一顿，伙伴们也开始用"破罐子"来取笑他。自此，破罐子阿廖沙就成了他的绰号。

阿廖沙瘦瘦的，长着一对招风耳（耳朵大得像一对张开的翅膀），鼻子很大。伙伴们常常取笑他说："阿廖沙的鼻子就像趴在山坳上的小狗！"乡下有间学校，可对阿廖沙来说，学习并不是件易事，况且他也没有那么多时间学习。哥哥在镇上的商人家做工。阿廖沙打从学会走路起就帮父亲干活。六岁时，他就和姐姐一起放羊看牛了；再大一点，他开始日夜照看马匹；十二岁时，他开始犁地赶车。他力气虽小，干起活来倒有股机灵劲。他总是开开心心的。伙伴们嘲笑他时，他要么保持沉默，要么就笑。父亲骂他时，他也只是沉默地听着。骂声一停，他就笑着继续干他该干的活。

阿廖沙十九岁时，他的哥哥被征召入伍。于是父亲让阿廖沙顶替哥哥去商人那里当雇工。阿廖沙拣了哥哥的旧靴子、父亲的帽子和一件外套，被父亲带到了镇上。阿廖沙对自己的新装束很满意，商人却瞧不上。

"我真以为你能找到一个像模像样的人来代替谢苗，"商人上下打量着阿廖沙说，"结果，你就给我带来了个流鼻涕的小孩？他能做什么啊?"

"他什么都能干——套车、赶马、做苦活、卖力气,一切都不在话下。他就是看起来弱一些,但他非常有劲。"

"好吧,让我瞧瞧再说。"

"他最大的优点是永远不和你顶嘴,只会一个劲地卖力干活。"

"哦,他妈的。让他留在这儿吧。"

于是阿廖沙开始在商人家里住下来。

商人家里人口不多:女主人,他的老母亲,大儿子(已经结过婚还识得几个字,现在正跟着父亲一道做生意),二儿子(有文化,中学毕业,还念了大学,但后来被开除,现在住在家里),还有个女儿,是个中学生。

一开始他们都不喜欢阿廖沙,因为他就是个乡巴佬,穿着邋遢,又没有礼貌,对谁都称呼"你",但不久他们就习惯了。他比他哥哥更会干活,而且真的从来不顶嘴,派他做的每一件事,他都做得又卖力又好,不停地干着一件又一件的活。阿廖沙在商人家的生活和他在家的日子没什么区别,所有的活依然被堆到他一个人身上。他做得越多,他们就越有更多的活指使他做。商人的妻子、母亲、女儿、儿子、管家和厨师全都支使他,一会儿差他去这里,一会儿去那里。总能听到"快跑,去拿这个","阿廖沙,你弄弄这个",或者"阿廖沙,你做一下这个啊——阿廖沙,你怎么了?小心,可别忘了啊!"阿廖沙一直在来来回回地东奔西跑,照看一切,一会儿弄弄这个,一会儿收拾那个,别人吩咐的事他都记着,还一直保持微笑。

没过多久,哥哥的皮靴就被他穿坏了,脚趾都露了出来,商人让他去集市上买双新靴子。穿着新靴子,阿廖沙很高兴,可他的脚还是像原来一样，一到晚上就累得酸疼，他有些不满。阿廖沙还担心父亲来领他的工钱时，商人会把靴子钱从他工钱中扣掉，父亲因此而责骂他。

冬天，天不亮阿廖沙就起床，劈柴、打扫院子、给牛马喂食、饮水。接着生火，给主人家擦皮靴、洗衣服、洗茶炊，随后管家会叫他去搬货，或者厨娘会安排他去揉面团、洗锅。接着他们就支使他去城里送个便条，去学校接小姐放学，或者去给老太太买些灯油。还总有人在问："你跑哪去了，这么久不回来！"或者听到一个人对另一个人说："你何必自己弄啊，让阿廖沙当跑腿的不就行了。""阿廖沙！阿廖沙！"于是阿廖沙就跑去做。

阿廖沙在路上吃早饭，午饭很少能赶得及回来和大家一起吃。厨娘会因为他没按点回来吃饭，对他叫嚷，但她仍然心疼他，午饭和晚饭都给他留一些热菜。每逢过节，活都特别多。阿廖沙特别喜欢过节，因为这时大家会给他一笔小费，不多，大约六十戈比，但这总归是他自己的钱，想怎么花就怎么花。至于工钱，他从来没见过，父亲会直接过来取走，而且还会责备阿廖沙，嫌他靴子穿坏得太快了。

他从小费里攒下两个卢布，听了厨娘的建议，给自己买了一件红外套，穿上后，高兴得合不拢嘴。

阿廖沙很少说话，即使说了，也都是简短的碎片。如果别人给他派活，或者问他能不能做某件事时，他总是在别人还没说完之前就抢着说"当然可以"，然后立即开始干活。

他记不得什么祷告词。他母亲教过他一些，但他都忘了，可他仍早晚祈祷一次，用手在自己身上画十字。

阿廖沙就这样生活了一年半。突然，第二年的下半年，他生命中发生了一件极不寻常的事情。他惊讶地发现,人与人之间除了彼此需要之外,还有一种非常特殊的关系:不必清洗靴子,给别人送东西,或去套马;即使你不为那个人做任何事,但仍然可以被那个人所需要,并被那个人所爱护。而他,阿廖沙,现在就是这样一个被需要的人,这个道理是他从厨娘乌斯季尼娅那里明白的。乌斯季尼娅是个孤儿,年纪很轻,和阿廖沙一样勤快。她开始疼爱阿廖沙,这让阿廖沙第一次感觉到,他不是因为自己对他人的服侍而被另一个人所需要。母亲心疼阿廖沙时,他并没有在意,因为他觉得这是应该的,就像他自己心疼自己一样。但在这里,他突然发现,乌斯季尼娅这个外人,竟然心疼着他,在罐子里给他留下黄油粥,当他喝粥的时候,她用卷起袖子的手托着下巴望着他。他也望向她,她笑,他也跟着笑。

这事是如此新鲜,如此奇怪,以至于刚开始时阿廖沙觉得自己被吓到了。他觉得这可能会妨碍他像以前那样干活。但他还是很高兴,当他看到乌斯季尼娅补好他裤子上的补丁时,他就摇头微笑。他在干活或者走路时,经常会想起乌斯季尼娅,并自言自语道:"哦,乌斯季尼娅!"乌斯季尼娅一有机会就帮他,他也帮她。她告诉他自己的身世,她是怎么失去双亲,姑妈是怎么收留她带她找活的,商人的儿子怎样引诱她,她又是如何制止的。乌斯季尼娅喜欢说话,阿廖沙喜欢听。他听说城里经常发生乡下来的雇工和厨娘结婚之类的事。还有一次,乌斯季尼娅问阿廖沙,他是否很快就要娶亲了。他说不知道,但他不想在乡下娶媳妇。

"哦,你看上谁了吧?"她问。

"嗯,我愿意娶你。你愿意吗?"

"唷,破罐子啊,破罐子,你还真敢说,"乌斯季尼娅说着,还拿手在他背上轻轻戳了一下，"怎么不行呢？"

谢肉节①时，他父亲到镇上来拿工钱。商人的妻子已经知道，阿廖沙想娶乌斯季尼娅为妻了，这让她很不痛快。"以后她怀孕了，生了孩子还怎么干活呢？"她对丈夫抱怨道。

商人把阿廖沙的工钱交给了他父亲。

"我儿子怎么样？还好吧？"父亲说，"我说过，他是不会顶嘴的。"

"确实不顶嘴，但他在干蠢事。他想和那个厨娘结婚，但我们是不会雇有家室的仆人的，这在我们这儿行不通！"

"这个蠢货在想什么……"他父亲说，"您不用担心这个问题，我会让他忘掉这一切。"

父亲走进厨房，坐在桌前等儿子。阿廖沙出去办事了，回来时累得气喘吁吁。

"我还以为你是个有脑子的人，可现在你在胡想些什么？"他父亲说。

"没想什么……"

"没想什么？你在想娶亲的事。到时候我会帮你讨个媳妇的，找一个会过日子的女人，而不是这些镇上的下流胚。"

父亲说了很久，阿廖沙站在那里叹着气。父亲说完后，阿廖沙笑了笑。

"好吧，我不想这事了。"

"这就对了。"

父亲走后，阿廖沙和乌斯季尼娅单独在一起。她一直站在门

---

① 谢肉节是俄罗斯的送冬节，在3月3日开始的7天里，人们纵情欢乐，之后将进入为期40天的东正教春季大斋期。

后，偷听到了父亲对阿廖沙说的一切，他告诉她："看来我们的事成不了了。你听到了吗？他生气了，不会允许的！"

她用围裙捂着嘴悄悄地哭了。

阿廖沙嘴里发出"喏喏"的声音。

"你怎么能不听劝呢，看来我们得放弃这事。"那天晚上，女主人叫他去关窗户时说道："怎么样，打算听你父亲的话，忘掉那些蠢事了吧？"

"看来我不得不这么做了。"阿廖沙说着，笑了笑，但开始哭泣。

从那以后，阿廖沙再也没有提过跟乌斯季尼娅结婚的事，生活又回到了老样子。

大斋节时，管家让他去铲屋顶上的积雪。他爬上屋顶清完积雪，随即又去清理溜槽边的冻雪，可这时他脚下一滑，连人带铲子摔了下来。不幸的是，他没有摔到积雪上，而是掉到了门口的铁屋顶上。乌斯季尼娅跑过去，商人的女儿也跟着跑到他身边。

"阿廖沙，你受伤了吗？"

"有一点。没事的。"

他试图站起来，但做不到，他笑了。他们把他抬到院子里的下房里。医生来了，给他做了检查，问他哪里疼。

"全身都很疼，但没事的。只怕老爷会见怪，最好派人给我父亲捎个信。"

阿廖沙在床上躺了两天两夜，第三天他们派人去请神父。

"你不会死的，是吗？"乌斯季尼娅问道。

"那又怎样，难道我们会一直活着吗？总有一天会死的……"

阿廖沙像往常一样,急急地说道。"乌斯季尼娅,谢谢你心疼我。你看,他们不让我们结婚是对的,要不然,这一切就更糟了。现在一切都很好。"

他跟着神父用手和心做了祷告。他心里想的是,他在这里听他们的话,而且没有伤害任何人,那么他到了那边也会过得很好的。

他很少说话,只是不停地要水喝,看起来像是对什么事感到惊讶似的。

似乎有什么东西吓了他一下,他两腿一伸,死了。

《破罐子阿廖沙》引发的思考：
"遗漏"的智慧

在这篇故事里，人物最初是以专有名词（阿廖沙）的形式出现的，如同一幅可以描摹其特质的简笔画。通过故事的第一个词，我们知道有一个人叫阿廖沙。然后他绊了一跤，摔碎了一个罐子。为此，他被妈妈打了一顿，还被其他伙伴们取笑，并得到一个绰号——"破罐子阿廖沙"。

一个孩子的形象开始出现了。

此外，他瘦瘦的，有一对招风耳，鼻子很大（"鼻子就像趴在山坳上的小狗"，或者用卡马克的译本，即"鼻子像挂在杆子上的葫芦"）。无论他的鼻子是哪种样式，都不是人们喜欢的类型，但我们喜欢他的鼻子。对这个可怜的小家伙来说，学习并不是件易事，他也没时间上学。他是一个工人，且是所有文学作品中最勤快的工人之一："打从会走路起就帮父亲干活，六岁时放羊看牛，十二岁时开始犁地赶车。"

在第二段，我们的简笔画形象开始变得有血有肉了：瘦瘦的孩子，大鼻子，勤快的工人，还缺少家人的关爱。我们可以想象有这么一个人，同样缺少家人关爱，长相滑稽，干活卖力，但却非常凶狠。我们知道自己想象的这个人绝对不会是阿廖沙，因为他"总是开开心心的"。然后托尔斯泰告诉了我们这种开心确切表现在哪些方面（世界上让人开心的事情有许多，他的开心是怎展示出来的呢？）：当伙伴们嘲笑阿廖沙时，他不是沉默不语，就是跟着笑；当父亲骂他时，他只是沉默地听着。这是一个非常特殊的孩子，不同于那些被伙伴们取笑时进行反击的孩子，也不同于那些被父亲骂完后在背后做鬼脸的孩子。被父亲骂了之后，阿廖沙继续笑着做他该做的活。

就像《宝贝》中的奥莲卡一样，阿廖沙一开始可能会给我们一种卡通人物的感觉，假设我们不带贬义地使用"卡通人物"这个词的话。在这个简单得像童话故事的故事中，阿廖沙只有一个特点——他总在快乐地顺从别人。

我们喜欢他这一点。这篇故事已经在告诉我们："在这个世界上，有些人从头到尾都活得像个苦命人。这样的人该如何生活呢？"可以说，阿廖沙代表了我们所有人经常采取的态度，"既然我必须要熬过这个难关，那不如就开开心心地尽力去做事。"这是一种积极的态度。想象一下，你负责布置学校的某个活动，但椅子还没有摆好。这时来了一个大鼻子的小家伙，他说："我可以帮你！"然后立马投入到工作中，干活麻利又有劲，还面带微笑。旁边角落里坐着他那"哥特风"的小伙伴，皱着眉，还假装在玩手机。他们两个人，你更喜欢谁呢？谁在那一刻过得更开心呢？

一旦简笔画形象被赋予了决定性的特质，故事接下来就会对这个特质进行检测。"很久以前，一个快乐又听话的男孩来到了这个世界。"接着，在第一页的末尾，随着行动的展开，阿廖沙去了商人家，他的父亲基本把他卖给了这个商人。

在那里，他受到了更多的压榨。他没被当成人看待，而是被商人说成是个"流鼻涕的小孩"。他的父亲替他说话了吗？嗯，算是吧。但是，他说好话的样子就像是在为自己卖掉的一匹马说好话："他就是看起来弱一些，但他非常有劲。"商人的家人也不喜欢阿廖沙，他一点规矩也不懂，是个真正的乡巴佬。

不得不说，一篇故事最大的特质就是人物一定会在其中遇到困境。(《宝贝》中的奥莲卡是个极度依赖男性的女人，然而他的男人死了；《主与仆》中的瓦西里是个傲慢的人，然而暴风雪的出现，让他变得谦卑起来。) 在这里，商人家人对阿廖沙的勉强接受也是一个小小的、提前显现的困境。阿廖沙将如何应对呢？他做了自己一直在做的事：快乐又卖力地干活，不顶嘴，"心甘情愿"地做每一件事，从不休息。这种方法有用吗？有用。他成了商人家庭中不可或缺的一员。他们感激吗？不。他们只是给他指派了更多的活。他"一直在来来回回地东奔西跑，照看一切，一会儿弄弄这个，一会儿收拾那个，别人吩咐的事他都记着，还一直保持微笑"。因此，这是故事在一个稍微有点高压的环境中，所进行的第一拍（快乐地顺从别人）重复。即便在这里，在这个更大的环境中，在这个富有的商人家中，阿廖沙的方法（快乐地顺从别人）也是奏效的。在家里，他卖力干活，面带微笑，并得到了这份工作的"回报"。现在，他采用同样的方法（干活与微笑），是否会再次得到回报？

他会的。不久，他就会得到乌斯季尼娅的爱。

但首先，在第 422 页的底部，另一个困境出现了：他的靴子穿坏了。

我们发现了一些关于他的新情况。请注意，这篇故事以一种安静的方式，不断地用每一段的内容来告诉我们，发生在他身上的新事情。靴子穿坏时，阿廖沙买了一双新的，但他却担心父亲会因为商人从他的工钱中扣除了靴子的费用而责骂他。在这儿，故事中出现了对这样一个问题的首要暗示:"阿廖沙始终快乐地顺从别人会带来什么负面影响吗?他是不是有些过于听话了?"也就是说,我们内心的正义感觉得他被别人压榨了,但他却没有这种感觉。我们与他有了些分歧。之前我们认为他身上的积极特质,现在受到了质疑。

他没有欲求,或者说只有非常温顺的欲求。他喜欢过节,因为这样他能得到小费(他父亲把他的工钱都收走了)。他用自己的小费买了"一件红外套",这让他很高兴——高兴得合不拢嘴。(或者,在卡马克的译本中,"他是如此惊讶和兴奋,以至于站在厨房里张口结舌,吞吞吐吐"。)

所以,尽管阿廖沙很卑微,但他拥有获得幸福的能力与需求。而且,这篇短篇小说是极简佳作,因此,阿廖沙的这种能力一旦被引入到文本中,就一定会被使用。

很快,"他生命中发生了一件极不寻常的事情"。是什么事呢?

> 他惊讶地发现,人与人之间除了相互需要之外,还有一种非常特殊的关系:不必清洗靴子,给别人送东西,或去套马;即使你不为那个人做任何事,你仍然可以被那个人所需要,并被那个人所爱护。而他,阿廖沙,现在就是这样一个被需要的人。

现在来看看卡马克对这段话的翻译:

> 这次经历让他突然惊奇地发现——除了那些因需要而产

生的关系之外,还存在其他完全不同的关系:一个人与另一个人的关系可以不基于擦靴子、跑腿或者套马具的需求;在这段关系中,这个人可以对他没有任何索求,只是想为他做事,想爱他。他意识到,他阿廖沙,现在就是这个被爱的人。

佩韦尔和沃洛克洪斯基是这样翻译的:

令他自己吃惊的是,这件事使他了解到,除了人与人之间因相互需要而产生的关系之外,还有一些相当特殊的关系:一个人不需要擦靴子,或者送去一些东西,或者给马套马具;一个人可以无缘无故地需要另一个人,以便为他做点什么,对他好一点,而他,阿廖沙,现在就是这另一个人。

你可能需要花上几分钟来比较这三个译本,自己感受一下优秀译本之间存在的差别以及短语层面的选择,会在多大程度上决定故事世界的创造。(这些译本中出现了三个不同的乌斯季尼娅:第一个让阿廖沙觉得自己可以"被需要……被爱护",另一个"想为他做事,想爱他",第三个需要阿廖沙在身边"为他做点什么,对他好一点"。)

这是个特别具有挑战性的段落。布朗在翻译时是这么说的:"当阿廖沙第一次在脑海中萌生出无私付出与纯洁的爱这些想法时,是非常让人吃惊的,以至于托尔斯泰的句法系统都'崩溃'了,此时的阿廖沙,几乎无法用语言表达自己的思想,因为他仍在摸索中。大多数译者,以适用《战争与和平》的宏大风格来翻译这篇小说。而我力求能翻译出符合阿廖沙身份的腔调——文化水平较低、简单、甚至不合语法。"①

这篇故事是以间接的第三人称视角②来写的。尽管仍是由托尔斯泰式的叙述者在讲故事,但阿廖沙的意识正在慢慢渗透到他的声音里。托尔斯泰为什么要这样写?是为了更真实地表达。没错,阿廖沙正在跌跌撞撞地走向一个新的真实的自己,而他唯一能使用的工具,就是他有限的语言。

托尔斯泰在这里对阿廖沙声音的处理,相比不久后伍尔夫在《灯塔》中的处理、乔伊斯在《尤利西斯》和福克纳在《喧哗与骚动》中的处理,并无太大差别。可以说,托尔斯泰对人物的理解已经渗透进现代主义:一个人和他的语言是不可分割的。如果你想了解真实的我,就让我用我的话来告诉你——用最自然的修辞和句法告诉你。

因此,阿廖沙爱上了乌斯季尼亚。她给了他"慧眼",让他意识到自己不仅仅是他所能提供价值的代表。即便一个人不需要你去做任何事,她仍然需要你。她可能喜欢你,想陪着你,想对你好。这个想法对阿廖沙来说是非常有冲击力的,除了他母亲之外,以前还没有人能让他有这种感觉。他为此高兴吗?当然了,但同时"这事是如此新鲜,如此奇怪,以至于刚开始时阿廖沙觉得自己被吓到了"。在第 424 页底部的对话部分里,阿廖沙向乌斯季尼亚求婚了。为了纪念这一刻,她要么"用手在他背上轻轻戳一下",

---

① 译者是风格设计师,同样,设计师也是译者,通过自己的感知,将人物心理形象译成一个完美且传神的短语。同理,我们这些渴望成为风格设计师的译者,也会尽力传递出文本的价值,即使我们不会说相关的语言。参见附录 C 中的练习。——作者注
② 20 世纪初以来,在以第三人称为主的小说里,叙述者往往会放弃自己的立场而采取故事中主要人物的立场来讲故事,即叙述声音和叙述立场不再统一于叙述者,而是分别存在于故事外的叙述者与故事内的聚焦人物这两个不同的形象里。——译者注

要么按照俄罗斯的求婚仪式（卡马克的说法），"用勺子敲他的后背"。（一位俄罗斯朋友向我保证，此处和勺子无关。相反，它们就如在佩韦尔和沃洛克洪斯基所翻译的那样，她接受了阿廖沙的求婚，同时"用手帕在他背后锤了一下"。）

他们的快乐是短暂的，他的父亲立即否决了这个想法。故事中最让人痛苦的事情之一，便是当父亲称乌斯季尼亚为"下流胚"时，她就站在门后偷听到了整场对话，而阿廖沙没有为她做任何辩解。

"看来我们的事成不了了，"阿廖沙温顺地告诉她，"你听到了吗？他生气了，不会允许的！"

乌斯季尼亚开始哭了，阿廖沙没有安慰她，也没有发誓要回去找他的父亲，为这件事情说情。他只是对她咂咂舌头（佩韦尔和沃洛克洪斯基的译本），他只是发出"喏喏"的声音（布朗的译本）。也就是说，阿廖沙劝她不要太在意。

他说，他们将"不得不考虑"他父亲的意见。

此时此刻，我们这些当代的读者会失望地望向阿廖沙。现在的他看起来似乎有些软弱。他身上所谓的积极特质似乎成了一种性格缺陷，快乐的顺从实际上是一种习惯性的被动接受。这不是谦卑的证明，反而是思想被局限的证明。那么，这是他对执权者所做出的本能反应呢？还是作为劳苦大众，选择了逆来顺受？

那天晚上，商人的妻子进来了，问阿廖沙是否要"忘掉那些蠢事"？

"看来我不得不这么做了。"他说。（布朗译本）

"是的，当然，我已经忘记了。"他说。（卡马克译本）

"我大概已经忘了。"他说。（佩韦尔和沃洛克洪斯基译本）

然后他试着做他一直尝试在做的事情——保持快乐。有两个译本译成他"大笑",一个译本译成他"笑了笑"。但随后,在这三个译本中,都说他一反常态,开始泪流满面。布朗译成"开始哭泣",卡马克译成"立即开始哭泣",佩韦尔和沃洛克洪斯基译成"一下子哭了"。

如果阿廖沙以他一贯的风格回应商人的妻子("看来我不得不这么做",阿廖沙笑着说,然后蹦蹦跳跳走出房间,因为他还有工作要做),我们会觉得这是个重复的节拍,故事的升级行动失败了,因为阿廖沙继续做他一直以来做的事情。

但是,他的哭泣缩窄了故事的叙述范围。事实上,阿廖沙确实感受到了父亲做事的不公正,意识到了他没能保护好乌斯季尼亚。这意味着阿廖沙不是个没有感情的傻瓜,也不是没有欲望或者自我。他真的想要一些东西,他能够去爱人,也能被人伤害。

我们进入了新的境况,阿廖沙也是如此。这是他有生以来,第一次因他快乐地顺从别人而付出代价,且他自己明白这一点。

我们等着看,这将会导致他做些什么事情。

嗯,故事告诉我们,他什么也没做:"从那以后……生活又回到了老样子。"真的是这样吗?我们希望它不是。事实上,我们知道这不可能。想想吧,这件事让卑微的仆人阿廖沙在女主人面前泪流满面,因此它对阿廖沙的影响是不可能轻易消失的。它可能会被否定或压制,但它绝不会消失。即便表面上他仍然过着相同的生活,但内心已经发生了变化。

对阿廖沙的不公正,致使故事中出现了一些缠绕不清的谜团,而我们渴望解开这些谜团。还有不到一页,故事就结束了。当结尾临近时，我们无疑会更用心、更专注地阅读文本，以寻找这篇故事引导我们提出的问题，即阿廖沙将如何处理他面临的不公正？（或者阿廖沙所经历的不公正将以什么方式收场？）

让我们在这里暂停一下，先来考虑一下各种可能性。一种说法是，阿廖沙重新回归到自己的生活中，表面上看，他的生活"还是老样子"，但其实内心非常痛苦。然后，这种痛苦开始在他身上施加影响。比如说，他和商人的女儿顶嘴，然后被解雇，后来开始酗酒。还有一种说法是，他的痛苦导致他和父亲发生冲突。另外一种说法是，他的痛苦从未激起任何事件的发生，最后这些痛苦被他消解到了可控的程度。诚然这不是最富有戏剧性的版本，但它是最有可能的版本，且总是发生在真实的人身上，这似乎是阿廖沙命中注定的结果。

但是，托尔斯泰做了一件聪明事：他让阿廖沙从屋顶上摔了下来。这就产生了一种效果，让迫使阿廖沙因中断婚约而产生的所有心理后果，在一个压缩的时间框架内上演出来。如果阿廖沙要对这股失望的情绪做出反应，他只剩下最后一页可以行动了。

《破罐子阿廖沙》是果戈理杰作《外套》的延续。在《外套》里，贫穷而卑微的职员渴望得到一件过冬的新衣。在这两篇故事里，卑微的小人物们都短暂地"活"了一下：阿廖沙通过他对乌斯季尼亚的感情；阿卡基·阿卡基耶维奇通过买下新外套，他穿着它一反常态地去参加了聚会。但这两个主人公，都因妄想成为完整的人而受到了严厉的惩罚：阿廖沙从屋顶上摔了下来；阿卡基的外套在他从聚会回家的路上被偷了，当他试图找回外套时，他所求助的官员（一个"重要人物"）狠狠地训斥了他一顿，以至于他基本上被吓死了。

阿卡基接受的致命训斥可以被看成他这一生所受到的不公正待遇的自然延续。但阿廖沙从屋顶上摔下来，真的，并没有什么特别的原因。"他脚下一滑，连人带铲子摔了下来。"他只是意外死亡，就像被倒下的树击中一样。（真的是这样吗？我总觉得他的摔落是一种下意识的自杀行为，他不是有意这么做的，但在某种程度上回应了他父亲所做的事情，他的身体无意识地做了这件事。例如，当我们分心时，大脑的反应就会慢半拍。他的父亲已经牢牢地控制住他，并把他永远禁锢在青少年时期，因此阿廖沙在面对余生即将到来的冰冷生活时，下意识地选择了放弃。）

　　无论如何，阿廖沙的摔落加速了回答我们问题的进程（阿廖沙将如何处理对他的不公正？），阿廖沙的死，不是因为他从屋顶上摔下来，而是因为托尔斯泰在创作的最后阶段知道我们正在探询这个问题的答案，想尽快给我们回复。

　　阿廖沙躺在雪地里时，乌斯季尼亚问他是否受伤了。显然他受伤了。他摔得很重，已经站不起来了。因为内出血，他可能将在几天内死亡。他承认自己受到了"一点点"伤，但补充道"没事的"。他试着站起来，但做不到。他的回应是什么？他"笑了"或者他"开始微笑"，或者"只是笑了笑"（卡马克的译本）。

　　他为什么要笑？这是他多年前学会的、对困难做出无意义的机械反应吗？还是一种自我的压制？还是试图安慰乌斯季尼亚？还是他太善良，太单纯了，以至于到现在他仍然觉得很快乐，并且在真诚地笑着？

　　在《外套》中，阿卡基积蓄的怒火最后找到了发泄口：他变成了一个幽灵，尾随着那个呵斥他的官员。在《破罐子阿廖沙》的最后时刻，我们会发现自己在想：阿廖沙到底有没有积蓄的怒火？

库尔特·冯内古特曾经说过，哈姆雷特之所以如此摄人心魄，部分原因在于我们不知道该如何理解哈姆雷特父亲的鬼魂：它是真实存在的，还是只存在于哈姆雷特的脑海中？这使该剧的每一刻都充满了歧义。如果鬼魂是虚构的，那么哈姆雷特杀死他的叔叔就是错误的。如果鬼魂是真的，他就有必要这样做。这种模棱两可正是这部剧的魅力所在。

在《破罐子阿廖沙》里，类似的事情正在发生。我们观察到，阿廖沙在任何境况下都快乐地顺从着别人，即便他现在受了重伤，躺在雪地里。我们不知道他是如何做到这一点的。他是否感受到了一般人在这种境况下会产生的所有感受，却强行对它们进行压制？在过去，当阿廖沙累了，感到脚疼时，在他刚刚完成了艰难的活计，却没有得到任何感谢，然后又有另一份活加在他身上时，他有注意到这些情绪吗？内心有过一瞬间的抱怨吗？这是两种不同的人（一种人有时会在内心抱怨，一种人从不抱怨）。

哪个是阿廖沙呢？

他在床上躺了两天，第三天，神父被叫来了。"你要死了，是吗？"乌斯季尼亚问道。（另一位俄罗斯朋友把这句话翻译成"现在，你是要死了还是会怎么样？"）阿廖沙说，没有人会永远活着，我们总有一天都会死的，就好像他不允许自己悲伤或害怕一样。或者，当他感到悲伤或害怕时，他也不允许自己诚实地面对它。他感谢乌斯季尼亚对他的"心疼"（卡马克译成"同情"，佩韦尔和沃洛克洪斯基译成"怜悯"），并得出结论："他们不让我们结婚是对的，要不然，这一切就更糟了。现在一切都很好。"

等等，真的是这样吗？我们想知道，现在这一切真的"很好"吗？结婚这件事情能改变后来发生的一切吗？阿廖沙是不是有点急于做出正面的评价呢？

现在只剩下三段了，我们在等待阿廖沙承认他所遭受到的不公正对待（在充满不公正待遇的生活中，承认并面对它是最高的荣光）。（就我个人而言，我希望看到他在床上坐起来，大骂他的父亲，向乌斯季尼亚道歉，并要求神父当着商人和他那群惹人烦又事多的家人的面，当场为他们举行婚礼。）此时，摆在我们面前的每一个文本字符，都代表着阿廖沙随时可能开始抗议或者反击的地方。

我们被允许在阿廖沙死前看他最后一眼。他抗议了吗？

没有。

布朗译本："他心里想的是，他在这里听他们的话，而且没有伤害任何人，那么他到了那边也会过得很好的。"

卡马克译本："他心里觉得，如果他在这里表现得好，服从而不悖逆别人，那么在那里一切都会好起来。"

佩韦尔和沃洛克洪斯基译本："他的内心是这样想的：在这里，只要你听话，不伤害任何人，那么在那里也会是好的。"

（另一位俄罗斯朋友提供了直译版本："在他心里，就是如果你听话，并且不悖逆别人，那么在这里生活得好，在那里也会生活得很好。"）

显然，他仍然认为自己的生活方式没有任何问题。他把自己温顺的处事方式从家里带到商人家，接着还打算把这种温顺的处事方式带到他将要去的新地方——也就是他所希望的来世。

然后他就走了。

他很少说话，只是不停地要水喝，看起来像是对什么事感到惊讶似的。

似乎有什么东西吓了他一下，他两腿一伸，死了。

阿廖沙在生命的最后一刻意识到了什么？我把重点转向"看起来像是对什么事感到惊讶似的"和"似乎有什么东西吓了他一下"这两句话。是什么让他感到吃惊或者错愕？

布朗译本（我在前文中引用的版本）似乎在说，当他惊讶地看向某样东西时，他被吓了一跳。也就是说，他从持续惊讶的状态中醒了过来。这在其他译本中也得到了呼应。

卡马克译本："他很少说话。他只是要求喝水，然后好奇地笑了笑。接着，他似乎对什么东西感到惊讶，身子一挺，死了。"

佩韦尔和沃洛克洪斯基译本："他很少说话。他只要求喝水，并一直对什么事感到惊讶。他被什么东西吓了一跳，身子一挺，死了。"

也就是说，在这些译本中，他依次对两件不同的事情感到惊讶。

我以前有个学生，俄语说得很流利，他妻子的母语为俄语。针对上面这句译文，他们咨询了一位俄国诗人，还咨询了我学生以前的导师（一位俄罗斯语言学家），他们一致认为这是个棘手的翻译问题。他们告诉我，发生在倒数第二行的"不停地要水喝"和"感到惊讶"应该被理解为：在一段时间内重复发生的事情，即阿廖沙不止一次要水喝，在同一时间段内，他被很多事情而不仅仅是一件事情所惊到。然后，在最后一行，这件事情中的某一件事跳了出来，最让他感到惊讶。（就像我以前的学生所说，他的"惊讶，不是一次，甚至不是两次，而是很多次，然后是最后一次"。）

我以前的学生、他的妻子、俄国诗人和语言学家向我提供了最后两句话的合译本，如下：

他只是想要水喝，并不时地被一些事情吓到。
其中有一件事让他大吃一惊，他身子一挺，死了。

我们一直在等待，我们仍在等待，阿廖沙能够完全摆脱他的被动位置。

现在，我们觉得，它可能已经发生了。所以，问题是：最后让他惊讶的到底是什么？

多年来，我一直是这样讲授这个故事的，即让阿廖沙在最后时刻感到惊讶的是：他突然意识到自己活得太顺从了，他应该为自己和乌斯季尼亚挺身而出。托尔斯泰并没有确切地这么说，但考虑到这篇故事的简短性，加之婚约事件（解约婚约所带给他的情感波动仍在我们脑中徘徊，毕竟它就发生前一页）对阿廖沙的影响，我们觉得阿廖沙在离开这个世界时，有着和我们相同的看法：他本可以被爱，他本可以成为一个完整的人。

但现在，我不太确定了。

有一次，我有一个学生对这个观点提出了质疑，他指出这与托尔斯泰在写作这部作品时（1905年）的审美和道德立场相矛盾。这也有道理。据斯拉夫研究学者伊娃·汤普森说，在托尔斯泰生命的最后阶段，他"决心放弃他以前创作风格里的'啰嗦劲'，并促使所有虚构作品都能变成他所理解的基督教教义的传声筒"。他重视简洁的创作风格（"看，农民讲故事多精彩啊！"他对高尔基说："一切都很简单。话不多，但感情丰富。真正的智慧仅需寥寥数语，比如——'上帝保佑'"），并且相信道德教育是艺术传达的真正目的。

那么，有没有可能，托尔斯泰想让我们把这个故事解读为对阿廖沙的单纯赞美？即使面对死亡，阿廖沙在其一生中也表现出了基督徒的极度谦卑。从人类的角度看，这是一个悲伤的故事，但它最终却呈现为一个关于纯洁和信仰胜利的故事。

还有一种解读阿廖沙的方式，是将其理解为俄罗斯文化里的"圣愚"。用（另一位）俄罗斯朋友的话说[1]，他是一个"完全被上帝统治或领导"的人。正如理查德·佩韦尔所描述的那样，"托尔斯泰和他笔下的大多数人物，活着与死亡时都带着一股永远无法割舍掉的纯洁与内心的宁静"。对于这样的人来说，"保持快乐"本身就是活着的精神目标。无论如何，保持心中充满爱，是一种深刻的精神修养，是对上帝至善的一种积极信仰。

既然有这么多事情会发生，且超出我们的控制，那就让我们控制自己的思想吧。尽管动荡的世界有其自身的运作法则，但我们始终位于它之上，我们满心是爱，且爱事物本来的样子，还能克制自我，一个无论如何都是暂时虚构的自我。

"我决定坚持爱，"马丁·路德·金说，"仇恨是难以承受的沉重负荷。"而我们觉得，这也是阿廖沙的生活所带给他的结论（或者说，他生来心里就已经有了这个结论）。

---

[1] 看起来我有很多俄罗斯朋友，但实际上我只有三个。他们每个人都相当可爱、乐于助人、慷慨大方。我非常感谢卢巴·拉皮娜和亚娜·图尔帕诺娃（她们都来自莫斯科英语文学俱乐部）以及阿列里·米努欣，感谢他们的深刻见解，感谢他们在我的诸多询问中（关于这个故事）所给予的耐心与支持。——作者注

托尔斯泰在他的最后一部小说《复活》中写道:"只要我们承认有那么一种东西,无论是什么东西,比爱人之心更重要,那么这种情况哪怕只发生一个小时,或者是在某种独一无二的前提下发生,就没有什么罪行是我们犯不了的……人们认为,在某些情况下,一个人可以与没有爱的人相处。但没有这样的情况……如果你对别人没有爱,那就乖乖坐着好了。你只管跟你自己、跟物件,爱跟什么就跟什么打交道,可就是不要和人打交道……你让自己和一个没有爱的人打交道……只会给自己带来无穷无尽的痛苦。"

那么,我们的愿望是一直爱人,如果这需要我们牺牲小我,成全大我,也可以。

在这一点上,阿廖沙是成功的。我们可以把他看作一种纯洁的爱的化身。在整篇故事中,或者据我们所知,在他的一生中,他没有说过或想过一句充满憎恨的话。

所以这很好,对吧?

如果按照这种解读,那么,在阿廖沙死的时候,是什么让他感到惊讶呢?我们试着快速回顾一下整篇故事,想一想"惊讶和被吓到"的概念是否有在其他地方出现过?嗯,有的。回到故事第424页的场景中,乌斯季尼亚改变了阿廖沙对生活的认知。在那里,我们找到了"惊讶"这个词。(据我们所知,与乌斯季尼亚在一起的那一刻,与他临终前的这一刻,代表了阿廖沙短暂生命中的两大惊讶[①]。)

因此,我们把这两个事件联系起来:最后让他吃惊的东西可能(应该)和第424页让他吃惊的东西是同一种。

[①] 有一次较小的惊喜发生在第423页,当他第一次穿上那件新的红外套时。——作者注

是什么让他感到吃惊呢?

阿廖沙惊讶地发现有爱这种东西,而且他可以成为爱的对象;有人会关心他,就像他现在这样——不指望他做任何事情,就无条件地爱着他。

我们在想,他是否会在临终前惊讶地发现,还存在一种比这种爱更宽广的大爱(即上帝的爱),而他是这种爱的对象?也就是说,他有没有可能正在感受他早先从乌斯季尼亚那里得到的那种普世的爱?(这种爱使一个人"好奇地"笑着。)

从这个角度来看,这是一个激进且有点令人抓狂的故事:"曾经有个很温顺的人,不管在他身上发生什么事,或谁对他横加指责,他都一概顺从,最后这变成了正确的生活方式,因此他受到了上帝的垂爱。"

这虽然有点让人抓狂,但把它作为解决永恒困境(如何应对世界上的邪恶)的方案是有道理的:不要让邪恶扰乱你心中的爱。

这种解读带来的问题在于,它让混蛋继续做混蛋,例如阿廖沙的父亲。阿廖沙的被动态度使他父亲一直把他当作累赘。对阿廖沙来说,坚持自己的立场不是更好吗?这对他的父亲来说不是更好吗?阿廖沙的这一举动会被视为有同理心的行为吗?这会让他的父亲清楚准确地看到事件的情况吗?("啊,我的儿子是一个人,我应该尊重他。如果不是他纠正我,我永远不会意识到这一点。从今以后,我将换一种方式生活。")当然,也可能不会产生这样的效果。但如果托尔斯泰希望我们,把阿廖沙视为一个无私的大爱形象,那么他至少应该尝试反击他的父亲。如果他没有这么做,我们会觉得这是失败的爱。

在我看来，阿廖沙的爱是失败的。他让乌斯季尼亚毫无防备地站在门后，然后又顺从地默许了他们爱情的结束，而她显然是爱他的。最后，他也没有给乌斯季尼亚任何安慰，临死时也只是对她说了一句口是心非的话。

于是，阿廖沙接受了执权者对无权者的永恒忠告："要忍耐，要快乐。不要担心，要幸福。"

而托尔斯泰似乎也赞同这个观点。

但是，这种把阿廖沙解读为"令人赞许的被动顺从者"的说法，有点让当代读者不适。有没有可能托尔斯泰写这个故事是为了表达这样一种想法（"致敬阿廖沙，这个谦卑的圣徒！"），但现在我们把它理解为另一种想法（"太糟糕了，阿廖沙，你这个逆来顺受的受害者"），而在这个故事写成后的这些年里，我们越来越关注不幸者遭受的痛苦，对要求不幸者要默默忍受苦难的宗教传统，则越来越不"感冒"？

好吧，也许吧，但根据我的朋友作家米哈伊尔·约瑟尔的说法，让我们对"致敬阿廖沙！"的结局感到不适，有可能正是托尔斯泰的意图：他想让世俗的读者感到惊讶、恼怒或不安，从而发现我们对施害者的惯用反应（反击）方式是多么的保守与本能，最终也没起任何作用。换句话说，他把这作为一种对读者的挑衅。反击是我们人类应对假想敌的一贯方式，如果不这么做，就会被认为是软弱的。但这会对我们产生什么影响呢？

有几位伟人力主另辟蹊径。托尔斯泰想说的是，也许阿廖沙就是这样一个（罕见的、有灵性的）人。耶稣说"爱你的敌人，祝福那些诅咒你的人，善待仇恨你的人，并为迫害你的人祈祷"，这话难道不是认真的吗？甘地说"宽恕是强者的特质"，难道他不是真心在说吗？佛陀说"仇恨不会因仇恨而停止，只会因爱而止；这是永恒的规则"，他是在开玩笑吗？

好吧，我被挑衅了，但我仍不满意这样的说法。

如果托尔斯泰真的想让我接受阿廖沙是道德模范的话，那我不得不说，他把这个人物塑造得很失败。也就是说，阿廖沙处在一个被动反击或者碰巧不反击的位置，他过于心甘情愿且过早地顺从于一个对象（父亲）：他本能够在很好地遵守基督教的原则内，较为轻易地对他的父亲进行反击。想想吧，当基督在圣殿里发现做买卖的人时，他并没有满怀爱意地、顺从地走出去，他所做的是"满怀爱意"地从殿内赶出这些人。后来，为了在最高层次上建立无条件的爱的准则，他在临死前对杀害他的人说："天父，宽恕他们吧！因为他们不知道他们在做什么。"他没有说："没事，一切都好，没人做过任何冒犯我的事。"为了宽恕他们，基督必须明白并承认他们正在杀害他。而阿廖沙呢？即使到了现在，他似乎也不觉得自己受到了什么委屈。也许他真的没有注意到？但我记得，那时他哭了，他注意到了这种不公正，这是肯定的。但他不承认这一点，让人感觉他更多地在逃避，而不是做个圣人。他看起来不像是道德的化身，倒像是一个没有自我主张的人——也许是压抑，也许是单纯。

事实上，理查德·佩韦尔在《伊万·伊里奇之死及其他故事》的序言中告诉我们，在托尔斯泰的庄园里，确实有个叫阿廖沙的仆人，托尔斯泰的兄嫂称呼他为"一个丑陋的半傻子"[1]。我们可以想象托尔斯泰是从人类学的角度来看待这样一个人物，并把自己所珍视的某些美德投射到他身上；我们也可以想象，托尔斯泰省略或者说没有考虑到这样的人物可能会经历的一些苦难，并将其快乐的一面误认为是其内心的平静。

但我们可以说，虚构的阿廖沙（阿廖沙这个人物）是个智力有缺陷的人。那么，他对生活抱有的谦逊态度，有可能是他能做到的极限。他没有能力为自己辩护或者藐视执权者，所以他已经决定或者说学会了快乐地顺从，并认可执权者的做法，且以这种方式在世界中给自己找了定位。他纯洁的道德认知（按他们说的做，不伤害任何人）已经很糟糕了，但还有一些智力有缺陷的人比他更糟糕，那些人不仅有野心，还会做一些损人利己的事情。

因此，也许托尔斯泰并没有告诉我们，所有人都要像阿廖沙那样生活，他只是带着温柔和钦佩的态度观察阿廖沙这个人。但我不认同这种说法。这个故事似乎在把阿廖沙作为道德楷模。不管他出于什么原因做他所做的事情，不管他是因为纯洁而成为圣人、还是因为他是圣人而纯洁，我们似乎都应该对他抱有敬佩之心。可我不敬佩他，我为他难过，并希望他有勇气保护自己。

好吧，我确实有点佩服他。在这种残酷环境的压榨下，他本有可能成为一个愤怒且痛苦的受害者，但他不知为何避开了这个陷阱，变成了一个更善良的人：一个有耐心、快乐、（仍然）有爱

---

[1] 在另一个版本中，一个自称"美国学术团体理事会俄文翻译项目"的译本写道：这位兄嫂明季扬娜·库兹明斯卡娅（《战争与和平》中娜塔莎的原型）写道："帮厨和看门人是个脑袋有一半坏掉的人……由于某种原因，他被浪漫化了，以至于读到他的时候，我都没认出我们那个纯洁善良的阿廖沙。在我印象中，他是一个安静且善良的人，对任何要求他做的事情都毫无怨言。"——作者注

的受害者。

但我又在想：等等，这样真的好吗？

后来，我还是不太能接受，托尔斯泰似乎想让我得出这样一个结论：阿廖沙毫无怨言地活着和死去是正确的。也许这只是一个过时的故事，因为作者一直想要推着我们去接受阿廖沙这样的价值观，显然他的意图没达成。

但我喜欢这个故事，每次读都会被感动。

因此，我在想：有没有可能托尔斯泰本想赞美阿廖沙，但却无意中做了别的事情，一些更复杂的事情，一些多年后仍在与我对话的事情？嗯，是的，事实上，托尔斯泰在写关于契诃夫《宝贝》的文章中，就描述了这种可能性。他在文章中提出，契诃夫写这个故事时开始嘲笑某种女人（顺从的、讨好男人的女人），也就是说，"展示女人不应该是这个样子"。托尔斯泰认为，契诃夫就像《民数记》中的巴兰①一样，他本要去上山诅咒奥莲卡，"但当他开始说话时，诗人祝福了他所诅咒的人物"。也就是说，刚开始时，契诃夫是准备嘲弄奥莲卡的，但"超越个体灵性"的声音（圣灵）降临在了他身上，他开始爱她，现在，我们也爱上了她。

在《破罐子阿廖沙》中，我们可以说托尔斯泰做了和契诃夫完全相反的事情：他无意中诅咒了他想要祝福的人物。也就是说，尽管他理论上欣赏阿廖沙，并写了这个故事来赞美他的随和与快乐的顺从，但故事本身被托尔斯泰真诚的艺术魅力所触动，因此并没有很明确地将这则赞美的信息传递出去。

---

① 《民数记》是《希伯来圣经》中《摩西五经》的第四卷，巴兰在《民数记》中因为贪心，计诱以色列人与摩押人连合，跪拜偶像，违背了上主的命令，从而自取灭亡。

让我们仔细看看阿廖沙的死亡场景。

他很少说话,只是不停地要水喝,看起来像是对什么事感到惊讶似的。
似乎有什么东西吓了他一下,他两腿一伸,死了。

在这里,我们来做个有趣的实验,看看符合"阿廖沙是一个快乐的、顺从的圣人形象,我们应该钦佩他"的另一个版本,即我们认为托尔斯泰本来想写的版本。

他很少说话,只是不停地要水喝,看起来像是对什么事感到惊讶。他看到上帝爱他,并赞同他的顺从与快乐,而且当阿廖沙毫不犹豫地顺从于他的父亲时,上帝也特别高兴。他感到自己被引到他所赢得的,我们所有人都应该向往的永恒荣光那里去了。他两腿一伸,死了。

这些版本之间有什么不同?我来告诉你。

他很少说话,只是不停地要水喝,看起来像是对什么事感到惊讶。~~他看到上帝爱他,并赞同他的顺从与快乐,而且当阿廖沙毫不犹豫地顺从于他的父亲时,上帝也特别高兴。他感到自己被引到他所赢得的,我们所有人都应该向往的永恒荣光那里去了。~~他两腿一伸,死了。

上面这些删掉的部分是我自己编的内心独白。如你所见,托尔斯泰与我不同,他拒绝进入阿廖沙的大脑。或者,实际上,他决定离开阿廖沙的大脑。(在上一句中,"他心里想的是,他在这里过得很好,听他们的话,而且没有伤害任何人,那么他到了那边也会过得很好的。")在其他小说里(包括《主与仆》),当某个角色死亡时,托尔斯泰多半会愿意留在那个角色的大脑里。但在这里他出来了(如"他很少说话"),然后我们看着阿廖沙死在他的床边。在那最后的几秒钟里,无论他体内发生了什么,我们都必须通过观察来推断[1]。

但我们做不到。

如果托尔斯泰的意图是赞美阿廖沙的顺从,那么到最后,他为什么不直接这样写呢?为什么不直接说出来呢?

或者,如果他的意图是批评阿廖沙的顺从(就像我对这个故事的解读),他为什么不像下面这样来写:

他很少说话,只是不停地要水喝,看起来像是对什么事感到惊讶。他突然意识到自己活得不自在,实在太被动了。他应该为自己和乌斯季尼亚挺身而出。而现在为时已晚。他两腿一伸,死了。

他甚至可以两全其美:

他很少说话,只是不停地要水喝,看起来像是对什么事感到惊讶似的。他突然意识到自己活得不自在,太顺从了。他应该为

---

[1] 正如《主与仆》中的情况,托尔斯泰拒绝在仆人尼基塔死亡的那一刻进入他的脑中。——作者注

自己和乌斯季尼亚挺身而出。而现在已经太晚了。但这一切都很好。他惊奇地意识到，这些都无关紧要，他突然感到上帝的爱在他身上流淌。他两腿一伸，死了。

不管怎样，托尔斯泰为什么要省略掉这些最后的想法？要知道，这些想法会明确地告诉我们，应当如何阅读这个故事。

好吧，也许是：他不想告诉我们到底该如何阅读这个故事。

或者说他体内的某一部分不想告诉我们。

托尔斯泰有双重性格：他主张禁欲，却一直让索尼娅怀孕，甚至到了晚年也是如此（他们的第十三个也是最后一个孩子，伊万·利沃维奇，在1888年出生，当时托尔斯泰六十岁，索尼娅四十四岁）。他宣扬博爱，却与索尼娅激烈争吵；他装模作样地称赞年轻的庄稼汉，婚前没有与未婚妻一起"偷食禁果"，但转头又兴高采烈地问契诃夫，年轻时是否"嫖过很多次"。有一次，在与高尔基谈话时（正如高尔基在《列夫·尼古拉耶维奇·托尔斯泰回忆录》中所述），托尔斯泰断然否认了一些大家庭似乎在代代衰败的想法。但是，当高尔基向他介绍这一现象真实存在的例子时，托尔斯泰兴奋起来，"噢，这是真的。我知道在图拉有两个这样的家庭。这应该被写下来……你一定要写。"

根据高尔基的记录，托尔斯泰对饮酒有如下看法："我不喜欢喝醉的人，但我知道有些人在醉酒后变得很有趣，他们会展现出在清醒状态下不会自然表现的东西：智慧、善于思考、机敏性和丰富的语言。在这种情况下，我愿赞美酒。"

有一次，托尔斯泰与戏剧导演利奥波德·苏勒日斯基走在街上，两个士兵朝他们走过来，身上带着年轻人那种傲慢的自信。（高尔基写道："他们身上的金属佩饰在阳光下闪闪发光；他们的马刺叮当作响；他们步伐一致，形如一个人；他们的脸上闪耀着光芒和青春的自信。"）托尔斯泰对他们进行了模棱两可的点评，抨击他们的傲慢、他们对自己强壮体魄的信心以及他们盲目的服从性。（"多么自负的蠢物！就像被鞭子驯养过的动物。"）但随后，当他们走过去时，托尔斯泰"用眼睛爱抚地"跟着他们，还改变了语气，"他们是多么强大帅气啊！主啊！"他说，"人帅气的时候多么迷人，太迷人了！"

"所谓的伟人总是极其矛盾的，"托尔斯泰对高尔基说，"要原谅他们做的其他蠢事。矛盾不是愚蠢，傻瓜是'一根筋'，但他不懂如何自相矛盾。"

可托尔斯泰知道如何自相矛盾。

"长篇小说和短篇故事，"他在1896年的日记中写道："以一种令人反感的方式相互迷恋……与此同时，生活，生活里的一切，用紧迫的问题击打着我们——食物、财产分配、劳动、宗教、人际关系！这是耻辱！它是不光彩的！"三十年前，即1865年，他还写了这样一段话："艺术家的目的不是无可辩驳地解决问题，而是要让人们热爱以不计其数、无穷无尽的形式表现出来的生活。"让他产生矛盾的不仅是年月，似乎，艺术家和假正经的人格时隐时现地出现在他生命的每一个阶段。

他甚至对他所宣称的基督式的生活原则也很矛盾。"我认为他觉得基督是纯洁的，值得怜爱的，"高尔基写道，"尽管有时他钦佩基督，但几乎不爱。他似乎对此有些不安：如果基督来到俄罗斯村庄，可能会被女孩们嘲笑。"（这个呆呆的基督和阿廖沙很像。）

高尔基还注意到,每当托尔斯泰谈到上帝时,他都怪怪的,也不快乐。"在谈到这个问题时,"高尔基说,"他说话冷冷的,很疲惫。"

因此,我们可以用两种相互矛盾又同样可行的方式来解读这个故事:一,这个故事为赞同快乐的顺从这一观点提供了精彩的例子;二,这个故事精彩地证明了快乐的顺从是对施害者的恩赐。

到底是哪一种呢?

这个故事的奇妙之处在于它没有回答这个问题。或者,更确切地说,它成功地回答了:它同时支持两种观点。

从创作技巧来讲,我们之所以不能"决定"选择哪一种观点,是因为我们被剥夺了知晓阿廖沙在关键时刻的想法的机会。(我们不知道这个"吓了"他一下的东西对他来说意味着什么,故事似乎有意不告诉我们这些。)我们想从这两种解读中选出更优者,但故事不允许我们这么做。这两种解读持续前进,然后又后退,就像鲁宾杯[①]的视觉幻觉。

[①] 鲁宾杯是丹麦心理学家埃德加·鲁宾于1915年左右开发的设计作品。注视角度不同,画面意义也不同。

"故事"实际上是这两种共存的解释,永远在为谁占领先地位而角逐。我们可以认为这个故事支持快乐的顺从,也可以认为这个故事反对快乐的顺从。两种解读都合理,且都提出了一个问题:无论过去还是现在,在一个分为富人和穷人的世界里,如何应对压迫才是最紧迫的事。

但当这个故事拒绝回答上面提到的问题(掩盖了它可能回答的地方)时,让人感觉它没有在回避问题,而是以更大的力度把这个问题暴露出来。

托尔斯泰是如何达成这一壮举的?

也许,他是意外做到的。

据佩韦尔所说,托尔斯泰一天内就写好了这个故事。当他写完后,他不喜欢它。"《阿廖沙》写得非常糟糕,"他在日记中写着,"我放弃了。"

他不喜欢哪一部分?他为什么要放弃?

让我们猜测一下。

在死亡场景中,托尔斯泰有机会进入阿廖沙的脑海,但他……拒绝了。这个决定是怎么做出来的?也就是说,当托尔斯泰低头弯腰在书页上写下最后一段时,如果这时我们能进入他七十七岁时的大脑,会在里面发现什么?我的猜测是:就在他进入阿廖沙大脑的那一瞬间,他转向了。在"超越个体灵性"的指导下,也就是说,通过一生的艺术实践,这个(仅仅)在写文章初稿的人并没有决定不进入阿廖海的脑海,他只是不想要这么做。在那一瞬间,我们可以说,他对自己主张快乐顺从的想法有些不满意(不是明显的、理智上的不满意,而是隐藏在潜意识里的不满意)。在这一转向中,我们感到他在抵制自己的说教。一种我们可以称之为"艺术克制"的形式开始发挥作用，像巴特尔比①一样，托尔斯泰"宁愿不这么做"。

所以他没有这样做。

他在写的那一刻，本可以具体说明阿廖沙的感受（准确地说明，他对什么感到惊讶），但是，好吧……因为他不知道怎么写，或者仍不确定要如何写，或者不喜欢他即将写出的答案，总之他并没有写。这种转向代表了一种临时决定，在那一刻，不做决定——推迟决定。

不得不说，最巧妙、最真实的东西，有时恰恰是那些让我们避免犯错的东西：转向、删除、拒绝决定、沉默、观望、知道何时退出。

"遗漏"有时是一种缺陷，会导致行文不清。但另一些时候，它也是种优点，会导致文章模棱两可，增加了叙事的张力。

契诃夫说："让人厌烦的秘诀就在于告诉他们一切。"

有一次，高尔基问托尔斯泰，他是否认同他笔下某个人物的做法？

"你很想知道吗？"托尔斯泰问。"非常。"高尔基说。

"那我就不告诉你了。"托尔斯泰说。

在那一天的写作之后，托尔斯泰显然再也没有读过《破罐子阿廖沙》，我们也不知道为什么。他在这一时期生病了，花了大量时间和精力收集世界上伟大宗教和哲学里的箴言，并把它们编入《阅

---

① 《巴特尔比》是美国作家赫尔曼·麦尔维尔的文学名篇。小说中的巴特尔比是个抄写员，勤奋能干，但对任何事都说不，只埋头抄写，后来连抄写工作也停下了，只是解释说"我不愿意"。

读的循环》和《生活的方式》等书中（这些书也很精彩）。也许，他的心思会时不时地转向阿廖沙，他觉得自己还没找到一个令人满意的解决方案。

无论如何，他再也没有回去思考这个问题，《破罐子阿廖沙》就像他离开时那样呈现在我们面前。

我想说这是完美的。如果他回到这篇故事，他可能会"改进"它，使阿廖沙临终时刻的意义更加明确，或者以其他方式，更坦率地表达出他（托尔斯泰）对阿廖沙生活方式的看法。

但这是一种进步吗？

克拉伦斯·布朗说："阿廖沙悲惨的命运让我们同情，但大多数读者会更想知道，读了这篇故事后，我们到底该做什么，不该做什么。"

没错，我们确实想知道。我们曾目睹过残酷的事情：一个没有得到关爱的小生命瞬间绽放了（一件红外套！一个女朋友！），阿廖沙似乎有过一个被爱的机会，一个最卑微的人也应该得到的机会，但他没有得到，这个机会被无由地剥夺了，没有人给他道歉，因为没人认为这有什么不对。

从事情的发展程度看，这是不公正的。但想象一下，自古以来已经发生了多少这样的不公正事件。所有那些在生活中受到不公正待遇的人，那些在临终前仍未得到满足、或是感到痛苦、或是渴望得到爱的人（那些发现生活是种挫折、失望、折磨的人），对他们来说，生活故事的真正结局是什么？

在某种程度上，我们不都是这些人中的一员吗？对我们来说，这里的一切都很完美吗？在这一刻，你（我）是否完全平静，完全满足？当故事结束时，你是否会觉得，"如果我能回到过去，重新来过，我会做得更好，勇敢地、毫无畏惧地与一切压迫我的东西做斗争"，或者"一切都很好，无论好坏，我还是原来的我，现在我要快乐地离开，重新投入更伟大的事业"。

每次我读《破罐子阿廖沙》，都会处于这种疑惑的状态。

而它从来就没有给我一个答案，只是说："继续想吧。"

我想，这才是它真正的成就。

事后反思（七）

作者和读者分别站在池塘的两端。作家扔进一颗小石子，涟漪就会传到读者那里。作家站在那里，想象着读者接受这些涟漪的方式，以此来决定下一步扔进哪颗小石子。

与此同时，读者收到了这些涟漪，不知为何，它们与他对话了。

换句话说，他们是有联系的。

如今，我们很容易觉得我们已经失去了与他人、与地球、与理性、与爱的连接。我的意思是，我们确实有过这样的感觉。但是通过阅读和写作，至少表明我们仍愿意相信连接的可能性。当在阅读和写作时，我们能够感觉到连接正在发生（或没有发生）。这就是做这些事情的本质：确定连接是否正在发生、发生在哪里、为什么发生。

这两个人，以这种姿势站在池塘的两端，做着重要的工作。这不是爱好、消遣或放纵。通过对连接的共同信念，他们正在让世界变得更美好，让世界（至少在他们两人之间，在那个微小时刻）变得更友爱。我们甚至可以说，他们在为未来的灾难做准备。当灾难来临时，他们会用一种不那么惊慌的、反思性的他者眼光来对待，因为他们在阅读或写作时，已经花了大量时间与想象中的他者连接在一起。

无论如何，这就是我的想法。说到艺术演讲，如果你曾经参加过文学活动或读过对作家的专访,你可能听过一些"虚构对于故事是必不可少的"论点。

这很有意思。

我们刚刚读到的这些故事,写于令人惊异的俄罗斯七十年艺术复兴时期,这个时候有果戈理、屠格涅夫、契诃夫、托尔斯泰,也有普希金、陀思妥耶夫斯基、奥斯特洛夫斯基、丘特切夫、柴可夫斯基、穆索尔斯基、里姆斯基-柯萨科夫等等作家,随后是人类历史上最血腥、最荒谬的时期之一。两千多万人被斯大林杀害,无数人遭受酷刑和监禁,饥荒满地。甚至,在一些地方出现了吃人现象;孩子们出卖自己的父母,丈夫们出卖自己的妻子;这些事件系统性地蓄意颠覆了我们这四位作家赖以生存的人文价值理念。

索尔仁尼琴在《古拉格群岛》[①]中写道:"那些在契诃夫戏剧中,花一生时间去思考二十年、三十年或四十年后会发生什么事情的知识分子,将会被告知,四十年后的俄罗斯将实行酷刑审讯。囚犯的头骨会被挤压在铁圈中,人的身体将被浸到酸液槽里……契诃夫的任何一部戏剧都不会有结局,因为所有的主人公都去了疯人院[②]。"在这里他还列出了一长串可怕的斯大林主义酷刑清单,我就不一一列举了。

因此,这一时期的艺术成就不足以避免这场灾难。我想,在某种程度上,它可能(实际上肯定)促成了这场灾难。它影响了一些布尔什维克人的想法吗?从而导致他们对变革缺乏耐心,发

[①] 《古拉格群岛》是由俄国作家、历史学家亚历山大·索尔仁尼琴所编著的一部反映苏联强制劳动和集中营生活全貌的非虚构作品,共三卷。
[②] 我第一次意识到这句话,是在加里·索尔·莫森关于苏联残暴本质的一篇文章中,这令我大受震撼。出自《伟大的真理如何破晓》,《新批评家》,2019年9月。——作者注

起了一场惊心动魄的革命。所有这些优秀的艺术都是资产阶级创造出来的吗？资产阶级一直在为沙皇的"压迫行为"提供支持和掩护吗？这是斯大林主义者如此强烈地反对人文主义优点的部分原因吗？

这些问题高于我的能力水平。（甚至可以说，问这些问题也让我有点焦虑。）

我提出这些问题只是想说，无论故事对我们做什么，或者为我们做什么，它都是值得深思的。

有这样一种谈论故事的方式，是将它们视为一种救赎，认为它们是解决所有问题的答案，是我们赖以生存的东西，等等。而且，在某种程度上，你可以从这本书里看到这些东西，所以，我同意这个观点。但我也相信，尤其是随着年龄的增长，我们更应该对此保持审慎，不应该高估或过度美化故事的作用。实际上，我们应该对"坚持要求故事发挥某些特殊的作用"这件事保持警惕。批评家戴夫·希基①曾写过这样一个观点：一旦说到艺术应当起什么作用，就有可能会在掌权者开始指出它必须做什么之后，让那些没有做到这一点的艺术作品噤声。换句话说，每当我们站在"临时讲台"为故事唱赞歌，解释它对每个人的好处时，我们实际上是在限制故事的自由……它想成为什么就成为什么（有悖常理的，乖戾的，无聊的，令人厌烦的，无用的，除少数人外很难读懂的，等等）。

让我们更诚实一些说，我们这些阅读和写作的人之所以这么做，是因为我们喜欢故事，因为这样做，会让我们感觉更有活力。

---

① 戴夫·希基（Dave Hickey，1939—）是美国知名艺术批评家，曾为《滚石》《艺术新闻》等多家杂志撰稿。

即便故事的总体净效益为零,我们可能还是会写下去,就我自己而言,哪怕它的总体净效益为负,我依然会继续写下去。我曾经收到一封电子邮件,有个家伙(误)读了我的一个故事,并以此为基础,过早地把他年迈的母亲送到了养老院。我真是要谢谢你啊,文学!尽管如此,第二天我还是继续起来写作了。

不管怎么说,我经常发现,自己在为故事的有益作用构建理由,从本质上说,我是在试图证明,我这些年来一直在做的工作是正确的。

所以,真诚地敞开心扉,让我们继续以诊断的方式提问:故事究竟有什么作用?

好吧,这是我们一直在问的问题,我们一直在观察自己的大脑读这些俄罗斯故事时有什么样的感受。我们一直在比较阅读前和阅读后的心理状态,而这就是故事的作用:它使人的思想状态发生了渐进式的变化。就是这样,但你明白,它真的做到了。这种变化是有限的,但它却是真实的。

这并不是一无所获。

这代表不了一切,但也不是一无所获。

我们结束了

我希望你们能像我一样享受这趟俄罗斯故事之旅。哪怕它只给你们带来一半的乐趣，于我而言，也意味着许多。

最后，我再来谈一些自己的看法。

根据我以往的经验来看，最佳的艺术指导是这样的：老师强烈输出自己的观点，仿佛它是独一无二又完全正确的。学生佯装站在老师的立场，相信老师的观点（运用他的美学原则来进行分析，屈服于他的研究方法），并且去研究其中所包含的意义。然而，在指导期结束的时候，学生会发现老师的观点形同一套不合适的衣服，他们会突然从里面挣脱出来，回到自己的思维方式。但在这一过程中，他会学到一些知识。而且，这些知识他可能一直都知道，只是老师点醒了他。

所以，如果这本书中的某些东西"点燃"了你，那不是我在"教你什么"，而是你记得或者说认出了我正在"推敲"的某些东西。嗯，如果有一些观点，你不同意，又或者说我从"反面点燃"了你。那么，这种不同意正是你坚持自我艺术意志的体现。（你把它拴起来，并要求它被我牵着走，但它只能承受这么多违背其本能意志的拉扯。）这种"不同意"是值得注意、高兴和尊重的。在通向我一开始提到的"独一无二的空间"（在那里，只有你才能够做到你要做的事）的路上，到处被强烈的、甚至可以说是狂热的偏执填充着

（蔑视、任性、迷恋、无法辩解的执念）。兰德尔·贾雷尔关于故事的说法，同样适用于这类故事的作者，即他们"不想知道，不想在意，而是只想做他们喜欢的事情"。

这同样适用于故事的读者。对啊，我们除了沉浸在故事的内容中，还能够去哪里呢？我们可以如此强烈地喜欢它，凭着自己的感觉做出反应，可以自由抒发爱或恨，如此彻底地做自己。即便我不在这里，你也能凭感觉说出自己对这些故事的看法。但是，正如卡罗尔·伯内特过去常说（唱）的："我很高兴我们一起度过了这段时光。"

我想感谢你们允许我带领你们一起去读这些故事，并让我向你们展示：我是如何阅读它们的，我为什么会喜欢它们。我已经试图尽其可能地以清晰有力的方式，告诉你们应该注意什么，提供一些创作技巧，为"我们"为什么在这个或那个地方被感动提供我最好的解释，等等。

但所有这一切都只是我的梦，我读故事的时候在做梦，并把这些梦传达给你们，而你们亲切地聆听了我的梦。

现在我们的旅程结束了，我希望我在梦中喃喃自语的一些内容，能够一直伴随着你（因为这些想法一开始就是你的）并且对你有用，而其他的想法（不那么有用的，不属于你的）会逐渐消失，你也会很高兴地看到它们消失。同样地，我会很高兴看到你高兴地看着它们离开，因为这正是它们应该做的。

写一本关于写作的书是有风险的，因为它可能会被认为是一本关于如何写作的书。

但这本书并非如此。我这一生的写作生涯给我留下了一个宝贵的经验——我知道该如何写作。或者，老实说，我知道我是如何写出东西的。(不久之后我将如何写作，仍是一个持续的谜题。)

上帝用他的宣言替我们赎罪，可是这份宣言并不能解释所有。(托尔斯泰说："单凭一个解释并不能深入其内核。")我所能提供的、最接近方法的东西则是：勇往直前，去做你想做的事。事情就是这样，充满兴致地去做你喜欢做的事（即，让你感到愉悦的事）将会把你引向一切：你独特的偏好和放纵它们的方式；你独特的挑战，你学会把它们转化为美、转化为你独特的困境以及打破困境的形式。直到我们以自己的方式开始写故事，才会知道将会有哪些写作的问题，才能以自己独有的方式写出来。

一个学生曾经给我讲过这样一个故事：罗伯特·弗罗斯特[1]来到一所大学做讲座。一位认真的年轻诗人站起来，问了一个关于十四行诗形式的繁杂的技巧问题，或者说类似这样的问题。

弗罗斯特打了个马虎眼，然后说："年轻人，不要担心：**去做吧！**"

我喜欢这个建议，它与我的经验完全吻合。我们能做的决定有限，必须花很长时间才能在办公桌前解决一些重大的问题，但不得不说，我们在行动前抒发担忧都是为了逃避工作，这只会推迟（工作促成的）解决方案的产生。

所以，别担心，去做就好，要相信所有的答案都会在那里找到的[2]。

---

[1] 罗伯特·弗罗斯特（Robert Frost，1874—1963）是20世纪最受欢迎的美国诗人之一。曾四次获得普利策奖，被称为"美国文学的桂冠诗人"。
[2] 虽然……几年后，一位研究弗罗斯特的学者在一次活动后走过来，友善地提出了纠错建议。弗罗斯特实际说的是："年轻人，别工作了，**去忧虑吧！**"嗯，这也是事实。也许"忧虑"是一种工作形式，可对我来说并非如此。但如果它对你来说是对的，我也赞同这个建议。"去吧，别工作了，**去忧虑吧！**"——作者注

在上一节结束时，我们同意把对故事的期望限定成：读完故事后，我们的思想状态会在此后的短时间内发生改变。

但这么说可能有点过于保守了。毕竟，正如我们所看到的，当我们走出自己有限的意识，进入另一个、两个或三个意识时，读过的故事会以特别的方式改变我们的思想。

因此，我们可能会问，在"此后的短时间内"，我们是如何被改变的？（在给出答案之前，我真的想说，其实我没必要这么做。当我们读这些俄罗斯作品时，很自然地就会知道自己的想法是如何被改变的，因为当时我们就在那里。而且，我们在生活中还有幸拥有过其他精彩的阅读经验，我们深知它们对自己的影响或意义。）

但我还是要试一试回答这个问题，因为我知道，我的想法不是唯一的。

我越来越有信心想象他人的经历，并且将这些经历视为真实发生过的事。我觉得我与其他人存在于一个连续统一体中：他们身上的东西我身上也有，反之亦然。我的语言技艺重新焕发了活力。我的内心语言（我思考的语言）变得更丰富、更具体、更灵活了。我发现自己更喜欢这个世界了，对它越来越关注了，这与我的语言重新焕发活力有关。对于能在这个世界里生活这件事，我感到更幸运了，也很清楚有一天，我将不复存在。但是现在我对世界上的事物有了更多的了解，也对它们更加感兴趣。所以，这一切都很好。

在读故事之前，我基本上已经有了相当明确的价值观。我的生活把我带到一个只属于我自己的空间，让我心满意足地在那里休息。然后，故事来了，我开始慢慢放松，不再对自己的观点那么确定，并提醒自己，我生成的观点总归有些片面、有局限性、得到得太过轻易又缺少信息的支撑。

不得不说，这是一种令人羡慕的状态，哪怕它只持续了几分钟。

举个例子，当有人在路上挡住你时，你不一定会知道他们属于哪一派别（与你持相反政见的那一派）。你当然不会知道，因为这还有待观察。一切都有待观察。故事帮助我们加深了"所有的一切都有待观察"的理念。这是为此而献的"神圣仪式"。我们不可能像读到精彩故事的结尾时那样，对世界一直敞开心扉，但"有待观察"的感觉会提醒我们，这样的状态是存在的，哪怕它只是暂时存在，并使我们渴望经常能处在这种思考的状态里。

我们会像喜欢文学作品中的角色一样喜爱现实生活中的玛丽亚、雅什卡、奥莲卡、瓦西里等人吗？我们会不会对他们不屑一顾，根本注意不到他们？

他们一开始是作者脑海中的概念，后来成为文字，再后来成为我们头脑中的概念，现在他们将永远与我们在一起，成为我们的道德武器的一部分，伴随我们走向未来美好、艰难又珍贵的日子。

写作屋的门外有些东西。你猜它们是什么？没错，这将由我来告诉你。我边说，边把它们写下来——我如何讲述它们，它们就会变成什么样。那些"蓬乱悲伤的红杉树，是在诉说着长期生活的枯萎"吗？"我和那些骄傲又华丽的红棕色朋友们一起成长，它们把我与过去无数代人联系在一起"。是"一片红杉树"还是"一些树"？这取决于当天的状况，取决于我的心情。所有这些描述都是真实的，但又是不真实的。

举个例子：外面有把椅子，它靠着门（天很热，门口的风扇吹来凉风），旁边有根水管，我跑过来给植物浇水，这是某种多肉植物，我不知道确切的名称，只知道它是我们上个月在家得宝买的。水管躺在那里，在烈日下呈淡绿色。

顺便说一下，在这个炎热晴朗的日子里，它看起来并不是"绿色的"，而是"在烈日下呈淡绿色"。为什么会这样？因为这样写更好。为什么更好？因为我更喜欢。

好吧，你们可以对此持不同意见。如上所示，读到"在烈日下呈淡绿色"时，你看到那根水管了吗？你的"阅读能量"在那个阶段起作用了吗？你看到了还是没看到？支持我还是反对我？被迫稍微靠近我还是远离我？

经过一番冲突，你知道我在这里。我也知道你在那里。这句话是连接我们的一个管道，它给我们看了世界的一个片段，方便我们为此争吵，这个片段于是成为了我们之间的连接点。

你身上有很多面，当我在写作时，我在对哪一面说话？在对你最好的那面说话，和我身上最像的、最好的那面在说话。这两个最好的我们，在阅读的瞬间，脱离了平常的自我，在一个由相互尊重创造出的空间里成为一体。这是一个非常理想的人际交往模式：两个人，相互尊重，依靠在一起，尽管一个人说话带有些蛊惑性，但另一个人愿意倾听，愿意被蛊惑。

这是我们可以做到的写作模式。

正如我在开头所说，创作这本书时，我意识到，在过去的二十年里，教授这些故事对我来说是多么重要。我的目的是，把我从他们那里学到的一些东西写在纸上——我想我会说,是为了保存那些想法。当我再次处理这些故事时,我发现了一些别的东西。当我不再受限于课堂的固定时间,而是被迫要用论文的形式去把这些想法具体化的时候,我发现这些故事重新向我敞开心扉,并以从未有过的方式挑战我。事实证明,它们比我多年来所相信的还要奇妙——更复杂,更神秘。它们让我自己的工作变得更加有意义,因为我看到了俄罗斯人做了迄今为止我没做到的事情。

我也发现自己所选择的文学形式包含如此多的潜力,而我离实现它还有很长的路要走,这既令人生畏又令人愉快。同时我也有这样的感觉:这些俄罗斯人已经把他们能创作的作品写到了极致,我或者任何人都没必要继续这样写下去。

换句话说,我的创作的一部分(你的创作的一部分)是为故事形式的发展寻找新的路径,即创作出像这些俄罗斯故事一样震撼人心的作品,但它们的声音、形式和关注点都是全新的,这意味着它们既能与这些俄罗斯作品进行对话,又能从历史上了解现在我们这个世界上的生命样态。正如我们所看到的,这些新作品将会以一种特殊的方式运作起来:我们的作品需要创新,不仅要与这些老作品区分开来,还要像这些俄罗斯故事讲述自己那样,生动地讲述着属于我们自己的时代。

在写这本书的时候,我已经六十一岁了。在写作的过程中,我发现我在一次又一次地问自己,为什么写故事很重要,它是否重要到足以证明我为它所花费的时间是值得的?因为我敏锐地意识到,时间是宝贵的,生命在流逝。而且可以肯定的是,我这一生想做的一切都不会完成,根本不会,永远不会,而且结局会比我预期来得还要快（即使能完成这些计划，也得是在两百年后，即我二百六十一岁时）。

写这本书让我有机会再次问自己："你还想把自己的一生奉献给写故事吗？"

答案是，我愿意。

我真的愿意。

在学期的第一节课开始时，我总是让我的学生们想象着在我将要讲的每句话前（在整学期的课程中）加一个括号，并在括号内加上"根据乔治·桑德斯的说法"。

在最后一节课结束时，我要求他们关闭括号，并加上一句话："好吧，不管怎样，这都是乔治·桑德斯说的。"

你现在可以关闭括号了。

我发自内心地感谢你们愿意付出时间和精力跟着我走到这里，并真诚地希望，这里的一些内容能使你们受益。

加利福尼亚州　科拉里托斯

2020 年 4 月

附 录

附录 A：删除练习

第一部分

阅读下面的文本。

设置一个五分钟计时器。

在这段时间内，从下面文章中删除 20 个字。

完成后，问自己这些问题：

一，我删除了什么？

二，我为什么要删除它？（这能测试出你对文字的敏感度。）

三，最终，作品变得更好了还是更差了？

现在，按照上面的步骤，再做一次。

事实上，你要不断重复上面的步骤，直到你把这段文字从现在的长度（1 133 字）减少到原来的一半（566 字）。

文　本

　　从前，有个敦厚友善的人，名叫比尔。一天，比尔穿着棕色衬衫，带着股偏执狂妄的劲儿，走进了机动车管理局。这样的情况并不常见，甚至有些不合理。毕竟，车管所是个让所有人都紧张的地方。比尔的脑海里翻来覆去，浮现出一系列模糊又让人焦虑的画面：他看到自己被戴上了手铐。他想象着有人从后面走过来，手里还拿着张清单——上面列着这五十年来各个停车场被比尔的汽车撞过、刮过或用车门划过的所有记录：先是在印第安纳州，然后是加利福尼亚，现在是在纽约的雪城。在比尔看来，这里的车管所是有史以来最糟糕的建筑，非常让人焦虑，现在连找到它的位置都费劲——它所在的这条街上，到处是相似的低矮建筑与工厂。每次他都得重新找一遍。他已经记不得上次是怎么找到它的了，这真糟糕。车管所办公室的天花板很低，空气里还混杂着烟味、地板清洁剂味和人的汗臭味。然而，那儿总是有着同一个家伙，在没完没了地拖地。看起来，他好像一边抽烟，一边用混杂着清洁剂和人体汗臭味的液体在拖地。但这是不允许的！瞧，他头上有个标志写着"禁止吸烟"。真是的，这一切都是典型官僚主义的体现。美国到处都是这样的公共建筑——建起来很便宜，可它对被迫访问这些建筑的人造成了极大的精神伤害。比尔向办公桌走去。但首先，他必须要从一个火红色头发的女人那里取一个号码。她坐在比尔刚刚经过的前门后面的一张桌子旁。

　　"我是在这里取号吗？"比尔问。
　　"是的。"那女人回答说。

"头发很漂亮。"比尔说。

"你是在讽刺我吗?"女人说。

比尔不知道该说什么。是的,他是在挖苦她。但现在他意识到,仅仅为了取号就做出这样的举动,很糟糕。他为什么总这样讽刺别人?这个脸色苍白、像小丑一样的女人曾经对他做过什么吗?他觉得自己变得更加疑神疑鬼了。他眼前浮现出一些画面,真的,各种形态都有:灾难时的、出生时的、庆祝时的晃动和火花,这些可能是由即将发生的偏头痛引起的幻觉。房间摇摇晃晃,旋转着,然后又一切正常。天气太热了。

小丑般的女人给了他号码。比尔坐在长椅上。附近有对夫妇正在吵架。那女人声称,这个男人从来没有洗干净过屁股。可怜的男人看起来很羞愧。那个女人扯着嗓门吼着。男人干瘦、苍老,毫无抵御力。他只是用手攥着他的帽子。比尔瞪了那女人一眼,她瞪了回去。然后那个男人也瞪了比尔一眼,还拿着帽子做了个威胁的手势。现在这对夫妇团结起来反击比尔,而那个男人洗不干净屁股的事,似乎已经完全被遗忘了。可怜的比尔总遇到这种事。有一次,一个男人打老婆,他进行调停,结果男人的老婆向他发难,男人也向他发难,甚至一些过路人也给他难堪。甚至有个修女还用她那双厚实的修女鞋,无缘无故地踢了他一脚。机器播报器念出了比尔的号码:332。比尔走近桌前,令他吃惊的是,桌子后面工作的,竟然是他的前妻安琪。她看起来比以前更漂亮了。

(1 133字)

讨 论

不是每篇文章都需要进行这种程度的删减,但在一篇文章变得更糟之前,培养一种删减字数的感觉是好的。

这次练习的目的是发现你的声音,或者更确切地说,发现自己的节奏。

想象自己赤身裸体,站在镜子前。镜子里内置了一个应用程序,可以让你给自己的形体增加重量,每次2公斤。现在把它调高到200公斤,你看起来是怎么样的?再慢慢往下调低:495,400,300,现在这个体重数仍超过你真实的体重,再试着往下调30公斤。嗯,在那里的某个斤数,将会是你的理想体重。

当你看到那个数值时,就明白了。

文章也是如此。对我们每个人来说,都有一个理想的文章节奏。但我们中很少有人能以这样的速度写出初稿。所以我们必须得帮自己找到这个节奏。这个练习迫使我们通过层层严格的要求,来帮助我们体验自己理想的文章节奏是什么。

当你在做这个练习时,可能有那么一刻,你失去了知道该删掉什么的能力,因为你不知道作品剩余部分的目标是什么。你认为你必须知道你要去哪里,才能判断出什么是小麦,什么是糠秕。那个被比尔侮辱了发色的女人,以后会成为重要角色吗?如果不是,她的那部分就可以被删掉。另一方面,如果你真的喜欢他们之间的那段交流,并决定保留它,那你就有义务在后面给那个女人安排一个角色。

但请注意,在你有这种感觉之前,你必须深入练习。大多数情况下，你可以因为其他原因找到要删除的内容。对你来说，这些原因是什么？在故事中，什么内容惹怒了你？什么内容使你感到愉悦，鼓励你去保护它？

像上面这样，根据自己的喜好做的极端删除，是通向声音的大门。假设写作有两个阶段，尽管这两个阶段往往会相互转化：创作和修改。我们倾向于将声音与第一个阶段联系起来，如："我刚刚用我真实的声音'爆发'出了第一稿，唱出了我自己的愿景！"但是，根据我的经验，声音是在第二阶段产生的——当我们编辑的时候，尤其是在我们进行内容删除的时候。在第一稿里，我们大多数人都会唱得太久，使得它听起来和其他作家的歌声相似度很高。

有两种方法可以创造出独特的声音：我们可以先把它放在那里，或者通过删减来发现它。无论哪种方法，只要符合我们的口味，都会使我们的故事更"像我们自己"。（当然，在真正的写作过程中，我们会从一种模式切换到另一种模式，有时会从一秒切换到另一秒。）

对文章的内容进行缩减，是智能提升的表现。我们第一次写的东西，往往是松散且具有探索性的。如："回到学校时，我总是很紧张，因为前天晚上的聚会让我很疲惫。我走进教室，坐在靠窗的老座位上，看着维德教授站在黑板前做各种证明或计算，或者只是在讲课，他的黑帽遮住了脸，他挂在腰上的配饰偶尔会和粉笔糟（这里放着不用的粉笔）'摩擦出'明亮的红色火花。"好吧，这是个开始。缩减之后，就是："这让我很紧张，看着维德教授站在黑板前，他的黑帽遮住了脸，他腰带上的配饰偶尔会和粉笔糟'摩擦出'火花。"这一版比之前更精练，也更突出主题。因为作家已经从那个烦琐的一稿里做了筛选，并将他在其中发现的、他认为最重要的东西带了出来。

如果你像这样删去故事里平庸的部分，你的故事就少了一些平庸。这非常有益。(如果你的牙缝里有一块食物，你把它拿出来，就已经变得比之前更有魅力了。)而且也为放置更好的东西创造了空间(这部分只适用于写作)。通常情况下，删除内容会对句子的节奏产生影响，因此我们鼓励你以不同的方式来完成它，而这反过来又会在故事中引入一些新的事实。如果我们把"萨姆是我认识的一个又大又蠢笨的家伙"改成"萨姆，大块头、笨笨的……"，嗯，这就好多了，还不算太糟糕。当我们再次阅读这个句子时，它更紧凑的、删除后的状态为我们所看到(和听到)，我们必须要处理这些内容。不妨试试大声朗读那个句子，看看能否用一些想不起来的词来补全它。此时，当你尊重句子节奏时，大脑的某些部分就会知道它想听什么，并会提供一些不完全基于感觉、但却完全基于声音的东西。"萨姆，大块头、笨笨的……尽管如此，他还在跑着。"

好吧，笨笨的大块头萨姆现在是个赛跑运动员，他出发了，这都是因为我们精简了第一次对他的草率描述。

第二部分

一，想一个你目前正在创作的故事，一个你觉得快要完成的故事。

二，假设我们要选的内容位于第四页，把它分成两半，再按照前几页所展示的样子进行练习。（在别人的作品上做起来很容易，在自己的作品上却很难。）学生们报告说，一旦养成了修改草稿练习的习惯后，当他们尝试编辑自己的作品时，一些"肌肉记忆"就会保留下来。

附录 B：升级练习

设置一个定时器，比如说，45 分钟。现在要写一个 200 字的故事。**但**诀窍在于：你只能先用 50 个字来表达。

你会发现自己记录字数的方法——其中一种是制作一个动态列表。比如说，你的第一句话是"一头牛站在田野里"。

在这一页的底部（作为参考），你可以这样写：

1. 一头
2. 牛
3. 站
4. 在……里
5. 田野

现在你"拥有"以上几个字词可以继续使用。当你写到 50 个字时，也就意味着：你必须开始重复使用这些字。（我们允许使用复数，所以"牛"和"牛群"算作同一个字。）

最后的作品要正好是 200 字，不是 199，也不是 201。

准备好了吗？开始吧！

讨 论

大多数作家创造出的作品多数处于开端阶段（弗赖塔格金字塔），从来没有上升到升级的行动（也就是说，情节从没有升级）。我读过学生写的这种类型的故事，他们把每一页都写得很精彩，但故事里紧张的冲突感却从未加剧过。我有时会说，在故事的开端阶段，我们在炉子上放了一壶水（它是平稳的），而让行动上升的最好方法就是让水沸腾。我们一直在说的"有意义的行动"等于沸水，等于升级。

坦白说，我也不明白，为什么按照这种练习——让水沸腾——创造出的故事，几乎总是有上升的行动。对于某些学生来说，他们的作品往往比那些作家的"真实"作品更有趣、更具有戏剧性、更引人注目。

如果你喜欢你写的那篇文章，如果它含有一些精华的东西，是以往你那些认真创作过的作品里所不具备的，你可以在这里停下来，确切地问一问那是什么。

这个练习会有效果吗？我也不确定。与它相关的是一些限制条件：50字的限制和严格的200字的限制，不是199字，也不是201字。当一个人在做这个练习时，她的注意力集中在字数限制上，这意味着她创作文章的方式与平时不同。也就是说，平常她脑中忙着思考文章的主题、风格、目标或政治观点的那部分思维，这会儿正忙着计算字数。这让她思想中的无意识的、更有趣的那部分往前迈了一步。

当我在课堂上布置这个练习时，我事先宣布了我的要求，即以后每个人都要大声朗读他们的故事。这使事情变得更加丰富多元。请相信我，先生，当一个人知道他将在两周内被绞死时，他会集中注意力思考事情。同时，这也使作家更愿意自然且富有表现力地表达出自己的想法，几乎我认识的每个作家都愿意这么做。

当我还在雪城大学就读时，道格拉斯·昂格尔有点受不了故事被我们写得如此巧妙和"书面化"。因此，在研讨会休息前，他宣布，从下半节课开始，我们每个人都要当场讲一个故事。

休息时，大家都很紧张。但最终呈现的结果却出人意料。与之前我们提交的故事相比，那晚我们讲的故事全都特别生动，并且越来越能够把真实的自己融入其中，使得故事富有我们自身的真实魅力——这是我们在这个世界上真正智慧的体现。

那么，我们如何看待针对这种练习所产生的小作品？它们通常听起来是怪诞的，有着苏斯式的荒谬与幽默。有一次，一个学生用这种方法练习了好几遍，终于写出了一个长篇故事。在每一遍练习中，他都使用了不同的 50 个字，最终他在这 50 个字的基础上（保留这些字符）扩展到了 200 字。

其他学生则利用这一练习创作出了带有精彩"上升行动"的开头部分，然后扩大字符范围，用他们想要的"新的"字符重写这个故事。

这个练习的好处是，它告诉我们，通常我们会化身为某位作家在脑中来回游走。当我们坐下来写作时，那个作家就是开始引导我们写作的人。在那一瞬间，我们的大脑功能发生了变化。我们对故事想要做的事不再那么开放，我们内心的语言生成器几乎呈关闭状态，只在自认为应该如何写作的狭窄范围内创作。这个练习把我们从这种模式里解救出来，让它着眼于练习里的实际情况，让大脑的其他部分问道："好吧，我们还能得到什么？"也就是说，"这里还可能有哪些别的作家？"

也许这个练习会给人一种醉酒后跳舞、并拍摄下来的感觉，然而在回放中，我们可能会瞥见一些通常不会尝试、但是我们喜欢的东西。如果我们喜欢这些东西，以后可能还会有意这么做。

附录C：翻译练习

伊扎克·巴别尔是我最喜爱的一位俄罗斯作家，但在这本书里我没有提及他的作品，因为他是二十世纪的人。

巴别尔，像果戈理一样，翻译风格对他的作品至关重要，因为他的故事具有音乐性。我们可以说，他是一个更注重实事求是的作家——其作品的效果更多地取决于意象的并置，而不像托尔斯泰或契诃夫那样，更多地依赖于所述意象的精确用词，受翻译影响较小。如果你是一名修辞学家，就像巴别尔那样，你会更加依赖于译者所做的不可能完成的工作：即让你在英语中读出的声音与感觉和你在俄语中感受到的一样。我们这些不会说俄语的人，永远无法真正了解像巴别尔这样的修辞大师，但我们可以通过这种练习对他有更好的感知。

正如你将看到的，我们也可以更好地了解我们自己的修辞风格。

以下是巴别尔故事《地下室》里（有史以来关于阶级这个敏感话题的最伟大的故事之一），我非常喜欢的一个句子的五种译法，是由不同的译者翻译的：

> 绿荫掩映的小径上柳条椅闪着白光。（瓦尔特·莫里森译）
> 柳条椅，白光闪闪，小径上点缀着树叶。（鲍里斯·德拉留克译）

白色的柳条椅在长满树叶的步道上闪闪发光。(彼得·康斯坦丁译)

柳条椅在绿茵笼罩的长廊上闪着耀眼的白光。(瓦尔·维诺库尔译)

枝繁叶茂的林荫道上,白色的柳条椅闪闪发光。(戴维·麦克德福译)

请让真正的巴别尔站出来好吗?他不会站出来的,因为这是不可能的,他只存在于俄语原著中。那么,在俄语原著里,是否有像莫里森译本中"丢掉逗号"的写法,让这句话充满仓促和难以破译的特质,使我们想再读两遍,从而影响文字被转化为意象的过程。当一个俄罗斯人用俄语阅读这句话时,她首先看到的是绿色的小径还是白色的椅子?在俄语里,那个绿色的东西是指树叶、青葱、绿叶,还是什么?

对任何一个有抱负的作家来说,这是一个很好的"寻声"练习:按照从最好到最差的顺序给上面五个译本排名。

当你完成后,问问自己。我刚才是根据什么来写这个排名的?(既然我没有提出一个排名的依据,那就由你来提供吧,可以根据你的艺术品位的基本要素来做判断。)

请注意,如果你写出了排名,这证明你有着自己的偏好。考虑到这种偏好可能与你与生俱来的音感有关(其实一定有关),你将来职业生涯中的每一句话也许都会依赖于它。

我们可以进一步练习:现在你自己翻译,元素很简单:一些白色的柳条椅以一种特殊的方式反射着光线,而且它们是在一些有树或者灌木的小路上。你会怎么说呢?有了这些元素的规定,剩下的就是根据你的品位寻求这些元素的最佳组合——也就是说，提供你的声音。

所以在这里试试吧。

现在问问你自己。当我写我的版本时，我所敬畏的是什么？也就是说，我依赖的是什么？我是如何"决定"这个版本的？

我刚刚发现，当我尝试用自己的方法进行练习时，我的大脑首先是在材料中寻找一个简单的方法。我发现自己在仔细斟酌，要用什么动词来避免出现像"白色柳条椅子被放置在那里……"这样的被动语态结构，所以，"正在闪闪发光"就成了这个句子的基础。然后变成了"闪闪发光"。另外，"白色"似乎很重要，它与所有的绿色形成对比。我想象着自己正看着这一幕，"白色柳条椅"似乎不错，因为它能当一个主语，所以变成了"白色柳条椅子闪闪发光……"。然后我问，这些椅子闪闪发光的是什么？我真的考虑过要按这个思路写下去（它们在"青翠的树叶和低垂的卷须"中闪闪发光），但有可能这比巴别尔想的要多一些；另一方面，这有点不接地气，累赘太多（话太多），收效甚低。这样一来，画面很难看清，句子也显得过于臃肿。我们最好还是及时止损，把这句话删掉，至少让读者看到白色和绿色。

所以，"白色的柳条椅在绿色中闪闪发光"。

但读到这里，我的反应是："呃，你在说的是什么样的绿色？"

"白色的柳条椅，藏在茂密的林荫道中，闪闪发光。"

嗯……好像不太确切。

我们不知道这些椅子会被怎么安排或共有多少张，但我觉得自己心里想做的是："三把白色的柳条椅隐隐约约地对排放着，但又不完全朝向同一个方向，它们心不在焉地看着包围它们的丛林，好像在考虑逃离这个地方。"

这句话在巴别尔的故事中是不合适的。在那里，这一小段描述是一个较长序列的一部分，其目的是强调这个人物：一个贫穷的男孩去了一个富有同学的家里，被他所见到的财富震惊了。

在这里，我们进入了这个练习的真正重点——忘掉这句话出自巴别尔的故事，重新写它，尽可能把它写好。这个新句子是本来就在那里的，那不如立即从它开始，自己口述一个完整的故事，一个有意义的故事。

不得不说，我们的风格（这是我们的本质偏好在追求"有趣""酷"或"快乐"时所发现的）产生了一个句子，而这个句子具有故事的"基因"。

"三把白色柳条椅子，向外看着包围着它们的室内植物丛林，好像在考虑逃离这个地方。"

如果此时，有一个人走进画框，在其中一把椅子上坐下，他就进入了一个充满"逃离的渴望"的世界，这能帮我们确定他的角色。他可能是一个渴望逃离的人，也可能是个最近已经逃离成功的人。但他不会是——他不可能再是——一个普通人。他是一个走进故事里的人，而这个故事里徘徊着逃离的想法，他不再完全自由。

致　谢

首先，我要感谢安迪·沃德，他宁静的智慧、禅宗般的美学、对世界的宽容态度，深深改变了我对生活和艺术的看法。我知道，我只是他以这种方式激励过的众多作家之一，他永远满怀热情地帮助我们达成那个最好的艺术家自我。

同时，衷心感谢我的经纪人和最好的伙伴埃丝特·纽伯格，她一直以来都相信我，总是代我处理各种事宜，但她比我更热情、更宽容、更富有想象力。令人难以置信的是，从1992年以来她就是如此。

也要感谢出色的邦妮·汤普森，她是文字编辑界的迈克尔·乔丹——她的修改让这本书在很多地方、很多方面都变得更加精彩。

我尤其要感谢的是：我最爱的妻子宝拉、我们的女儿凯特琳和阿莱娜，以及我们一直以来温暖幸福的家庭相处模式，我们一起生活、交流、对谈梦想，仿佛文学和生活之间没有区别一样：好像沉浸在文学里，还让生活被滋养得更好了。

我在写这本书的过程中得到了太多宝贵的帮助，感谢瓦尔·维诺库、米哈伊尔·约赛尔、杰夫·帕克、阿丽娜·帕克、波琳娜·巴尔斯科娃、卢巴·拉皮纳、亚娜·蒂尔帕诺娃和瓦莱丽·米努欣。还要感谢丽莎·诺德，她修改并告诉我爱因斯坦的那句话；感谢乔恩·芬克，他给我讲了弗罗斯特的故事；感谢林达·巴里，她多年前对雪城大学的访问带给我许多启发；感谢艾丽卡·哈伯，我永远不会忘记她那次令人兴奋的课堂演讲，我在这里，特别是在关于果戈理的文章中引用了其中一些内容；还有乔纳森·迪，是他建议我在《主与仆》的评论中引用米兰·昆德拉的话。

我还要感谢以下这些人。多年来，他们教会了我关于写作和阅读的一切。他们分别是：我的父母，他们从一开始就鼓励我多阅读，并让我明白阅读是一件多么重要的美事，谢里·林德布洛姆，乔·林德布洛姆，杰伊·吉列特，迈克尔·奥罗克，理查德·莫斯利，查马泽尔·杜德特，苏·帕克，道格拉斯·昂格尔，托比亚斯·沃尔夫，德博拉·特里斯曼、我在雪城大学的学生以及伊利诺伊州橡树林圣达米安学校的卡罗尔·穆卡修女和勒奈特修女。

这本书中的许多想法都来自上述人士，并被吸收到我的理解中。坦白说，很难说清哪些观点是我的，哪些是他们的。对我而言，所有的荣誉都来自他们，所有的错误都归于我。

还要感谢帕特里克·比鲁特和凯尔·尼尔森，在我写这本书的那段时间里，他们出现在我的生活中，使我觉得这个世界变得更温暖、更理性了。

我非常感谢詹姆斯和安妮·雷辛，在本书的最后完成阶段，他们在美丽的纽约樱桃谷热情款待了我。

特别要向亚瑟·弗劳尔斯致敬，他最近退休了，是我在雪城大学二十多年的故事创作盟友。每当我听到亚瑟满怀对文学的热爱谈论写作时，我都会为自己能成为我们作家群的一员，感到由衷的自豪和感激。还要感谢我的特别叙事讨论伙伴丹娜·斯皮奥塔和玛丽·卡尔、我在雪城的所有同事，以及卡琳·鲁兰德院长，感谢她对我们项目的支持，对我们所做事情的深刻理解。

感谢这些故事的译者，允许我使用它们作为材料。

最后，再次感谢你，我亲爱的读者，感谢你所有的辛勤工作，让我们努力记住下面这两句可爱且矛盾的箴言，并遵照它们来生活吧！以下为果戈理的名言，分别来自《两个伊万吵架的故事》和《涅瓦大街》。

"女士们、先生们，这个世界太沉闷了。"

（然而：）

"我们的世界正运转得多么奇妙！"

一本书打开一个世界

欢迎订购、合作
订购电话：0571-85153371
服务热线：0571-85152727

| KEY-可以文化 | 浙江文艺出版社 | 京东自营店 |

关注 KEY-可以文化、浙江文艺出版社公众号，
及浙江文艺出版社京东自营店，随时获取最新图书资讯，
享受最优购书福利以及意想不到的作家惊喜